EVE KELLMAN
How To Kill A Guy In Ten Ways

ROMAN

Sie spielt mit
dem Feuer.

Doch die
anderen werden
sich verbrennen.

EVE KELLMAN

Lübbe

Die Bastei Lübbe AG verfolgt eine nachhaltige Buchproduktion. Wir verwenden Papiere aus nachhaltiger Forstwirtschaft und verzichten darauf, Bücher einzeln in Folie zu verpacken. Wir stellen unsere Bücher in Deutschland und Europa (EU) her und arbeiten mit den Druckereien kontinuierlich an einer positiven Ökobilanz.

Titel der englischen Originalausgabe:
»How To Kill A Guy In Ten Ways«

Für die Originalausgabe:
Copyright © 2024 by Eve Hall

Translated under licence from HarperCollins Publishers Ltd.
Eve Hall asserts the moral right to be identified as the author of this work.

Für die deutschsprachige Ausgabe:
Copyright © 2025 by
Bastei Lübbe AG, Schanzenstraße 6–20, 51063 Köln

Bei Fragen zur Produktsicherheit wenden Sie sich bitte an:
produktsicherheit@bastei-luebbe.de

Vervielfältigungen dieses Werkes für das
Text- und Data-Mining bleiben vorbehalten.

Textredaktion: Dr. Ulrike Strerath-Bolz, Friedberg Umschlaggestaltung:
Manuela Städele-Monverde unter Verwendung des Coverdesigns von ©
Sarah Foster, HarperCollinsPublishers Ltd 2024
Umschlagmotiv: © shutterstock.com
Satz: hanseatenSatz-bremen, Bremen
Gesetzt aus der Adobe Garamond Pro
Druck und Verarbeitung: GGP Media GmbH, Pößneck

Printed in Germany
ISBN 978-3-7577-0113-0

5 4 3 2 1

Sie finden uns im Internet unter luebbe.de
Bitte beachten Sie auch: lesejury.de

Für meine Sidekicks Rita und Roxy

Nun, tausend Gräuel habe ich begangen,
Mit leichter Hand, als tötete ich Fliegen,
Und nichts bekümmert mich daran so sehr,
als dass ich nicht zehntausend noch begehen kann.

William Shakespeare: Titus Andronicus, 5. Akt, 1. Szene

Prolog

Der erste Mann, den ich getötet habe, war mein Vater. Doch so weit sind wir noch nicht. Das gehört nicht mal zu dieser Geschichte. Du brauchst darüber nur zu wissen, dass es a) quasi ein Unfall war und er es b) verdient hatte. Wenn du unbedingt mehr über diese leidige Angelegenheit hören willst, dann muss ich sie dir ein andermal erzählen. Denn hier geht es wirklich nicht um ihn, sondern um mich. Und um ein paar Dinge, die ich kürzlich getan habe und die man für »falsch« und »illegal« halten könnte.

Ich habe immer geglaubt, Moral sei eine Grauzone und das Gesetz so oder so interpretierbar. Dennoch würde ich Dinge, wie ich sie getan habe, nicht an die große Glocke hängen. Warum erzähle ich dir dann davon? Erstens, weil du nur eine Tonaufnahme bist, die kein Mensch je hören wird. Hoffentlich. Bis ich selbst mal sterbe. Mich reizt die Idee, ein umfassendes Geständnis aufzunehmen, das nach meinem Tod veröffentlicht wird und alle bis tief in ihr graues Mittelklasseinneres hinein erschüttern wird. Taktlos, ich weiß, aber Ruhm, schlechter Ruf und ein gewisser Fuck-you-Glamour sind genau nach meinem Geschmack, auch wenn ich nicht mehr da sein werde, um sie zu genießen. Doch im Augenblick ist die Sache noch keineswegs vorbei. Die Mission ist nicht abgeschlossen. Ich sollte wohl wirklich nicht zu viel für die Zeit danach planen, solange ich noch mittendrin stecke.

Zweitens erzähle ich dir das, um den Kopf klar zu kriegen. Ich will mich hier nicht schlechtmachen, mein Kopf ist schon ziemlich klar, gemessen daran, was bisher passiert ist. Doch erwachsen wie ich bin, kann ich zugeben, dass die Dinge gestern Abend ein wenig aus dem Ruder gelaufen sind, und darum ist eine Bestandsaufnahme nicht die schlechteste Idee.

Und drittens erzähle ich davon, weil ein paar Leute die Wahrheit verdient haben, wenn alles ans Licht kommt. Also Hallo, künftiges Ich oder liebste Freundin oder wer immer sich das hier anhört. Es ist ein kalter Novemberabend, und ich sitze in meiner Küche, trinke ein Glas teuren Rotwein und zähle meine Sünden. Oder meine Siege, je nachdem, wo man steht.

Also, ich sagte schon, dass es nicht mit meinem Vater angefangen hat. Wahrscheinlich fing es mit Karl an. Oder vielleicht mit Katie. Doch wenn ich die Augen schließe und darüber nachdenke, sehe ich die beiden jungen Mädchen auf der Rückbank meines Wagens. Ihre kurzen Röcke und wie sie sich nach dem Stress vor Lachen schütteln. Ich hatte oft junge Mädchen auf meiner Rückbank (nicht, was du jetzt denkst, beruhige dich). Aber das Bild dieser beiden hat sich bei mir eingebrannt. Ja, da sind auch noch Roses lange Haare auf dem weißen Kissen, Katies Arm über der Bettdecke, der Liverpool-Schal an der Vorhangstange. Aber eigentlich fing es wohl mit den beiden jungen Mädchen in meinem Auto an. Und deshalb soll es auch für dich damit beginnen.

Zu allem anderen kommen wir noch.

1

Ich habe nie so unschuldig ausgesehen, nicht mal, als ich noch klein war. Da bin ich mir sicher. Die jungen Mädchen schnattern auf dem Rücksitz, aber ich bin mit den Gedanken nur bei ihren zu kurzen, zu billigen Röcken und ihren nackten, künstlich gebräunten Gänsehautbeinen. Die Blonde trägt Glitzerlidschatten.

Es regt mich auf, dass sie sich für den Abend aufgebrezelt haben, und anstatt unbeschwert abzutanzen und dann im Nachtbus Pommes mit Käsesoße zu essen, müssen sie um zehn von einer eins achtzig großen Aufpasserin im Nissan Micra nach Hause gefahren werden. Das regt mich nicht nur auf, das macht mich wütend!

»Wir wären vielleicht doch mit ihm fertig geworden, Rach«, sagt die Brünette und stupst ihre Freundin an. »Ich hätte ihn mit dem Absatz erstechen können!« Sie mimt einen brutalen Tritt mit einem imaginären High Heel und wiederholt das, bis ihre Freundin lächelt. Bald schütteln sie sich vor Lachen, aber dann rinnen Tränen. Das macht die Erleichterung. Kaum ist man in Sicherheit, braucht es nur einen winzigen Scherz, und der Körper lässt das aufgestaute Adrenalin als hysterisches Gelächter ab. Sie sitzen noch immer näher beieinander, als sie es normalerweise täten, weil eine bei der anderen Halt sucht.

Rachel ist es, die mir die SMS geschrieben hat. Sie wiegt höchstens fünfzig Kilo und wirkt wie ein verletztes Vögelchen, das auf dem Weg zum Tierarzt auf meinem Rücksitz kauert.

Ihre Haare sind strohtrocken, weil sie sie selber färbt; sie stehen kraus um ihr kleines Gesicht ab wie eine Löwenmähne. Ihre namenlose Freundin ist robuster, sowohl körperlich als auch im Benehmen, und übernimmt mit Freuden die Rolle des Aufmunterers.

Sorgt sie bei anderen immer für bessere Stimmung? Macht Witze in miesen Situationen? Beseitigt den Schlamassel ihrer Freunde und lächelt dabei, um niemanden zu erschrecken? Menschen wählen ihre Gruppenrolle lange vor dem Erwachsenwerden; später ist es schwer, sich neu zu erfinden. Wenn diese beiden eines Tages auseinanderdriften, wird die Brünette eine andere Freundin finden, die sie aufmuntern kann.

Als hinter mir ein Audi hupt, fällt mir auf, dass sich meine Geschwindigkeit auf Kriechtempo verringert hat, weil ich die Mädchen beobachte. *Okay. Schon gut, du Arschloch.* Ich gebe sanft Gas und halte mich trotz der leeren Straße strikt ans Tempolimit. Der Fahrer lässt ungeduldig den Motor aufheulen, weil er drei kostbare Minuten früher ankommen will.

Mit dreizehn hatte ich mal eine Katze, die von einem Audi angefahren wurde. Das klingt fast, als hätte das Auto selbstständig gehandelt, also noch mal: Ich hatte mal eine Katze, die ein Mann mit seinem Audi angefahren hat. Und dann fuhr er einfach weiter, obwohl mein schöner getigerter Kevin Bacon zuckend auf dem Asphalt lag. Ich sah ihn von meinem Zimmerfenster aus. Den Anblick werde ich nie vergessen. Hinterher spazierte ich mit meinem Taschenmesser durch das Viertel und zerkratzte im Vorbeigehen alle Audis, die ich finden konnte. Ich wette, der Typ aus der Bar, in der die beiden Mädchen waren, fuhr auch einen verdammten Audi.

Mein Handy, das in der Plastikhalterung am Armaturenbrett steckt, sagt mir, dass ich die nächste links abbiegen muss und dann mein Ziel erreicht habe. Als ich an den Bordstein fahre, bedanken sich die Mädchen überschwänglich. Die Brünette legt unbeholfen einen Arm um mich, bevor sie aussteigt.

Als die beiden die Haustür hinter sich geschlossen haben, atme ich auf und lehne die Stirn aufs Lenkrad.

Was für Scheißkerle diese Männer sind! Sie laufen da draußen herum wie du und ich, aber hinter der Fassade sind sie grausame, machthungrige Schweinehunde und vergreifen sich an Frauen, die eigentlich zu jung sind, um so spät noch draußen zu sein. Auf die Wehrlosen haben sie es abgesehen. Auf junge Mädchen mit Glitzerlidschatten oder auf Katie, meine Schwester.

Ich zügle meine Wut, denn in dieser Gesellschaft wird das von Erwachsenen verlangt – besonders von einer Frau. Es dauert einen Moment, bis ich mich ausreichend gezügelt habe. Ich öffne die Augen und nehme das Handy aus der Halterung. Als ich Google Maps schließe, erscheinen auf dem Display etliche Nachrichten.

Scheiße.

Sechs verpasste Anrufe und neun WhatsApps, fast alle von Nina. Es ist neun Uhr durch, und ich hätte mich vor über einer halben Stunde mit ihr treffen sollen. Die Zeit fliegt, wenn man auf einer Rettungsmission ist.

Während ich auf das Display schaue, leuchten ihr Name und ihr Foto auf. Ich gehe ran, weil ich nicht feige bin, aber auch, weil Nina der verständnisvollste Mensch ist, den man sich wünschen kann.

»Oh! Da ist ja die wundervolle verschollene Millie! Wie schön, dass du rangehst!«, sagt sie mit ihrer rauen, dunklen Stimme, die von Sarkasmus trieft. Sie ist anscheinend zu Fuß unterwegs, denn ich höre den Wind an ihrem Mikro.

»Nina, ich wollte mich gerade auf den Weg machen und dann ...«

»Lass mich raten. Dann kam eine Message-M-Nachricht rein?« Sie seufzt. Nina ist nie lange sauer. Vielleicht ist sie deshalb noch mit mir befreundet. Sie ist eine von den Guten. Eine, die alarmierend schnell verzeiht und vergisst. Sie ist voller Widersprüche, zum Beispiel ist sie eine furchterregend effiziente Anwältin und ein totaler Schatz mit einem überraschenden Hang zur Naivität. »Ich weiß, es ist wichtig. Ich weiß, du willst helfen. Aber du hast mich versetzt. Mal wieder.«

»Ich weiß. Es tut mir leid. Ich sitze im Auto und kann sofort da sein. Ich weiß zwar nicht genau, wo ich bin, aber es ist wahrscheinlich nicht so weit weg.«

»Bemüh dich nicht. Ich bin schon auf dem Heimweg.« Ich höre das Rasseln in ihrer E-Zigarette und rieche praktisch das Wassermelonenaroma. »Wir reden morgen. Alles gut, ehrlich.«

Sie legt auf. Ich sehe mein Spiegelbild in der Windschutzscheibe und fühle mich plötzlich erschöpft. Um anonym zu bleiben, habe ich die Kapuze hochgezogen und eine Sonnenbrille aufgesetzt, die um diese Uhrzeit natürlich überflüssig ist, aber mein halbes Gesicht verdeckt. Nina ist nicht sauer, sie ist enttäuscht. Autsch. Doch wenn ich mich entscheiden muss, ob ich jemandes Gefühle verletze oder jemanden körperlich zu Schaden kommen lasse, dann sind mir die verletzten Gefühle nicht so wichtig. Glaub mir, ich weiß, wovon ich rede.

Das Display leuchtet wieder auf. Die Pflicht ruft.

Ein Samstagmorgen ist für vieles gut – langes Ausschlafen, starken Kaffee, langsamen Sex, schnelle Joggingrunden. Da ich Single bin, kriege ich bis zum Besuch bei meiner Schwester alles hin außer Nummer drei. Auf dem kleinen Sofa im Garten trinke ich einen Schluck von meinem Espresso – heiß und schwarz – und schließe die Augen. Das Koffein weckt mich aus der dumpfen Mattigkeit, die ich jeden Morgen empfinde. Gestern Abend ist es wieder spät geworden. Nach einer weiteren Nachricht – eine Frau meinte, dass ihr heimlich jemand folgte – machte ich noch mal kehrt, um die Anruferin zu suchen und mitzunehmen.

Die Message-M-Hotline ist nicht mein eigentlicher Job.

Oder genauer gesagt, nicht der Job, mit dem ich Geld verdiene. Aber sie ist eben doch mein eigentlicher Job, denn ich definiere mich darüber.

Aus einer Wut heraus entstanden, hat sie vor knapp einem Jahr klein angefangen und ist lawinenartig angewachsen. Inzwischen kleben in den Toiletten sämtlicher Bars und Pubs der Gegend meine Handzettel:

Hast du gerade ein mieses Date?
Wirst du den gruseligen Typen an der Bar nicht los?
Hast du Angst, dass dir einer nach Hause folgt?
Message M.

Und wenn mich jemand braucht, wie könnte ich da nicht zur Verfügung stehen? Wenn verängstigte junge Frauen mich per SMS um Hilfe bitten, soll ich dann sagen: *Entschuldigt, ich trinke gerade Cocktails mit Nina, aber viel Glück!?* Nein, das kommt nicht infrage. Ich habe diesen Frauen gegenüber eine Verantwortung. Sie sollen nicht so enden wie Katie.

Doch samstagmorgens, wenn alle Nachtschwärmer ihren Rausch ausschlafen, herrscht eine herrliche Ruhe. Wenn nur dieser idiotische Sean nicht wäre, der im Haus nebenan wohnt. Ich schlage mein Buch auf – Stephen Kings *Misery* – und hebe die Kaffeetasse zum Mund, als ich das gefürchtete Geräusch höre: sein Räuspern.

»Hallo, junge Millie.«

O Gott, bitte, bitte nicht.

»Sean. Hi.«

»Mich dünkt, Sie entspannen sich an diesem schönen Morgen!«

Wie gern würde ich die Welt von allen Mich-dünkt-Sagern befreien. Und zwar ganz brutal.

»Ja. Samstagmorgens ist es so friedlich und still.« Es grenzt an ein Wunder, dass er den Sarkasmus nicht hört, aber da ich nie freundlicher zu ihm bin, nimmt er wohl an, dass ich generell so klinge.

»Ah, genießen Sie das, solange es noch geht! Wenn bei Ihnen erst mal ein paar Kinderchen herumlaufen, ist es mit friedlich und still vorbei!«

Ich würde die Welt auch liebend gern von allen befreien, die »Kinderchen« sagen und andere Leute einfach auf ihre Fruchtbarkeit ansprechen. Sean ist wie der Mittelpunkt meines Mordlust-Mengendiagramms. Wenn seine glänzende Glatze und die obere Hälfte seines fetten kleinen Gesichts über die Mauer ragen, sieht er aus wie die lächelnden Gartenzwerge im Gartencenter, die von Gott-weiß-wem gekauft werden. Seine Nase ist knollig, seine Schweinsäuglein gucken wohl freundlich, doch diese aufdringliche Freundlichkeit treibt mich in den Wahnsinn. Er ist einsam, schon kapiert. Aber das ist sein Problem, nicht meins.

Während ich überlege, ob ich ihn abwimmeln kann oder ob ich aufgeben und nach drinnen gehen soll, leuchtet mein Handy auf. Eine Nachricht von Nina. Außer meiner Schwester ist Nina Lee der einzige Mensch auf Erden, der mir am Herzen liegt und auf dessen Meinung ich etwas gebe. Und darum hatte ich ihr vorhin geschrieben und mich wegen gestern Abend entschuldigt.

Hey, Schatz! Schon okay. Ich war sowieso ziemlich müde, also hat es nicht geschadet, dass ich früh im Bett war.

Die gute alte Nina.

Seans Geplapper schwebt noch immer über die Gartenmauer. Er lässt sich jetzt über seine Enkel aus, die er vorgibt zu lieben, die das aber offensichtlich nicht erwidern, denn sonst würden sie sich ab und zu bei ihm blicken lassen.

»Callie war die viel bessere Schwimmerin, das kann ich Ihnen sagen. Aber die pummelige kleine Inderin hat gemogelt. Ich habe gesehen, dass sie sich vor dem Anpfiff abstieß. Ich sagte zu Callie, lass dir das ...«

Du kommst aber def morgen zum Lunch, ja? Angela

Scheiße. Ich bin Sonntags praktisch immer zum Lunch verabredet, mit Nina und unseren zwei Freundinnen aus dem Abschlussjahr, Angela und Izzy, die ich zur Zeit beide ein bisschen nervig finde. Ich hatte gehofft, diese Woche verschont zu bleiben, aber nachdem Nina mir verziehen hat, kann ich jetzt nicht absagen.

Klar!
Schließlich sollst du Hugh endlich mal kennenlernen!

Doppelte Scheiße. Ich habe es bisher vermieden, Ninas neuesten Freund kennenzulernen, denn offen gestanden klang es so, als wäre er ein Blödmann.

»Aber ihre verdammte Lehrerin wollte das nicht sehen. Das konnte ich nicht dulden. Also ging ich direkt zu ihr und sagte ...«

Ich bestelle einen Tisch in dem Pub bei dir um die Ecke.
Um 2 im Spotted Cow

»So eine Frechheit! Immerhin zahle ich ihr Gehalt! Also sagte ich zu ihr ...«

Es klirrt laut, weil ich aufgesprungen bin. Mein Körper hat offenbar entschieden, dass er von Seans Geschwätz genug hat. Meine Kaffeetasse – eine hübsche, die Katie mir geschenkt hat – ist auf den Pflastersteinen in zwei Teile zerbrochen. Ich setze das auf die Liste seiner Vergehen, die ich führe, seit ich vor elf Jahren in das Haus eingezogen bin.

»Verzeihung, Sean«, sage ich mitten in seinen Satz. »Ich muss los.« Ich flitze ins Haus, bevor er mich fragen kann, wieso.

Ohne mich weiter aufzuhalten, ziehe ich mir die Turnschuhe an und streichle noch mal kurz Shirley Bassey, meine Norwegische Waldkatze. Dann verlasse ich das Haus und halte auf der Türstufe inne, um den Lauf in der Strava-App zu starten.

Während ich das Tempo erhöhe und die frische Luft über meine Haut streicht, verfliegen die restliche Morgenträgheit und mein Ärger über Sean. Ich treibe mich härter an.

Doch die Glitzermädchen vom gestrigen Abend gehen mir noch durch den Kopf. Ein Typ war ihnen von einer Bar zur anderen gefolgt und wollte kein Nein akzeptieren. In der letzten – einer schmuddeligen All Bar One voller abgestumpfter Servicekräfte und betrunkener Kunden – wurde er übergriffig, und die blonde Rachel sah die kommende Aggression in seinen Augen aufscheinen.

»So ein unheimlicher Typ«, meinte sie am Telefon. »Als … als könnte er alles tun, was er will, wissen Sie?«

Ja, ich weiß. Aus eigener Erfahrung, und ich habe ähnliche Beschreibungen immer wieder gehört. Als ich die Bar betrat, war er noch da und streichelte sein Glas mit seinen fetten Fingern. Er trug ein glänzendes blaues Hemd und zu enge Jeans, und seine Glatze schimmerte rot von der Barbeleuchtung. Er sah aus wie eine empfindungsfähige Kartoffel, nur ohne die Empfindungsfähigkeit. Ich kippte ihm einen großen rosa Cocktail auf den Schoß und drängte Rachel und ihre Freundin zu meinem Micra, während er hektisch nach einer Serviette griff. Das ist schnell und einfach gelaufen, aber die Schutzlosigkeit der jungen Mädchen hat bei mir Eindruck hinterlassen.

Hinter der nächsten Ecke biege ich auf den Fußweg ab und habe das Straßenpflaster hinter mir. Der Weg steigt stetig an, das weiche Geräusch der Schritte auf dem Erdboden beruhigt meinen Puls und drängt die Erinnerung an ihre erschrockenen Augen und dünnen Glieder allmählich aus meinem Kopf.

Oben auf dem Hügel lichten sich an einer Seite die Bäume und geben den Blick auf die Cliftoner Hängebrücke frei, die herrlich und grandios den Avon überspannt. Ich erlaube mir eine kurze Pause, stütze die Hände auf die Knie und beuge mich nach vorn, um zu verschnaufen. Ein Mann mit buschigem Bart und zu enger Weste joggt in der Gegenrichtung auf mich zu, und ich trete an den Wegrand, um ihn vorbeizulassen. Er lächelt und grüßt mit zwei erhobenen Fingern, was mir den Magen umdreht. Das ist das Erkennungszeichen der Tech-Bros.

Zum Glück hat er nicht angehalten, um ein paar Worte zu wechseln, denn er war mir unheimlich. Daher mache ich kehrt und laufe den Weg zurück. Erneut erhöhe ich das Tempo, damit meine Gedanken verstummen. Manchmal brauche ich Stille, weil ich verarbeiten muss, was sonst unter dem Lärm vor sich hin brodelt. Dem konstanten, unerträglichen Lärm anderer Leute.

Doch egal, wie schnell ich heute jogge und wie sehr mir der Schweiß von der Nase tropft und den Rücken hinunterrinnt, ich kann nicht aufhören, an die junge Frau in meinem Wagen zu denken, die mich um zwei Uhr früh mit Dank überschüttet hat, weil sie durch mich dem betrunkenen Anzugtypen entkommen ist. An die schlaksigen Sechzehnjährigen, die erleichtert über den Glatzkopf lachten. An die vielen, vielen Hilferufe und Bitten um Rat, die ich im Lauf dieser Woche, im Lauf dieses Monats bekommen habe.

Und all das wegen Katie. Meiner geliebten Schwester.

2

Ich fahre langsam zum Haus meiner Mutter. Mittag ist vorbei, und je näher ich komme, desto langsamer fahre ich. Wenn ich so weitermache, werde ich nie ankommen. Das ist einfache Mathematik. Dachte ich zumindest. Es hat jedenfalls nicht funktioniert, denn ich kann die verdammte Straße jetzt sehen und parke tatsächlich vor der Hausnummer 112 am Ladbroke Drive. Tja, nächstes Mal probiere ich es mit einer anderen Taktik.

Ich bin nicht hier, um meine Mutter zu besuchen, doch es ist schwierig, eine Begegnung zu vermeiden, wenn ich Katie sehen will. Sie ist außer Nina der einzige Mensch, den ich wirklich, wirklich liebe und für den ich alles tun würde. Da ich zehn Jahre älter bin als sie, ist es meine Aufgabe, sie ein Leben lang vor Schaden zu bewahren, was mir zuletzt allerdings nicht gelungen ist.

Katie war immer die Hübsche in der Familie, auch die Intelligentere. Man könnte meine, dass ich einen Groll gegen sie hege, weil sie im Genpool im Tiefen schwimmt, während ich am flachen Ende plansche. Doch so war es nie. Als Katie an der Durham anfing, war ich ungeheuer stolz. Meine kleine Schwester schafft es aus diesem Loch von einem Zuhause an eine Spitzenuni. Unvergesslich ihr Gesicht, nachdem sie den Brief geöffnet hatte. Zuerst wurde sie weiß, dann rot. Wir Masters-Mädchen sind beide schlau, aber im Gegensatz zu mir, hat sie ihren Verstand eingesetzt und sich angestrengt. Sie hätte etwas aus sich gemacht. Und *er* hat ihr das genommen.

Die Haustür besteht aus Plastik, und ich habe sie immer gehasst. Selbst in ihrer Glanzzeit sah sie billig aus, und inzwischen ist sie nicht mehr weiß, sondern grau. Die Ziffern der 112 sind noch dieselben wie eh und je, die 2 rostet. Ich öffne die Tür mit meinem Schlüssel und rufe beim Eintreten: »Hallo? Hier ist Millie! Katie?«

Meine Mutter kommt rechts von mir aus der Küche. Nach ihr habe ich nicht gerufen, aber gut.

»Hi. Wie geht es ihr?«

»Ach, ganz gut. Ist nur ein bisschen müde, denke ich. Und wie geht's dir, Liebes?«

Ein bisschen müde? Meine Mutter ist eine Meisterin der Verharmlosung, und deshalb stimmt mich die Antwort nicht hoffnungsvoll.

»Hat sie heute schon was gegessen?«

»Hm? Ich bin mir nicht sicher, Liebes. Ich habe den Wasserkocher eingeschaltet, falls du Tee möchtest.«

»Ich gehe zu ihr nach oben.«

Im Haus hat sich seit Jahren nichts verändert. Nicht, seit mein Vater gestorben ist und meine Mutter sich mit gelber Farbe ausgetobt hat, um »mehr Heiterkeit reinzubringen«. Die Farbe war billig, und daher sehen die Wände jetzt aus wie die Schale einer gewachsten Zitrone. Sie scheint einem auf die Haut, sodass man gelbsüchtig aussieht. Wenigstens ist das Haus sauber. Sie war schon immer reinlich, meine Mutter. Sie achtet auf jedes Stäubchen und ignoriert den Sandsturm.

Mein Zimmer ist anders. Niemand hält sich mehr darin auf, einschließlich mir. Während Mum alles andere in Gelb tauchte, habe ich meine Wände strahlend weiß gestrichen, rubinrote Gardinen aufgehängt und neue Bettwäsche gekauft. Es hat nichts gebracht, ich kann das Zimmer trotzdem nicht ertragen.

Vor Katies Tür halte ich inne und wappne mich, dann rede ich in schmeichelndem Ton, als wollte ich eine Katze anlocken.

Ich starre auf meine Stiefel und den sauberen, abgetretenen Teppichboden und warte auf ein Lebenszeichen.

Nichts. Neuer Versuch.

»Katie? Hier ist Mill. Darf ich reinkommen?«

Nach einer Ewigkeit höre ich von drinnen ein Gemurmel, das ich als Ja interpretiere, also drehe ich den Knauf und drücke behutsam die Tür auf. Meine geliebte Schwester liegt im Bett und lugt unter der Decke hervor wie ein im Winterschlaf gestörtes Murmeltier. Es wäre lustig, wenn es einem nicht das Herz bräche.

Katie gibt sich Mühe und schiebt die Decke ein Stück weg, blinzelt heftig und stemmt sich auf die Ellbogen. Das ist bei Frauen tief verwurzelt, dieser Drang, sich Mühe zu geben, egal wie die Umstände sind. Sie können blutend auf der Straße liegen, weil ein Sattelzug sie gestreift hat, und machen sich trotzdem Gedanken, ob sie am Morgen präsentable Unterwäsche angezogen haben. »Ich hätte mir heute mehr Mühe geben müssen«, dürfte der letzte Gedanke vieler sterbender Frauen sein.

Meine Schwester lächelt selten, daher fühle ich mich geehrt, als sie mich ansieht und die Mundwinkel hochzieht.

»Hi, Mills. Du siehst fantastisch aus.« Sie setzt sich auf und lehnt sich an das Betthaupt. »Wie spät ist es? Zu blöd, dass ich noch mal eingeschlafen bin.« Sie blickt zur Uhr und wird rot. »Scheiße, es ist ja fast eins. Tut mir leid. Ich bin unmöglich.«

Ich weiß das, und sie weiß, dass ich es weiß. Und wir wissen beide, dass damit nicht nur das lange Schlafen gemeint ist. Aber ich rolle die Augen und schnalze mit der Zunge, und sie zuckt entschuldigend mit den Schultern. So tun wir beide, als wäre es ein Ausrutscher. Denn so tun als ob ist netter, und alles erscheint normal. Tatsächlich ist genau diese Situation für uns normal.

Ich setze mich ans Fußende, und wir quatschen über meinen Alltag und lassen ihren vollständig aus. Da mein Alltag ereignislos verläuft – ausgenommen mein Abendjob, von dem sie nichts weiß –, ist die Unterhaltung nicht besonders fesselnd. Trotzdem schätze ich diese Momente mit ihr. Jedes Mal, wenn sie etwas zu ihrer Zukunft sagt – »Das würde mir gefallen« oder »Vielleicht mache ich das« – oder wenn sie etwas Witziges von sich gibt, schlägt mein Herz höher, nicht unbedingt vor Freude, sondern weil ich hoffe.

»Ich kann das bei Rick für dich rahmen, wenn du willst.« Ich deute mit dem Kinn auf das Foto, das auf ihrem Nachttisch liegt und das ich vorher noch nie gesehen habe. Sie wird wieder rot.

»Nein. Aber danke.«

Obwohl es liegt, kann ich sie und ihre zwei besten Schulfreundinnen darauf erkennen. Ich frage mich, ob die sie noch besuchen oder ob sie das mittlerweile aufgegeben haben. Auf dem Foto hat Katie glänzende lockige Haare und runde Wangen. Einen Arm um die Taille ihrer Freundin gelegt, grinst sie in die Kamera. Ich versuche wegzusehen, kann den Blick aber nicht abwenden.

»Wie läuft es bei der Arbeit?«, fragt sie.

»Würg. Du weißt schon. Rick ist begeistert von der neuen Glassorte, die reingekommen ist und die genau wie die bisherige aussieht. Glas ist einfach Glas, oder? Es ist durchsichtig. Praktisch ein Nichts. Das ist der Zweck. Aber, hey, das ist die Arbeit. Ich muss ja meine Rechnungen bezahlen.«

Das Klischee ist mir peinlich, zumal mir gerade einfällt, dass ich mal wieder vergessen habe, die Gasrechnung zu begleichen. Zum Glück gehört das Haus, in dem ich lebe, mir. Mein Onkel Dale hat mir geholfen, es mit meinem Anteil aus Dads Lebensversicherung zu kaufen. Mein mageres Gehalt deckt also meine monatlichen Kosten, und es bleibt sogar noch etwas übrig, das ich spare. Trotzdem vergesse ich regelmäßig, Rechnungen zu bezahlen, einfach weil das so langweilig ist.

»Zwischen nichts und nichts können Welten liegen«, sagt

Katie. Die unerwartete Schwere dieser Aussage lässt uns beide innehalten. »Aber«, fährt sie lächelnd fort, »hattest du nicht überlegt, einen Kurs zu belegen? Neulich mal … zu Weihnachten? Du willst doch nicht ewig bei Picture This bleiben, oder? Mit Rick als Chef?«

Tagsüber rahme ich Bilder. Das ist kein glamouröser Job, klar. Ich habe Abitur gemacht, aber nicht studiert. Ich wollte für meine Schwester da sein, bis sie alt genug wäre, um auf eigenen Beinen zu stehen. Daher habe ich nach meinem achtzehnten Geburtstag das Haus gekauft und zur Überbrückung in dem Rahmenatelier um die Ecke angefangen. Und da bin ich hängen geblieben.

Teilweise mag ich diese Arbeit. Trotz all der scheußlichen Fotos von Schwangeren auf Wiesen und der sentimentalen Abschlussballbilder geht es in meinem Job manchmal, wenn auch wirklich nur manchmal darum, etwas Schönes noch schöner zu machen.

Sehr selten bekomme ich mal ein Gemälde, das mir den Atem raubt, oder eine Fotografie, die in meinem kalten Herzen etwas berührt, und noch seltener kommt es vor, dass der Kunde, der es mir auf den Tisch legt, nicht den billigsten, dünnsten Kiefernrahmen nimmt, sondern einen soliden, zeitlosen auswählt. Mahagoni oder polierte Eiche oder einen mit vergoldeter Schnitzerei. Für solche Tage lohnt es sich.

»Ich bin da erst mal zufrieden, Kate. Ehrlich, das ist okay.«

»Das ist doch nicht wegen … Du musst nicht …«

»Katie. Der Job gefällt mir. Hör auf.«

Bei meinem strengen Ton macht sie sich kleiner. Darum ringe ich mir ein Lächeln ab und sage: »Ich habe dir noch gar nicht das Neueste von Gina erzählt.« Nachdem wir vierzig Minuten lang über die Probleme und Sorgen meiner nervigen Kollegin gesprochen haben, kann Katie die Augen kaum noch offen halten. Das ist vielleicht ganz gut. Sie würde sich schuldig fühlen, wenn sie sähe, dass ich ihre Müdigkeit bemerkt habe. Schuldgefühle sind auch typisch für Frauen – sie fühlen sich schon fürs Müdesein schuldig. Ich habe mal Nina im Schlaf angestoßen, und sie flüsterte automatisch »Entschuldigung«.

»Okay, ich muss los. Ich treffe mich mit Nina.« Das ist eine Notlüge. In Wirklichkeit muss ich mich ein paar Stunden entspannen, bevor der Samstagabendandrang auf meinem Handy losgeht.

Katie hustet und zittert wie bei einem Schwächeanfall. Als ich mich zu ihr hinunterbeuge und sie umarme, fühlt sie sich an wie Haut und Knochen. Es schnürt mir die Brust zusammen. Kaum habe ich mich aufgerichtet, sieht sie aus, als wäre sie schon im Halbschlaf und wartete nur darauf, dass ich gehe. Mit aufgesetztem Lächeln und feuchten Augen verlasse ich das Zimmer.

»Bye! Ich ruf dich an, okay? Hab dich lieb.«

Ich schließe die Tür und bleibe im Flur stehen, um die Augen zu schließen und die Tränen zurückzudrängen. Als ich sie öffne, leuchtet mich das Gelb an. Unpassend heiter. Und plötzlich verwandelt sich meine Trauer in kalte Wut.

Katie lebt seit neun Monaten praktisch ausschließlich in ihrem Zimmer und verlässt es nur, wenn sie unbedingt muss. Sie kam zurück von ihrem ersten Semester an der Durham und blieb. Ich bin nicht blöd, ich weiß, dass sie depressiv und gefährlich dünn ist. Ich weiß nur nicht, was ich dagegen tun kann.

Ich weiß allerdings, wodurch das angefangen hat.

Es passierte nach dem schönsten Weihnachtsfest, das wir je hatten. Katie hatte jede Menge zu erzählen – über ihre Vorlesungen und ihre schmuddelige Studentenbude und ihre neuen Freundinnen. Sie wirkte größer, sprudelte über von all den Neuigkeiten, die das Leben ihr brachte. Am Weihnachtsabend gab es einen Moment, da dachte ich, es sei Zeit für mich, mit meinem Leben etwas anderes anzufangen, nachdem sie in ihrem ein neues Kapitel aufgeschlagen hatte. Vielleicht den Werbetexter-Lehrgang machen, mit dem Nina mir ständig in den Ohren lag.

Dann ging sie am Silvesterabend aus, während ich die Nacht mit Nina, Angela und Izzy im Pub verbrachte. Wir prosteten uns bestens gelaunt ins neue Jahr, und dabei kam es zur Katastrophe. Was trank ich gerade, als es passierte? Waren wir da schon beim Tequila angelangt? Passierte es, während ich Angela über dem Klo die Haare im Nacken zusammenhielt? Während ich mit Nina im Raucherbereich die Welt in Ordnung brachte? Hatte ich da gerade die teure Flasche Sekt bestellt, die ich dann umstieß und verschüttete?

Du weißt, worauf ich hinauswill. Während sich all das abspielte, wurde Katie überfallen. Also, um es beim Namen zu nennen: Sie wurde vergewaltigt. Die Leute scheuen sich, das auszusprechen, scheuen die Gewalt des Geschehens. Angegriffen, überfallen, bedrängt – das sagt sich viel leichter als das wahre Wort. Katie, meine kleine Schwester, wurde an Silvester vergewaltigt, und jetzt ist sie eine Gefangene in ihrem Zimmer.

Über Nacht schrumpfte sie in sich zusammen. Aus der überschäumenden, intelligenten, fröhlichen jungen Frau wurde eine graue Maus, die bei jedem Geräusch erschrickt und nur noch Haut und Knochen ist.

Ich war nicht daran schuld. Sie selbst auch nicht. Manchmal mache ich ihren Freundinnen Vorwürfe, weil sie nicht auf sie aufgepasst haben, doch mir ist klar, dass sie ebenfalls nicht schuld sind. Er allein ist daran schuld. Das ändert jedoch nichts daran, dass ich mich jeden Tag schuldig fühle, weil ich nicht da gewesen bin, weil ich meine Schwester nicht beschützt habe – das Einzige, was mir wirklich wichtig war.

Seitdem bemühe ich mich, andere Frauen zu beschützen. Vielleicht ist das eine Form der Buße, aber ich bin keine Psychologin und nicht an der Erkenntnis interessiert, *warum* ich etwas Bestimmtes tue. Ich weiß nur, dass ich darin versagt habe, Katie vor Schaden zu bewahren. Aber immerhin habe ich, während sie in ihrem Zimmer vegetiert, erfolgreich viele andere Frauen davor bewahrt.

Von einer Woche zur anderen habe ich gehofft, dass Katie ins Leben zurückfindet. Stattdessen zieht sie sich immer mehr in sich selbst zurück. Eines Tages wird sie ganz verschwunden sein.

Es gelingt mir, aus dem Haus zu schlüpfen, ohne meiner Mutter zu begegnen, doch ich sehe ihr enttäuschtes Gesicht am Fenster, als der Motor anspringt.

Was Katie braucht, ist Gerechtigkeit. Und genau die bleibt ihr bislang versagt.

3

Nina hat einen furchtbaren Geschmack, was Männer betrifft. Der letzte Freund, den ich kennenlernte, hat fast den ganzen Abend von seinem neuen BMW geschwärmt und keine einzige Runde spendiert. Es juckte mich in den Fingern, ihm mit seiner Krawatte die Luft abzuschnüren.

Nachdem ich mich entschuldigt und verabschiedet hatte, sah ich vor dem Pub den BMW parken und fuhr mit meinem Hausschlüssel an der glänzenden blauen Tür entlang – alte Gewohnheiten halten sich hartnäckig.

Aber ich war Nina etwas schuldig, und so habe ich zugestimmt, am Sonntag um zwei zum Lunch im Spotted Cow zu erscheinen. Gestern Abend ist es bei Message M für einen Samstag erstaunlich ruhig gewesen, aber ich bin trotzdem erst gegen drei ins Bett gekommen. Heute Morgen habe ich mich gezwungen, eine Runde zu joggen, um wach zu werden, und dabei immer wieder aufs Handy geschaut, weil ich auf eine Planänderung hoffte. Ich würde manches geben, um mit meiner besten Freundin allein zu essen und nicht in meiner kostbaren Freizeit diesen Hugh Chapman anlächeln zu müssen.

Schlecht gelaunt schneie ich bei Picture This rein – »dem freundlichen Rahmenatelier in Ihrer Nähe« –, um meinen Gehaltsscheck abzuholen, bevor ich in den Pub gehe. Ich lehne mich an den Tresen und warte, dass Rick damit zurückkommt. Dabei entdecke ich einen Haufen verstaubter Rahmen, die er wohl aus dem Lager geholt hat. Ich kann nicht anders und nehme mir einen Lappen, um sie abzuwischen.

Rick kommt mit zwei Tassen Kaffee aus der Werkstatt. Er ist ein anständiger Kerl, wenn auch durch und durch langweilig. Er hat einmal einen Roman geschrieben, der von niemandem gekauft wurde, und das kann er nicht verwinden. Er erwähnt ihn mindestens einmal am Tag.

»Ah, nett von dir, Millie. Die sahen wirklich übel aus.« Er reicht mir eine Tasse, und dabei wird mir klar, dass Rick der Mensch ist, mit dem ich die meiste Zeit verbringe. Verdammt deprimierend. »Wie läuft dein Wochenende?«

Ich versuche oft, ihn zu hassen, aber das klappt nicht.

Nicht ganz. Ja, er bezahlt mich mies, aber es ist nicht so, dass ich das nicht vorher gewusst hätte. Er ist weder ein Perverser, noch ein Frauenfeind, noch einer der üblichen Scheißkerle. Er macht mir sogar ab und zu einen Kaffee.

Ich bereue allerdings schon, dass ich den angebotenen Kaffee angenommen habe, denn dazu gehört Small Talk. Um die Interaktion einzudämmen, staube ich weiter die Rahmen ab.

»Ach, ganz okay, nichts Besonderes. Sind die Rahmen neu?« Ich ziehe den auffälligsten heraus und wische den Staub ab. Er ist groß, dick, silberfarben und mit Hunderten Swarovski-Kristallen besetzt. Was für ein Kunstwerk würde man in so ein Ding stecken? Wer den kauft, verwendet ihn höchstwahrscheinlich für seine Boudoir-Fotoshooting-Bilder. Er kostet 225 Pfund.

Die Geschäftsräume sind klein, was Rick aber nicht daran hindert, die größte Auswahl an Rahmen im ganzen Südwesten zu führen. Sie liegen gestapelt auf dem Boden und lassen nur einen schmalen Durchgang von der Tür zum Ladentisch. Jede Woche kommen neue hinzu. Sie nehmen jeden Zentimeter Wandfläche ein, was besonders beunruhigend ist, weil auf den mitgelieferten Bildern meistens ein lächelnder Mann oder eine unterwürfige Frau zu sehen ist. Bei der Arbeit werde ich ringsherum von urteilenden Augen in verblassenden Gesichtern beobachtet.

Während Rick noch über die neue Ware quatscht, kippe ich meinen Kaffee hinunter, verabschiede mich und mache mich auf den Weg zum Pub.

Ich will nicht zu früh kommen, also schlendere ich umher, kaufe schließlich im Oxfam-Laden einen tollen Schal – einen schwarzen mit perlenbesetztem Rand –, und bin dadurch spät dran.

Ich betrachte mich in einer Schaufensterscheibe und lege mir den neuen Schal über die Schultern. Ich bin groß und schlank, aber eher ein Haufen Ecken und Kanten als eine anmutige Gazelle. Meine Haut ist weiß wie Papier, und meine rotblonden Haare, die sich in weichen Locken um die Schultern legen, machen mich auf den ersten Blick attraktiv. Aber bei längerem Hinsehen bemerkt man die harten Linien und einen grausamen Zug wie bei einem Raubvogel. Was nicht fair ist, denn ich würde nicht sagen, dass ich grausam bin. Zumindest nicht zu Menschen, die ich mag. Meine Nase ist schmal und hat einen Höcker, weil sie mal gebrochen war, mein Kiefer ist kantig, und meine Augen sind zu klein, um all das abzumildern.

Mich stört das nicht sonderlich, ich stelle es nur fest. Menschen sind nicht wirklich mein Ding. Interessiert es mich also, ob sie meine Nase mögen? Männer schauen normalerweise nicht lange genug hin, um mehr zu sehen als eine dünne, rotblonde Frau mit ganz passablen Brüsten, also hat das meine Chancen auf ein Date noch nie beeinträchtigt.

Nina ist in fast jeder Hinsicht das Gegenteil von mir: klein mit weichen Kurven, üppigen dunklen Haaren und süßen Pausbäckchen, auf denen die eckige, dickrandige Brille aufliegt. Je länger man sie betrachtet, desto schöner findet man sie. Ihre Eltern sind beide Chinesen. Sie selbst wurde in London geboren und zog als Teenager nach Bristol. Aus alldem ergibt sich ein hübscher Akzent, der sich unmöglich beschreiben lässt. Ich halte mich an monochrome, klare Looks, während sie sich für leuchtende Farben und tiefe Ausschnitte entscheidet, um ihr sagenhaftes Dekolleté zu zeigen. Sie kann einen Raum buchstäblich aufhellen.

Als ich das Spotted Cow betrete, sehe ich sie an einem Ecktisch sitzen und über etwas kichern, was ihr Neuer gesagt hat. Oh, Nina! Sie ist so sehr darauf erpicht, sich in ihre eigene Liebesgeschichte zu verlieben, dass sie sich blindlings hineinstürzt. Angela steht an der Bar und holt gerade eine Flasche Rotwein und fünf Gläser.

»Millie!« Nina winkt und strahlt und versucht dann, ihren Überschwang zu zügeln, um vor Hugh cool zu wirken. »Darf ich vorstellen? Das ist Hugh.« Früher hat sie geraucht wie ein Schlot, daher klingt ihre Stimme wie der Motor eines teuren Autos. Anfang des Jahres ist sie zum Dampfen übergegangen, aber damit nimmt sie nur noch mehr Nikotin auf.

Der Mann, der neben ihr sitzt, mustert mich mit einem schnellen Blick, der mich zum Schaudern bringt, springt dann auf und begrüßt mich mit einem schlaffen Winken, das ich unbeholfen erwidere. Die Liebe ist Ninas Achillesferse, denn deren Verheißungen sind das Einzige, was ihren brillanten Verstand verwirren kann.

Also ist es meine Aufgabe, das Unkraut auszurupfen, das ihr zu nahe kommt, und Platz für etwas Besseres zu schaffen.

Ich umarme Nina und ziehe mir gerade einen Stuhl heran, als Angela in ihrer Chaoswolke am Tisch erscheint und die gesamte Flasche Wein auf vier modisch große Gläser verteilt.

»Millie, meine Süße, ich habe dich seit *Wochen* nicht gesehen! Nicht seit vorletztem Sonntag, und da war ich beschwipst und kann mich kaum erinnern. Haha!« Noch im Stehen trinkt sie große Schlucke von ihrem Wein. »Prost! Klirr-klirr! Okay, bin gleich wieder da. Ich muss kurz pinkeln. Und dann muss ich euch *so* viel erzählen.«

Angela ist mit Nina und mir zur Schule gegangen und war früher, ich schwöre, nicht so nervig. Sie redet ununterbrochen und unterbricht sich nur für ihre großen Schlucke, als wären die das lebensrettende Serum gegen kürzlich geschlucktes Gift. Alles, was sie sagt, ist wahnsinnig lustig, aber nur für sie.

Egal. Wir drei kennen uns schon sehr lange, und Angela bleibt meine Freundin trotz ihrer offensichtlichen Fehler.

Manchmal mache ich mir Sorgen, dass in ihrem Kopf zu viel abgeht. Sie ist durchschnittlich intelligent, hat aschblonde krause Haare und milchige Augen, so groß wie Enteneier, für ihr kleines, kinnloses Gesicht also vollkommen überproportioniert. Mag sein, dass sie in Gesellschaft mit anderen nur übermäßig viel redet und trinkt, um ihren Platz in einer Welt zu finden, die sie sonst übersehen würde. Aber das macht es nicht weniger nervig.

Nachdem sie zur Toilette gegangen ist, herrscht eine schweigende Leere, in der Hugh und ich Höflichkeiten austauschen und Nina zu vermitteln versucht. Sie ist nervös, und das macht mir ein schlechtes Gewissen. Deshalb lache ich laut über eine Bemerkung von Hugh und sehe sie mit hochgezogenen Brauen an, um zu zeigen, dass ich beeindruckt bin. Sie versucht, ihr Grinsen zu verbergen, indem sie sich die Speisekarte nimmt und vorschlägt, dass wir unser Essen aussuchen. Auch tagsüber herrscht in diesem Pub ein schummriges Licht, und in der Mitte des Tisches brennt eine Kerze, die eine Illusion von Abendromantik vermittelt, obwohl die Jungs an der Bar Turbojäger kippen. Die Wände sind stimmungsvoll schwarz gestrichen, sodass es aussieht, als wäre das Lokal kürzlich ausgebrannt. Wahrscheinlich hat es ein Vermögen gekostet, diesen Eindruck zu erwecken.

»Also, Millie, was machst du so?«, fragt Hugh. Er nippt an seinem randvollen Glas und verzieht ein bisschen das Gesicht. Offenbar ist er eher ein Biertrinker. Um ehrlich zu sein, überrascht es mich, dass er mir eine Frage stellt, selbst so eine einfallslose. Ninas bisherige Freunde erschienen mir durchweg selbstverliebt.

»Ich rahme. Bilder. Ich arbeite in einem Rahmenatelier.«
»Oh. Ach so.«
Ja, da gibt es wohl nicht viel hinzuzufügen.
»Und du? Klempner, richtig?«
»Eigentlich mache ich alles! Kein Auftrag zu gering und so weiter.«
Hugh gibt sich Mühe, das rechne ich ihm an.
Und er hat dicke Muskeln unter seinem T-Shirt und blonde Haare, die auf eine unbekümmerte Art ungekämmt aussehen, was Nina sicher liebenswert findet. Ich versuche, den neuen Mann im Leben meiner besten Freundin einzuordnen, ohne ihn anzustarren, und bemerke, dass sein kräftiges Gesicht vollkommen symmetrisch ist. Er schenkt mir ein selbstironisches Lächeln.
»Jetzt stellt er sein Licht unter den Scheffel! Er ist unheimlich begabt! Er hat sich einen eigenen Couchtisch gezimmert, Mensch. Ehrlich!« Nina lässt ihre glatten, glänzenden Haare wirkungsvoll über die Schulter nach hinten schwingen. Dank einiger teurer Pflegemittel und einer seltsamen genetischen Veranlagung riecht ihr Haar immer unglaublich gut, und sie nutzt das auch gerne, wenn sie jemanden umgarnen will. Ich gebe mich beeindruckt, obwohl es keine große Kunst ist, fünf Holzstücke zusammenzunageln. Natürlich besteht ein Bilderrahmen nur aus vier, aber ein fünftes würde mir sicher kein großes Kopfzerbrechen bereiten.
Angela kommt an den Tisch zurück und stößt beim Hinsetzen ihr Glas um, das sie zum Glück schon fast ausgetrunken hatte.
»Hat jemand was von Izzy gehört? Hast du ihr etwa die tatsächliche Uhrzeit genannt, Nina? Wir wollten sie doch immer eine halbe Stunde früher zu den Treffen bestellen, nicht wahr?«
»Ach, sie kommt, wenn sie kommt«, sagt Nina atemlos und winkt lässig ab wie jemand, der sich nicht um Pünktlichkeit

schert. Wenn Hugh nicht dabei wäre, würde sie über Izzys absehbare Verspätung die Augen rollen. Sie zieht ihren Dampfer aus dem Ärmel und inhaliert dezent.

Mit Soße überschwemmte Teller werden auf den Tisch gestellt, und in diesem Moment trifft auch Izzy ein, in teuren Parfümdunst gehüllt und mit den gewohnten Entschuldigungen. Wir essen unseren Braten, während Angela weiterredet. Nina versucht, eine lustige, entspannte Atmosphäre zu schaffen, ist dabei aber völlig unentspannt, und trotzdem hält Hugh ununterbrochen ein lockeres Gespräch in Gang. Er stellt Fragen, lacht über unsere Witze, und als Nina beim Erzählen ihre Gabel auf den Boden fallen lässt, springt er auf, um ihr eine neue zu holen.

Ich gebe es nur ungern zu, aber er hat einen gewissen Charme. Natürlich würde ich viel lieber allein mit meiner besten Freundin essen, aber man kriegt nicht immer, was man sich wünscht. Von Izzys Parfüm und Angelas lauter Stimme bekomme ich Kopfschmerzen, versuche aber, sie wegzutrinken. Izzy fängt an, sich über ihren Babysitter zu beschweren, was sie jedes Mal tut, und Nina und ich wechseln einen Blick und schauen dann weg, um keine Miene zu verziehen.

»Kommst du nächste Woche zu Jackies Dreißigstem, Mills?«, will Izzy wissen, als die unterbezahlte und anscheinend minderjährige Kellnerin unseren Stapel tropfender Teller abräumt.

»Äh, nein? Warum sollte ich zu Jackies Dreißigstem gehen?«

»Weil sie unsere Freundin ist?«

»Sie ist *deine* Freundin. Ich habe seit einem Jahr nicht mehr mit ihr gesprochen.«

Nina seufzt und rollt theatralisch die Augen, und Hugh stützt das Kinn auf einen Handrücken und neigt sich in einer spöttischen Erzähl-mir-alles-Pose nach vorn.

»Oh, was ist denn passiert? Was hat diese Jackie getan?«

»Jackie ist eine blöde Kuh«, erkläre ich ihm. »Sorry, Izzy.

Aber es ist wahr. Sie war schon in der Schule eine blöde Kuh und ist auch jetzt noch eine.«

Nina greift ein und wendet sich entschuldigend an Hugh. »Die beiden hatten einen dummen Streit, als sie betrunken waren. Jackie hat Millie eine hochnäsige Bitch genannt, weil sie gesagt hat, dass sie nicht von Kebab-Wagen isst. Und Millie wollte das nicht auf sich beruhen lassen.«

»Warum sollte ich?«

»Weil man nicht ewig einen Groll hegen kann! Ich sage immer, dass man einen Weg finden muss, um mit seiner Wut fertigzuwerden. Manchmal muss man die Vergangenheit hinter sich lassen und nach vorn blicken!«

»Da bin ich anderer Meinung. Wie auch immer. Hugh, erzähl mir mehr über diesen Couchtisch. Beine? Vier Stück?«

Schließlich verkündet Izzy, dass sie zu ihren Kindern zurückmuss. Sie wirft Hugh einen extravaganten Luftkuss zu, sagt ihm viel zu aufrichtig, dass es sie *total* gefreut hat, ihn kennenzulernen, und winkt die gelangweilt aussehende Kellnerin heran. Angela sieht schon ziemlich fertig aus, also bezahlt Izzy für sie mit und schiebt sie aus dem Pub, um sie nach Hause zu bringen.

Die Kellnerin empfiehlt halbherzig den Pekannusskuchen als Dessert. Hugh erklärt höflich, dass er gegen sämtliche Nüsse allergisch ist, aber nichts dagegen hat, wenn Nina und ich welchen bestellen möchten.

Er gibt sich wahnsinnig Mühe. Oder vielleicht ist er einfach nur ein netter Kerl. Nina lehnt ab, worüber ich sehr froh bin, und ich entschuldige mich, um zur Toilette zu gehen, während sie auf die Rechnung warten. Mir ist der Small Talk ausgegangen, außerdem bin ich aufgebracht wegen der Sache mit Jackie.

Auf der Toilette schließe ich mich in einer Kabine ein und gönne mir eine Verschnaufpause. Ich setze mich auf den geschlossenen Deckel und lese die Klosprüche.

Sam war hier 2019   Caz 4 Jack
Rachel L ist eine Nutte
Trans-Rechte sind Menschenrechte
BELIEVE WOMEN
Träum vom Fliegen, und dir
wachsen Flügel D
Männer sind Schweine
Mandy liebt Pimmel

In einem Moment der Inspiration finde ich einen Stift in meiner Tasche und füge hinzu: *Jackie ist eine blöde Kuh.* Damit geht's mir besser.

Zurück am Tisch ist es herrlich ruhig. Ich war noch nie der gesellige Typ, und mit den Jahren bin ich nur umso introvertierter geworden, verkrieche mich mit meiner Katze, meinem Bedauern und meiner Wut in mein Schneckenhaus. Einerseits mag ich meine alten Schulfreundinnen, andererseits habe ich immer weniger Geduld, mir ihren Alltagsquatsch anzuhören, abgesehen von Ninas.

»Hugh hat uns das Essen ausgegeben«, sagt Nina und platzt vor Stolz.

Also, vielleicht bin ich die Falsche, um darüber zu urteilen. Aber ich habe noch keinen Mann getroffen, der dieser Frau würdig wäre. Tatsächlich kenne ich keinen Menschen, mit dem Nina – die scharfsinnige, witzige, freundliche Nina – einen Großteil ihrer Zeit verbringen sollte, mich eingeschlossen. Aber sie scheint glücklich zu sein, und Hugh hat bisher nichts falsch gemacht. Trotzdem fühle ich mich noch nicht bereit, ihm etwas schuldig zu sein.

»Danke, Hugh, aber ich möchte meins lieber selbst bezahlen. Ehrlich.« Ich lächle, damit es nicht wie eine Zurückweisung rüberkommt, und kritzle meine Telefonnummer auf die Quittung, da ich den Eyeliner noch in der Hand habe.

»Schick mir deine Bankverbindung, dann überweise ich dir

meinen Anteil.« Nach minimalem Widerstand willigt er ein. Das sagt mir, dass er eigentlich nicht das Geld hat, um uns ein großes, feuchtfröhliches Mittagessen zu spendieren, aber er will beeindrucken. Das bringt mein Eis ein bisschen zum Schmelzen. Er ist ein Charmeur.

Trotzdem: Als ich nach Hause gehe, um Shirley Bassey zu füttern, beschließe ich, Hugh Chapman besser im Auge zu behalten. Charme ist eine gefährliche Waffe, und ich kann mich nicht entspannen, bevor nicht klar ist, ob der Mann, der sie einsetzt, gute Absichten hat.

4

Ich habe nicht den Wunsch, Kinder zu bekommen. Gelegentlich, wenn das Leben absolut langweilig ist oder wenn ich verkatert bin, scrolle ich durch die Facebook-Profile von Frauen, mit denen ich zur Schule gegangen bin. Einige von ihnen haben schon *mehrere* Kinder!

Wir sind noch nicht einmal dreißig! Sie teilen Fotos von einem pausbäckigen Kind, das unbedarft in die Kamera guckt, mit Bildunterschriften wie »Unglaublich, dass ich schon vier Jahre mit meiner wunderbaren kleinen Familie glücklich bin!«, gefolgt von sechsunddreißig Beiträgen in einer lokalen Müttergruppe über die neuen Anfangszeiten für den »Mummy and Me Sing Song Club«.

Nein, danke. Lieber Bier als Babystrampler, und lieber Massagen als eine Mastitis.

Es geht mir nicht darum, dass ich zu egoistisch bin, um mein Leben nach den Launen eines kleinen Kindes auszurichten – obwohl das offen gestanden zutrifft. Sondern es geht darum, dass ich nicht weiß, wie ich als Mutter sein sollte.

Meine eigene Mutter … hat versagt. Milde ausgedrückt. Über meinen Vater schweigt man am besten, und meine Mutter war schlimmer als nutzlos. Mein Onkel Dale ist neben Katie das einzige Familienmitglied, für das ich keinen Hass empfinde. Ich weiß genau, wie viel Schaden ein beschissenes Elternteil anrichten kann, und das möchte ich keinem Kind antun, denn das hätte es nicht verdient, und es müsste trotzdem das Leben mit mir aushalten.

Es ist Freitagnacht zwei Uhr früh – die Stunde, in der die Grenze zwischen abendlichem Vergnügen und nächtlichem Schrecken verläuft –, und ich sitze in meinem Micra, frierend trotz Mantels, während der Regen auf die Windschutzscheibe prasselt. Diesmal trage ich unter meiner Kapuze eine dunkle Perücke. Ich habe bei meinem Engagement schon viele Männer verärgert und will möglichst nicht wiedererkannt werden.

Es war eine ziemlich beschissene Woche. Eigentlich ist nicht viel passiert – ich habe gearbeitet, mit Shirley Bassey gespielt, gekocht und die Textnachrichten von Freunden ignoriert. Nina und ich hatten locker vereinbart, uns heute Abend auf ein paar Drinks zu treffen, aber sie hat mir wegen Hugh abgesagt. Ich versuche, ihr das nicht übel zu nehmen, denn im ersten Rausch einer neuen Liebe sind die Leute nun mal wie verrückt. Trotzdem war ich schlecht gelaunt, als meine Mutter anrief. Wenn es nach mir ginge, würde Katie bei mir wohnen. Aber sie sagt, dass sie glücklich ist, wo sie ist, und dass sie ihr altes Kinderzimmer nicht verlassen will. Es obliegt also unserer Mutter, dafür zu sorgen, dass Katie etwas isst, ihr Zimmer gelegentlich verlässt und sich ab und zu die Haare wäscht. Sie ist mir keine gute Mutter gewesen, aber zu ihrer Verteidigung muss ich sagen, dass sie Katie mehr geliebt hat, also gibt sie sich zumindest Mühe.

Man verstehe mich nicht falsch, ich würde nie behaupten, dass meine Mutter absichtlich grausam war. Sie hat uns nicht misshandelt – andernfalls hätte ich Katie schon vor Jahren dort rausgeholt. Aber sie ist passiv. Sie hat sich nie »elterlich« verhalten, nie das Ruder in die Hand genommen, harte Entscheidungen getroffen oder uns gar zurechtgewiesen. Sie hat einfach nur existiert, und Passivität ist ein Charakterzug, der mich zum Schäumen bringt. Im Gespräch mit Katie behalte ich meine Meinung über unsere Mutter für mich. Die beiden haben ein besseres Verhältnis zueinander, und im Moment möchte Katie bei ihr leben. Eines Tages werde ich sie überreden, zu mir zu ziehen.

Ich lehne den Kopf an, kneife die Augen zusammen und versuche, meine rasenden Gedanken zu stoppen.

Es ist einfacher, auf meine Mutter wütend zu sein, als zu akzeptieren, dass auch ich schuld bin.

Ich hätte meine Schwester beschützen müssen und habe versagt.

Am Mittwoch war ich wieder bei ihr. Onkel Dales Motorrad stand in der Einfahrt, und ich fand ihn wie immer im Newcastle-Fußballtrikot mit meiner Mutter in der Küche beim Biertrinken. Katie saß oben im schwarzen Loch ihrer Depression und sah noch dünner aus sonst. War ich also überrascht, als meine Mutter mich heute Nachmittag anrief und sagte, Katie sei zusammengebrochen und ins Krankenhaus eingeliefert worden? Nein, war ich nicht. Sie wurde ziemlich schnell wieder nach Hause geschickt, mit der strikten Anweisung, sie müsse zunehmen. Mein erster Impuls war es, Message M für den Abend sausen zu lassen und zu ihr zu eilen, aber Mum sagte, Katie schlafe bereits und ich wolle sie doch bestimmt nicht wecken, wenn sie Ruhe brauche.

Da sitze ich also in einer Oktobernacht frierend in meinem Auto und beschwöre mein Hotline-Handy, zu summen, damit ich ein, zwei Leben retten kann. Viel mehr kann ich nicht tun. Wenn ich meiner Schwester nicht helfen kann, dann wenigstens jemand anderem.

Ich ziehe die Kapuze meines Mantels hoch und überlege, ob ich den Motor anlassen soll, damit die Heizung laufen kann, aber es ist nicht mehr viel Sprit im Tank, und es käme mir verschwenderisch vor. Jedenfalls fühlt sich die Kälte wie eine freiwillige Strafe an, quasi ein Büßerhemd. Laut Mum ist Katie nur wegen ihres niedrigen Blutzuckerspiegels ohnmächtig geworden. Allerdings würde sie auch auf eine Schusswunde ein Pflaster kleben. Fast spüre ich noch die Kanten von Katies

Schulterblättern an meinen Armen, und wenn ich die Augen schließe, sehe ich die dunklen Schatten unter ihren Augen und die hervortretenden Wangenknochen. Vermutlich mache ich mir vor, dass es ihr besser geht, während sie in Wirklichkeit vor meinen Augen verfällt.

Ich lehne den Kopf wieder an und atme tief ein, um mich zu beruhigen. In der Dunkelheit hinter meinen Lidern werde ich unweigerlich von Erinnerungen überschwemmt. Ich konzentriere mich aufs Atmen und wende dabei eine Technik aus dem Yogakurs an. Ich war nie sehr gut darin. Immer wenn ich in dem Studio auf dem Boden lag und »aaaatmen« und »den Geist leeeeren« sollte, war ich in Wirklichkeit darauf konzentriert, meine Oberschenkel so zu kräftigen, dass ich damit einen Mann töten kann.

Ein.

Katie und ich bei einem Lachanfall im Pub.

Aus.

Ich als Kind zusammengerollt bei ihr im Bett.

Ein.

Katie mit dem Bescheid der Durham University, blass vor Schreck und Stolz.

Aus.

Unsere Umarmung an dem Tag, als ich sie mit ihren Sachen in einem Lieferwagen nach Hause holte, nachdem sie das Studium geschmissen hatte.

Ein.

Die kleine Katie, die sich den Grashang neben unserem Haus hinunterrollt.

Aus.

Wie ich ihr als kleines Mädchen sage, sie solle wegen Dad keine Angst haben.

PING.

Oh, Gott sei Dank. Es hat geregnet, und es ist kalt, also war die Nacht ziemlich ruhig, aber jetzt will jemand meine Hilfe.

Jemand braucht mich. Ich überfliege die Nachricht und lese sie dann noch einmal langsam. Sie ist schwer zu entschlüsseln, so als wäre die Schreiberin sturzbetrunken.

Htditür abgeschossen

Was?

Er schieb nett sber Utz gehz mir schlecht ich gkaub es war was im Wein.

Etwas in ihrem Wein? O Gott, sie ist nicht betrunken, sie wurde unter Drogen gesetzt! Ich schreibe hektisch, weil ich unbedingt wissen muss, wo sie ist, bevor sie nicht mehr antworten kann. Mein Handy pingt wieder – sie war so klug, ihren Standort zu teilen. Es folgt eine weitere Nachricht:

32

Ich starte den Motor, obwohl ich noch keinen Plan habe. Meine Gedanken überschlagen sich, ich sehe nur Drogen und junge Mädchen, Blut und Wein, Katie und mich.

Zehn Minuten später stehe ich vor einem Reihenhaus im viktorianischen Stil. Als ich an der genannten Adresse ankomme, schaue ich mich hektisch um und entdecke eine blaue Tür mit der Nummer 32 darauf. In der Regel führt mich Message M immer zu denselben Bars und Clubs; manchmal melden sich auch Frauen, die allein auf dem Heimweg sind. Aber ab und zu werde ich auch zu Häusern wie diesem gerufen. Das sind die, wo es mir eiskalt den Rücken runterläuft, wo wirklich Gefahr lauert.

Aber einfach an die Tür zu klopfen und zu sagen, dass ich meine Freundin abholen will, funktioniert in der Regel gut – die Überraschung hält den Denkprozess des Mannes lange genug auf, um die Frau in Sekundenschnelle aus dem Haus zu schaffen. Nur einmal musste ich die Polizei rufen. In jedem Fall nehme ich mir einen Moment Zeit, um die Situation einzuschätzen, damit ich sie nicht noch schlimmer mache oder mich selbst in Gefahr bringe.

Heute Abend jedoch kreisen meine Gedanken um meine Schwester und ihren Vergewaltiger, meine Mutter und mein eigenes Versagen. Deshalb nehme ich mir nicht die Zeit für einen Plan. Vielleicht wünsche ich mir insgeheim eine Konfrontation. Wut muss irgendwohin, sonst frisst sie einen auf.

Aufgeregt und wütend steige ich aus dem Auto und laufe zu der Haustür. Die namenlose SMS-Schreiberin ist zu meiner Schwester geworden, im oberen Stock in der Northumberland Road 32, bei jemandem, der nett zu sein schien, ihr dann aber etwas in den Wein geschüttet hat.

Ich klopfe dreimal laut und sofort noch dreimal, dazu ein Tritt gegen das Holz. Ich höre Schritte, und schließlich wird die Tür einen Spalt breit geöffnet.

Zum Glück fange ich mich. Ich muss ruhig sein. Nur so funktioniert die ganze Sache. Ich atme tief durch und ringe mir ein Lächeln ab, wahrscheinlich sieht es aber eher wie eine Grimasse aus. Der Spalt wird breiter, und ich sehe einen Mann Ende dreißig. Er sieht verblüffend gut aus. Groß, dunkle wellige Haare, kantiges Gesicht, hellbraune Haut, ein paar schwarze Bartstoppeln, große dunkle Augen. Augen, die viele junge Frauen in sein Haus, in sein Bett locken könnten.

Wegen des nasskalten Wetters habe ich die Kapuze tief ins Gesicht gezogen, sodass er darunter schauen muss, um zu erkennen, ob ich ein Mann oder eine Frau bin, eine Bedrohung oder ein Leckerbissen.

»Hi! Ich bin Jessica!«, sage ich in einem kecken Frageton. Fehlen nur noch Pompoms und ein kurzer Rock. »Ich suche meine Freundin? Sie sagt, sie ist hier?« Ich lächle breit, um ihn freundlich zu stimmen, versuche aber weiterhin, meine obere Gesichtshälfte mit der Kapuze zu verbergen.

»Falsche Adresse.« Er lächelt mich an, um den Schlag abzumildern.

»Hmm, das glaube ich nicht! Es war definitiv hier!« Ich lächle noch breiter, fast schon irre. Ich muss in das Haus rein!

Sein kantiges Gesicht erinnert mich an Katie, ihre kränklich blasse Haut und ihre leicht vergilbten Zähne. *Konzentriere dich.* »Was dagegen, wenn ich reinkomme?«

Sein freundliches Lächeln wird schwächer, seine Brauen ziehen sich zusammen. Er verliert die Geduld. »Wozu willst du reinkommen? Deine Freundin ist nicht hier, tut mir leid.« Er will die Tür schließen, aber ich schiebe einen Fuß vor. So leicht kommt der Scheißkerl nicht davon, aber ich bleibe erst mal noch freundlich.

»Es ist nur so, dass ihr Vater wartet.« Ich deute vage zu ein paar parkenden Autos. »Sie sollte eigentlich bei unserer Freundin Jade sein, aber wenn er aussteigt und sieht, dass sie bei einem Typen ist, dürfte er sauer werden. Also, ehrlich gesagt, es ist besser, wenn ich sie jetzt hole.« Ich gebe ein Kichern von mir, das konspirativ wirken soll, aber eher wie ein Rasenmäher klingt, der nicht anspringt.

»Aber sie ist nicht hier«, sagt er langsam, als wäre ich begriffsstutzig, schiebt meinen Fuß mit seinem weg und schließt die Tür. Scheiße.

Ich sehe mein Spiegelbild in dem Glasquadrat, meinen zerzausten Haaransatz und den verschmierten Eyeliner, umgeben von einer großen, bauschigen Kapuze. Das irre Aussehen ist wahrscheinlich nicht hilfreich. Dieser Job erfordert einen kühlen Kopf, und ich war immer stolz darauf, dass ich meine Emotionen im Zaum halten kann. Ich stemme die Füße an den Boden und dränge meine Wut durch den Körper und die Füße tief in die Erde.

Nummer 32 ist das drittletzte in der Häuserreihe. Ich weiß, dass ich die Polizei rufen sollte, aber es würde zu lange dauern, bis sie hier sind. Und schließlich, was sollte ich ihnen sagen? Ich denke an Katie, die am Neujahrsmorgen zitternd in meinen Armen lag, und weiß, dass ich schnell handeln muss.

Ich laufe zum Ende der Häuserreihe, finde eine leicht zu überwindende Mauer, und bevor ich kneifen kann, klettere ich hinüber. Es ist dunkel, hoffentlich sitzen die Bewohner dieses Hauses glücklich in ihrem Wohnzimmer und gucken *Strictly Come Dancing* oder *Celebrities Go Fishing* oder welchen Mist die Leute heutzutage gucken. Ich bin froh, dass ich schwarze Schnürstiefel und schwarze Hosen trage. Aber leider trage ich auch einen weißen Rollkragenpullover, der sicher im Dunkeln leuchtet.

Ich falle in das Blumenbeet von Garten Nummer zwei. Es bleibt still, nichts rührt sich. Eine schwarz-weiße Katze beobachtet mich von einer Fensterbank im Obergeschoss. Wir sehen uns in die Augen, und sie miaut. Mir fällt auf, dass sie nur an der Brust weiß ist und mir dadurch ähnlich sieht. Ich frage mich, ob sie über mich lacht.

So liege ich in dem morastigen Beet und denke über meine Lebensentscheidungen nach, als der GAU passiert. Mein Handy klingelt. Ich fummle es hektisch aus meiner Tasche hervor und schalte es auf lautlos, während Ninas Name mich zornig anleuchtet. Herrgott noch, wahrscheinlich will sie mir wieder etwas erzählen, was Kein-Job-zu-gering-Hugh getan hat, aber es ist gerade ungünstig. Die neuerliche Stille kommt mir laut vor, und ich sitze reglos mit dem Handy im Morast zwischen zwei halb zerquetschten Lavendelstauden. Nichts passiert, Gott sei Dank. Ich klopfe mich ab und schleiche weiter, und bald stehe ich im Garten von Nummer 32.

An der Terrasse hat er die Faltschiebetüren, die jetzt jeder zu haben scheint, auch ich, obwohl sein Garten ehrlich gesagt nichts Besonderes ist. Warum sollte man sich die Mühe machen, eine faltbare Glaswand einzubauen, wenn man nur auf ein Betonquadrat schaut? Egal, wichtig ist nur, dass sie nicht verschlossen ist. Ich trete über die Schwelle und atme tief durch, lasse die Tür einen Spalt offen, um das mögliche Klicken beim Schließen zu vermeiden. Im Parterre ist es still, aber aus dem Obergeschoss höre ich leise Bässe wummern. Mein

Herz klopft im Takt mit. Mein Handy summt von einer eingehenden Nachricht. Mann, nicht jetzt, Nina.

Als ich mich in einer verblüffend sauberen Küche wiederfinde – abgesehen von einer Pizza neben der Spüle liegt nichts herum –, werde ich auf den Boden der Tatsachen zurückgeholt, und mir fällt ein, dass ich immer noch keinen Plan habe und gerade eine gefährliche Dummheit begehe. Aber die junge Frau braucht Hilfe, und folglich improvisiere ich. Ich hole das Handy hervor und tippe vorsorglich drei Neunen ein.

Ich verlasse die Küche und schleiche die Treppe hoch. Es ist ein elegantes Haus mit hellblauen Wänden und Parkett. Das überrascht mich. Der ganze Abend ist voller Überraschungen. Vor dem Zimmer, aus dem die Musik kommt, halte ich inne. Ich bin außer Atem, obwohl ich mich nur langsam bewegt habe. Ich habe Angst, merke ich. Mein Herz klopft heftig.

Plötzlich höre ich Schritte hinter der Tür. Shitshitshit. Ich kann nirgendwohin, und dummerweise werfe ich mich instinktiv mit dem Rücken an die Wand neben der Tür. Durch eine rätselhafte Fügung öffnet sich die Tür nach außen statt nach innen, trifft mich fast im Gesicht, bleibt aber einen Millimeter davor stehen. Aus dem Zimmer kommt ein schallendes Lachen.

Ich halte den Atem an. Möglicherweise hat mein Gehirn bei dem Impuls, zur Seite zu springen, schneller gearbeitet, als mir bewusst war, oder es ist einfach nur Glück, jedenfalls bleibe ich unentdeckt. Die jetzt offene Zimmertür versperrt mir den Weg. Aber durch den Spalt zwischen den Angeln erkenne ich den großen, gut aussehenden Mann, mit dem ich vorhin gesprochen habe. Er ist so nah, dass ich sein Aftershave riechen kann – Tom Ford.

»Nee, Jay! Du fragst nett, oder du bekommst nichts!« Gelächter. Unbeschwerte Beleidigungen. »Okay, okay, Guinness?« Der Mann verschwindet aus dem Blickfeld, und ich höre ihn die Holztreppe hinuntertrampeln. Ich bin wie erstarrt, das Handy in der heißen, schweißnassen Hand. Einen Moment lang sehe ich die Komik dieser Szene. Ich stelle mir vor, wie der Mann die Tür zuziehen will und mich dahinter entdeckt, während ich so tue, als wäre ich eine Ritterrüstung. Wo bin ich bloß mit meinen Gedanken?

Langsam komme ich wieder zu Verstand, erinnere mich, warum ich hier bin, und mir wird klar, dass ich zwei Männerstimmen gehört habe. Zwei. Was machen sie mit ihr? Unten poltert etwas – das ist der richtige Zeitpunkt, da nur einer noch in dem Zimmer ist. Ich wappne mich, prüfe, ob mein Handy anrufbereit ist, und spähe durch den Spalt zwischen den Türangeln. Keine Frau. Der andere Mann liegt auf dem Bett, sein Gesicht ist nicht zu sehen, und sein Fuß wippt im Takt der Musik. Auf dem Boden drei leere Guinness-Dosen und ein aufgegebenes Schachspiel, beiseite geschoben von einem Pizzakarton. Mein Verstand macht sich gerade einen Reim darauf, als der dumpfe Klang von Schritten auf der Treppe einsetzt.

»Du hast die Terrassentür offen gelassen! Sprunghafter Nebenkostenanstieg, Mann!« Er verdunkelt den Türspalt, neben dem ich noch mit angehaltenem Atem stehe. »Das letzte Guinness! Uuuuuund die Pizza, die wir uns unbedingt fürs Frühstück aufheben wollten! Aber wir haben kein Bier mehr, also werde ich zum Laden laufen, denn ich bin ein guter Bruder.«

»Imran! Du bist ein Engel!«, ruft der andere.

Der Gutaussehende kommt zurück in den Flur und knallt die Tür hinter sich zu. Ich blicke völlig ungeschützt auf seinen Rücken, doch zum Glück entfernt er sich den Flur entlang und läuft die Treppe hinunter. Ich stehe wie erstarrt da, mit schreckgeweiteten Augen. Mein Handy summt wieder, und da ich nicht weiß, was ich sonst tun soll, schaue ich aufs Display.

Es ist wieder ein Anruf von Nina, aber ich sehe auch eine

andere Nachricht auf dem Bildschirm. Eine SMS von der Frau in Not. Vor zehn Minuten gesendet.
Bin in 34
Du lieber Himmel! Ich schlüpfe geräuschlos durch die Terrassentür nach draußen.

5

Als ich die Nummer 34 vom Garten aus betrete, sehe ich in eine schmuddelige, deprimierende Wohnküche. Die Räume sind genauso geschnitten wie die nebenan, aber die braunen kunststoffbeschichteten Geschirrschränke und die abgeplatzte Formica-Arbeitsplatte zeugen lautstark von Fantasielosigkeit und Geldmangel, und die ineinander gestapelten Teller, Töpfe, Kaffeebecher und Müslischalen mit angetrockneten Essensresten drehen mir den Magen um. Aber vielleicht wird mir auch nur deshalb flau, weil ich heute Abend schon zum zweiten Mal in ein Haus einbreche. Nun gut, wir werden es nie erfahren.

Es ist still. Es riecht muffig, so wie man es in einem Haus erwartet, das von traurigen Jungs bewohnt wird, und ich bin mir ziemlich sicher, dass es so ist. Wenn nicht die kahlen Wände, dann verrät es die Obstschale auf dem Tisch, in der nur eine vertrocknete Zitrone liegt. Drei Stundenpläne und ein Flyer für einen Gruppenabend der Students' Union, die am Kühlschrank kleben, verraten mir, dass ich mich in einer Studenten-WG befinde.

Vielleicht hätte ich zur Straße zurücklaufen und an die Haustür klopfen sollen, aber so schien es mir schneller zu gehen, nachdem ich so viel Zeit in Nummer 32 vergeudet hatte. Oder aber ich kann nicht klar denken. Die Ausstrahlung der Räume bringt meine Haut zum Kribbeln, als könnte mein Körper die Gefahr spüren. Diesmal nehme ich ein schmutziges Fleischmesser aus dem Abwaschstapel neben der Spüle und wische es an einem Geschirrtuch ab.

Bei meinen Rettungseinsätzen habe ich noch nie jemanden ernsthaft verletzt und will auch jetzt nicht damit anfangen. Aber mein Erlebnis nebenan hat mir gezeigt, wie schutzlos ich bin, und schließlich weiß ich, dass ich mich in einer gefährlichen Situation befinde. Zum Glück sind die meisten Menschen enorm dumm und daher leicht zu verwirren. Der Anblick einer langen Klinge sollte mir genug Zeit verschaffen, um mitsamt der gefährdeten Frau heil hier rauszukommen.

Im Flur ist es dunkel. Die Wände haben die typische Strukturtapete, die man in alten Mietwohnungen findet, und sind schmuddelig cremefarben wie die Haut eines frisch gerupften Truthahns. Langsam schleiche ich über grauen Linoleumboden mit (nicht besonders überzeugendem) Holzdielenmuster. Links und rechts von mir sind Türen, aber da ist nichts zu hören.

Ich gehe auf die Treppe zu und setze leise einen Fuß auf den grauen Sisalläufer, aber etwas lässt mich innehalten: Ich höre Geräusche, und sie kommen nicht von oben. Reglos horche ich. Da. Dumpfe Bässe. Aber woher? Von unten?

Ich gehe zu der Tür zu meiner Linken, drücke ein Ohr dagegen und ... ja, da spielt die Musik. Behutsam öffne ich sie einen Spalt breit und sehe einen Lichtschein und eine Betontreppe. Der Keller. Wie passend, dass dieser Widerling unter der Erde haust. Ich schleiche mich ein paar Stufen hinunter. Ich kann jemanden hören, aber niemanden sehen. Ist sie da unten? Und wenn ja, was passiert gerade mit ihr?

In solch einer Situation war ich noch nie. Ich habe mich von meiner Wut leiten lassen und stehe nun selbst im Mittelpunkt der Gefahr, aber zum Aussteigen ist es zu spät. Als ich noch ein paar Stufen hinunterschleiche, kommt der Rücken eines Mannes ins Blickfeld. Ich stehe sprungbereit und atme ganz flach. Noch zwei Stufen, und ich sehe sie.

Sie liegt auf einem Bett. Ihre Augen sind geschlossen, die Träger ihres Kleides so weit heruntergezogen, dass ihre kleinen

Brüste entblößt sind. Ihre Haare, hellrosa und trocken vom häufigen Färben, sind kunstvoll auf dem Kissen ausgebreitet und umgeben den Kopf wie ein Heiligenschein. Ihre nackten, blassen Beine sind gespreizt. Es ist ein bizarrer Anblick. Auf seine eigene Art schön, wenn man den Kontext ausblendet. Nämlich, dass sie bewusstlos ist und von einem Mann in Pose gebracht wurde, der mit einer Kamera breitbeinig über ihr steht.

Er stellt das Objektiv scharf und legt den Finger auf den Knopf. Klick. Er geht näher heran. Klick.

Ich habe den Atem angehalten, bin wie erstarrt. Der Mann ist etwa in meinem Alter, dünn und blass. Ein paar Augenblicke lang schaut er auf das Kameradisplay. Er greift nach einer Zigarette, die auf dem Rand eines halb vollen Aschenbechers liegt, nimmt einen Zug, legt sie zurück und fährt sich durch seine strähnigen aschblonden Haare. Er sieht aus wie ein dreckiger Hipster: jemand, mit dem man vor seinen Freundinnen angeben würde, den man aber nicht seinen Eltern vorstellen möchte. Er beugt sich hinunter und streicht ein paar ihrer rosa Strähnen auseinander, dann zieht er die Fingerspitzen an ihrem Hals hinunter zu den Brüsten. Inzwischen habe ich ihr einen Namen gegeben: Rose. Als ich das Grinsen in seiner miesen Visage sehe, kommt mir die Galle hoch. Rose wird zu Katie. Genauso schutzlos und verletzlich.

Er dreht sich um, und da erst wird mir bewusst, dass ein erstickter Laut aus meiner Kehle kommt. Das war's mit dem Überraschungsmoment. Mein Blut beginnt wieder zu fließen, als wäre ich von den Toten auferstanden. Wir sehen uns in die Augen.

»Scheiße, wer …? Was … machst du hier?« Eloquent wie erwartet. Allerdings bin ich kurz überrascht, den Anflug eines skandinavischen Akzents zu hören. Laut dem Hörbuch, zu dem mich Izzy gezwungen hat – *Werden Sie eine respektierte Chefin* –, soll man in jeder Situation mit Selbstvertrauen führen. Ich nutze seinen Schock, um die Fassung zurückzugewinnen, und steige die Treppe hinunter. Mit Selbstvertrauen führen, sage ich mir.

»Ich glaube, das sollte ich dich fragen, Kumpel.« Ich richte das Fleischmesser auf ihn und hoffe, bedrohlich zu wirken, doch ich sehe die Klinge ein wenig zittern. Ich muss das hier schnell hinter mich bringen, bevor er merkt, dass er mir einfach ins Gesicht schlagen kann und das Problem damit los ist. Schließlich habe ich keine Lust, als März-Girl im Kalender dieses Widerlings zu enden.

Er steht immer noch auf dem Bett über Rose, die Kamera hängt an seiner Seite, sein Mund steht offen. Er blickt umher, während er allmählich die Situation begreift. Er sieht wild und verzweifelt aus, dann wütend. Nicht verängstigt. Kein bisschen verängstigt. Scheiße.

»Was zum Teufel machst du in meinem Zimmer?« Er spricht laut. Wenn ich meiner Vorliebe fürs Dramatische nachgeben würde, würde ich sagen, er brüllt. Die junge Frau auf dem Bett regt sich.

»Ich bin hier, um meine Freundin abzuholen.« Meine Stimme zittert, aber ich hoffe, das fällt ihm nicht auf. *Reiß dich zusammen.* Ich hebe das Messer auf Bauchhöhe an und deute mit dem Kopf lässig zum Bett, so als würde ich meine Freundinnen immer auf diese Weise abholen.

Er springt vom Bett und läuft auf mich zu, woraufhin ich einen Bogen durch das Zimmer schlage. Es ist das typische studentische Kellerzimmer. Es riecht nach Sperma und feuchten Ecken, und auf einem Regal stehen ungelesene Bücher. Eine betäubte junge Frau, engelgleich auf dem Bett drapiert, ist in einer durchschnittlichen Studentenbude vielleicht seltener zu finden.

Der Mann schreit mich weiter an, und ich schreie zurück, um die Zeit auszufüllen. Die Sache entwickelt sich nicht einmal annähernd so, wie ich es mir vorgestellt hatte. Aber ich hatte mir auch kaum Gedanken darüber gemacht, wie das klappen soll. Das ist der Knackpunkt.

Wir drehen beide den Kopf, als sie sich aufrichtet. Ihr Blick wirkt benommen. Das Kleid ist zur Taille hinabgerutscht. Sie starrt uns beide mit leicht geöffnetem Mund an, große blaue Augen in einem runden, engelgleichen Gesicht. Ich sehe, wie hübsch sie ist. Nicht hübsch wie ein Fotomodell, sondern wie die Bürokollegin, auf die man neidisch ist. Ihre trockenen rosa Haare sind zerzaust, am Ansatz zeigt sich, dass sie von Natur aus braun sind. Ein paar schlecht abgedeckte Pickel am Kinn lassen sie jünger erscheinen.

»Was ist …?«

Der Widerling und ich sehen uns wieder in die Augen, und wir erleben beide ein Aufwallen von Panik. Ich weiß nicht, warum *ich* das Gefühl habe, auf frischer Tat ertappt worden zu sein. Ich bin doch die Heldin in diesem Stück!

Ich muss die plötzlich gewonnene Oberhand behalten. Rose ist wieder bei Bewusstsein. Sie mag zwar schlapp und nicht denkfähig sein, trotzdem sind wir zwei gegen einen.

»Steh auf. Nimm deine Sachen. Sofort.«

Ihre Verwirrung schwindet, sie bekommt Angst. Ihr Blick ist auf das Messer in meiner Hand gerichtet.

»Sofort!«

»Rühr dich nicht vom Fleck, verdammt!«

»Karl?«, wimmert Rose. *Karl? Der Widerling heißt tatsächlich Karl?*

»SOFORT!«

Sie schwingt die Beine vom Bett, steht wackelig auf und zieht sich endlich die Träger hoch. Der Widerling springt zu ihr hin, packt ihr Handgelenk und reißt sie zu sich. Noch unsicher auf den Beinen, kippt Rose nach hinten und verliert den Halt.

Ein dumpfer Schlag. Sie ist mit ihrem schönen rosa Kopf gegen den Metallrahmen des Bettes geprallt. Sie wimmert auf, dann ist es still.

»Jetzt mal ganz ruhig.« Karl versucht ein Lächeln und streckt beschwichtigend die Hände aus, als wäre ich hysterisch. Es ist ein überraschend nettes Lächeln, das seine knochigen, finsteren Züge wie von Zauberhand in ein attraktives, jungenhaftes Gesicht verwandelt. Einen Moment lang stelle ich mir vor, wie ich ihm in einer Bar bei Kerzenlicht gegenübersitze. Vielleicht wäre ich auch mit ihm nach Hause gegangen.

»Du hast einen ganz falschen Eindruck bekommen«, fährt er fort. »Beruhigt euch mal. Schsch.« Er macht eine tätschelnde Handbewegung. Behandelt er mich tatsächlich wie einen schreienden Säugling? Eine schmutzig-blonde Strähne ist ihm über das rechte Auge gefallen, und er streicht sie mit einem Stoßseufzer zurück, als wäre er ein Filmstar.

»Okay. Gut. Okay.«

Karl denkt über seine Möglichkeiten nach. Überlegt, ob er das Problem aus der Welt schaffen kann. Ich schaue zu Rose hinüber, die am Fußende des Bettes zusammengesackt ist. Ihre Augen sind offen. Sie starrt zu Karl hinüber. Wenigstens scheint sie jetzt wach zu sein, hellwach. Sie muss hoffen, dass sie träumt. Die Abstände zwischen uns dreien sind groß, und keiner bewegt sich. Rose und ich müssen abhauen, bevor bei Karl irgendwelche Gehirnströme einsetzen.

Ich renne zu ihr, sodass ich schützend vor ihr stehe, und stoße mein Messer in Karls Richtung. »Raus hier!« Rose weiß, dass ich mit ihr spreche, und krabbelt schleunigst zur Treppe. Auf Händen und Knien sieht sie aus wie das Spielzeug eines Perversen. Karl taumelt vorwärts, und ich stoße mit dem Messer nach ihm, sodass er gezwungen ist, zurückzuspringen. Mit der freien Hand greife ich eine gebundene Ausgabe von *Unendlicher Spaß* aus dem Regal und werfe sie ihm an den Kopf. Er reißt ihn zur Seite, sodass ihn der Wälzer nur am Ohr streift.

»Du verdammte Irre!«

Aus den Augenwinkeln sehe ich Rose auf den unteren Stufen. Sie bewegt sich immer noch auf allen vieren und tastet sich mit den Händen voran. Als Karl mich anschreit, richtet sie sich auf und verschwindet die Treppe hinauf. Ihr Körper ist noch träge, aber sie kämpft dagegen an. Karl blickt mit aufgerissenen Augen panisch zwischen mir und der Treppe hin und her. Mein Herz hämmert. Ich war schon oft in aufregenden Situationen, aber noch nie in solch einer. So überraschend das jetzt klingen mag, ich habe noch nie einen Mann mit einem Messer bedroht, allein mit ihm in seinem Keller. Das Gleichgewicht der Kräfte ist gerade so empfindlich, dass ein Lufthauch es in beide Richtungen kippen kann. Aus dem Stockwerk über mir sind hastige Schritte und lautes Schluchzen zu hören – die Realität bricht über Rose herein. *Hau ab, bevor du zusammenklappst, Mädchen.*

Die Haustür knallt. Rose ist draußen. Sie ist in Sicherheit. Ich selbst habe vielleicht nicht so viel Glück.

Karl macht einen Satz zur Treppe. Ich schlage alle Vorsicht in den Wind, springe schreiend auf ihn zu und fuchtle mit dem Messer. Der Raum kommt mir eng vor. Ich versperre ihm den Weg und zerschneide die Luft, während er immer weiter zurückweicht. Ich erwische seinen Pulloverärmel mit der Klingenspitze. Das Loch in der Wolle wird größer. Er stolpert nach hinten, stößt mit den Kniekehlen gegen das Bett und fällt auf das traurige, blau gestreifte Bettzeug, das ihm wahrscheinlich seine Mutter gekauft hat, als er zu Hause auszog.

Das ist meine Chance.

Als ich die Treppe hochrenne, höre ich ihn aufspringen. Er setzt mir nach. Ich schaffe es durch die Tür, aber angesichts der gesprenkelten Tapete zögere ich; ein ruhiges Muster, das mich unfassbar wütend macht. Dieser Mann – dieser *Karl* – bringt schöne junge Frauen in diese ekelhafte und anfangs harmlos erscheinende Eintönigkeit. Macht Fotos von ihnen und reiht sie in seine Privatsammlung ein, teilt sie wahrscheinlich mit Freunden, die vielleicht ebenso gruselige Versager sind wie er. Vielleicht aber auch nicht. Vielleicht sind sie Immobilienmakler und Banker und Ladenangestellte. Normale Männer, unverdächtige Männer mit einem netten Lächeln. Männer, die wie Karl einfach tun, was sie wollen. Selbst wenn ich sie einmal daran hindere, machen sie in der nächsten Nacht einfach weiter. Nach dem Gedanken bin ich todmüde. Sehr wütend. Sehr traurig. Und verspüre eine ungeheure Kraft.

Anstatt ihm die Kellertür vor der Nase zuzuschlagen, drehe ich mich um und halte mich am Rahmen fest. Ich hebe den rechten Fuß an, und als er sich auf mich stürzen will, trete ich ihm hart vor die Brust. So fest, dass die Kraft seines Vorwärtsschwungs in seinen Körper zurückprallt und ihn rücklings von den Füßen reißt. Dieser Teil des Geschehens verläuft langsam wie unter Wasser. So langsam, dass ich es ihm ansehe, als sein Verstand registriert, was gerade passiert ist und was als Nächstes passieren wird, und seine hellblauen Augen weiten sich vor Angst, sein Mund öffnet sich in komödiantischem Entsetzen, sein strähniges Haar schwebt aufwärts. In Wirklichkeit war der Sturz so schnell vorbei wie ein Wimpernschlag, und im nächsten Moment höre ich ein scharfes, klares, grausiges Knacken.

6

Es ist Montagmorgen, etwa halb sieben. In zwei Stunden soll ich zur Arbeit erscheinen, aber ich habe kein Auge zugetan. Die Kröte auf dem Poster von *Der Wind in den Weiden* starrt mich von der Schlafzimmerwand her an und beweist, dass ich zu Hause und in Sicherheit bin, aber jedes Mal, wenn ich die Augen schließe, bin ich wieder in dem Keller. Ich sehe die ausgebreiteten rosa Haare, die kleinen Brüste, das Blinken der Messerklinge. Und dann höre ich das Knacken.

Ich weiß ich nicht, wie lange ich dastand, nachdem Karl die Treppe hinuntergefallen war – oder gestoßen worden war oder was auch immer. Jedenfalls lange genug, um zu wissen, dass er nicht so bald wieder aufstehen würde. Als ich schließlich die Treppe wieder hinunterging, stand ein unverkennbarer metallischer Geruch im Raum. Wenigstens überdeckte er den muffigen Geruch von männlichem Schweiß.

Karl lag reglos mit geschlossenen Augen da, in einem Mundwinkel ein Tropfen Blut, um ihn herum eine langsam wachsende Blutlache. Vorsichtig, um nicht damit in Berührung zu kommen, trat ich an ihn heran und beugte mich tief zu seinem Gesicht hinab, bis auf einen Fingerbreit Abstand. In einem Film wäre das der Moment, an dem er die Augen aufreißt, aber das passierte nicht. Nichts rührte sich. Kein Atemstrom kitzelte mein Haut.

Für einen Moment erlebte ich ein schwindelerregendes Machtgefühl, als ich so über ihn gebeugt stand, wie er vor Kurzem noch über Rose. Ich strich mit einem Finger über seine kühle Wange. Eine Zeile aus einem Drama, das ich mal in der Schule gelesen hatte, kam mir wieder in den Sinn.

»Ein Purpurstrom aus warmem Blut«, flüsterte ich in die Stille des Kellers. »Er steigt und fällt zwischen rosigen Lippen.«

Ich schauderte über das Zitat. Das Stück ließ mich immer an meinen Vater denken. Ich richtete mich auf und machte mich an die Arbeit.

Ich setzte mich auf das federnde Doppelbett und schrieb Rose eine SMS, um mich zu erkundigen, ob es ihr gut ging. Sie antwortete, sie sei den ganzen Weg gelaufen und fast zu Hause. Sie bedankte sich für die Rettung und entschuldigte sich, weil sie mich zurückgelassen hatte. Mir war nur wichtig, dass sie niemandem davon erzählt. Sie versprach es, weil sie in dem Moment alles für mich getan hätte, aber dann fragte sie, warum, und ich schaltete mein Handy aus.

Ich musste nachdenken.

Mich gegen meine Gedanken abzuschotten war schon immer ein Talent von mir. Du willst zusammenbrechen? Heb dir das für später auf. Bring deinen Scheiß in Ordnung und weine, wenn du zu Hause bist. In dem Moment hatte ich definitiv etwas in Ordnung zu bringen. Ich ging eine mentale Checkliste durch:

Positiv:
Ich habe niemanden erstochen.
Es gibt keine Zeugen (jedenfalls nicht für den Schlussteil des Geschehens).
Eigentlich ist der Mann nur die Treppe runtergefallen.
Negativ:
Ich habe definitiv einen Mann getötet.
Rose könnte jemandem erzählen, was ihr passiert ist, und den Todesfall auf mich zurückführen.
Es könnte Beweise geben, dass ich hier war.

In dem Moment war alles nicht so schlimm. Ich brauchte nur meine Spuren zu beseitigen, und übrig bliebe ein Mann, der ein paar Dosen Bier zu viel getrunken hatte und die Treppe runtergefallen war. Äußerst tragisch. Ich ging wieder nach oben, schnappte mir ein muffig riechendes Geschirrtuch, wischte den Griff des Messers ab, das ich noch in der Hand hielt, und legte es wieder zu dem schmutzigen Geschirr. Gott sei Dank hatte ich den Kerl nicht einmal damit geritzt, denn dann wäre die Situation jetzt viel schlimmer.

Froh, dass seine Mitbewohner weg waren, wischte ich alle Flächen ab, die ich berührt haben konnte. Als ich wieder nach unten ging, um dort die Spuren zu beseitigen, bewegte ich mich möglichst leise, als könnte ich ihn stören. Es geht mir gegen den Strich, in der Nähe eines Toten Lärm zu machen.

Ich umging die Blutlache, hob das dicke Buch auf, wischte es ab und stellte es zu den anderen wahrscheinlich ungelesenen, aber oft herumgetragenen markanten Werken. Damit wäre mein Besuch in diesem Loch ausgelöscht. Nun zu dem von Rose. Ich zupfte ein paar rosa Haare vom Kissen und kämpfte gegen den Würgereiz. Ein Weinglas mit Lippenstift am Rand stellte ich auf die Treppe, um es später mitzunehmen. Die Blutlache veränderte auf dem unebenen Boden noch immer ihre Form, und das machte mich nervös. Ich atmete ein paar Mal tief durch, um mich zu beruhigen, nahm das Weinglas und ging.

Als ich endlich zu Hause ankam, erbrach ich mich in die Spüle und hielt den Beckenrand umklammert. Sie war voll mit dickem rotem Blut, das aus meinem Mund tropfte, während die zerlaufende Mascara meine Sicht trübte. Ich blinzelte, und das Blut war weg. *Ein Purpurstrom aus warmem Blut.* Fuck. Fuck, fuck, fuck. Ich habe einen Mann getötet. Ich habe einen Mann getötet, verdammt. O ja, toll, ich habe das Buch wieder ins Regal gestellt, das würde Sherlock verblüffen. Das muss man anerkennen. Mein Gott. Mir fiel noch eine andere Zeile aus dem Drama ein: *Wie leicht wird ein Mord doch offenbar.*

Ich wischte mir den Mund ab und ging in die Küche. Das Weinglas stand unschuldig auf meiner Fensterbank. Der rosa Lippenstift am Rand passte perfekt zu den rosa Haaren, die sich im Glas ringelten. Als ich eine Tasse aus dem Schrank nahm, um sie mit Wasser zu füllen, erinnerte mich das kalte Porzellan an seine erkaltende Haut.

Vor dem Verlassen des Kellers hatte ich sein Handy gefunden. Seinen toten, dürren Finger an den Scanner zu halten war einer der surrealsten Momente in meinem Leben, und davon hatte ich schon viele. Sobald es entsperrt war, scrollte ich durch seine Nachrichten in den verschiedenen Apps, um zu sehen, ob es irgendeine Kommunikation zwischen ihm und Rose gab. Nichts. Er musste sie in einer Bar angesprochen haben. Perfekt. Ich wischte das Gerät ab, steckte es in die Tasche seiner zu engen Jeans und verschwand durch die Hintertür.

Neben dem Weinglas lag der zweite Gegenstand, den ich aus Karls Haus mitgenommen hatte. Die Kamera. Schlank, schwarz und harmlos, mit einem Canon-Schriftzug auf der Oberseite und einem langen, ausfahrbaren Objektiv. Ich konnte sie nicht dort lassen wegen der Fotos von Rose. Allerdings hätte ich die auch an Ort und Stelle löschen können. Im Grunde weiß ich nicht, warum ich sie mitgenommen habe.

Danach konnte ich nur noch warten, ob ich geschnappt werde oder nicht. Das war die Frage. So oder so, das Warten ist die Hölle. Ich sagte das Sonntagsessen mit den Mädels ab, stellte das Handy auf lautlos und verbrachte das restliche Wochenende zu Hause hinter geschlossenen Vorhängen. Bei jedem Auto, das meine Straße entlangfuhr, und jeder Stimme, die ich hörte, brach mir der Schweiß aus.

Ich habe seitdem kaum geschlafen. Es ist das erste Mal seit vielen Monaten, dass das Message-M-Handy so lange ausgeschaltet ist. Statt meiner tatkräftigen Hilfe bekommen die

Hotline-Nutzerinnen eine automatische Antwort mit Taxinummern und Tipps.

Aber jetzt ist Montagmorgen. Die Sonne kriecht ins Zimmer, und die Straße erwacht. Je mehr Autos ich anfahren höre, je mehr Stimmen draußen vorbeigehen, desto ruhiger werde ich. Ein neuer Morgen ist angebrochen. Und man hat mich nicht festgenommen.

Mich quält nicht nur der Selbsterhaltungstrieb, ich möchte auch nicht, dass du mich für ein Monster hältst. Und außerdem denke ich an Karl. Einerseits war er das Allerletzte. Ein Vergewaltiger, ein Tier. Andererseits, was wusste ich wirklich über ihn? Hatte er eine kranke Mutter, die er täglich besuchte? Einen Plan, um sein Leben zu ändern? Wahrscheinlich nicht, und ich habe mit eigenen Augen gesehen, was für ein Mensch er war. Aber hatte ich wirklich das Recht, ihn auszulöschen? Immerhin hätte ich die Polizei rufen können, damit sie seinem Tun ein Ende bereitet.

Aber was wäre aus dem Fall geworden? Ich bin zwar eine bekennende Zynikerin, aber selbst der optimistischste Idiot dürfte wissen, dass die Verurteilungsquote bei Sexualverbrechen erbärmlich gering ist.

Gegen Mittag erwache ich aus einem Albtraum voller Blut und rosa Zuckerwatte. Schweißgebadet setze ich mich auf und sehe mich erschrocken um, als könnte gleich ein SWAT-Team aus dem Schrank springen. Zum ersten Mal seit Tagen habe ich wieder richtig geschlafen, und ich bin zwar immer noch erschöpft, aber ich fühle mich besser. Mein Handy zeigt vier Nachrichten an. Drei von Nina, die sich erkundigt, wie es mir geht, und eine von Rick, meinem Chef, weil ich heute nicht zur Arbeit gekommen bin. Ich schreibe beiden, ich hätte mir den Magen verdorben, um zu erklären, warum ich mich nicht gemeldet habe und nicht erreichbar war. Ricks freundliche Genesungswünsche könnten vielleicht einen Anflug von Schuldgefühlen hervorrufen, wenn sich die Erinnerung an den Mord vom Freitagabend nicht wieder in den Vordergrund gedrängt hätte. Ich lasse mich zurück aufs Kissen fallen.

Ich schalte den Fernseher und die Lokalnachrichten ein, die gerade mit einem Bericht über einen Wasserrohrbruch zu Ende gehen. Das beruhigt mich nicht, dann wahrscheinlich bringen sie einen Mordfall gleich zu Anfang. Auf dem Handy blättere ich durch BBC News, die Website der *Bristol Post,* Bristol 24/7 und andere lokale Nachrichtenseiten. Immer noch nichts, genau wie in den vergangenen Tagen. Ich war ständig auf diesen Seiten, als hätte ich eine Zwangsneurose. Vielleicht hat ihn noch niemand gefunden?

Ich denke an das Haus zurück, sehe die gesprenkelte Tapete vor mir. Am Kühlschrank hingen die Stundenpläne von drei Studenten, und das Haus ist groß – er wohnte nicht allein dort. Die anderen zwei waren vielleicht zu Besuch bei ihren Eltern oder verreist. Studenten sind ständig unterwegs. Oder vielleicht wagen sich seine Mitbewohner auch nicht in seine Kellerbude.

Ich will auf keinen Fall ins Gefängnis. Allein schon die Kleidung, die ich da tragen müsste! Versteh mich nicht falsch, ich mag Overalls genauso sehr wie alle modebewussten Millennials, aber nur in Schwarz und in anständiger Qualität. Am besten einen, der so tief ausgeschnitten ist wie der berühmte von Fleabag. Ich stelle mir vor, ich gehe in diesem Outfit mit hohen Absätzen, prächtigen Titten und tiefrotem Lippenstift ins Gefängnis. Aber so wäre es nicht. Es wäre aus und vorbei, keine Individualität mehr, keine Zukunft mehr. Es gäbe kalte Eier zum Frühstück und Gangbangs zum Tee. Keine Drinks mehr mit Nina. Ich könnte nicht mehr im Garten sitzen und still meinen Wein trinken. Nicht mehr mit meiner Schwester plaudern. Kein perfekt gebratenes Lamm mehr essen. Ich wette, ich würde sogar das grenzwertige, rassistische Gelaber von Nachbar Sean vermissen. Nein, wohl eher nicht. Unbewusst drücke ich mir die Fingernägel in die Haut, und als ich sie wegziehe, sehe ich lauter rote Halbkreise entlang des Arms. Würde Katie ohne mich klarkommen?

Neben meiner Angst gibt es eine weitere Emotion, die ich klein halten will: mein Schuldbewusstsein. Egal, wie niederträchtig Karl war, ich habe einen Menschen ermordet, und das Blut und die Schande und das Knacken seines Schädelknochens wirken in mir nach. Zur Ablenkung gehe ich laufen, auch um das Adrenalin, das noch immer durch meine Adern pulsiert, abzubauen und einen klaren Kopf zu bekommen. Nahe der Hügelkuppe auf meiner üblichen Route sehe ich denselben bärtigen Mann, der mir letzte Woche entgegenkam und der mich wieder auf dieselbe Art grüßt. Doch diesmal erinnert mich sein Grinsen an Karl und lässt mich schaudern.

Zu Hause versuche ich, Katie anzurufen, nur um ihre Stimme zu hören, aber meine Mutter geht ran und sagt, sie sei unter der Dusche. Sie lädt mich ein, vorbeizukommen, aber ich glaube nicht, dass ich schon bereit bin, jemandem ins Gesicht zu sehen. Also spreche ich nicht mit meiner Schwester, aber allein dass sie aufgestanden ist und duscht, gibt mir einen Funken Hoffnung. Es ist, als würde das Universum meine Entscheidungen bestätigen und mich für mein Handeln belohnen, indem Katie ihr Zimmer verlässt.

Als es acht Uhr wird, ist es draußen dunkel geworden, und das beruhigt mich. Ein weiterer Tag ist vergangen, und nichts ist passiert. Der Himmel ist nicht eingestürzt, die Tür wurde nicht von Männern mit Schlagstöcken und Tasern eingerammt. Für einen köstlichen Moment erlaube ich mir zu glauben, dass es so bleiben könnte. Dass ich davonkomme. Ich laufe in die Küche, nehme die Kamera von der Fensterbank und gehe damit zurück ins Bett. Ich habe das ganze Wochenende daran gedacht, aber jetzt erst fühle ich mich stark genug, um hinzusehen.

Beim Einschalten stelle ich erfreut fest, dass der Akku noch zu achtundsechzig Prozent geladen ist. Im Galeriemodus erscheint ein Bild auf dem Display, bei dem mir die Luft wegbleibt. Rose in ihrer ganzen Pracht. Halb nackt, die Haare ausgebreitet, die Augen geschlossen, die Lippen leicht geöffnet. Wie ein gefallener Engel. Das nächste Bild ist eine Nahaufnahme ihres Gesichts. Sie könnte unschuldig schlafen. Oder tot sein. Langsam klicke ich mich durch mehr als dreißig Fotos von ihr, die von künstlerisch bis pornografisch reichen. Bei einem, auf dem Karls Hand – die Hand, die ich nach seinem Tod berührt habe – unter ihrem Rock zu sehen ist, bin ich fast soweit, in meine Tasse zu kotzen.

Aber plötzlich sind Roses Haare nicht mehr rosa. Sie sind blond. Und es dauert einen Moment, zu lange eigentlich, bis ich begreife, dass das gar nicht Rose ist. Da liegt eine andere junge Frau bewusstlos auf derselben Bettdecke in demselben Zimmer. Er hat sie in eine andere Pose gebracht. Weil sie nicht so interessante Haare hat, schätze ich. Und dieses Mal kotze ich.

Am nächsten Morgen erscheine ich zur Arbeit. Es war dumm von mir, gestern nicht hinzugehen. Wenn ich etwas aus Krimis gelernt habe, dann, dass man sich normal verhalten muss. Denn wenn jemand zurückdenkt und feststellt, dass man sich in den Tagen nach dem Mord krankgemeldet hat, wirkt das verdächtig. Okay, daran kann ich jetzt nichts mehr ändern, ich kann nur weitermachen und mich von jetzt an besser verhalten. Klüger.

Als ich ankomme, schließt Rick gerade die Ladentür auf, pünktlich auf die Minute.

»Millie! Du bist mein Star. Komm rein, ich bringe dir einen Tee.« Mir geht das Herz auf. Er ist ein guter Mensch.

Ich habe mein Outfit heute besonders sorgfältig ausgewählt. Ich möchte gut aussehen, gut gekleidet sein. Zum Teil, weil ich eventuell fotografiert werde, wie ich auf den Rücksitz eines Polizeiautos geschoben werde, und zum Teil, weil ich die selbstbewusste Ausstrahlung von jemandem haben möchte, der nicht vor Kurzem versehentlich absichtlich einen Mann ermordet und dann drei Tage lang vor Schuldgefühlen und Angst gekotzt hat. Ich habe mich für ein schwarzes Etuikleid mit goldenen Ohrringen und weißen Stiefeletten entschieden – klassisch und doch überraschend. Beim Blick in den Spiegel dachte ich einen Moment lang an die Frau in Karls Kamera mit dem kleinen Schwarzen und den gelösten Spaghettiträgern. Nummer sechs von dreizehn.

Rick macht mir einen Kräutertee und besteht darauf, dass ich mich setze, egal, wie sehr ich behaupte, dass es mir jetzt gut geht.

»Wahrscheinlich lag es an dem miesen Pub-Essen am Sonntag. Oder es war ein Vierundzwanzig-Stunden-Virus oder so was. Wie auch immer, mach dir keine Sorgen. Ich bin sehr wohl in der Lage, zu arbeiten.«

»Trink deinen Tee und setz dich. Bitte sehr.«

Ich sitze auf einem staubigen Hocker am Ladentisch und nippe an dem dampfenden, geschmacklosen Getränk, während er aufschließt, das Schild umdreht und die Kasse vorbereitet.

»Du hast gestern vielleicht den ganzen Tag geschlafen, aber hast du zwischendurch mal die Nachrichten gesehen?«

Mir stockt das Blut in den Adern, ich atme tief durch und greife nach meiner Picture-This-Tasse. »Habe ich etwas Interessantes verpasst?« Ich trinke einen Schluck, um mein Gesicht zu verbergen.

»Schon wieder ein Wasserrohrbruch unten in der Lydstep Terrace!« Ich atme aus. Unwillkürlich hatte ich den Atem angehalten. Reiß dich zusammen, sage ich mir. Verhalte dich normal. Ich zucke mit den Schultern. Normalerweise ist mir egal, wenn eine Straße überflutet wurde, die ich nicht kenne.

»Schon das dritte Mal in diesem Monat. Diese Stadtverwaltung! Na ja.« Rick redet pausenlos weiter. »Ist nicht das Ende der Welt, nehme ich an. Wusstest du, dass ein Rohr gebrochen ist, als ich an meinem Roman schrieb, und die ganze Straße drei Tage lang kein Wasser hatte? Ich war so gut drauf, dass ich die ganze Zeit nur getippt habe. Schriftsteller müssen lernen zu leiden!« Ich schaue angemessen beeindruckt und bin es auch tatsächlich, weil er selbst bei den banalsten Beobachtungen das Gespräch auf seine Momente schriftstellerischer Befriedigung bringen kann.

»Wie auch immer, Mills, wenn du dich heute gut genug fühlst, müssen wir mit ein paar Aufträgen vorankommen. Ich mache gerade das grässliche Triptychon fertig, das der Italiener gebracht hat, und ich dachte, du könntest an dem neuen Auftrag von Mrs Baker arbeiten.« Mrs Baker hat ungefähr achthundert Enkelkinder, und ständig macht eines seinen Abschluss oder heiratet oder bringt einen neuen Baker-Sprössling zur Welt, und von jedem Anlass gibt es ein neues Foto, das gerahmt werden soll. Mrs Baker deckt unsere Geschäftskosten.

»Klar, Rick. Bin schon dabei. Ich halte hier vorne die Stellung, solange du hinten arbeitest, und dann tauschen wir?« Er nickt lächelnd und zieht sich dorthin zurück, wo er am glücklichsten ist, in die Werkstatt. Und ich atme auf. Ich schaffe das. Wenn ich an die Bilder in der Kamera denke – an die von Rose, aber auch an die von den dreizehn namenlosen jungen Frauen, die ebenso wie Spielzeuge daliegen –, schwappt ein vages Schuldgefühl in meinem Magen. Wenn es nur noch einen freien Platz in der Hölle gäbe, wäre der für Karl reserviert oder für mich, eine Mörderin?

In dieser Nacht schlafe ich jedoch wie eine Tote.

7

Die Tage vergehen, und jeden Morgen löst sich die Spannung in meiner Brust ein wenig mehr. Am Freitag springe ich aus dem Bett und summe »Claire de Lune«, während ich den Kaffee mahle und das Pulver in die Cafetiere schütte. Die Woche über habe ich meinen Dienst für Message M eingestellt, bin fast jeden Tag joggen gegangen und habe so gut geschlafen wie noch nie, sodass ich großartig aussehe und mich auch so fühle. Während der Kaffee brüht, klingelt mein Handy auf der Arbeitsplatte. Nina. Ich bin ihr aus dem Weg gegangen und habe deswegen ein schlechtes Gewissen. Im Laden konnte ich so tun, als wäre alles normal – es fällt mir leicht, mich in die Arbeit zu vertiefen –, aber ich schrecke davor zurück, mich mit Nina zu treffen. Sie kennt mich zu gut, und ich fürchte, sie könnte mir ansehen, dass ich etwas Schlimmes getan habe.

Aber das kann nicht ewig so weitergehen, also drücke ich das Sieb der Cafetiere runter und gieße mir eine Tasse ein, während ich rangehe.

»Es tut mir schrecklich leid, Nina. Ich habe überhaupt nicht auf mein Handy geachtet.« Fang immer gleich mit einer Entschuldigung an, das besänftigt die Leute. »Mills! Na endlich! Ich versuche seit Tagen, dich zu erreichen«, krächzt sie, als hätte sie die Kehle voller schöner, lasziver Wespen.

»Ich weiß. Es tut mir leid. Es ging mir die ganze Woche über schlecht. Aber inzwischen ist es wieder viel besser.«

Nina ist Optimistin. Sie ist ein glücklicher Mensch. Ein verzeihender Mensch. Nachdem sie sich vergewissert hat, dass ich wieder ganz die Alte bin, gleitet sie in eine genussvolle Plauderei über Hugh und unterbricht sich nur, um an ihrer E-Zigarette zu ziehen, die nicht die erste des Tages sein dürfte, obwohl es erst acht Uhr ist. Die Spannung in mir lässt noch weiter nach, als wäre eine Barriere überwunden.

»Nina, mein Schatz, ich muss jetzt zur Arbeit. Aber lass uns später etwas trinken gehen, ja?«

»Machst du mal *keine* Bereitschaft?« Höre ich da eine hochgezogene Augenbraue, oder bilde ich mir das ein? Mehr wird sie nicht dazu sagen, dass es sie ärgert, wie viel Zeit die Hotline in den letzten zehn Monaten in Anspruch genommen hat.

»Ich werde mir einen Abend freinehmen. Diesmal wirklich. Ich ... Ich werde sogar das Handy zu Hause lassen.« Das war die ganze Woche über ausgeschaltet und lag in einer Schublade. Ich hielt es für vernünftig, mich für ein paar Tage bedeckt zu halten und abzuwarten, ob in den Nachrichten über Karls Tod berichtet und ob er mit Message M in Verbindung gebracht wird. Jetzt dagegen schreckt mich der Gedanke, Message M fortzusetzen, und ich kann zugeben, dass es gut war, zu pausieren, auch wenn Schuldgefühle an mir zehren, weil ich sicher einige Hilferufe ignoriert habe.

»Oh! Echt jetzt? Oh, cool!« Die offensichtliche Freude in ihrer Stimme bricht mir das Herz. Ich war in letzter Zeit eine schlechte Freundin. Ich war auch eine schlechte Schwester, ich habe Katie seit jenem Vorfall nicht mehr besucht.

»Ich muss nach der Arbeit bei meiner Schwester vorbeischauen, aber danach können wir uns treffen. Im Golden Guinea?«

Wir verabschieden uns, und ich setze mich wieder auf mein Sofa, trinke meinen Kaffee, esse mein Croissant und denke nach. Der Mord ist jetzt sieben Tage her. Das Leben geht weiter. Wer sagt denn, dass Taten immer Konsequenzen haben?

Rick arbeitet in der Werkstatt, während ich am Ladentisch sitze und in Gedanken die Fotos durchgehe, die ich auf Karls Kamera gefunden habe. Inzwischen habe ich jeder der Frauen einen Namen gegeben. Allen dreizehn. Jede hat eine Geschichte. Ich hoffe, es geht ihnen gut und sie erinnern sich an nichts von dem, was Karl mit ihnen gemacht hat. Ich frage mich, wie Karl am nächsten Morgen mit ihnen umgegangen ist? Hat er ihnen Kaffee gekocht? Leise gelacht, als sie sich entschuldigten, weil sie plötzlich eingeschlafen sind?

»Mach dir keinen Kopf. Das passiert jedem mal«, könnte er mit seinem netten Lächeln gesagt und dabei auf der Treppe gesessen haben, an der er sich den Schädel gebrochen hat.

Die Ladenglocke läutet, als die Tür aufgestoßen wird, und ich falle fast vom Stuhl. Als ich mich aufrichte, erschrecke ich zum zweiten Mal. Dunkle Augen und ein kantiges Gesicht, große Statur. Ich fange an zu zittern, und mir bricht der Schweiß aus. Doch dann wirft mir der Mann einen besorgten Blick zu, und das Grauen vergeht so schnell, wie es gekommen ist, genau wie bei jeder vorbeifahrenden Polizeisirene in den letzten sieben Tagen. Eine Sekunde lang dachte ich, es wäre Karls Nachbar, aber ich habe diesen Mann noch nie gesehen. Paranoia – ich glaube, das ist eine häufige Begleiterscheinung von Mord.

Ich lächle, um meinen Schrecken zu verbergen, der mir sicher anzusehen ist, stütze mich auf dem Ladentisch ab und spüre, dass sich mein Puls wieder normalisiert. Der Panikmoment ist vorbei, mein Blick schärft sich, und ich stelle fest, dass er erstaunlich attraktiv ist, sogar noch attraktiver als sein Doppelgänger. Und ich stehe mit offenem Mund da wie ein Einzeller. *Reiß dich zusammen.*

»Hallo.«

Wow, endlich auf die Kette gekriegt. Ich spiele die Rätselhafte, aber wie rätselhaft kann man hinter einem staubigen Ladentisch mit einem Namensschild an der Brust sein?

»Hi! Kann ich hier etwas rahmen lassen?«

Komischerweise sagt das jeder, der zu uns reinkommt, obwohl wir ganz offensichtlich Bilder rahmen. Das ist diese rührende britische Art, die in uns allen steckt – wir dürfen nicht zu forsch erscheinen oder als wären wir uns in irgendeiner Sache sicher.

»Nun, da haben Sie Glück.« Ich deute auf die Bilderrahmen, die uns in dem beengten Vorraum des Ladens zu Hunderten umgeben, sich selbst auf dem Ladentisch neben meinen Ellbogen und davor neben seinen Füßen stapeln.

Er ist groß und schlank, aber muskulös. Schwimmerfigur. Mund und Nase sind zu groß für das schmale, kantige Gesicht, und er grinst zutiefst verlegen.

»Ja, Entschuldigung. Offensichtlich. Aber ich brauche vielleicht eine Sonderanfertigung. Und ich fürchte, es muss schnell gehen. Ich hätte das schon vor Tagen erledigen sollen.« Er zuckt mit den Schultern, seufzt leise, und dabei fällt ihm eine Strähne vor die Augen.

»Sagen Sie mir, was Sie brauchen.«

Es entsteht eine Pause, weil sein Blick an meinem Körper hinunter und zurück zu meinem Gesicht gleitet.

»Etwas ... Schönes.«

Flirten wir etwa? Ist es in Ordnung, mit jemandem zu flirten, wenn man ein paar Tage zuvor jemanden umgebracht hat?

Bald stellt sich heraus, dass der vierzigste Hochzeitstag seiner Eltern bevorsteht und er zwei Flugtickets gerahmt haben möchte. Während er redet, suche ich umständlich das richtige Auftragsbuch und diverse Muster heraus, um ihm nicht direkt ins Gesicht schauen zu müssen. Als ich mich ihm dann doch zuwende, blicke ich auf seine langen Finger, mit denen er einen Rhythmus auf der Tischplatte trommelt.

»Das sind die Flugtickets von ihrer Übersiedlung hierher – aus Bangladesch. Vor fünfunddreißig Jahren. Sie lernten sich im Flugzeug kennen.« Und wieder sein typisches Schulterzucken. Hinreißend, genau wie das Geschenk.

Du sollst nicht denken, dass ich alle Männer hasse. Das tue ich nicht. Nur die meisten. Und ich wehre mich gegen den Gedanken, dass der Kerl ganz nett sein könnte. Wahrscheinlich hat er einen Schrank voller gestohlener BHs, in die er jeden Tag reinwichst.

»Aber ich brauche es bis nächsten Donnerstag. Da findet ihre Party statt. Wäre das irgendwie machbar?«

»Das kriege ich hin.« Rick wird nicht glücklich sein. Ich werde Mrs Bakers Auftrag und den mit dem Fußballtrikot einfach ein bisschen schieben. Gerahmte Fußballtrikots sollten sowieso verboten werden.

»Wunderbar. Mein Bruder würde mich umbringen, wenn ich das vermasselt hätte. Meine einzige Aufgabe war, das Geschenk zu besorgen.« Er grinst wieder und stutzt dann. »Übrigens, ich heiße James.«

»Millie.«

»Dessen bin ich mir bewusst.« Er deutet mit dem Kinn auf mein Namensschild, und ich erröte, weil mir das vor Augen führt, dass wir nicht auf einer Stufe stehen. Bedienung und Kunde. »James Khan.« Er schaut auf den Ladentisch, und mir wird klar, dass er mir seinen Namen nur wegen des Formulars genannt hat, das vor mir liegt, und nicht, weil er meinen wissen wollte.

Wir beeilen uns mit der Auswahl der Holzfarben und Rahmenstärken, Glasqualität und der Breite des Passepartouts. Ich schiebe mich an silbernen, strassbesetzten Monstrositäten vorbei, um ihm ein Beispiel für einen edlen schwarzen Holzrahmen mit cremefarbenem Passepartout zu zeigen. Während ich erkläre, streicht er mit einem dünnen Finger über eine vergoldete Ecke.

Als er sich zum Gehen wendet, stutzt er noch einmal und kommt zurück zum Ladentisch.

»Ich weiß, dass das normalerweise länger dauert. Daher bin ich Ihnen etwas schuldig. Darf ich … darf ich Sie auf einen

Drink einladen? Als Dankeschön?« Er lächelt schulterzuckend. Allmählich wird mir klar, dass das Schulterzucken sein Verlegenheitszeichen ist.

Jedes Mal, wenn ich überlege, jemanden zu daten, denke ich an die Frauen, denen ich geholfen habe, und an meine kleine, traurige Schwester, und dann fegt meine Wut jegliches Begehren und jede romantische Stimmung beiseite. Aber aus irgendeinem Grund kommt der Ärger nicht hoch, wenn James mich anlächelt. Stattdessen spüre ich in mir – kann das sein? – freudige Erregung. Mein letztes Date ist Monate her. Und sieben Tage nach einem Mord ist wahrscheinlich nicht der richtige Zeitpunkt für ein neues.

Ich zucke nun auch mal mit den Schultern und schüttle den Kopf. »Tut mir leid. Firmenpolitik.«

Pünktlich um acht bin ich im Golden Guinea. Nina ist schon da. Ich glaube, wir hatten noch nie ein Treffen, bei dem Nina mal nicht zuerst da war. Wahrscheinlich kommt sie eine Stunde früher, nur damit sich daran nichts ändert. Für mich steht schon ein Glas Rotwein da, und sie hat den besten Tisch besetzt. Den mit der gemütlichen Bank vor dem vergitterten Fenster mit Blick auf die Straße. Im Kamin brennt ein Feuer, um den kalten, nieseligen Oktoberabend behaglich zu machen, und davor sitzt ein grauhaariger Mann in einem Sessel. Sein Hund liegt schlafend neben ihm.

Das Guinea ist klein und dunkel, und ich liebe es, weil es der Inbegriff eines Pubs ist. Nina winkt, obwohl sie nur zwei Schritte entfernt sitzt und der Pub übersichtlich ist.

»Ich hab dir einen Rioja bestellt.« Wir umarmen uns, und ich atme ihren wunderbaren Duft nach Nikotin und Penhaligon's Empressa ein. Meine rauchige Prinzessin. Sie hat mir gefehlt, während ich mich vor der Welt versteckt habe, und es ist peinlich lange her, dass ich ihr einen ganzen Freitagabend gewidmet habe, ohne dass mein Handy auf dem Tisch liegt. Ich verdränge die Gedanken an junge Frauen, die zudringliche Hände abwehren, und verängstigte Teenagerinnen, die sich in Toiletten verstecken, und konzentriere mich auf das Erbsengrün des Hosenanzugs, den sie zur Arbeit getragen hat.

Ich war vorher bei Katie, tue aber mein Möglichstes, um mich dagegen abzuschotten, damit Nina meine volle Aufmerksamkeit bekommt. Doch es war ein weiterer unbefriedigender Besuch. Ich bin mit meinem Schlüssel ins Haus und gleich nach oben gegangen, anstatt zuerst mit meiner Mutter zu sprechen, die in dem altmodischen Wohnzimmer staubsaugte und den Nippes abwischte, den sie in den Jahren seit Vaters Tod gesammelt hat. Hässliche Figürchen, tanzende Frauen in hübsch-hässlichen Kleidern, Mütter mit ihren Kindern im Arm (ironisch) und dümmlich guckende, niedliche Hündchen (sie hasst Tiere). Bei dem Anblick gruselt's mich immer. Gott, ich hasse dieses Haus!

Katie war wach, aber noch kraftloser als beim letzten Mal. Nach einer halben Stunde Small Talk fragte ich sie, ob sie schon etwas gegessen habe; sie zuckte zusammen, als hätte ich sie geschlagen. Es ist ein schwieriger Balanceakt. Sie soll sich bei mir sicher fühlen, sich anlehnen können, aber ich will sie auch anspornen, wieder fit zu werden. Manchmal habe ich das Gefühl, dass eins das andere ausschließt.

Jetzt, während Nina erzählt, nicke und lache ich an den richtigen Stellen und versuche, einfach für meine beste Freundin da zu sein. Aber als sie an die Theke geht, schießen mir die falschen Gedanken durch den Kopf. Katies geisterhafte Erscheinung und einsilbige Antworten, ihre abgemagerten Glieder. Die Fotos auf Karls Kamera. Der Aufprall seines Kopfes auf dem Boden. Meine Angst vor der Verhaftung ist zwar schwächer geworden, doch rund um die Uhr quält mich die Frage, ob mein Handeln richtig oder falsch war.

Nina kommt zurück und stellt mir ein drittes Glas Rioja hin. Ich fahre aus meinen Gedanken hoch.

»Das könnte es sein, Mills. *Er* könnte es sein.« Sie saugt an der E-Zigarette, die sie aus ihrem Ärmel gezogen hat, und atmet den parfümierten Dampf in ihren Schoß. »Ich weiß, du findest das albern, aber einer muss doch wohl der Richtige sein. Und warum nicht Hugh? Er sieht gut aus, ist talentiert und ehrgeizig. Er will sich selbstständig machen, feine Möbel für reiche Leute herstellen. Er braucht nur etwas Kapital, um es in Gang zu bringen.« Ich habe nur halb zugehört, aber plötzlich bin ich alarmiert.

»Verschenk dein Geld nicht, Nina Lee.«

»Schenken? Wer hat etwas von schenken ge…«

»Leih ihm kein Geld, Nina Lee!«

»Ich dachte, du magst ihn!«

»Du hast es schon getan? Wie viel?«

»Jeder braucht eine Finanzspritze, wenn er ein Geschäft aufmachen und erfolgreich sein will. Du weißt, dass die Welt nun mal so funktioniert. Ich würde dasselbe für dich tun, wenn du etwas fändest, was du machen willst.«

Das war's dann wohl, oder? Mr Couchtisch ist hinter Ninas fettem Anwaltsgehalt her. Mein Optimismus sinkt rapide. Oh, Nina, Nina, Nina!

»Wie viel hast du ihm gegeben?«

»Nur so viel, damit er loslegen kann! Eine Website einrichten kann.« Ich schweige. Ich weiß, wie ich sie zum Reden bringe. »Und für ein paar Materialkosten, denn im Moment benutzt er die Werkzeuge seines Chefs, weißt du? Was er natürlich nicht mehr kann, wenn er sich selbstständig gemacht hat.« Ich nippe an meinem Wein. »Und auf lange Sicht, wenn wir heiraten …«

Okay, jetzt reicht's.

»Mehr oder weniger als zweitausend Pfund?«

Sie senkt den Blick auf ihren Gin Tonic. »Mehr.«

Schließlich bringe ich aus ihr heraus, dass sie Hugh die unglaubliche Summe von zehntausend Pfund »geliehen« hat.

Dieser verdammte Blutsauger-Scheißkerl. Dieses raffgierige Betrüger-Arschloch. Dieser elende Pissfleck auf einem Scheißhaufen. Meiner süßen, süßen Freundin wird nicht nur das Herz gebrochen, sondern sie wird für dieses Privileg auch noch teuer bezahlen müssen. Ich versuche, nicht wütend auf sie zu sein. Aber wer ist schon in seinem Beruf scharfsinnig und selbstbewusst und dann auch noch in der Liebe? Ich balle die Fäuste und atme durch die Nase.

Im Toilettenraum lehne ich mich gegen das Waschbecken und atme tief durch. Aus dem Spiegel sieht mir ein Habicht entgegen. Ich richte den Blick auf meine Nasenwurzel und versuche, mich zu beruhigen. Diese Männer. Diese furchtbaren, furchtbaren Männer. Sie tun, was immer sie wollen, und sie tun es ständig. Ich frage mich, wie viele andere liebeshungrige, erfolgreiche Frauen Hugh in seine muskulösen Arme gelockt und ausgenutzt hat. Ich denke an die jungen Frauen, die Karl fotografiert hat. An jede einzelne.

Aber Karl wird das nicht noch einmal tun. Denn Karl wurde gestoppt. Karl wurde bestraft. Ich schaue mir in die Augen, und zum ersten Mal, seit ich diesen Bastard die Treppe hinuntergestoßen habe, lächle ich und meine es ernst. Denn plötzlich bin ich stolz auf das, was ich getan habe. Diese Tat ist eines der wenigen Dinge in meinem Leben, auf die ich stolz sein kann. Dieser Mann hat es nicht verdient zu leben. Er hatte es nicht verdient, die gleiche Luft zu atmen wie ich, dieselben Sonnenuntergänge zu erleben, ein gutes Buch zu lesen oder einen Studienabschluss zu machen.

Ich habe nicht nur eine Frau vor ihm gerettet, sondern unzählige. Denn was bringt es wirklich, wenn man einen Widerling nur einmal an seinem Tun hindert? Jemand muss diese Männer ausschalten!

Ich denke wieder, ich habe nicht genug getan, um Katie zu helfen. Ich denke an ihre vorstehenden Knochen und ihr blasses Gesicht über der Bettdecke. Es ist Zeit, dass Millie Masters die Sache anpackt. Ich werde den Mann bestrafen, der meiner Schwester das angetan hat, ich muss ihn nur erst mal finden. Katie wird einen Schlussstrich ziehen und gesund werden, und er wird nicht mehr in der Lage sein, das noch mal einer anderen anzutun.

Und Hugh? Den Mann, der meine Freundin ausnutzt, werde ich ebenfalls bestrafen.

8

Es ist eine allgemein anerkannte Wahrheit, dass Jogger Idioten sind.

Wie kann man etwas genießen, bei dem man lediglich schweißnass wird und die Lunge sich anfühlt, als hätte man sie mit einem Brotmesser zersäbelt? Es ist außerdem langweilig und nicht geeignet, um dabei interessante Gespräche zu führen oder etwas Lustiges zu erleben. Idioten also. Aber mittlerweile muss ich leider sagen, dass ich eine von ihnen bin.

In ein paar Stunden findet ein Fußballspiel statt, und auf den Straßen herrscht dichter Verkehr. Autos voller Männer mit roten Schals fahren im Kriechtempo vorbei. Meine Route führt von ihnen weg und auf einen Feldweg, an dem Bäume und Brombeersträucher voll alter Carling-Dosen stehen. Meine Füße stampfen durch den Morast, und ich atme schneller und kräftiger.

Das Bild von Karl, der die Treppe hinunterfällt, wiederholt sich in meinem Kopf wie ein GIF. Oder wie in einem jener ekelerregenden Loop-Videos, die sich die Einfachgestrickten untereinander schicken, während sie sich beim Cocktailsaufen zuprosten. Immer und immer wieder stürzt er. Knack. Knack. Knack. Laufen stoppt das, also bin ich in der letzten Woche jeden Tag gelaufen. Aber jetzt verwandelt sich der Mann in meinen Gedanken in Hugh, dem beim Sturz das Geld aus den Taschen fällt, und in den gesichtslosen Mann, der meine Schwester vergewaltigt hat.

Der Pfad biegt nach links ab, tiefer in den Wald hinein, und der Verkehrslärm verschwindet. Es gibt nur noch mich und den Lärm in meinem Kopf, den ich mit jedem Schritt niedertrample. Ich liebe diesen Teil der Strecke, wo ich bald zu meiner Linken über Wiesen blicken kann, auf denen Schafe grasen. Schafe sind bekanntlich dumm, aber sie sind auch entzückend. Dumme Menschen kann ich nicht ausstehen, aber dumme Tiere liebe ich. Was für ein wunderbares Leben.

Wenn ich etwas erreichen will, muss ich beherrscht sein. Ich muss die Dinge sorgfältig durchdenken. Zum ersten Mal seit langer Zeit, vielleicht sogar zum ersten Mal überhaupt, habe ich das Gefühl, meine Ziele zu kennen und einen Plan zu haben. Eigentlich ist es ganz einfach.

Den Vergewaltiger meiner Schwester finden und töten.

Das ist mein Schwerpunkt. Aber während ich das detailliert plane, muss ich auch etwas wegen Hugh unternehmen. Ich erlaube mir eine weitere kurze Wiederholung des Treppensturzes, aber mit Hughs Gesicht, das auf Karls mageren Körper verpflanzt wurde. Umwerfend.

Aber ich möchte nicht, dass du einen falschen Eindruck bekommst. Nur weil ich Karl getötet habe und weitere mörderische Absichten hege, bin ich noch lange kein kompletter Psychopath. Hugh ist nicht der Richtige für meine Freundin. Ich muss mir etwas Passendes für ihn ausdenken, doch ich werde ihn nicht umbringen. Nein, ich muss ihn und Nina auseinanderbringen, und dann muss ich dafür sorgen, dass er die Quittung kriegt.

Die Bäume zu meiner Linken lichten sich, und zwischen den Stämmen schimmert eine Wiese voller dummer, weißer Flauschbälle. Einer von ihnen stößt ein leises, plumpes Bääääää aus.

Ich bin bei acht Kilometern angelangt, als mein Handy am Arm summt. Ja, ich gehöre zu den Idioten, die eine spezielle Laufausrüstung besitzen, und mein iPhone befindet sich in einer durchsichtigen Tasche, die ich mir an den Oberarm schnalle. Ich werde langsamer und halte an, die Hände auf die Knie gestützt. Während ich verschnaufe, joggt der bärtige Mann an mir vorbei und grüßt mich wie üblich.

»Schönes Tempo!«, ruft er über die Schulter und verschwindet um die Biegung. Ich habe gar nicht bemerkt, dass ich so schnell gelaufen bin. Mord scheint mich anzuspornen.

Als ich wieder ruhig genug atme, um ein Gespräch zu führen, hat das Klingeln aufgehört, aber ich sehe, dass es Nina war. Ich habe auch eine WhatsApp von Izzy bekommen, schon vor einer halben Stunde.

Können wir uns morgen um 14 Uhr statt um 13 Uhr im Pub treffen? Babysitter-Probleme. Lasst uns ins Albion gehen xx

Wenn Izzy unser Sonntagstreffen plant, sorgt sie dafür, dass es in einem schicken Pub in ihrer Nähe stattfindet. Dann versuche ich oft, mich davor zu drücken. Ich denke mir gerade eine Ausrede aus, als eine weitere Nachricht reinkommt, diesmal von Nina.

Ich habe ihnen schon gesagt, dass du auf jeden Fall kommst. Du hast letzte Woche geschwänzt.

Verdammt, Nina. Vielleicht ist sie bei ihrer Arbeit so. Rechtsanwältin Nina kann sich kaum die ganze Zeit entschuldigen und nett sein. Da sie in der Kanzlei das meiste Geld einbringt – eine Information, die ich ihr mühsam aus der Nase ziehen musste, und jede Silbe war verpackt in Vorbehalte und selbstabwertende Entschuldigungen –, vermute ich, dass sie bei all ihrer Freigebigkeit auch hart sein kann, hart wie Granit.

Ich sollte mich besser vergewissern, dass sie nicht noch etwas Dummes getan und Hugh etwa eines ihrer lebenswichtigen Organe gespendet hat. Ich tippe eine Antwort.

Du bist der Boss

Ich habe diesen Abend noch nichts vor. Ich überlege schon, eine Flasche teuren Rotwein zu kaufen, aber bei all dem Drama der letzten Woche habe ich mir hauptsächlich Sorgen um mich selbst und manchmal auch um Katie und Nina gemacht, mich aber nicht um die anderen da draußen gekümmert. In mein Seitenstechen mischt sich ein leises Schuldgefühl, als ich an das Message-M-Handy in meiner Schublade denke. Eine schlechte Erfahrung wegen Rose sollte nicht dazu führen, dass andere leiden müssen. Und war es überhaupt eine schlechte Erfahrung? War es nicht in einer Hinsicht ein Erfolg?

Nach einer Woche Pause ist es höchste Zeit, Message M weiterzubetreiben.

Am Sonntag betrete ich das Albion um eine Minute nach zwei und entdecke Nina in einer Ecknische, neben ihr Angela, die sich offenbar schon über etwas Langweiliges auslässt. Sie schauen herüber, und Nina winkt, während Angela mir zuprostet und ihren Mund in demonstrativer Freude weit öffnet. Izzy wird auf dem Weg hierher sein und, jede Wette, in fünfzehn Minuten in das Gespräch platzen, um uns damit zu langweilen, welchen *Albtraum* sie mit dem Babysitter erlebt hat, wie *traumatisch* es war, das Baby zum Schlafen zu bringen, und was für ein *Horror* es ist, ein Taxi zu kriegen.

Angela hält eine Flasche Rotwein hoch, um zu zeigen, dass ich bereits versorgt bin. Ich gelobe, nett zu sein.

»Hi.« Angela steht halb auf und umarmt mich über den Tisch hinweg. »Du siehst spektakulär aus, wie immer. Du strahlst geradezu.« Sie sagt solche Sachen, egal wie man aussieht. Aber ich muss zugeben, dass ich heute tatsächlich gut aussehe. Ich trage ein neues Oberteil – eine schwarze Seidenbluse mit vielen offen gelassenen Knöpfen – zur schwarzen Jeans und den schwarzen hohen Stiefeln mit dem weißen Lederstern auf dem Spann. Aber es ist mehr als nur die Kleidung. Sie dürfte recht haben, was das Strahlen angeht. Nicht nur bin ich heute Morgen elf Kilometer in einem irrsinnigen Tempo gelaufen, ich bin auch zum ersten Mal seit Jahren freudig erregt. Ich fühle mich lebendig.

Gestern hatte ich eine relativ ereignislose Nacht mit der Hotline. Das heißt, ereignislos im Vergleich zur vorigen Schicht, aber zugegeben, die war auch besonders dramatisch. Gestern jedenfalls habe ich einer Frau geholfen, die ein mieses Date in einer Weinbar hatte und glaubte, nicht einfach gehen zu dürfen. Danach habe ich eine Teenagerin gerettet, die von einem Vierzigjährigen verfolgt wurde, und schließlich eine Clique von Studentinnen von einem betrunkenen Lustmolch befreit. Es ist niemand gestorben.

Als ich nach Hause kam, setzte ich mich mit einem nagelneuen Notizbuch an meinen Küchentisch. Jede Frau weiß, dass alle guten Pläne mit einem nagelneuen Notizbuch beginnen. Das fragliche war ein wunderschönes Exemplar mit marmoriertem Rand, das mir Katie passenderweise dieses Jahr zum Geburtstag geschenkt hat. Als ich es aufschlug und der Buchrücken knackte, lief mir ein wohliger Schauder über den Rücken.

Nina schenkt mir gerade Wein ein, als Angela mich aus der Erinnerung reißt, weil sie von Hugh anfängt. Ich balle sofort die Fäuste.

»Wie war es gestern Abend, Nina? Er wollte dich doch zum Essen einladen«, fragt Angela.

»Oh, das ... dazu ist es nicht gekommen.«

»Wie bitte? Was soll das heißen?«, frage ich. Er hat doch wohl nicht ihr Geld genommen und sie schon ein paar Tage später sitzen gelassen?

»Alles in Ordnung. Er hat es einfach nicht geschafft.« Nina wirft mir einen Blick zu, der mir befiehlt, das Thema fallen zu lassen, und setzt die ultimative Ablenkungswaffe ein, indem sie Angela nach ihrem Freund fragt. Angela kann tagelang darüber reden, dass er sie nicht heiraten will.

»Wie lange sind wir zusammen? Sechs Jahre? Ist das normal? Ich versteh das nicht! Wie lange soll ich noch warten?«

Ich trinke einen großen Schluck Wein und beteilige mich. »Warum machst du nicht ihm den Antrag?« Mit meinem Plan im Hinterkopf finde ich Angela nicht mehr so nervig wie sonst. Vielleicht, weil meine Wut, die normalerweise überschäumt und jeden trifft, der in meine Nähe kommt, jetzt in etwas Produktives fließt.

»Nein, auf keinen Fall!« Angela lacht verzweifelt, ohne einen Funken Humor. Sie kippt den Rest ihres Gin Tonic hinunter, schüttet die Limette und das Eis in ein halb leeres Pintglas auf dem Nachbartisch und füllt ihr Longdrinkglas fast bis zum Rand mit Malbec. »Wie peinlich wäre das denn?«, sagt sie, und ihre großen, hellen Augen weiten sich vor Entsetzen so sehr, dass sie fast ihr ganzes Gesicht einnehmen. »Ich meine, er würde wahrscheinlich Ja sagen, aber würde er auch Ja sagen *wollen*? Vielleicht hätte er das Gefühl, Ja sagen zu *müssen*, aber er würde nicht wirklich Ja sagen *wollen*, und später würde er es vielleicht *bereuen*, Ja gesagt zu haben, und es sich dann anders überlegen, und das wäre *furchtbar*.«

Angela hat nicht die Lunge eines normalen Menschen. Sie kann scheinbar doppelt so lange sprechen, ohne Luft holen zu müssen. Ich trete Nina unter dem Tisch, damit sie weiß, dass ich ihr die Schuld für das gebe, was ich gerade aushalten muss. Sie hustet in ihren Ärmel, in den sie gerade den Rauch aus ihrem Dampfer bläst.

»Okay, frag ihn nicht. Vielleicht müsst ihr auch nicht unbedingt heiraten?« Ich kann das mühelos durchexerzieren, denn dieses Gespräch haben wir schon x-mal geführt. Wir alle kennen die Optionen – ihm den Antrag machen (nein!), die Idee aufgeben (o mein Gott, nein!), ihm sagen, dass sie gefragt werden möchte (schon geschehen!) oder ihn schließlich verlassen (vergiss es!). Heute bin ich teilweise dankbar für die Prozedur, vor allem da Nina in der nächsten Phase (die Idee aufgeben) die Zügel in die Hand nimmt. So kann ich mich gedanklich in meine Küche von gestern Abend zurückversetzen, mit dem Finger über die Seite meines Notizbuchs fahren und langsam meine Liste schreiben. Die Seite ist noch ziemlich leer, aber das ist nicht der Punkt. Es ist ein Anfang. Die Planung hat begonnen.

»Scheiße, tut mir leid, Nina!« Angela hat Wein verschüttet, weil sie schon betrunken ist, und er ist auf Ninas Jacke gespritzt. Ich springe auf, um meine neue Bluse zu schützen.

»Wir haben keinen mehr. Ich hole uns noch eine Flasche. Alle sind für Rotwein, ja?«

»Ich hole ihn!«, ruft Nina und tupft sich die Jacke ab.

»Nein, schon gut. Ich mach das.« Ich winke mit meinem Handy, um zu zeigen, dass ich bereit bin zu bezahlen, und lächle sie an, während ich vom Tisch aufstehe. Angela schiebt erfolglos Wein auf der Tischplatte herum. Nina sieht mich zum ersten Mal an diesem Abend richtig an und hebt eine Braue wegen meines neuen Oberteils. Sie öffnet den Mund, als wollte sie es erwähnen, wird aber unterbrochen, weil die Tür aufspringt und eine dröhnende Stimme den Raum füllt.

»Mädels!«

Ich werfe einen Blick auf mein Handy – 14 Uhr 24.

»Entschuldigung, ich bin zu spät! Entschuldigung! Wirklich *alles* ging schief! Hi, Mills.« Izzy küsst mich auf die Wange und drückt mich einarmig, dann wirft sie dramatisch ihre Tasche hin und wendet sich den anderen zu, die am Tisch sitzen. Izzy ist beeindruckend groß und schlank. Selbst casual gekleidet in Straight-Leg-Jeans und gestreiftem T-Shirt sieht sie erfolgreich aus. Das muss an den Haaren liegen.

»Ich hole nur kurz Getränke«, murmle ich und schleiche mich davon, wie immer verlegen über die unerträgliche Lautstärke meiner Freundin. Ich kann sie klar und deutlich verstehen, während ich an der Theke eine weitere Flasche Malbec bestelle.

»Ehrlich, es gibt *keine* Taxis mehr, ich schwöre! Ich habe

eine *Ewigkeit* gewartet, und es ist einfach nicht gekommen. Und von der Babysitterin will ich gar nicht erst anfangen. Oh, Millie!« Bei meinem Namen erhöht sie auf Stadionlautstärke. Ich drehe mich um und lächle. »Ein doppelter Gin Tonic?«

»Zu spät! Gerade bezahlt!« Ich werfe dem Barkeeper ein verschwörerisches Lächeln zu, während ich mein Handy diskret an das Kartenlesegerät halte. Sie mag eine meiner ältesten Freundinnen sein, aber ich habe wirklich keine Lust auf Izzys dreimal so teure Drinks.

Am Tisch schenke ich jeder ein Glas Wein ein – Angela neigt den Kopf zur Seite, um zu zeigen, dass sie mich für eine geizige Einschenkerin hält – und quetsche mich in meine Ecke. Izzys lautstarker Auftritt hat Angelas Redefluss unterbrochen, und obwohl ich nicht behaupten kann, dass ich den genossen hätte, müssen wir uns jetzt die zahlreichen Gründe anhören, warum Izzy niemals pünktlich kommt. Ein großes Hindernis wird ihr Ehemann Josh sein.

Izzy ist die Einzige von uns, die den Bund der Ehe geschlossen hat, und sie ist nicht die beste Werbung für diese Institution. Soweit ich das beurteilen kann, scheint Josh in sämtlichen Bereichen ihres Leben eher hinderlich als hilfreich zu sein, was sie angeblich hasst. Allerdings rollt sie manchmal die Augen, als ob sie seine Inkompetenz und Gedankenlosigkeit irgendwie liebenswert findet. Vielleicht ist das ein Trick, um zu überleben. Denn wenn man sich wirklich mit dem Wissen abfindet, dass man einen totalen Trottel geheiratet und ein Kind mit ihm bekommen hat, was dann?

»Mills, ich erzähle den anderen gerade, dass mein Babysitter mal wieder in letzter Minute abgesagt hat!« *Ja, Izzy, ich weiß. Das hätte ich bis nach Paris gehört.* »Und dann musste Josh babysitten, aber er war nicht glücklich darüber, weil er Aaron gerade eine SMS schicken wollte, um mit ihm in den Pub zu gehen, aber ich habe gesagt, dass meine Verabredung schon lange vorher stand, und bin abgehauen.«

Im Stillen erweitere ich mein Mordlust-Mengendiagramm um Männer, die die Betreuung ihrer eigenen Kinder als Babysitting bezeichnen. Nachbar Sean scheint jemand zu sein, der seine Kinder babysittete.

Doch ich lächle vor mich hin, obwohl Izzy unerträglich laut und Angela eine langweilige Säuferin ist. Am Nebentisch spielt ein Pärchen Scrabble. Sie haben einen Hund bei sich liegen, einen riesigen Mops-Mutanten, der einen bunt gestreiften Pullover anhat. Er lässt die Zunge heraushängen und sieht absolut hinreißend dämlich aus. Es ist nicht alles schlecht.

Als wir bei der dritten Flasche sind, lallt Angela, und Izzy beschwert sich über Leute mit schlechter Arbeitsmoral. Sie ist Eventplanerin und prahlt oft mit den Gratisgeschenken und Häppchen und den D-Promis, mit denen sie in Kontakt gekommen ist. Sie hat diese Woche ein Mode-Event organisiert und dabei hart gearbeitet.

»Ich habe nämlich eine *gute* Arbeitseinstellung, wisst ihr?« Sie streicht sich eine Strähne ihrer kunstvoll gefärbten blonden Haare aus den Augen und klopft mit ihren lackierten Fingernägeln auf die klebrige Tischplatte.

»Ja!«, wirft Angela laut ein, wie die Verstärkung bei einer Straßenschlacht. Das arme Ding sieht betrunken und unordentlich aus, aber wenigstens glücklich.

»Und die anderen haben *ständig* Pause gemacht. Ehrlich. Zigarettenpausen, Toilettenpausen, Mittagspausen, Pausen für einen dringenden Anruf. Sie sind einfach nur faul. Wofür bezahle ich sie eigentlich?«

»Ja!«

»Ich hätte ein schlechtes Gewissen, wenn ich jemanden zwingen würde, für mich einzuspringen, aber die überhaupt nicht.«

»Das liegt daran, dass du so fleißig bist, Iz«, sagt Nina gedehnt in einer Dampfwolke. Das Ärmelversteck ist vergessen, aber dem Barkeeper ist sie noch nicht aufgefallen. Izzy neigt den Kopf und nimmt das Kompliment liebenswürdig entgegen, zu dem sie sich verholfen hat.

»Du bist das Gegenteil von faul!« Ich habe schon eine Weile nichts mehr beigetragen, also werfe ich mit diesem sinnlosen Kommentar meinen Hut in den Ring. Großer Fehler.

»Und wie läuft es bei dir beruflich, Mills? Bist du immer noch in dem Rahmengeschäft?« Das bringt mich auf die Palme. Denn sie weiß es ganz genau. Und ihren herablassenden Ton kann mein neues morderfahrenes Ego nicht ertragen. Nicht heute.

»Ja, aber«, höre ich mich sagen, als käme meine Stimme aus einem Film, der gerade läuft, und nicht aus meinem Mund, »nicht mehr lange!«

»Oh!« Ninas ausdrucksstarke Brauen schießen in die Höhe. »Das hast du noch gar nicht erzählt! Was ist los?«

Ich zwinkere und lache in mein Weinglas. Gott, ich bereue es jetzt schon.

»Das kann ich noch nicht sagen. Es ist noch nicht … spruchreif.« Alle fangen sofort an zu protestieren, und ich stehe dramatisch auf. »Ich schmeiße eine Runde!«

Sie jubeln. Ich weiß, wie man die Massen im Griff behält. Hoffentlich haben sie das morgen früh vergessen.

Es ist noch nicht einmal sieben Uhr, als ich nach Hause komme, aber der Wein ist zum Mittagessen geflossen, und ich fühle mich beschwingt und glücklich. Ich sitze an meiner Kücheninsel und trommle mit dem Zeh gegen die Sprosse des Barhockers. Mein Kopf ist schwer, alles dreht sich, aber ich gieße mir trotzdem ein Glas Barolo ein und sitze eine Weile da, um die Stille zu genießen. Das Notizbuch liegt vor mir, sein wunderschöner, marmorierter Einband schimmert, und die Marmorschlieren wirbeln durch meinen besoffenen Verstand. Ich schlage es auf Seite eins auf und finde die Liste, die ich am Abend zuvor geschrieben habe.

Pow Pow's
Glatze
Groß
Rote Vorhänge
Elster-Tattoo

Alles, was ich über die Nacht der Vergewaltigung aus Katie herausbekommen habe. Nicht gerade Name und Adresse, aber ein Anfang. In diesen ersten Tagen nach dem Vorfall, der ihr Leben völlig aus der Bahn warf, weinte sie die meiste Zeit und sprach kaum. Wir haben nur einmal darüber geredet, was passiert ist. Das war vier Tage danach, vier Tage und Nächte, die ich an ihrem Bett verbrachte, ihr über den Kopf strich und Taschentücher reichte. Sie hat sich geweigert, den Mann anzuzeigen. Ich wollte, dass sie es tat, verstand aber, warum sie Nein sagte. Wir wussten beide, dass der Gang zur Polizei für sie alles höchstwahrscheinlich noch schlimmer machen würde. Ich wollte aber, dass sie über das Geschehene spricht, mit einem Profi oder mit mir oder mit irgendjemandem. Aber sobald ich sie nach Details fragte, machte sie dicht.

In der vierten Nacht wachte ich auf. Es war dunkel und völlig still, und sie war wach. Das merkte ich, so etwas weiß man einfach bei seiner Schwester. Ich fand ihre Hand unter dem Kopfkissen und drückte sie.

»Eine Tätowierung. Ein Vogel.«

»Was meinst du?« Ich erinnere mich, dass ich den Atem anhielt. Ich wollte unbedingt mehr erfahren, hatte aber gleichzeitig Angst davor, wirklich zu wissen, was sie hatte erleiden müssen. Man weiß nie, was schlimmer ist, Fakten oder Einbildung – bis es zu spät ist.

»Ich kann mich an kaum etwas erinnern, außer an das Tattoo. Es bewegte sich, während … es passierte. Diese verdammte Elster, genau hier«, sie fasste an die entsprechende Stelle, »an seiner Brust.«

Ihre Stimme kippte, und ich nahm sie fest in die Arme. »Und an die roten Vorhänge am Fenster. Ich habe auf die roten Vorhänge gestarrt, als könnte ich hinausfliegen.«

Ich hielt sie fest und flüsterte ihr ins Haar. »Was noch, Katie, was weißt du noch?«

Warum fragte ich weiter? Sie wollte nicht zur Polizei gehen. Wozu brauchte ich Details? Um sie zu ermutigen, sich zu öffnen, damit sie sich von dem seelischen Schock erholen konnte? Reden nimmt einem den Schmerz nicht, es holt ihn erst richtig hervor. Vielleicht wusste ich schon damals, dass es so weit kommen würde. Denn ich habe einen mörderischen Hass empfunden. Ich wollte diesen Mann brennen sehen. Ich war nur nicht entschlossen genug. Bis zu der Sache mit Karl.

Der Mann sei groß, glatzköpfig und mittleren Alters gewesen, sagte sie noch, und dann fing sie an zu weinen und keuchte und schluchzte und zitterte. Das ganze Bett bebte. Es knarrte und wimmerte unter unserem Kummer. »Die roten Vorhänge. Und diese verdammte Elster. Ich habe Albträume davon.« Vor lauter Schluchzen konnte ich sie nicht mehr verstehen und wiegte sie sanft, bis sie einschlief. Ich blieb wach und dachte an Elstern, die durch rote Vorhänge sausten, an Hunde und Reiter, die sie verfolgten.

Am nächsten Morgen sprach ich sie wieder darauf an, aber sie starrte nur auf den Boden. Als ich sie immer wieder nach einem weiteren Detail fragte, murmelte sie schließlich, sie sei im Pom Pom's gewesen, einem Club. Das ist einer, in dem man zahlen muss, wenn man sich nur hinsetzen will, und wo sich schmierige Typen herumtreiben, die sich an schöne junge Frauen mit geringem Selbstwertgefühl und hohen Erwartungen an das Leben heranmachen. Danach musste ich ihr schwören, sie nie wieder etwas dazu zu fragen, und dabei sah sie so verzweifelt aus, dass ich es versprach. Und ich habe mein Wort gehalten.

Jetzt habe ich jedes Wort auf der Seite unterstrichen.

Pom Pom's
Glatze
Groß
Mittleres Alter
Rote Vorhänge
Elster-Tattoo
Das ist der Anfang.

9

Montags muss man nicht pünktlich sein, oder? Kopf und Körper sind noch im Wochenendmodus, auch wenn der Kalender schon weiter ist. Da ist es unanständig, von jemandem zu erwarten, dass er pünktlich ist. Und Dienstag ist eigentlich kein Tag. Mittwochs sollte man sich vielleicht anstrengen, okay, mein Fehler. Aber heute ist Donnerstag … also schon wieder Wochenende, oder?

Das sage ich mir, während ich gemütlich zur Arbeit jogge. Normalerweise komme ich einigermaßen pünktlich, aber diese Woche war ich jeden Tag zu spät. Seit der Sache mit Karl und meinem Schwur, Katies Vergewaltiger zu finden, hat mich das Einrahmen überraschenderweise nicht mehr so sehr fasziniert. Ich habe mir einen Plan zurechtgelegt: Morgen Abend werde ich ins Pom Pom's gehen und dort herumschnüffeln. Es ärgert mich, dass ich meine kostbare Zeit in Ricks Laden vergeuden muss. Bisher habe ich das Leben nie als zu kurz empfunden. Im Gegenteil, es erschien mir übermäßig lang und auch langweilig. Aber jetzt ist mir jede Minute kostbar.

Ich gehe langsamer und komme zu dem Schluss, dass es kaum einen Unterschied macht, ob ich vierzig oder fünfzig Minuten zu spät komme. Ich habe mir heute Morgen bereits etwas mehr Zeit gelassen, um Katie anzurufen und die Rechnungen zu begleichen, die ich nur aus Lethargie ignoriert habe. Das E-Werk hat meine Nachzahlung akzeptiert. Allerdings konnte es sich die Frau am Telefon nicht verkneifen, mich auf eine herablassende Art zu ermahnen, bei der einem schlecht werden konnte. Jedes Mal, wenn sie mich Schätzchen nannte, kam es mir fast hoch.

»Sie hören sich jung an, Schätzchen, ich hoffe, Sie haben etwas daraus gelernt, ja?«

»Ähm, dass man nicht arm sein sollte?«

Sie gab ein widerliches Lachen von sich, das manche als vergnügt bezeichnen würden.

»Oh, Sie sind lustig. Finanzplanung ist wichtig, und da draußen bieten sich viele Möglichkeiten, Schätzchen. Ich will nicht, dass Ihr Name noch einmal auftaucht, okay? Ich weiß, es ist nicht angenehm, wenn man ...«

Ich legte auf und knüllte die Mahnung so fest zusammen, dass mir die Knöchel wehtaten.

»So, Schätzchen«, sagte ich zu Shirley Bassey, die auf der Chaiselongue saß und mich neugierig beobachtete. »Versuch dich zu beherrschen, hörst du, meine süße Kleine? Versuch doch mal, nicht so gierig zu sein bei deinem Fressbedürfnis, ja? Es gibt hier einiges zu lernen!«

Als die Ladenklingel meine späte Ankunft verrät, blickt Rick auf.

»Du kommst schon wieder zu spät, Millie. Alles in Ordnung?«

»Tut mir leid, Rick! Entschuldigung. Ich habe mächtig verschlafen. Kommt nicht wieder vor.« Er starrt mich an und zieht eine Braue hoch – was ich nicht kann, er aber beneidenswert oft einsetzt. Ich schiebe mich um einen Stapel Bilderrahmen herum, der gestern bestimmt noch nicht da war, und gelange zum Ladentisch, ohne eine Lawine auszulösen.

»Tee? Ich werde welchen machen. Oder lieber Kaffee?« Ich schiebe mich an ihm vorbei in die Werkstatt, wo auch die Pantryküche ist. In dem engen, muffig riechenden Kabuff steht der mit Farbe bespritzte Wasserkocher neben schmutzigen Tassen und schweren antiken Teelöffeln, die aussehen, als wären sie Tausende Pfund wert, und dabei ekelerregend dreckig sind.

Ich schiebe einen Stapel Belege und ein Stück Holz beiseite, stelle Ricks Tee – den ich zur Entschuldigung in der einzigen Tasse ohne Absplitterung aufgegossen habe – auf den Tresen und lächle ihn freundlich an. »Nochmals: Es tut mir wirklich leid, Rick. Wenn das für dich in Ordnung ist, werde ich zu Ende bringen, woran ich gestern gearbeitet habe. Es ist fast fertig.«

»Okay, Millie«, sagt er seufzend und versöhnlich wie immer. »Ruf das nächste Mal an, wenn du später kommst, ja? Und sag mir Bescheid, wenn ich mir Sorgen um dich machen muss oder wenn du eine Auszeit brauchst.«

Er schenkt mir ein freundliches Lächeln, und ich versichere ihm, dass es mir gut geht. Dabei blicke ich reuig auf den Boden. Als ich finde, dass es lange genug gedauert hat, ziehe ich mich langsam nach hinten zurück und schließe die Tür. Ich habe ein schlechtes Gewissen, aber das hält nicht lange an. Der hübsche James wird in ein paar Stunden kommen, um die gerahmten Tickets für die Feier seiner Eltern abzuholen, und ich muss noch das Passepartout schneiden und den Rahmen polieren. Ich gebe zu, dass ich auch deshalb so spät dran bin: für den unwahrscheinlichen Fall, dass er der letzte anständige Mann der Welt ist, wollte ich gut aussehen.

Gina, die um halb eins auftauchte, was für sie offenbar in Ordnung ist, weil sie »Gleitzeit« arbeitet, kaut mir schon wieder ein Ohr ab, dass sie sich vielleicht von ihrem Mann scheiden lassen will. Manchmal habe ich das Gefühl, dass sie nur zur Arbeit kommt, um mich sinnlos zu langweilen. Ich kenne niemanden, der geschieden ist, aber das kann doch nicht so langweilig sein! Sie ist Bildrestauratorin und hält sich für ein Gottesgeschenk, wenn nicht für die Welt, dann zumindest für das beschissene Bristol, in dem wir leben.

Versteh mich nicht falsch, ich habe normalerweise ein offenes Ohr für Frauen, die sich über Männer beschweren *und* sie vor Gericht zerren wollen. Aber Gina ist nicht selbstkritisch genug, um zu erkennen, dass zu einem Gespräch zwei gehören. Und das wird langweilig. »Ich kann einfach nicht glauben, dass es so weit gekommen ist«, seufzt sie zum vierten Mal an diesem Nachmittag. »Ehrlich, Mills, ich kann dir gar nicht sagen, wie furchtbar das ist. Du denkst, bei dir läuft alles rund, und dann«, sie hebt die Hände, »puff, ist alles dahin. Du hast so ein Glück, dass du dich noch nicht gebunden hast. Tu's nicht, das ist mein Rat! Oder entscheide dich zumindest nicht für einen Fremdgeher wie Daniel. Nicht, dass das bewiesen ist. Aber man weiß es einfach. Die Nachricht auf seinem Handy konnte nichts anderes bedeuten. Ich kann nicht fassen, dass es so weit gekommen ist.«

Anstatt zu sagen, sie soll die Klappe halten, lasse ich meine Gedanken schweifen und stelle mir vor, wie ich ihr jämmerliches Gesicht gegen einen Spiegel schlage. Um meine Wut in den Griff zu bekommen – die mich seit Karl förmlich auffrisst –, drücke ich die Handflächen auf den Schreibtisch und versuche, meinen ganzen Frust auf das Holz zu richten. Kurz gesagt, Gina vermutet, dass ihr Mann, der ohne Scheiß Daniel Craig heißt, eine andere vögelt. Mr Craig verhält sich nicht nur äußerst verdächtig, indem er spät nach Hause kommt, auf nicht näher bezeichnete »Geschäftsreisen« geht und sich plötzlich »ganz anders« benimmt, sondern sie hat jetzt auch noch eine verdächtige Nachricht auf seinem Handy entdeckt.

So, hat nicht allzu lange gedauert, nicht wahr? Also, warum muss ich mir das immer noch anhören?

»Weißt du was? Er war nie sonderlich an Sex interessiert. Daher bin ich nie auf die Idee gekommen, so etwas zu vermuten! Aber dann sah ich die Nachricht auf seinem Handy, von einer gewissen Sarah. *Sarah!* Ich bitte dich! Tja, ich werde sie anrufen. Heute noch. Und dem Ganzen auf den Grund gehen.«

»Hmmm.« Was ist falsch an dem Namen Sarah?

Rick kommt zu uns nach vorn. »Gina! Ich dachte doch, dass ich dich gehört habe. Du arbeitest heute an dem Calloway-Gemälde, stimmt's?«

»Für meine Sünden!« Sie lacht, als wäre das ein echter Witz, was es natürlich nicht ist, und wirft theatralisch den Kopf zurück. Hat sie sicher in ihrem vornehmen Internat gelernt. Rick mag Gina, wodurch er in meiner Achtung sinkt, aber so ist es eben. Sie halten sich beide für Künstler und geben gerne kleine Kommentare ab, die ihnen das Gefühl geben, die neue Bloomsbury-Szene zu sein.

»Nun, danach siehst du aus.«

Gina hebt ihren Arm und zeigt ihrer mit Farbe verschmierten Overall auf eine Weise, dass ich sie in ihren Farbdosen ertränken möchte. Ich drücke die Hände noch stärker auf den Schreibtisch, bis ich ein Brennen im Bizeps spüre.

»Weißt du, du erinnerst mich an eine der Figuren in meinem neuen Roman«, sagt er, als wäre die Figur realer, nur weil Gina sich vor ihm reckt. »Du hast die gleiche …« Er wedelt mit der Hand und sucht nach Worten, die er offensichtlich schon parat hat. »Die gleiche tragische Anmut.« Gina errötet, als wäre »tragisch« das neue »gertenschlank«. »Ich werde hier ein bisschen Papierkram erledigen – du brauchtest die Werkstatt, nicht wahr, Millie? Du machst Mrs Bakers große Bestellung fertig, nehme ich an?«

»Ja«, lüge ich. Mal sehen. Zuerst muss ich die Flugtickets rahmen.

»Oh, gut, wir können während der Arbeit plaudern!«, trällert Gina.

»Grooßartig! Gut. Gut! Legen wir los, ja?«

Nur noch vier Stunden und … zweiunddreißig Minuten, bis ich gehen kann, denke ich, während ich über Stapel von alten Rahmen steige, einige mit verblassten Haftnotizen daran, und viele haben sich vor langer Zeit von ihren Zetteln getrennt. Ich gehe in die Werkstatt, gefolgt von Gina, setze mich an den

Werktisch und suche meine Notizen für den Auftrag heraus. Es ist staubig und dunkel, obwohl ich Rick schon so oft gesagt habe, dass es hilfreich wäre, wenn man beim Umgang mit Elektrowerkzeugen etwas sehen könnte. Gina plappert weiter, ich richte mich ein und lasse das Gerede über mich ergehen.

»Und *wenn* er mal Wäsche gewaschen hat, hat er sie hinterher *nie* weggeräumt, Millie! Weißt du, wie *nervig* das ist? *Weißt* du das?«

In einer Stunde ist Feierabend, und ich staune, dass Gina immer noch redet, obwohl ich kaum ein Wort zu dem Gespräch beigetragen habe. Ich musste mir eine lange Erörterung über die Bedeutung der Familie und ihre perfekte Kindheit anhören, wonach ihr Vater die Krone des männlichen Geschlechts war und wusste, wie man für eine Familie sorgt. Und irgendwie sind wir jetzt wieder bei dem Thema, was Daniel Craig in den letzten elf Jahren alles falsch gemacht hat. Ich dachte, wir hätten das meiste davon schon behandelt.

Gina redet quasi in Kursivschrift. Sie betont die Hälfte jedes Satzes, als wäre es *das Dramatischste, was je gesagt wurde,* und blickt einem dabei tief in die Augen oder wirft die Hände in die Luft, als könnte sie dem Himmel auf diese Weise Mitleid abringen. Sie ist auch ein Fan davon, ihr Gegenüber ständig mit Namen anzusprechen. *Du brauchst nicht nach jedem Satz »Millie« zu sagen,* Gina. *Ich bin außer dir die Einzige in diesem verdammten Raum.*

»Ja, Gina. Ich kann mir vorstellen, wie ärgerlich das ist, Gina.« Dagegen rede ich gelangweilt und monoton in der Hoffnung, dass sie den Wink versteht. Ich beuge mich tief über meine Arbeit, um zu prüfen, ob die Ecken perfekt sind, und versuche, ihr Geschwafel auszublenden. Ich habe Gina den ganzen Tag noch keinen Pinsel in die Hand nehmen sehen.

»Und ich will *gar nicht erst davon anfangen,* wie er sich *an den Feiertagen benimmt,* Millie!«

»Okay.«

Die Tür schwingt ein Stück weit auf, und Ricks bebrilltes kleines Gesicht lugt herein. »Millie? Ein Mann ist hier – ein gewisser James –, um einen Auftrag abzuholen? Ich wüsste nur nicht, um welchen es sich handeln könnte.« Rick schürzt die Lippen, um zu zeigen, dass er selbst den Namen des Mannes anzweifelt. Dinge, die ohne sein Wissen geschehen, bringen Rick durcheinander, und dann ist er geneigt zu glauben, dass es sich um eine Verschwörung handelt.

»O ja, danke. Kannst du ihm sagen, dass ich gleich komme?«

Er runzelt die Stirn, sein runder Kopf verschwindet aus dem Türspalt wie eine Puppenspielfigur. Ich poliere schnell den Rahmen und das Glas, dann halte ich mein Werk prüfend hoch. Ich schnappe mir eine Picture-This-Papiertüte, stecke ihn hinein, schiebe meine Haare hoch, um die Illusion von Volumen zu erzeugen, und schreite nach vorn in den Laden. Erst als die Tür hinter mir zufällt, merke ich, dass Gina tatsächlich nicht aufgehört hat zu reden.

James erscheint mir noch größer als beim letzten Mal. Er lächelt mich unbeholfen an, während wir uns beide erinnern, wie höflich er mich um ein Date gebeten und wie schonungslos ich ihn zurückgewiesen habe. Ich bin so anständig, rot zu werden, aber ich schaue nicht weg. Eine Frau sollte sich nicht schuldig fühlen, wenn sie einem Mann ein Date verweigert. Und dennoch …

»Oh, hey, Millie. Hi. Ich, ähm, ich komme, um die Tickets abzuholen?«

»Sind fertig!« Ich grinse ihn wie blöde an und halte die Tüte hoch. Ich grinse nie, wieso grinse ich jetzt? Ich höre auf zu grinsen. Gina ist mir inzwischen aus der Werkstatt gefolgt und beobachtet uns interessiert. Rick steht über einen Stoß Unterlagen gebeugt und gibt vor, sie zu lesen, aber sein Blick ist ebenfalls auf mich gerichtet. Das macht mich nervös.

»Oh, wow, erstaunlich. Danke.« James spricht in charmanten Ein-Wort-Sätzen, und ich frage mich, ob das nur passiert, wenn ihm eine Situation peinlich ist. Ich ertappe mich bei der Frage, wie er wohl morgens ist. Stammelt er ein Danke, wenn man ihm Kaffee ans Bett bringt? Und hängen ihm die Haare in seine wunderschönen dunklen Augen?

»Wollen Sie es sich ansehen? Dann würde ich es anschließend in Luftpolsterfolie verpacken.«

Er zieht den Rahmen aus der Tüte und begutachtet ihn. Wenn er nicht aus Verlegenheit lächelt, sondern richtig, dann kommen seine Zähne zum Vorschein. Sie sind wunderschön weiß. Er streicht mit dem Finger über eine der Rahmenecken, die perfekt ausgeführt sind, und ich bin stolz auf meine Arbeit.

»Das wird ihnen gefallen. Ernsthaft, sie werden sich riesig freuen. Und mein Bruder wird mich nicht umbringen, weil ich das Geschenk vermasselt habe. Das ist also auch bestens.« Sein Blick schnellt hoch und trifft auf meinen, und mir wird bewusst, wie nah wir uns sind.

»Gut! Na denn.« Ich trete vom Ladentisch weg, nehme den Rahmen mit und krame unter dem Schreibtisch nach Luftpolsterfolie und Klebeband. Ich wünschte, Rick und Gina würden sich verpissen.

»Wir sind heute Abend mit der Familie zum Essen verabredet. Waren Sie schon mal im Marmo? Es soll gut sein.« Er zuckt mit den Schultern, und als ich nicht antworte, sondern nur lächle, während ich die Luftpolsterfolie zuklebe, greift er in seine Gesäßtasche nach seinem Portemonnaie. »Wie auch immer, ich schulde Ihnen noch Geld!«

»Lass mich das für dich einpacken, Liebes«, sagt Gina, die an meinem Ellbogen auftaucht und das Paket übernimmt. Normalerweise unterbricht sie mich nie bei einem Kunden, aber sie hat offensichtlich einen sechsten Sinn für heimliche Affären.

Ich beobachte, wie James mit seinen langen Fingern und ungewöhnlich sauberen Nägeln seine PIN eingibt, und stelle mir vor, wie sie auf einem Tisch ruhen, während er über etwas lacht, das ich gesagt habe. Mein Gott, was ist denn nur los mit mir?

»Also dann, danke.« Er zuckt wieder mit den Schultern, und ich lächle, als Gina ihm den doppelt verpackten Rahmen über den Ladentisch reicht. »Wir sehen uns … oder … also, danke.«

»Kein Problem.« Ich sehe Rick aus den Augenwinkeln und grinse James wieder wie blöde an. »Und danke, dass Sie sich für Picture This entschieden haben!«

Er bückt sich, um durch die Tür zu gehen, vermutlich aus Gewohnheit, und die Glocke bimmelt, als er geht.

»Was war das denn?«, fragt Rick. Ich senke den Kopf, um die Reste des Klebebands und der Luftpolsterfolie aufzuräumen und auch, um Ricks Blicken auszuweichen. »Ein großartiger Kerl. Allerdings weiß ich nicht, wie du die Zeit gefunden hast, das für ihn zu erledigen. Er sagte, er hätte die Tickets erst am Freitag abgegeben.« Der Rest seiner Überlegung bleibt ungesagt. *Vor allem, da du bei der Arbeit gefehlt hast und ständig zu spät gekommen bist.*

Ich weiß nicht, was in letzter Zeit über mich gekommen ist. Ich habe einen Mann getötet, und jetzt flirte ich im Geschäft mit einem anderen. Was kommt als Nächstes? Gina zum Essen einladen? Nein. Das ginge nun wirklich zu weit.

Ich lehne den Kopf zurück und seufze in die Stille. Es ist schon nach elf, und ich sitze im Mantel auf meinem Gartensofa und bin zusätzlich in eine karierte Wolldecke eingewickelt, sodass nur mein rotblonder Kopf herausguckt. Die Oktoberluft in meiner Lunge fühlt sich gut an, während ich die berauschende Freude der Einsamkeit atme. Die kleine Lampe auf der Rückseite meines Hauses erhellt das feuchte Fleckchen Erde, das ich nie bepflanzt habe. Aus einem Steinkübel wächst, noch vom Vorbesitzer, eine wunderschöne Weinrebe. Sie trägt jedes Jahr schwere Trauben ungenießbarer roter Früchte, aber ihre Blätter sind schon lange braun. Ansonsten gibt es in dem winzigen Garten nur mein kleines Ecksofa, einen Couchtisch und ein paar buschige Pflanzen in glänzenden Keramiktöpfen.

Und mich. Ich trinke ein Glas Rotwein und denke an die Vergangenheit.

Normalerweise bin ich nicht melancholisch und auch niemand, der besonders gern in Nostalgie schwelgt. Wenn du eine Kindheit wie ich hinter dir hättest, würdest du wahrscheinlich auch kaum Zeit damit verbringen, ihr nachzuhängen.

Gina und ihr ganzes Gerede über Familie machen mich traurig. Ihre Kindheit klingt wie eine idyllische Fernsehserie – Pferde und Wagenschuppen, Ballettstunden und Familienurlaube am Meer, Mutter, Vater, Bruder, die alle ihr eigenes glückliches Leben führen. Ich versuche, das an mir abgleiten zu lassen, aber nach einer Weile wird es schwierig. Heute hat sie mir fünfundvierzig Minuten lang von einem Skiurlaub erzählt, den sie gemacht haben, als sie zwölf war. Während ich hier draußen in der Kälte sitze, fällt mir ein Abend ein, als ich im selben Alter war.

Mein Vater ging gern in den Pub. Mehr als nur gern, wenn du verstehst, was ich meine. Ich bekam Angst, wenn er hinging, und noch mehr Angst, wenn er zurückkam. Manchmal kam sein Bruder, mein Onkel Dale, in seinem Newcastle-United-Trikot auf dem Motorrad zu uns und brachte Süßigkeiten mit. Dale sah meinem Vater ähnlich, aber er war erfolgreicher, seltener betrunken und nicht so gemein. Ich habe mir oft nächtelang gewünscht, meine Mutter hätte diesen und nicht den anderen Bruder geheiratet. Dale konnte meinen Vater im Zaum oder zumindest bei Laune halten. Wenn Dale mit ihm in den Pub ging, kamen sie lachend zurück.

Aber wenn Dad allein ausging, verwandelte sich seine gute Laune in überschäumende Wut, der meine Mutter und ich in unserem armseligen, traurigen Haus entgegensahen. Eines

Abends schlich ich mich aus dem Bett und auf Zehenspitzen die Treppe hinunter, schob den Riegel vor und schlüpfte wieder unter die Decke. Als ich so dalag, dachte ich immer wieder, ich sollte runtergehen und den Riegel zurückziehen. Jemanden aussperren bringt ihn nicht zum Verschwinden, so wenig wie das Wegwerfen von Rechnungen den Gerichtsvollzieher fernhält.

Später hörte ich, wie er zwanzig Minuten lang betrunken versuchte, die Tür zu öffnen. Dann fing er an zu brüllen, trat gegen das Holz und gab obszöne Schimpfwörter von sich. Zu diesem Zeitpunkt konnte ich nichts mehr tun. Die Treppe hinuntergehen und das Monster, das ich verärgert hatte, hereinlassen? Ich hatte solche Angst, dass ich glaubte zu sterben. Schließlich hörte ich die Schlafzimmertür mit dem Knauf gegen die Gipswand knallen und meine Mutter herauskommen. Das Poltern ihrer hastigen Schritte begleitet das Bild in meinem Kopf, wie sie in ihrem schäbigen Morgenmantel die Treppe hinunterrannte.

Dann hörte ich, wie sie den Riegel zurückzog und ihn hereinließ, wie sie sich stotternd entschuldigte, als sie seine Wut zu spüren bekam. Ich habe mich trotzdem nicht unter der Bettdecke hervorgewagt. Ich habe eine Menge Groll gegen meine Mutter aufgestaut, weil sie uns nicht beschützt hat, uns nicht mehr geliebt hat als ihn. Aber wenn ich an jene Nacht denke, spüre ich in mir ein kaltes, hartes Körnchen Schuld.

Während ich meinen Wein im Glas schwenke, fällt mir ein, was Nina so oft über das Loslassen der Vergangenheit gesagt hat. Nur, bei allem Respekt, sie hat eigentlich keine Ahnung. Mein Glas ist fast leer, aber ich bin zu faul, um aufzustehen und es in der Küche aufzufüllen, also nippe ich nur noch daran und lasse die Tropfen im Mund auseinanderfließen, um den Geschmack auszukosten.

Seufzend ziehe ich mir die Decke bis übers Kinn. Shirley Bassey blickt mich durch die offene Terrassentür an. Ein

Hund läge jetzt bei mir im Kalten zusammengerollt auf meinem Schoß, aber diese treulose Katze hält sich lieber im Warmen auf, anstatt ihre Bezugsperson zu unterstützen. Na ja, verständlich.

»Denk du nur schön an dich selbst, Shirley Bassey. Mach dir bloß keine Sorgen um mich.« Sie wendet sich ab und zieht sich wieder ins Haus zurück.

Ich überlege, ihr zu folgen. Mir ist zu schwindelig, als dass ich schon schlafen könnte, aber ich könnte mir eine Folge von *Succession* ansehen, bis mir die Augen zufallen, und mir wäre warm. Ich kippe mir die letzten Topfen Wein in den Mund und mache mich daran, meine müden Knochen vom Sofa zu hieven, halte aber inne, als sich auf der anderen Seite der Gartenmauer die Terrassentür öffnet. Warum ist Sean um diese Zeit noch auf? Ich nahm an, er sei ein Typ, der um neun ins Bett geht.

»Okay, ich bin draußen. Sagen Sie das noch mal, von Anfang an.« Er redet hastig und mit gedämpfter Stimme. Es folgt eine lange Pause. »Ich … Das kann ich nicht tun. Das können Sie nicht verlangen.« Wieder Stille. Ich kann niemanden sonst hören, also telefoniert er wohl. Wer ruft Sean so spät noch an und bittet ihn um etwas, was er nicht tun kann? Und warum hält er es für nötig, das Gespräch draußen in der Kälte zu führen? Faszinierend.

»Hören Sie, meine Tochter ist zu Besuch, ich kann dieses Gespräch jetzt nicht führen, ich … Nein! Das können Sie nicht, kommt nicht infrage. Es tut mir leid, aber nein. Ich …«

Seine Sohlen schmatzen leise auf dem feuchten Rasen, während er umhergeht und in sein Telefon zischt. Nicht mal ein Anflug von seinem gewohnten fröhlichen Getöse ist zu hören.

»Okay. Hören Sie zu, es ist schon spät. Morgen ist sie weg. Lassen Sie uns … lassen Sie uns dann darüber sprechen, ja? Wir finden einen Kompromiss. Ganz sicher. Also gut. Auf Wiedersehen.« Das Schmatzen auf dem Rasen ist verstummt, stattdessen höre ich ein langes Ausatmen. Mein Außenlicht, das durch Bewegung eingeschaltet wird, geht aus. Sehr lange folgt kein einziges Geräusch. Absolute Stille in pechschwarzer Dunkelheit und Kälte. Dann höre ich ihn mit sich selbst reden: »Gut! Okay, okay«, darauf ein paar schmatzende Schritte und das Auf- und Zuschieben der Hintertür.

Sieh an, sieh an. Was für eine krumme Sache läuft da bei Sean?

10

Wenn ich mit meinen AirPods in den Ohren den Bürgersteig entlangjogge, fühle ich mich völlig abgeschnitten vom Rest der Welt. Die Arbeit war heute nervig – Gina kam noch mal rein, um »schnell was zu holen«, und machte Andeutungen wegen James, was offensichtlich der einzige Grund für ihr Erscheinen war.

»Du triffst dich also im Moment mit niemandem? Gibt es einen, der dich interessiert? Köchelt da was in dir?«

Ich wusste genau, warum sie fragte, aber ich gönnte ihr die Genugtuung nicht. Gestern Abend bekam ich eine SMS von James. Zuerst nahm ich an, dass er hinten herum an meine Nummer gekommen ist, wie Männer das so gut können. Aber als ich nachfragte, woher er sie hatte, schien er verwirrt.

Oh, ich dachte, Sie hätten sie für mich notiert? Tut mir leid, wenn ich das falsch verstanden habe ...

Äh, wo und wann habe ich das getan?

Auf der Papierhülle des Rahmens? Da stand »Schick mir eine SMS« mit einem Smiley daneben?

Verdammt, Gina!

Nachdem ich eingesehen hatte, dass James kein übergriffiger Widerling ist, haben wir uns ziemlich gut unterhalten. Er ist witzig und schien auch meinen zynischen Humor amüsant zu finden. Er hat mich für morgen auf einen Drink eingeladen, und mit meinem neuen Ego im Hinterkopf, das den Stier bei den Hörnern packt, habe ich zugesagt. Keine Ahnung, wie es laufen wird oder ob sich hinter seiner schüchternen Art und seinem breiten Lächeln doch ein übler Mistkerl verbirgt. Aber das wird sich zeigen.

Trotzdem war ich heute so genervt von Gina, dass ich um die Mittagszeit gegangen bin und Rick gesagt habe, ich würde mich krank fühlen (was er mir nicht ganz geglaubt hat). Wenigstens ist heute Freitag. Izzy hat mir mal gesagt, das Gute am Laufen sei, dass man sich mit seinen negativen Gefühlen als Begleiter auf den Weg machen und ihnen dann davonlaufen könne. Das ist zumindest ihre Theorie. Meine Wut hat allerdings eine viel größere Ausdauer als ich und joggt fröhlich fünf, sechs, acht, zehn Kilometer neben mir her, bis ich kurz davor bin, tot umzufallen.

Trotz der unbestreitbar schönen Farbe der untergehenden Sonne und der in ein dunstiges Rosa gehüllten Skyline stelle ich mir Schritt für Schritt vor, wie ich Gina durch eines ihrer Gemälde stoße, und wenig später verwandelt sie sich in die verschwommene Gestalt des Vergewaltigers meiner Schwester. Des Mannes, den ich heute Abend im Pom Pom's aufspüren werde. Den ich töten will. Die Wut wird eher lauter als leiser, aber sie treibt mich voran. Seit Karl fällt es mir schwerer, sie zu beherrschen.

Als ich um die Wegbiegung komme, sehe ich jemanden auf mich zujoggen. Es ist wieder der bärtige Mann. Man kann seine ganze Persönlichkeit an der Silhouette ablesen. Seine Haare stehen ab und sind zu lang. Daran könnte er leicht etwas ändern, aber ich würde mein Geld darauf wetten, dass er glaubt, die Frisur mache ihn skurril und liebenswert. Macht sie nicht. Stattdessen sieht er aus wie ein Blödmann.

Als er mich erkennt, winkt er begeistert und verlangsamt sein Tempo. Oh, wie schön, er will ein Schwätzchen halten. Welche Frau würde *nicht* gerne auf einem einsamen Weg stehen bleiben und mit einem Mann plaudern, den sie nicht kennt?

Als ich mich nähere, verziehe ich den Mund zu einem Lächeln, das wohl eher wie eine Grimasse aussieht, und ziehe zum Gruß die Brauen hoch.

Er stellt sich mir direkt in den Weg, die Hand noch zu dem albernen Winken erhoben, als hätte ich ihn nicht gesehen. Herrgott noch mal, an dem Typen kommt man nicht vorbei, hm? Ich verlangsame mein Tempo, weil ich sonst mit ihm zusammenstoßen würde, und nehme resigniert einen Ohrhörer heraus.

»Hallo!«, ruft er mir vergnügt ins Gesicht. »Ich sehe dich immer wieder auf der Strecke!«

»Ja, hi. Schönen Tag noch.« Ich stecke mir den Ohrhörer wieder rein, um zu signalisieren, dass das Gespräch hiermit beendet ist, weiche ihm aus und beschleunige wieder. Doch als ich ihn gerade hinter mir lasse und mich wieder in meiner Klangwelt einkapsle, höre ich, wie er mir nachruft: »Bis zum nächsten Mal, Millie!«

Woher zum Teufel kennt der Typ meinen Namen?

Es gibt keine Selbsthilfegruppen für Mörder. Es gibt welche für Süchtige, frischgebackene Mütter und Übergewichtige, aber stehen denen nicht schon genug Informationen zur Verfügung? Es gibt nichts für Leute, die gerade mit dem Töten angefangen haben oder die erst mal ein paar Tipps brauchen. *Die zehn besten Methoden, um einen Mord wie einen Selbstmord aussehen zu lassen! Machen Sie das Quiz und finden Sie heraus, ob Sie eher eine »Stabby Susan« oder eine »Poisoning Polly« sind!* So etwas wäre doch toll. Leider muss man das ganz allein herausfinden. Aber niemand hat je behauptet, das Leben wäre fair.

Gegen halb neun mache ich mich schick. Heute Abend gehe ich ins Pom Pom's, den Club, in dem Katie ihren Vergewaltiger kennengelernt hat, und ich werde erst wieder verschwinden, wenn ich Informationen in oder, im Idealfall, Blut an meinen Händen habe. Allerdings kann man nicht einfach in einen Club stolzieren und jemanden erstechen, und obwohl ich in der jüngsten Vergangenheit damit Erfolg hatte, kann ich mich auch nicht darauf verlassen, dass es unentdeckt bleibt, wenn ich jemanden eine Treppe hinunterstoße. Wenn ich Rache üben und dabei nicht erwischt werden will, muss ich mir etwas einfallen lassen.

Jemanden in einem Club, umgeben von Menschen, zu töten, das wird schwierig. Also dürfte meine beste Option darin bestehen, ihn aus dem Club zu locken, irgendwohin, wo wir allein sind. Und dafür muss ich gut aussehen. Als ich mich im Spiegel betrachte, stelle ich fest, dass ich in meinem schlichten schwarzen Overall zwar unglaublich aussehe, aber zu elegant bin. Ich sollte ein wenig verletzlich wirken.

Ich mache mir keine Illusionen: Die Wahrscheinlichkeit, heute Abend den Mann mit dem Elster-Tattoo zu finden, ist gering. Aber ich gehe davon aus, dass die Leute nicht eigens anreisen, um ins Pom Pom's zu gehen. Und das bedeutet, dass der Mann in der Gegend lebt und deshalb wieder dort aufkreuzen wird. Das ist alles, was ich habe, also muss das reichen.

Auf dem Boden meines Schrankes stapeln sich Kleidungsstücke, die ich seit Jahren nicht mehr getragen und größtenteils vergessen habe. Ich stöbere sie durch, bis ich genau das Richtige gefunden habe: ein einfaches schwarzes Kleid, das viel zu kurz ist. Ich steige aus dem Overall und ziehe es mir über den Kopf, wobei ich kurz in dieser furchtbar unvorteilhaften und demütigenden Haltung stecken bleibe, bei der der Hintern herausschaut und Kopf und Arme in der Stoffröhre eingeschlossen sind. Als es endlich sitzt, wo es sitzen soll, sehe ich ganz gut aus. Es passt gerade so, und obwohl ich mir ein bisschen dumm und nuttig vorkomme, kann ich anerkennen, dass es meinem Körper schmeichelt. Und ich weiß, welchen Typ Mann es anziehen wird.

Ich stehe frierend in der Warteschlange und scrolle im Handy. Immer noch nichts auf BBC News oder in der *Bristol Post* über Karl. Zum tausendsten Mal überlege ich, ob ich seinen Namen googeln soll, doch dann lasse ich es. Das sähe nicht gut aus, falls mal jemand nach Beweisen sucht. Ich muss einfach darauf vertrauen, dass über seinen Tod berichtet wird, wenn der Fall als verdächtig eingestuft wird, und das wird von Tag zu Tag unwahrscheinlicher. Ich frage mich, wer ihn gefunden hat. Einer seiner Mitbewohner, nehme ich an. Konnten sie ihn gut leiden? Wussten sie, dass er ein Perverser war? Hat sich der Entdecker insgeheim gefreut, als er Karls blutverkrustete Haare und die glasigen toten Augen sah? Ich wette, das hat er.

Am Anfang der Warteschlange angelangt, bekommt der Türsteher von mir ein blendendes Lächeln und ein albernes Kichern. Ich bin einfach ein Mädchen, das Spaß hat und tanzen will. Er mustert mich von oben bis unten und verweilt bei meinen Brüsten, die aus dem hautengen Kleid hervorquellen.

»Hast du überhaupt einen Ausweis?«

Ich krame in meiner Handtasche nach meinem Führerschein und fühle mich ein wenig geschmeichelt. Als ich ihn mit einem weiteren umwerfenden Lächeln überreiche, stockt mir der Atem. Der Typ ist kahl. Groß. Häufig hier. Könnte er es sein? Aber der irische Akzent, hätte Katie den nicht erwähnt?

»Gehört der vielleicht deiner großen Schwester? Du siehst keinen Tag älter aus als einundzwanzig.« Er zwinkert mir zu, und ich zwinge mich, nicht böse die Stirn zu runzeln, sondern zu kichern. Meine Haare sind anders als auf dem Foto. Ich habe sie der Mode entsprechend geglättet, um in dem Laden nicht aufzufallen. Der glatzköpfige Türsteher kichert vor sich hin, während er meinen Ausweis prüft. Ich bin genervt, denn es ist absolut erbärmlich, dass er mit diesem sinnlosen Stückchen Macht herumwedelt, als ob er wirklich etwas darstellt. Aber jeder muss sich wohl irgendwie einen Kick verschaffen.

Ich bekomme meinen, indem ich mir vorstelle, wie ich ihm mit einem Küchenmesser die Kehle aufschlitze.

Sein Körper ist unter einer großen schwarzen Reißverschlussjacke verborgen, sein eigener Ausweis steckt in einer durchsichtigen Hülle. David Cartwright. Ich präge mir den Namen ein und nehme mir vor, ihn bei Gelegenheit zu googeln. Er hat breite Schultern, und trotz der Jacke ist zu erkennen, dass er dicke Muskelpakete hat. Als er den Kopf neigt, um meinen Führerschein genauer zu betrachten, sehe ich an seinem Hals den Ausläufer einer Tätowierung.

Hätte Katie eine Hals-Tätowierung erwähnt? Könnte das die Flügelspitze einer Elster sein? Zumindest deutet es darauf hin, dass noch andere Tattoos unter seiner Kleidung verborgen sind.

»Ahh, dann mal rein mit dir, du bist okay. Lass dich nicht auf Ärger ein.« Er zwinkert wieder, und ich murmle ein Dankeschön, als ich ihm den Führerschein abnehme. Ich will nicht, dass man sich an mich erinnert, und geschmeidig zu bleiben und die Klappe zu halten scheint mir dafür die beste Methode. Sobald ich durch die Tür bin, angle ich mein Notizbuch aus der Tasche und schreibe den Namen des Türstehers auf, für alle Fälle.

David Cartwright. Türsteher im Pom Pom's. Groß, Nackentattoo? Richtiges Alter, keine Haare.

Die wummernden Bässe vibrieren in meinen Beinen, als ich mich dem Tisch mit der gelangweilt guckenden, übergewichtigen Frau in den Vierzigern nähere.

Frauen kommen heute Abend umsonst rein, also stempelt sie mir ohne Diskussion und mit unnötiger Kraft einen hässlichen violetten Drachen auf die Hand. Ich lächle sie mitleidig an und ernte dafür einen finsteren Blick.

Drinnen ist die Musik ohrenbetäubend. Wahrscheinlich denken die sich, dass hier sowieso niemand etwas Interessantes zu sagen hat. Das Haarspray in der Luft verklebt meine Gehirnzellen, die Zahl der hässlichen Männer, die schöne Frauen anstarren, macht mich depressiv. Nicht nur ihre Lüsternheit, auch ihre schlechte Kleidung, und die sehe ich hier zuhauf.

Warum in aller Welt war Katie überhaupt in diesem Laden? Das sieht ihr so gar nicht ähnlich! Aber wir alle machen Dummheiten, wenn wir jung sind, folgen Freunden an Orte, die uns nicht interessieren, weil es schwer ist, Nein zu sagen. Katie hat ein paar furchtbare Freunde, und sie streiten sich ständig wegen dummer Dinge.

In dem Club gibt es keine Fenster, nur lila und blaues Licht, das über die Körper zuckt, die bereits die klebrige Tanzfläche füllen. Die Farben machen die Menschen unkenntlich, man sieht nur losgelöste, zuckende Glieder. Zu meiner Rechten heben ein paar junge Frauen kreischend vor Lachen ihre dicken Plastikbecher mit Wodka-Limonade in die Luft, eine von ihnen klettert auf einen viereckigen Polsterhocker und streckt die Arme über dem Kopf aus, als könnte sie in solch einem Laden die Sterne berühren.

Es ist Viertel vor zehn. Ich bestelle mir ein Glas kaum trinkbaren Sauvignon an der Bar und bekomme ihn in einem klobigen Plastikweinglas. Du lieber Himmel, wem man kein Glas anvertrauen kann, dem sollte man auch keinen Alkohol geben. Er schmeckt irgendwie süß und sauer zugleich.

Ich gehe am Rand der Tanzfläche entlang und fange an, mich umzusehen. Die Toiletten finde ich schnell – die der Männer allein durch den Geruch und die der Frauen wegen der kreischenden Schlange, die sich aus der Tür windet. Ich habe bereits eine halbe Stunde an der Hauptbar verbracht und tue mein Bestes, um die Tanzfläche zu meiden. Schließlich entdecke ich eine Tür, die in einen ruhigeren Raum mit einer zweiten Bar führt. Kunstledersofas (Plastikgläser, abwaschbare Möbel, unfassbar!) und quadratische Polsterhocker umgeben unpraktisch kleine Tische voll großer Heineken und Sambuca-Soda, an denen geflirtet und gegackert wird. Wenigstens hat die Musik hier eine Lautstärke, bei der ich hören kann, was ich denke.

Ganz in der Nähe ist ein Junggesellinnenabschied im Gange. Die Mädels sind alle als Hühner verkleidet, aber als sexy Hühner, wenn du dir das vorstellen kannst. Ich bin nicht sprachmächtig genug, um dem Anblick gerecht zu werden, aber es reicht hoffentlich, wenn ich sage, dass es da eine Menge gerupfter Beine, gefiederter Ärsche und einen großen Hahn zu sehen gibt, der vermutlich von der Braut herumgeschwenkt wird. Hut ab vor so viel Selbstironie!

Auf einem Sofa sitzt eine Gruppe von Jungs, die alle viel zu enge Kleidung tragen. Es grenzt an ein Wunder, dass sie sich in diesen Skinny-Jeans überhaupt hinsetzen können, und die knappen Ärmel ihrer Poloshirts betonen die mit Steroiden erzeugten Bizepse. Sie haben fast alle den gleichen stacheligen Kurzhaarschnitt. Keiner hat eine Glatze. Wahrscheinlich, weil sie noch nicht mal zwanzig sind.

Nach ein paar Runden durch den Club wird mir langweilig. Die meisten Männer sind in den Zwanzigern oder darunter, ein paar tragische Dreißigjährige sehe ich auch. Ich dachte, mein Problem wäre die Ungenauigkeit von Katies Beschreibung, aber jetzt liegt der Fall ganz anders. Es gibt niemanden, auf den sie zutrifft. Meine Gedanken kehren zurück zu dem Türsteher.

Ich lehne mich in dem ruhigeren Raum an die Bar. Er füllt sich allmählich, die Lautstärke nimmt zu – sowohl der Musik als auch der Leute, die sich deswegen anschreien müssen. Ich bin zu dem Schluss gekommen, dass ich die Junggesellinnentruppe mag; die sind hier noch das Beste. Vielleicht ein Zeichen, dass ich verschwinden sollte. Mir ist schlecht vor Enttäuschung. Ich spüre, dass das Handy in meiner Tasche summt, aber als ich es herausziehe, wird keine Nachricht angezeigt. Seltsam.

Meine Tasche summt von Neuem.

Obwohl ich mein Message-M-Handy freitagsabends normalerweise eingeschaltet habe, wollte ich es heute nicht mitnehmen. Da war wohl die Macht der Gewohnheit am Werk. Aber jetzt habe ich es in der Hand, und oben rechts auf dem WhatsApp-Symbol erscheint eine rote Zwei. Ich bin heute Abend zwar auf einer Mission, aber die wird sowieso ein großer Reinfall werden. Es war von Anfang an ein dummer Plan. Habe ich wirklich geglaubt, ich bräuchte nur ein Mal in einen Club zu gehen und würde gleich den Mann finden, der meine Schwester vergewaltigt hat? Ich öffne die App, um die neuen Nachrichten zu lesen.

Hallo? Ist da die Hotline?
Ich weiß nicht, wie das funktioniert. Ich bin unterwegs und habe meine Freunde verloren, und ein Typ belästigt mich. Er folgt mir schon den ganzen Abend und legt ständig seine Hand auf mein Bein und so! Ich sagte, ich bin nicht interessiert, aber er macht mir Angst. Ich glaube, er hat mir etwas ins Glas getan, also habe ich es weggeschüttet. Ich bin gerade im Toilettenraum des Clubs, aber ich bin mir ziemlich sicher, dass er davor auf mich wartet.

Ich schaue mich ein letztes Mal um. Hier gibt es nichts für mich zu holen, und diese junge Frau braucht Hilfe. Ich beiße mir frustriert auf die Lippe. Es tut weh, wenn man unverrichteter Dinge gehen muss, aber kluge Leute wissen, wann sie ihre Verluste begrenzen müssen. Ich antworte ihr.

In welchem Club sind Sie?
Drei Punkte erscheinen ...
Im Pom Pom's

11

Endorphine fluten meinen Körper. Bittere Enttäuschung, Wut und Vorfreude wirbeln durch meinen verblüfften Verstand. Ich trinke meinen Wein aus, der jetzt nicht mehr ganz so übel schmeckt, und schreibe ihr, sie soll dort warten und mir bitte auch den Mann beschreiben. Nicht, dass das nötig wäre. Es gibt eine Reihe von Damentoiletten und nur einen Mann, der eindeutig davor lauert. Ihre Antwort bestätigt, was ich bereits vermutet habe.

> *Er ist so um die 30, kurze blonde Haare, lockig, ein bisschen pummelig, graues Hemd.*

Ich betrachte ihn genauer. Unter seiner Jacke sind Schweißflecke zu sehen, und er mustert den Körper jeder Frau in der Warteschlange. Mit einem leisen Schreck erkenne ich ihn wieder. Vor ein paar Monaten habe ich eine Kundin von Message M aus genau diesem Club abgeholt.

Sowie sie auf dem Rücksitz meines Autos saß, duckte sie sich weg und zeigte zu einem Typen auf dem Bürgersteig. Das selbstgefällige Grinsen und die goldblonden Locken werde ich nie vergessen.

Ich habe keinen Plan, nur Adrenalin. Den Vergewaltiger meiner Schwester habe ich heute Abend noch nicht gefunden, aber ich habe einen anderen im Visier. Wahrscheinlich hätte er der Frau etwas angetan, die ich zuletzt vor ihm bewahrt habe, und wahrscheinlich hat er das auch mit der Frau vor, die sich jetzt vor ihm im Toilettenraum versteckt. Zumindest hat er ihr den Abend verdorben und ihr das Gefühl gegeben, nirgendwo sicher zu sein. Wie kann er es verdammt noch mal wagen, eine Frau an ihrem Ausgehabend in ihrer Freiheit zu beschneiden und sie so zu belästigen, dass sie sich vor seinen grapschenden Händen und aggressiven Blicken auf die Toilette retten muss? Was fällt ihm eigentlich ein?

Ich gehe zu ihm hinüber, halte den Kopf abgewandt, aber ich streife ihn an der Schulter, füge einen übertriebenen Hüftschwung hinzu und ziehe den Bauch ein. Ich lehne mich an die Wand, krame in meiner Tasche herum, hole das Handy heraus und seufze laut, als ich das leere Display sehe. Sobald er mich beobachtet, blinzle ich übertrieben, als wollte ich Tränen unterdrücken, und stecke das Handy weg. Dann drehe ich mich zur Seite und sehe ihm in die Augen. Er hat Bartstoppeln, mit denen er eher schmutzig als attraktiv aussieht, blonde Locken und runde blaue Augen, die jedoch leicht vorgewölbt sind und ihm etwas Monströses geben. Dazu tragen vielleicht auch die zu breiten und feucht wirkenden Lippen bei. Oder vielleicht liegt es nur an dem, was ich schon über ihn weiß.

Er lächelt mich mitfühlend an. »Alles in Ordnung bei dir?«

»Ja. Es ... Es ist nur ... Ach, egal. Ich sollte wahrscheinlich einfach nach Hause gehen.«

»Aber nein, sag doch mal, was ist denn los? Es kann doch nicht so schlimm sein.«

»Na ja, der Typ, mit dem ich ... zusammen war. Er hat mich versetzt. Irgendwie hatte ich das schon geahnt.« Ich trete näher an ihn heran, damit er mich hören kann. Er riecht nach Bergamotte und einem teuren Aftershave. Auf dem grauen T-Shirt prangt ein Ralph-Lauren-Logo. Ich wickle eine glatte Haarsträhne um meinen Finger und hebe den Blick zu seinen Augen, damit es zwischen uns knistert.

»Er ist es nicht wert«, sagt er und neigt sich näher heran. »Nur ein totaler Arsch würde ein Mädchen wie dich versetzen.«

Ein schwaches Lächeln, dann schaue ich zur Seite und gebe ihm Gelegenheit, meinen Körper zu betrachten. Als ich den Kopf wieder zu ihm drehe, huschen seine Augen so schnell weg wie eine Kakerlake. Ich neige mich heran, um ihm bei den wummernden Bässen direkt ins Ohr zu sprechen. »Wartest du auf jemanden?«

Ich ziehe den Kopf zurück und kann sehen, wie seine Rädchen surren, wie er umschwenkt in die neue Richtung, die die Nacht zu nehmen scheint. »Ich will nicht allein nach Hause gehen«, füge ich hinzu. »Da wäre ich nur traurig. Und ...« Ich beiße mir auf die Lippe. »Und ich trage meine schönste Unterwäsche.«

Während er ein Taxi heranwinkt, zittere ich in der Nachtluft und nehme seine Jacke, als er sie mir anbietet, obwohl sie muffig und nach Schweiß riecht. Ich schreibe der Frau, dass er weg ist.

Jetzt schon? Das hat nur zehn Minuten gedauert! Sind Sie sicher?!

Was soll ich sagen, ich biete einen guten Service. Genießen Sie Ihren Abend und passen Sie auf sich auf!

Auf dem Rücksitz des Wagens legt er seine Hand auf meinen Oberschenkel, und ich lasse ihn gewähren, obwohl mich seine Berührung anekelt. Ich lächle ihn schüchtern an, und schon schiebt er die Hand unter den Saum. Mein Herz klopft, aber nicht vor sexueller Erregung, sondern vor Wut. Ich ziehe seine Jacke enger um meinen Oberkörper. Sie mieft zwar, aber der Stoff ist teuer. Als das Taxi langsamer wird, weil wir am Ziel sind, atme ich erleichtert auf.

Ich hatte schon keinen richtigen Plan für den Abend, bevor der aus dem Lot geriet, und als ich die Wohnung des Typen betrete, wird mir klar, dass ich mich wieder mal in eine gefährliche Lage gebracht habe. Allein mit einem fremden Mann, der erwiesenermaßen kein Nein versteht.

Niemand weiß, dass ich hier bin. Einen Moment lang überlege ich sogar, ob ich mich entschuldigen und gehen soll. Doch die zitronengelben Sofakissen erinnern mich an die Wände bei meiner Mutter und damit an Katie, und so gehe ich weiter in den Wohnraum mit offener Küche und lege meinen Mantel ab.

Im Taxi sagte er, er heiße Steven, und ich sagte, ich heiße Millie. Ich sah keinen Grund zu lügen.

Als ich mich umsehe, wird auf obszöne Weise deutlich, worauf dieser Mann im Leben Wert legt. Von allen Wänden blicken gerahmte Poster von Fußballspielern auf mich herab, und an der Gardinenstange hängt ein Schal des FC Liverpool. Ein knallroter Angriff auf die Augen, der das Ambiente so abscheulich und teenagerhaft wirken lässt, dass ich kurz sprachlos bin. *Um Himmels willen, werd erwachsen, Mann.*

Von dem vielen Fußballschnickschnack mal abgesehen, ist es eine teure Wohnung. Sie liegt in einem guten Stadtteil. Die Fenster sind groß und sauber, die Fußleisten staubfrei, was darauf hindeutet, dass der Mann regelmäßig eine Reinigungskraft kommen lässt, und die Küche ist hochmodern eingerichtet. Ich würde sagen, Steven ist Banker.

Sobald er die Tür geschlossen hat, kommt er auf mich zu, die Pupillen der gewölbten Augen vor Begierde geweitet, aber ich weiche hinter die Frühstücksinsel zurück, die den Wohnbereich von der Küche trennt. Der Backofen sieht makellos aus, die Mikrowelle dagegen schmutzig. Ich frage mich ernsthaft, ob der Mann nicht eigentlich nur ein großes Kind ist.

Doch dann verziehen sich seine vollen, feuchten Lippen zu einem anzüglichen Lächeln, und ich erinnere mich, dass sein Interesse an Frauen nichts Kindliches hat. Zum ersten Mal fällt mir auf, dass er wie eine Kröte aussieht. Ich frage mich, wie weit sich diese Augen vorwölben, wenn ich den roten Schal um seinen pummeligen Hals wickle und strammziehe. Ich lächle zurück und hoffe, es wirkt schüchtern.

»Willst du mir keinen Drink anbieten?« Ich ziehe einen Schmollmund.

Er lacht. »Immer mit der Ruhe, das wollte ich gerade tun.« Er zwinkert mir zu und dreht sich zu dem Barschrank um.

»Ich gehe mich nur kurz frisch machen.«

»Die erste Tür auf der rechten Seite. Aber ich finde, du siehst schon ziemlich frisch aus.«

Ich gehe trotzdem, damit ich ihm nicht vor die Füße kotze. Das Badezimmer ist seltsam kahl. Nur ein schwarzes Handtuch hängt an einem Haken. (Wer benutzt denn schwarze Handtücher? Widerlich.) Im Waschbecken kleben Stoppeln vom Rasieren, und der Seifenspender ist leer. Ich lehne mich gegen den Beckenrand und atme tief ein. Ich weiß nicht, warum ich mich darauf eingelassen habe. Es ist nicht so, dass ich einen Plan hätte, ich habe mich einfach durch meinen Wunsch hinreißen lassen, ihn zu bestrafen. Während ich mir den Kopf zerbreche, setze ich mich auf den Badewannenrand und schiebe die Hände in die Taschen von Stevens teurem Blazer. Dann fällt mir die Lösung ein.

Als ich zurückkomme, stellt Steven gerade zwei Gläser Rotwein auf die Kücheninsel. Die Flasche auf dem Tresen sieht teuer aus, aber ich würde nichts trinken, was dieser Typ mir anbietet, selbst wenn er mir eine Pistole an den Kopf hielte. Die Gläser unterscheiden sich ein wenig voneinander, fällt mir auf, und ich frage mich, ob er verschiedene genommen hat, damit er nicht versehentlich von meinem trinkt.

»Hey«, sage ich im Durchgang vom Flur. »Mir ist gerade etwas eingefallen, womit wir noch mehr Spaß haben können.« Ich halte einen kleinen Beutel hoch und zwinkere ihm schelmisch zu. »Falls du mitmachst.«

Ich habe ihn überrascht, jetzt muss er sich neu überlegen, wie der Abend weitergehen soll. Er schwankt noch, ob er gespannt sein oder sich ärgern soll, weil ich nicht halb nackt aus dem Bad gekommen bin. Er denkt nach und leckt sich dabei über seine Krötenlippen, als wäre ich eine besonders saftige Schmeißfliege. Schließlich entscheidet er, die Gelegenheit beim Schopf zu ergreifen.

»Ach ja? Du willst dich wirklich amüsieren, was?« Er lacht und schüttelt erstaunt den Kopf. Er hat das Küchenlicht eingeschaltet, und die hellen Leuchtstoffröhren scheinen auf die dunklen Schatten unter seinen Augen und die graumelierten Bartstoppeln. Die Schweißflecken unter seinem Arm sind größer geworden.

In diesem Licht sieht er älter und schmutziger aus. Eine müde alte Kröte, die ihren Sumpf verlassen hat. Kein Wunder, dass er zu ein bisschen Kokain nicht Nein sagt. »Hier.« Er drückt mir ein Glas in die Hand. »Trink, bevor wir anfangen, und ich mach das.«

Er will mir meinen kleinen Zauberbeutel wegnehmen, was mich kurz in Panik versetzt. Ich ziehe ihn außer Reichweite. Er darf mir nicht jetzt schon zu nahe kommen. Ich setze mein spezielles Kichern ein und wedle mit dem Zeigefinger, um den potenziell irritierenden Moment zu überspielen.

»Lass mich das machen. Du entspannst dich schon mal.«

»Sicher.« Er stellt sich hinter mich und fasst mir an die Taille. Ich versuche, ein Schaudern zu unterdrücken. Sein Atem kitzelt mich im Nacken, als er sich an mich drückt. »Und dann bist du an der Reihe, dich zu entspannen. Vielleicht bei einer Massage?«

Ich kann mich nicht erinnern, wann ich mich zuletzt so geekelt habe, aber ich sage mir, dass jede Freude mit Schmerz erkauft werden muss. Ich verdränge den Gedanken an seine feuchten Krötenhände und drehe den Kopf, um ihm in die Augen zu sehen.

»Ich kann es kaum erwarten. Aber setz dich erst mal.«

Er setzt sich auf das Sofa, ich knie mich auf den Parkettboden, kippe das Tütchen auf die verschmierte schwarze Glasplatte des Couchtisches aus und teile das Pulver mit meinem Führerschein in mehrere Lines.

»Hey, vergiss deinen Drink nicht!«, sagt Steven und schiebt mir das Glas hin. Er ist sehr erpicht darauf, dass ich das trinke – warum nur? (Augenrollen) Ich winkle meinen Arm an, damit er nicht genau sehen kann, was ich tue, beuge mich mit einem zusammengerollten Zehner vor und tue so, als ob ich mir schnell zwei Lines reinziehe.

»Wow, du bist ja heftig!«, sagt er lachend.

»Ja, das waren große. Ich mach dir drei normale, damit wir auf dem gleichen Stand sind. Du hast so viel Muskelmasse, dass du sonst wahrscheinlich gar nichts spürst.«

Ich sage das zuversichtlich in dem Wissen, dass ein Mann wie er sich von niemandem übertreffen lassen will, schon gar nicht von einer Frau, und deshalb mitzieht.

»Ja, das könnte stimmen«, sagt er, bläht sich auf und nickt, als ginge es um eine ernste Sache. Ich lächle ihn kurz an und klimpere mit den Wimpern.

Ich ziehe drei dicke Lines, und er reißt kurz die Augen auf, aber als ich ihm den zusammengerollten Zehner gebe, verzieht sich sein Gesicht zu einem Grinsen. »Sieh zu und lerne, Baby«, sagt er unerträglich angeberisch und spreizt die Beine, um sich über den Tisch zu beugen. Er zieht sich die Lines rein. Eine. Die zweite. Die dritte. Währenddessen hebe ich mein Glas auf Augenhöhe und sehe ein feines weißes Pulver darin aufwirbeln. Leise schütte ich die Hälfte des Getränks in die Yuccapalme, die neben mir steht. Es dauert nicht lange, bis das Zeug zu wirken anfängt.

Er ermutigt mich, auszutrinken, und ich tue so, als ob ich noch einen Schluck nehme. Er wird unruhig, schaut von meinem Glas zu meinem Gesicht, also gebe ich meiner wilden Vermutung nach und lasse langsam die Lider sinken.

»Wow, bin ich auf einmal müde. Wie spät ist es denn?«, sage ich leicht undeutlich. Als ich die Augen noch mal öffne, lächelt er. Aber ein paar Momente später fallen auch ihm die Augen zu.

Ich sehe es, als ihm die Erkenntnis kommt. Sein Mund erschlafft, und die Pupillen weiten sich, als er mir in die Augen sieht. Er ist bei Bewusstsein, aber zu kraftlos, um etwas unternehmen zu können. Der perfekte Zeitpunkt. Ich stehe auf, ziehe den Schal von der Gardinenstange und gehe wieder zu dem Mann, der schlaff auf dem Sofa sitzt. Ich ziehe mein Kleid hoch und setze mich rittlings auf seine Oberschenkel. Das wollte er schon die ganze Zeit, nur nicht so. Aber die Realität entspricht nun mal nicht immer unseren Erwartungen.

»Müde, Steven?« Ich spiele mit dem Gedanken, ihm den Fußballschal um den Hals zu binden, aber die Abdrücke wären unübersehbar, und es bräuchte eine enorme Kraft, um seinen dicken Hals zusammenzuquetschen. »Ja? Willst du nichts sagen?«

Seine Pupillen zucken vor Angst hin und her, aber sein Körper reagiert nicht. Er stößt einen rauen Laut aus.

»Oh, sieh an. Du bist noch da drin. Sieht so aus, als hätte ich meine Tütchen verwechselt! Das tut mir leid. Anscheinend war eine Droge darin, mit der du dich auskennst? Ich nehme das an, weil sie in deiner Jackentasche war. Vermutlich hattest du hier irgendwo noch mehr davon für unsere Drinks? Man bezeichnet das Zeug wohl auch als K.-o.-Tropfen, was sich ziemlich lustig anhört, oder?«

Während ich rede, falte ich den Schal sorgfältig zusammen und mache ein schönes dickes Polster daraus.

»Du sollst verstehen, warum ich das tue, Steven. Du hast heute Abend eine junge Frau belästigt, nicht wahr? Erinnerst du dich? Du hast sie nicht in Ruhe gelassen. Was hattest du vor? Ihr etwas in den Drink zu schütten und sie dann in ein Taxi zu setzen und hierher zu fahren? War es das? Machst du das öfter so, Steven? Ich kann mir nicht vorstellen, dass du in einem Club wie dem Pom Pom's viel weibliche Aufmerksamkeit bekommst. Aber du gehst häufig dorthin! Ich frage mich, warum. Sind es die jungen Dinger, Steven?«

Seine Krötenaugen huschen hin und her, sein breiter Mund wird noch schlaffer, das Kinn sinkt herab, und aus den Mundwinkeln läuft Speichel. Wenn ich ihn so vor mir sehe, so völlig machtlos, sollte man meinen, ich hätte Mitleid mit ihm. Doch stattdessen steigt Wut in mir auf. Er ekelt mich an. Er stößt mich ab. Ich hasse Männer wie ihn. Männer, die denken, dass sie mit Frauen machen können, was sie wollen, ohne dass es Konsequenzen hat.

»Ich habe eine Schwester«, flüstere ich, als stünden wir uns unendlich nahe. »Sie ist mal einem Mann wie dir begegnet. Der war ein widerliches Stück Scheiße, genau wie du. Er hat sie vergewaltigt. Er hat ihr Leben ruiniert. Er hat ihr die Lebenslust genommen. Tut dir das leid? Bedauerst du es? Ich glaube nämlich, du wolltest heute Abend mit der jungen Frau dasselbe tun, Steven. Das wolltest du, nicht wahr?«

Mit diesem Kerl ist keine gute Unterhaltung möglich, in keinem Zustand, den ich mir vorstellen kann. Ich sehe die Uhr am Fernseher leuchten. Es geht auf zwei zu. Also beschließe ich, es hinter mich zu bringen. Ich halte ihm seinen geliebten Fußballschal vors Gesicht, lege ihn auf Mund und Nase und drücke zu. Es dauert nicht lange, bis sich sein Körper aufbäumt. Er wirft mich fast ab, aber ich umklammere seine Taille mit den Oberschenkeln, die stark sind vom ständigen Joggen. Ein ruckender Fuß erwischt die Kante des Couchtisches, sodass sein leeres Weinglas auf den Parkettboden kippt. *Knack.*

Seine krötenhaften Augen sehen aus, als wollten sie ihm gleich aus dem Kopf quellen, eine goldblonde Locke klebt an der schweißnassen Stirn. Die Hände auf sein Gesicht gepresst, bleibe ich zehn Minuten lang auf ihm sitzen. Bis er sich nicht mehr bewegt und ich mir sicher bin, dass es so bleibt.

12

In der Badewanne passiert nichts Schlimmes. Sie ist ein Ort warmer, luxuriöser Einsamkeit.

Ich lehne den Kopf an die Emaille und schließe die Augen. Gestern war ein langer Tag, deshalb habe ich es heute etwas ruhiger angehen lassen, obwohl Rick mir das ein wenig verdorben hat. Ich hatte zugesagt, heute zu arbeiten – aber ich bin samstags so selten im Rahmenatelier, dass ich es glatt vergessen habe. Bis ich endlich aufwachte und die vielen SMS sah, war er schon selbst ins Geschäft gegangen, und schrieb dann: »Wir müssen reden.« Jemandem aufs Dach zu steigen ist überhaupt nicht Ricks Art, und das weiß er. Als ich also anrief, um mich zu entschuldigen, wies er mich stotternd zurecht, erinnerte mich an meine vertraglichen Arbeitszeiten (die ich natürlich kenne) und betonte, dass der Laden auf mich angewiesen ist (was meines Wissens nicht der Fall ist).

Rick glaubt gerne, dass wir alle bei Picture This arbeiten, weil wir eine seltsame Liebe fürs Einrahmen hegen, und nicht, weil wir Rechnungen bezahlen müssen. Als ich auflegen wollte, fragte er mich leise und traurig, ob mir mein Job noch wichtig sei. Er sagte, *ihm* sei er wichtig, und er hoffe, mir ebenfalls.

Danach kam ich mir mies vor, wirklich. Rick ist ein guter Mensch. Aber ich hatte keine Zeit für sein Gejammer. Im Moment habe ich viel um die Ohren. Es war eine lange Nacht gestern, und es ist nicht meine Schuld, dass ich heute Morgen nicht um halb acht aufstehen konnte.

Als ich mir sicher war, dass Steven nicht plötzlich aufspringen und wie ein Killerwal nach Luft schnappen würde, war es schon fast drei. Dann musste ich in seinem FC-Liverpool-Tempel aufräumen. Zuerst wusch ich mein Glas ab und stellte es zurück in den Schrank, dann wischte ich alles ab, wo ich meine Fingerabdrücke vermutete. Ich legte sein gesprungenes, aber nicht zerbrochenes Weinglas auf den Couchtisch, und voilà!

Bevor ich ging, nahm ich mir einen Moment Zeit, um die Szene in mich aufzunehmen. Steven schlaff auf dem Sofa sitzend, den Kopf zurückgelehnt, den Mund leicht geöffnet. Wären da nicht die fehlenden Atemgeräusche und die offenen Augen gewesen, hätte man glauben können, er sei lange aufgeblieben, um sich einen Film anzusehen, und dann einfach eingeschlafen. Aber es war ein überzeugendes Tableau. Vor ihm das weiße Pulver auf der geschmacklosen schwarzen Glasplatte, daneben ein gerollter Zehnpfundschein. Ein Weinglas am Tischrand. Eine einsame, versehentliche Überdosis.

Das ist ein Fehler, den man leicht begeht. Rohypnol färbt Wasser hellblau. Also konnte ich meinen Verdacht im Bad überprüfen, bevor ich ihn betäubte. Aber als Line auf dem Tisch? Hoffentlich fällt es der Polizei nicht schwer zu glauben, dass ein Mann wie er eine solche Substanz zur Hand hat und versehentlich dazu greift, weil er sie mit seinem Kokain verwechselt.

Karl war ungeplant, spontan. Ich kann nicht behaupten, dass ich gestern Abend mit der Absicht losgezogen bin, irgendeinen fußballbesessenen Banker zu ermorden, aber ich kann auch nicht behaupten, dass es überraschend passierte. Ich tat es vorsätzlich. Habe mich dazu entschieden.

Nach Karl fühlte ich mich krank und war paranoid. Ich dachte bei jeder Polizeisirene, sie würden mich holen, und suchte alle halbe Stunde in den Medien nach einer Meldung über den Mord. Aber die blieb aus. Und dieses Mal bin ich zuversichtlich, dass wieder nichts passiert. Steven war die Luft nicht wert, die er atmete. Niemand, der bei Verstand ist, würde ihn vermissen. Irgendwann wird sich ein Kollege wundern, weil Steven irgendeine Arbeit nicht abliefert. Oder seine Putzfrau wird mit ihrem Schlüssel die Wohnung betreten. Seine Eltern werden möglicherweise weinen, wenn sie noch leben, aber letztlich hätten sie ihn besser erziehen müssen, wenn sie sich ein anderes Ende für ihn wünschten.

Direkt vor Stevens Haus in ein Taxi zu steigen wäre dumm gewesen, also musste ich nach Hause laufen und bin erst um vier Uhr ins Bett gekrochen. Also, ehrlich gesagt: Rick soll sich abregen, immerhin hatte ich eine lange, stressige Nacht. Wenn das alles vorbei ist, werde ich braver sein.

Nach dem Ausschlafen, einer Joggingrunde und einem Bad fühle ich mich nicht mehr ganz so müde. Während des Nachmittags trinke ich hauptsächlich Kaffee und schaue noch öfter in die lokalen Medien als sonst, trotz meiner Zuversicht.

Aber es ist nicht Angst, die mich dazu treibt, sondern freudige Erregung. Wie lange wird Steven noch so würdelos da sitzen? Wie wenig kümmert es die Welt, ob er da ist oder nicht? Mein Gewissen fragt mich, ob ich mich schuldig fühle. Nun, sollte ich? Würdest du? Er wollte mich unter Drogen setzen, hätte mich wahrscheinlich vergewaltigt. Warum hätte ich es also nicht tun sollen? Das war eine Präventivmaßnahme. Immerhin starb er umgeben von dem, was er liebte – mit einer Frau auf seinem Schoß, einem Drink in der Hand und dem FC Liverpool vor dem Gesicht. Eigentlich zu schön für ihn.

Nein, ich fühle mich nicht schuldig. Ich bin lediglich ein bisschen besorgt, dass ich vom Kurs abkomme. Der Plan war nicht, jeden Scheißkerl da draußen umzubringen. Sonst hätte ich ein langes, langweiliges Leben vor mir. Es ging darum, meine Schwester zu rächen. Aber die Ähnlichkeiten waren frappierend, und als ich mich mit ganzem Gewicht auf den

Schal drückte und das letzte bisschen Luft aus Stevens Lunge entwich, da hatte ich durchaus das Gefühl, meine Rache zu bekommen. Im Übrigen dürfte ich auf jeden Fall jemanden damit gerächt haben. Aber ich muss auf Kurs bleiben. Keine Abweichungen mehr. Und es ist klar geworden, dass ich von Katie mehr Details brauche, wenn ich den Kerl jemals finden will. Heute Abend werde ich bei meinem Date mit James etwas Dampf ablassen, bevor ich mich wieder an die Arbeit mache.

Ich lasse mich ins Badewasser sinken und tauche unter. Eine gute Art zu sterben, würde ich sagen. Das Wasser ist kühl, und als ich hochkomme und nach Luft schnappe, bemerke ich, dass nur noch ein dünner Schaum auf dem Wasser schwimmt und das gespenstische Weiß meiner Haut und mein knochiger Körper durchscheinen. Das lenkt mich ab. Rote Kreise auf meinem rechten Oberschenkel leuchten wie glühende Kohlen im Schnee. Neugierig fahre ich mit dem Finger darüber. Es ist lange her, dass ich sie mir angeschaut habe. Ich drücke den Finger fest auf eine Stelle, bis sie so weiß ist wie die übrige Haut.

Um zwanzig nach acht fühle ich mich gedemütigt und bin bereit zu gehen. James und ich hatten vereinbart, uns um acht Uhr im Portcullis zu treffen, einem gemütlichen Pub am Rande von Clifton Village. Obwohl es in einem noblen Stadtviertel liegt, hat dieses Lokal es geschafft, sich nicht in eine überteuerte Weinbar zu verwandeln, die nur kleine Gerichte serviert (zugegeben, auch für die gibt es die passende Gelegenheit). Es ist winzig und hat beängstigend viel rotes Dekor. Zwei billige Gerichte sind auf eine Tafel geschrieben, mehr Speisekarte ist nicht, und ab dem 1. September lodert ein Feuer im Kamin. Es ist die Art von Pub, wo man sich wohlfühlt.

Als ich wieder auf mein Handy schaue – nichts –, entscheide ich, dass es mir reicht. Gerade als ich meinen Wein austrinke und aufstehen will, wird die Tür aufgerissen, und mit einem kalten Luftzug erscheint ein panisch wirkender James in der Tür. Ich schenke ihm ein knappes Lächeln, verärgert, weil er gekommen ist, bevor ich abhauen konnte. Ich möchte nicht wie eine dastehen, die beim ersten Date zwanzig Minuten wartet, ohne dass sie eine SMS bekommen hat. Doch der Pub ist zu klein und James darin zu groß, als dass ich eine Szene machen sollte. Er lässt sich auf den Stuhl gegenüber plumpsen und neigt sich ernsthaft zerknirscht nach vorn.

»Es tut mir sehr, sehr leid, dass ich zu spät komme. Ich meine – Moment mal, wie spät ist es überhaupt?« Er schaut auf seine Uhr. »Mein Gott, ich bin über zwanzig Minuten zu spät! Es tut mir furchtbar leid. Danke, dass du geblieben bist. Darf ich dir etwas zu trinken holen?«

»Ich habe dir eine SMS geschrieben.«

»Mein Handy war tot. Die Arbeit – tja, auf der Arbeit war es kompliziert. Bist du sauer?«

Eine unangenehme Frage, denn wenn man jemanden nicht sehr gut kennt, kann man nicht mit Ja antworten. Die Verspätung scheint ihm leidzutun, und er ist entsprechend aufgeregt. Er runzelt besorgt die Stirn, zieht seine dichten, dunklen Brauen zusammen, also überwinde ich meinen Stolz.

»Ich nehme einen Merlot. Halbtrocken. Bitte.« Das besorgte Stirnrunzeln verwandelt sich in sein breites, hinreißendes Grinsen. Er springt auf.

»Sicher, klar. Nochmals Entschuldigung. Eine Sekunde.«

Während er darauf wartet, bedient zu werden, spiele ich mit dem Bierdeckel auf dem Tisch, auf dem »das beste Bier der Welt« angepriesen wird, ziehe dünne Schichten davon ab und veranstalte eine Sauerei auf dem Tisch. An der Theke fragt ein ernst blickender Mann nach den Geschmacksrichtungen der Käsecracker, die sie verkaufen, und hört sich die Antwort an wie ein politisches Manifest. Es folgt ein kurzes

Schweigen, während er abwägt, dann entscheidet er sich für Red Leicester.

»Also, hi.« James reicht mir mein Glas, und beim Hinsetzen schwappt ihm etwas von seinem IPA auf den Tisch. Langsam scheint mir, dass er ein bisschen chaotisch ist.

»Danke.« Ich trinke einen Schluck und sehe ihn zum ersten Mal seit seiner Ankunft an. Er zieht sich den Mantel aus, stößt gegen den Tisch und verschüttet noch mehr von seinem Bier. Zum Vorschein kommen ein dunkelgrauer Anzug und ein weißes Hemd mit geöffnetem oberstem Knopf. Ein sexy Look, der vielleicht sogar das Warten wert ist. »Also, erzähl.«

»Hm?«

»Furchtbar spät, Handy tot, Anzug. Spion? Oder Anwalt im organisierten Verbrechen?«

»Ha! Nicht allzu weit daneben, aber weniger glamourös, fürchte ich. Hör zu, ich entschuldige mich noch mal, ja? Ich hasse es, zu spät zu kommen. Aber ein netter Pub, gute Wahl. Ich war hier noch nie.« Er schlürft sein Bier, lächelt und zuckt ein wenig nervös mit den Schultern. Seine langen Finger bewegen sich auf einen der Bierdeckel zu, wahrscheinlich um ihn kaputt zu machen, so wie ich.

»Ja, keine Ursache. Und ja, es ist ein guter Pub. Soweit ich mich erinnern kann, hat sich hier nichts verändert. Und ich finde die Barfrau irgendwie inspirierend.« Wir schauen beide zu der Frau hinter der Theke. Sie ist klein, hat kurze graue Haare, trägt eine Brille und liest weiter in ihrem Buch, *Die Idiotin* von Elif Batuman. »Sie wirkt ungemein nüchtern, als dürfte keiner wagen, sie zu verarschen, aber sie ist auch kein Arschloch.«

»Eine schwer zu erreichende Mischung.«

»Wem sagst du das.«

»Irgendetwas sagt mir, dass du dich auch nicht verarschen lässt. Und du scheinst ebenfalls kein Arschloch zu sein. Also bist du vielleicht eine der wenigen, die es gibt?«

»Ich fürchte, ich bin ein Arschloch *und* habe hier wie ein

Idiot gesessen, während mein Date zwanzig Minuten auf sich warten ließ.«

Er zieht eine Grimasse. »Ahh, ich bin sowieso schon total zerknirscht! Es tut mir leid!«

»Nein, nein, das war nur ein Scherz!«

»Jedenfalls, diese Kombination ist eine Notwendigkeit.«

»Wofür?«

»Für eine gute Gastwirtin. Du willst einen guten Pub mit einer netten Atmosphäre führen? Dann darfst du dir nichts gefallen lassen und musst trotzdem angenehm sein. Das gilt erst recht für eine Frau. Hält man diese Balance nicht, dann …« Er fährt sich mit dem Finger über die Kehle.

»Dann was? Wird man brutal ermordet?«

»Nein, das nicht. Jedenfalls nicht unbedingt. Aber man muss die Leute bei Laune halten und dafür sorgen, dass sie sich benehmen. Sonst geht der Laden den Bach runter.«

Ich genieße die lockere Plauderei, bei der mein Ärger über seine Verspätung vollends verfliegt. »Also, zurück zu meiner Frage von eben. Aus diesen Details schließe ich, dass du in der Mafiaschutzgelderpressung tätig bist?«

»Ha!« Er lacht kurz auf. »Und wieder bist du nicht allzu weit daneben! Nur, dass ich auf der anderen Seite des Gesetzes stehe. Ermittler. Bei der Polizei, kein privater. Mehr Schreibtischarbeit als Honigfallen.« Er stößt wieder ein Lachen aus, das mir in diesem Pub zu laut erscheint.

Mir klingeln die Ohren, das Herz ist mir in die Hose gerutscht. Die lockere Atmosphäre ist wie weggeblasen. Ich weiß, dass ich noch nicht reagiert habe, aber mein Mund ist staubtrocken. Ein Detective? Wie unwahrscheinlich ist das denn?

»Oh wow. Cool. Das ist … bestimmt interessant«, stottere ich, trinke einen Schluck und verschlucke mich prompt. »Entschuldigung«, huste ich. »Ist mir in den falschen Hals gekommen.«

»Kein reines Gewissen, hm? Ja, Detective wollte ich von

Anfang an werden. Und ja, die meiste Zeit ist das eine ziemliche Schufterei, aber es kann auch cool sein, und es passiert immer wieder etwas Unvorhergesehenes. Immer an den Tagen, wenn man pünktlich weg will. Wahrscheinlich wie bei dir, wenn ein Idiot auf den letzten Drücker mit einem Jubiläumsgeschenk reinkommt, das noch schnell gerahmt werden soll.« Er plappert weiter, und ich trommele mit den Fingern leicht auf das klebrige dunkle Holz des Tisches, während sich meine Gedanken überschlagen. Okay. Alles in Ordnung. Das ist nur ein Zufall. Und die meisten Detectives ermitteln wahrscheinlich wegen Internetkriminalität, Betrug, Identitätsdiebstahl. Solche Dinge. Nur im Fernsehen haben sie alle mit Mord zu tun.

»Und gegen wen ermittelst du? Perverse? Drogenbarone? Banker?«

Er zieht theatralisch die Brauen hoch und beugt sich vor. »Nun, mein lieber Watson, tatsächlich sind es die guten, altmodischen Mörder.«

Aha. Nicht ideal. Aber es ist ja nicht so, dass er mich aufgespürt und um ein Date gebeten hat, damit er mich filmreif in meiner Unterwäsche verhaften kann. Hoffe ich. Er weiß nichts. *Niemand* weiß etwas. Niemand weiß, dass ein, zwei Morde passiert sind.

Und dann sehe ich die Chancen. Ich date nicht nur einen unglaublich gut aussehenden Mann, der mich zu mögen scheint, sondern sitze möglicherweise auch an der Quelle. Das könnte mir ungeheuer nützen, wenn ich es richtig anstelle. Positiv denken. Führen mit Selbstvertrauen.

»Sexy. Und das hast du heute getan? Konntest nicht eher Feierabend machen, als bis du die Stadt von allen bösen Mördern befreit hattest? In Handschellen gelegt, hinten in den Transporter geworfen und dann ab in den Pub?«

Er stößt wieder sein brüllendes Lachen aus. Aus dem Augenwinkel sehe ich den Mini-Cheddar-Esser zusammenzucken. Vielleicht sollten wir das nächste Mal woandershin gehen, wo wir mehr unter uns sind.

»Nun, ich sollte eigentlich nicht darüber sprechen.«

»Du meinst eigentlich, dass du noch ein Bier brauchst.« Ich deute grinsend auf sein leeres Glas. Er hält das für einen Scherz. Es dauert ein paar Drinks, bis wir wieder auf das Thema Arbeit zu sprechen komme. Ich genieße es zwar, wie mühelos unsere Unterhaltung fließt, und bei seinem lauten Lachen und ehrlichen Lächeln fühle ich mich gut aufgehoben, entspannt und witzig, aber ich werde erst richtig lebendig, als er erwähnt, dass er viel zu tun hatte.

»Sprich weiter. Erzähl mir, woran du heute gearbeitet hast. Es wird hier doch keinen richtigen Mord gegeben haben, oder? Und da kommst du her, um dich mit mir zu betrinken? Solltest du nicht an den Schreibtisch gekettet sein?«

»Ah, das ist eine knifflige Frage.« Er trinkt in großen Schlucken sein IPA. Das hat seine Zunge schon ein wenig gelockert, aber er ist immer noch nüchtern genug, um sich verschwörerisch zu mir zu neigen. »Hör zu, du darfst das niemandem erzählen, okay?« Zur Antwort ziehe ich die Brauen hoch. »Es ist wahrscheinlich sowieso nichts. Und wenn nicht, ist es immer gut zu wissen, wann man wachsam sein muss.« Seufzend lehnt er sich zurück und verschränkt die Hände hinter dem Kopf. Wir sitzen schweigend da, während er überlegt, wo er anfangen soll.

»Weißt du noch, als ich in euer Geschäft gekommen bin? Um die Tickets für meine Eltern rahmen zu lassen?«

»Ja, klar.« Ich habe nicht erwartet, dass es mit Picture This beginnt, und keine Ahnung, worauf das hinausläuft.

»Ich sollte sie eigentlich Anfang der Woche bringen, nicht erst am Freitagnachmittag. Deshalb war es so eilig. Und der Grund für meine Verspätung war, dass mein Nachbar ums Leben gekommen ist. Ich kannte ihn nicht besonders gut, nur vom Sehen, weißt du? Wir haben uns gegrüßt und uns gegenseitig die Amazon-Pakete gebracht. Aber dann komme ich nach Hause und sehe Polizeiautos vor meinem Haus. Also gehe ich hin, sage Hallo und frage, was los ist. Dieser Typ, mein Nachbar, war von seinem Mitbewohner tot aufgefunden worden. Er war die Treppe runtergefallen und hatte sich den Kopf aufgeschlagen.«

Fuck. Ich bin die ganze Zeit zuversichtlich durch die Gegend gelaufen und dachte, die Polizei weiß überhaupt nichts davon. Es kam nichts in den Nachrichten. Und in Wirklichkeit haben sie Karls Tod untersucht?

»Klingt nach einem Unfall, oder? Vielleicht war er betrunken oder so?«

Er blickt sich um und lehnt sich wieder halb über den Tisch.

Ich halte mein Glas an die Lippen, um meinen Gesichtsausdruck zu verbergen. Als er antwortet, kitzelt mich sein Atem im Gesicht.

»Na ja, das ist die offizielle Version. Aber ... Ich weiß nicht. Ich will nicht schlecht über Tote reden, aber ich hatte immer ein mieses Gefühl bei dem Kerl. Habe ihn ein paar Mal mit hübschen jungen Mädchen gesehen. Nicht so jung, dass man die Polizei rufen müsste. Aber er war mir einfach unheimlich. An dem Abend, als er ums Leben kam, hat auch eine an unsere Tür geklopft. Wahrscheinlich ein Zufall.«

Mir rauscht es in den Ohren, aber meine Stimme klingt erstaunlich neutral und ruhig.

»Hast du sie gesehen? Die bei euch geklopft hat?«

»Nein, mein Bruder ist an die Tür gegangen. Wie auch immer, es war wahrscheinlich nichts. Sie hat beim falschen Haus geklopft. Wie ich schon sagte, ein Zufall. Sie ist eigentlich unwichtig.« *Unwichtig! Was fällt ihm ein?* »Trotzdem kam mir das seltsam vor.«

Mein Glas verdeckt zwar mein halbes Gesicht, aber meine Hand zittert, und deshalb stelle ich es hin und balle die Fäuste unter dem Tisch. *Sein Bruder.* Jetzt ist die Sache klar. Es war dunkel, und ich konnte sein Gesicht nicht richtig sehen, aber als ich James zum ersten Mal sah und seine Stimme hörte, kam er mir irgendwie bekannt vor. Also war es sein Bruder, mit dem ich gesprochen habe. Verdammt, ich war schon in seinem Haus!

»Das ist aber schon eine Weile her, wenn das passiert ist, bevor du in unseren Laden kamst. Das kann dich heute nicht aufgehalten haben, oder? Es sei denn, die Polizei betrachtet den Todesfall plötzlich als verdächtig?«

»Nein, nein, tut sie nicht. Deshalb darf ich dir ja auch davon erzählen. Alle haben viel zu tun, und es scheint ganz klar zu sein, dass der Mann gestürzt ist. Er hatte auch getrunken. Aber heute ist noch etwas anderes passiert – und, äh, das sollte ich dir wohl eigentlich nicht erzählen …«

»Meine Lippen sind versiegelt. Und wie du sagst, wenn hier ein Mörder frei herumläuft, sollte man wachsam sein.«

Er bleibt unschlüssig, also stupse ich ihn neckend an. »*Und* ich verzeihe dir das Zuspätkommen, wenn du es mir erzählst.« Die Spannung löst sich, er erwidert mein Lächeln. Geschafft.

»Heute Vormittag kam ein Anruf, so gegen zehn. Eine Frau ist in die Wohnung eines Mannes gegangen, um zu putzen. Sie sagt, dass sie das immer tut und einen Schlüssel hat, okay? Und da findet sie ihn, tot! So weit ist alles okay. Es sieht ziemlich eindeutig nach einer versehentlichen Überdosis aus. Ein junger Banker, also dem Klischee entsprechend. Aber wir mussten den Tatort sichern und so weiter, weil das ja auf jeden Fall kein natürlicher Tod ist. Mussten das genauer untersuchen. Das hat alles länger gedauert.«

»Klar. Wow. Du hast also viel zu tun.« Ich spüre, wie meine Glieder wieder zum Leben erwachen – vor lauter Spannung habe ich vorher nicht bemerkt, dass sie taub geworden sind. Ich drücke die Unterarme auf die Tischplatte und versuche, meinen Puls zu normalisieren. »Aber das klingt auch nicht nach Mord, oder?«

»Oh, sind sie wahrscheinlich beide nicht. Fast sicher nicht.« Er atmet auf und pustet sich eine Strähne aus der Stirn. Seine Augen sind dunkel und zugleich hell vor Aufregung, das Mahagonibraun schimmert intensiv. »Es ist nur ... Wir haben hier zwei tote Männer. Nicht allzu weit voneinander entfernt, nicht allzu unterschiedlich im Alter. Beide tot, allein in ihrer Wohnung. Wahrscheinlich denke ich zu viel darüber nach, weil ich noch nicht lange Detective bin – das sagt jedenfalls mein Chef. Ich gehöre zu diesem Team, aber ich war erst bei wenigen richtigen Mordfällen dabei, also ist das für mich alles ziemlich ungewöhnlich ... Du denkst bestimmt, ich bin übereifrig.«

»Sicher sind *viele* nur bei wenigen Mordfällen dabei gewesen.«

»Deshalb macht mir so ein gewaltsamer Tod immer noch was aus. Aber davon abgesehen ...« Er bricht ab und starrt ins Kaminfeuer, als würde er sich in seine Gedankenwelt vertiefen. Ich versuche, nicht zu interessiert zu klingen, als ich ihn ins Hier und Jetzt zurückhole.

»Was? Was wolltest du noch sagen?«

»Ah, ich sollte das wirklich lassen.« Er leert sein Glas – ist es sein drittes oder sein viertes?

»Jetzt musst du es auch sagen.«

»Nun ja, der erste Tote, mein Nachbar, du weißt, ich hatte ein schlechtes Gefühl bei ihm, nicht wahr? Also ... okay, hör zu, schwörst du, zu niemandem ein Wort zu sagen? Wir haben ein paar Fotos gefunden. Auf seinem Laptop. Von jungen Frauen. Profimäßige Bilder, kein iPhone-Scheiß. Ich ... Ich will nicht näher darauf eingehen. Die haben uns jedenfalls überrascht und waren ziemlich furchtbar. Ich habe ein schlechtes Gewissen, weil ich immer wieder junge Mädchen in das Haus gehen sah. Die waren um einiges jünger als er, und ich habe nichts unternommen. Nicht, dass ich viel hätte tun können.«

»Ändert das etwas?«

»Im Grunde nicht. Zumindest jetzt nicht. Aber etwas kam mir seltsam vor. Ich habe das Haus durchsucht. Nicht nur ich, sondern das ganze Team. Und wir konnten seine Kamera nicht finden. Sie war nicht da.«

13

Ich bin verkatert, als ich mich am Sonntagmorgen auf das Bett meiner Schwester setze. Bei der langen Unterhaltung über die Morde gestern Abend habe ich immerzu getrunken, um meine Panik unter dem Deckel zu halten, und James hat Glas für Glas mitgehalten. Wir blieben im Pub, bis die Barkeeperin dicht machte. Er hat mir nichts weiter über Karl und Steven erzählt, trotzdem habe ich einiges darüber erfahren, wie die Polizei im Allgemeinen in Mordfällen ermittelt. Das wird mir sicher noch nützlich sein.

Manchmal war ich mir nicht sicher, ob ich James nur aushorchen wollte oder ob ich einfach eine normale Frau war, die einen schönen Abend mit ihrem Date hat. Aber als der Wein endgültig die Oberhand gewann und James sich zu mir beugte, um mich zu küssen, ließ ich mich darauf ein. Auf dem Heimweg war mir schwindelig vom Wein und vor Angst, aber ich war auch ausgelassen vor Freude und Erregung.

Katie wird immer dünner, was ich nicht für möglich gehalten hätte. Ich habe eine Tüte Rosinen mitgebracht, und da sie nicht mal eine Rosine annimmt, lege ich die Tüte zwischen uns auf die Bettdecke und nehme mir eine Handvoll.

Ich habe zur Abwechslung mal etwas zu erzählen und berichte ihr von meiner Verabredung mit James. Ich lasse nur das unerhebliche Detail aus, dass er in einem Mordfall ermittelt, in dem ich die Täterin bin.

»Mills!«, kreischt Katie. Ich kann mir ein Grinsen nicht verkneifen, nicht nur wegen ihrer offensichtlichen Freude, sondern auch wegen der Erinnerung an den Abend. »Es ist ewig her, dass du ein Date hattest! Ich kann nicht glauben, dass du mir nicht schon früher von ihm erzählt hast! Hat Nina ihn schon kennengelernt? Ist er ein Freund von ihrem Neuen?«

»Nein, Nina kennt ihn noch nicht. Und es gab nichts zu erzählen, ehrlich! Das war das erste Mal, dass wir zusammen ausgegangen sind, und davor haben wir kaum miteinander gesprochen. Nur, wenn er in den Laden kam.«

»Und Gina hat ihm deine Nummer zugesteckt, gerissen wie sie ist.«

»Oh, Gina hat es faustdick hinter den Ohren.«

»Gibt es etwas Neues über ihren Daniel Craig?«

»Tja, ich weiß nicht, ob du es schon gehört hast, aber er hat offenbar *noch nie gern die Spülmaschine ausgeräumt!*«

Katie schnappt dramatisch nach Luft, schlägt sich die Hände vor die Augen und tut, als würde sie in Ohnmacht fallen wie eine viktorianische Lady.

Wir lachen, ich sehe Lebendigkeit in ihr aufflackern. Es tut ungeheuer gut, sie lächeln zu sehen. Aber als ich ihr die Tüte mit den Rosinen hinhalte, wird sie wieder ernst und schiebt sie von sich.

»Und wann siehst du ihn wieder? Diesen James?«

»Ach, ich weiß nicht, Kates. Wenn er mich fragt.«

»Ich dachte, du bist eine moderne Frau! Frag du doch ihn!«

»Vielleicht tue ich das.« Wir lächeln uns an, und ich muss mich zwingen, ihr die Tüte nicht noch mal hinzuhalten. Als ich gehe, lasse ich sie auf dem Bett liegen.

Ich komme mit einer verwirrenden Mischung von Gefühlen nach Hause, die aber ausnahmsweise mal angenehm sind. Es war wunderbar, Katie lachen zu sehen. Allerdings muss ich mich angesichts ihres Erscheinungsbildes dringend an die Arbeit machen und ihren Vergewaltiger aufspüren. Ihre Haut erschien mir heute besonders dünn, ihre Handgelenke noch zarter als sonst, ihre Haare, auf die sie immer so stolz gewesen ist, sahen dünn und fettig aus. Als Ninas Name fiel, dachte ich unweigerlich, dass ich Hugh Chapman aus unserem Leben drängen will und noch keine Fortschritte dabei gemacht habe. Aber es stimmt, was ich ihr über James erzählt habe. Ich habe gestern Abend wirklich etwas empfunden.

In den seltenen Fällen, in denen ich mich überreden lasse, zu einem Date zu gehen, konzentriere ich mich normalerweise auf die Kleinigkeiten, die mir an dem Mann unangenehm auffallen. Vielleicht hat er hässliche Hände, schnaubt ständig oder hat einen schiefen Zahn. Vielleicht erwähnt er ein Buch, das ich überheblich finde, oder er braucht zu lange, um sich für ein Bier zu entscheiden. Hässlicher Bart, schrilles Lachen, legt seine Hand auf mein Bein, steht zu sehr auf Rugby, steht zu sehr auf mich, ist angeberisch, schüchtern, langweilig, nervig, zu ernst, zu eingebildet, trägt einen ausgefallenen Pullover, ein T-Shirt mit V-Ausschnitt, eine hässliche Brille oder Socken mit Comicfiguren. Erzählt einen Jimmy-Carr-Witz, seine Fingernägel sind zu gepflegt, arbeitet im Marketing eines Finanzunternehmens und hält sich deswegen für einen »Kreativen«. Hat keine Meinung oder eine zu deutliche Meinung. Schreibt eine SMS, dass er sich verspätet, benutzt aber Kürzel. Jeder der genannten Punkte kann ausreichen, um mich in die Flucht zu schlagen.

Nicht bei James. Selbst Dinge, die man objektiv an ihm aussetzen kann, wie seine Verspätung oder dass er sein Getränk verschüttet hat, haben mich nicht groß gestört.

Vielleicht, weil ich endlich einen gesunden Weg gefunden habe, meine Wut abzuarbeiten, so wie Nina es immer von mir verlangt hat.

James schlug vor, zu ihm zu gehen, aber ich durfte natürlich nicht riskieren, dass sein Bruder mich erkennt. Auch wenn die meisten Männer so unaufmerksam sind, dass man ihnen den Kopf abschlagen und durch den von Jimmy Savile ersetzen könnte, ohne dass sie es merken. Es wäre außerdem seltsam gewesen, an den Ort des Verbrechens zurückzukehren. Als würde ich das Schicksal herausfordern. Beinahe hätte ich ihn zu mir mitgenommen, doch dann fielen mir die Kamera auf dem Regal in der Küche und der Liverpool-Schal unter meinem Kopfkissen ein. Die sollte ich wohl mal beseitigen.

Es ist jetzt Mittag, und ich schlage Eier in eine Schüssel, um mir ein Omelett zu machen – Nina und Izzy konnten nicht zu unserem gewohnten Sonntagsessen kommen, und ich hatte keine Lust, nur mit Angela abzuhängen. Ich habe Nina seit einer Woche nicht gesehen, was ein Rekord ist. Aber wir waren beide mit Männern abgelenkt – sie mit einem lebendigen, ich mit toten. Während die Pfanne heiß wird, schreibe ich ihr, dass ich sie vermisse, und grüble dann weiter über alles nach, was ich durch James erfahren habe.

Zu hören, dass die Polizei eben doch ermittelte, hatte mich erschüttert, aber im Nachhinein betrachtet ist das positiv. Okay, ich hätte die Kamera nicht mitnehmen sollen. Das war dumm, und das ist mir eigentlich klar gewesen. Ich hätte die Fotos von Rose auf der Stelle löschen und den Apparat dort lassen sollen.

Aber abgesehen davon verspürte ich nach meiner anfänglichen Panik, als ich hörte, dass man die Leichen entdeckt hat, einen ungewohnten Nervenkitzel.

Beide Männer wurden also gefunden, untersucht, in die Polizeiakten aufgenommen und als Unfallopfer eingestuft. Auch wenn die Entdeckung von Karls Fotosammlung eine gewisse Komplikation darstellt, bin ich froh, dass der wahre Charakter dieses verfickten Widerlings entlarvt wurde. Ich hoffe, seinen Freunden und seiner Familie wird schlecht bei dem Gedanken, dass sie jemals mit ihm gesprochen haben, und dass bei seiner Beerdigung nur die Totengräber anwesend sind. Aber wenn ich so darüber nachdenke, kann ich mir sowieso nicht vorstellen, dass solche Kellertypen einen großen Freundeskreis haben.

Und wie vermutet war es die Putzfrau, die Steven fand.

Keine liebende Partnerin, kein fürsorglicher Freund, der zum Tee vorbeikam. Wahrscheinlich war es gut, dass sie gleich am nächsten Tag zum Putzen da war. Die arme Frau musste schon seinen Dreck beseitigen, da soll ihr nicht auch noch eine drei Tage alte verwesende Leiche den Tag verderben.

Als ich mein fertiges Käse-Tomaten-Omelett auf den Teller gleiten lasse, werde ich in meinen Überlegungen vom Handyklingeln gestört. Ich schalte mein Hörbuch auf Pause.

»Hey, Schatz!«, schallt Ninas Stimme aus dem Lautsprecher. »Tut mir leid, dass ich heute nicht zum Lunch kommen konnte. Ich bin in der Kanzlei.« Das Rauschen von Wind und das Rasseln ihrer E-Zigarette füllt die Küche, und ich stelle mir vor, dass sie mit hochgezogenen Schultern in der Kälte vor dem Bürogebäude steht, um sich ihr Nikotin reinzuziehen. Ich hatte mich darauf gefreut, Nina von meinem Date zu erzählen. Sie wird Hunderte Fragen stellen und sofort Fotos und neue Treffen verlangen – vielleicht ist sie die Psychopathin von uns beiden. Obwohl ich weiß, dass es mir schnell langweilig wird, macht es Spaß, sie ab und zu in freudige Aufregung zu versetzen. Mir ist klar, dass ich manchmal eine Spielverderberin sein kann.

»An einem Sonntag?« Ich setze mich auf einen Hocker an der Kücheninsel und nehme einen Bissen von meinem Omelett. Es ist dick und voll mit geschmolzenem Cheddar.

»Ja. Ein großer Fall. Claire ist auch wieder die totale Zicke.« Claire ist Ninas Chefin. Wenn hier jemand eine Psychopathin ist, dann sie. »Sie hat gesagt, ich sei fett.«

»Wie bitte?«

Es röchelt und schnauft aus dem Lautsprecher. Scharfes, schnelles Stressrauchen. Es muss gerade schlimm sein. »Ich habe einen Keks gegessen. Einen verdammten Keks, Mills. Und sie tauchte neben mir auf wie eine überdimensionale Stabheuschrecke, sah mich an und sagte: ›Nina, meine Liebe, Sie sollten wirklich die Finger von den Snacks lassen.‹«

»WIE BITTE?«

»Nur weil sie seit 1984 keine vollständige Mahlzeit mehr gegessen hat, heißt das nicht, dass wir übrigen es genauso halten müssen.«

Ninas Chefin ist eine furchterregende Frau. Spindeldürr, glamourös, grausam, aber auch ab und zu freundlich, wenn man es am wenigsten erwartet. Sie ist dafür bekannt, unangemessene Kommentare über weibliche Mitarbeiter abzugeben, und zu Nina sagte sie einmal, sie habe »nicht die Figur für die High-Waist-Hosen«, die sie gerade trug. Eigentlich ein Beweis dafür, wie brillant Nina in ihrem Job ist, wenn sie dort noch nicht rausgemobbt wurde. Claire ist der Meinung, dass eine Anwältin, die nicht mehr in Größe 38 passt, faul ist.

»Hör mal, Mills, was machst du heute Abend? Ich brauche einen Drink. Eigentlich eine Menge Drinks.«

»Geht klar. Jede Menge Drinks. Sag einfach, wo und wann.«

Ich fühle mich ein bisschen mies, weil ich in der letzten Woche zu beschäftigt war und mich nicht um die Situation mit Hugh kümmern konnte, und da ist es gut, wenn Nina mich auf den neuesten Stand bringt.

»Wir sollten es den anderen nicht sagen. Ich muss mich mal richtig auskotzen.«

»Super. Also bis später? Halb neun im Guinea?«

Nach meinem Omelett setze ich mich zum Recherchieren an den Laptop. Ich brauche unbedingt einen Plan, um Hugh zu beseitigen – außer, Nina will sich mit mir treffen, um mir zu sagen, dass sie mit ihm fertig ist –, aber Katies Vergewaltiger hat für mich immer noch oberste Priorität. Einen glatzköpfigen Mann mit Elster-Tattoo zu finden wird nicht einfach sein. Meine Schwester zu rächen erfordert kluges Nachdenken, methodisches Vorgehen und Ausdauer.

Ich gebe den Namen David Cartwright in die Suchmaske ein. Der Türsteher vom Pom Pom's hat eine Glatze, ist tätowiert, hat das richtige Alter und hält sich häufig dort auf. Glücklicherweise ist er dumm genug (wer hätte das gedacht!), seine Social-Media-Seiten für alle zugänglich zu machen.

Auf Instagram und Facebook (wer benutzt noch Facebook, wenn er unter fünfzig ist?) hat er keine Privatsphäre-Einstellung genutzt, sodass ich innerhalb weniger Minuten viel über sein Leben erfahre. Ehrlich gesagt, glaube ich nicht, dass es bei »Big Dave«, wie seine Freunde ihn nennen, große Tiefen auszuloten gibt.

Big Dave arbeitet nicht nur im Pom Pom's, sondern auch an der Tür einiger anderer schäbiger Bars und Clubs und hat sich ein Image geschaffen, das nur auf seinem Bizeps basiert. Wenn er mit seiner Freundin Kelly ausgeht, einer geistlos wirkenden Frau mit orangefarbener Haut, trägt er ein Hemd, das ihm viel zu klein ist, nur um den Eindruck zu erwecken, dass er jeden Moment aus den Nähten platzt wie der Hulk.

Seine Twitter-Seite nutzt er ausschließlich, um Fotos berühmter Frauen in Bikinis zu kommentieren oder Kommentaren mit rassistischen Untertönen zuzustimmen, während er andererseits ungewöhnlich viele Bilder von süßen Welpen geliked hat. Weiß Big Dave, dass das jeder sehen kann?

Nach einer Viertelstunde, als ich sein Leben gerade satt habe – stell dir vor, es wäre deins –, finde ich etwas Nützliches. Ein Foto von Kelly mit schludrig angerichteten Eiern Benedict und der Bildunterschrift: Frühstück mit den Mädels in unserem Lieblingscafé! #superNachtsuperFrühstück #Sonntagslaune. Die Speisekarte liegt auf dem Tisch, sie ragt an einer Ecke ins Bild, und darauf ist das Logo zu sehen. Fork It Up. Hat das wirklich jemand auf den Antrag für ein Geschäftsdarlehen geschrieben?

Auf jeden Fall gibt mir das einen Anhaltspunkt. Wenn er in der Nähe wohnt und oft im Fork It Up frühstückt, habe ich gute Chancen, ihn mal dort zu sehen und ihm nach Hause zu folgen, um mehr herauszufinden. Wenn er rote Vorhänge am

Fenster hat, dann erfüllt er mehrere Kriterien meiner Checkliste und könnte der fragliche Mann sein. Gott, bin ich gut!

Um nicht alles auf eine Karte zu setzen, recherchiere ich weiter. Die Tätowierung ist ein wichtiges Erkennungsmerkmal. Es kann nicht allzu viele Menschen geben, die eine Elster auf der Brust haben. Wenn der Mann aus Bristol stammt, ist die Wahrscheinlichkeit groß, dass er sich das Tattoo hier hat stechen lassen. Google Maps zeigt etwa zwanzig Tattoo-Studios in der Stadt an. Das sind ziemlich viele. Vielleicht hat er es sich aber auch ganz woanders während seiner Ausbildung oder im Urlaub stechen lassen. Aber hey, ich habe nicht viele Anhaltspunkte, und das ist ein Anfang.

Ich notiere mir alle Tattoo-Studios in meinem Notizbuch und beschließe, heute Nachmittag ein paar davon zu besuchen, bevor ich joggen gehe und mich mit Nina treffe. David Cartwrights Café sollte ich mir am besten bis zum nächsten Wochenende aufheben, wenn ein weiteres #superFrühstück nach einer #superNacht stattfindet.

Für den Fall, dass dieser Typ tatsächlich mit jemandem befreundet ist, mit dem ich heute spreche, möchte ich später nicht wiedererkannt werden. Wenn er tot aufgefunden wird, soll niemand etwas über eine Frau mit rotblonden Haaren sagen können, die sich ein paar Tage zuvor besonders für ihn zu interessieren schien. Also krame ich in meiner Asda-Tasche in alten Halloween-Sachen und Message-M-Verkleidungen.

Ich entscheide mich für die schwarze Perücke aus der Zeit, als ich mich als die Uma Thurman in Pulp Fiction verkleidet habe, und verstaue die Tasche wieder im Schrank. Ich trage bereits ein schlichtes schwarzes Etuikleid und Stiefel, also setze ich noch die Perücke auf und schminke mich. Ich ziehe meinen Eyeliner fast bis zu den Brauen hoch und trage einen Lippenstift auf, der eigentlich zu dunkel für meinen Hautton ist und mich blass macht. Aber ich sehe nicht aus wie ich, und das ist die Hauptsache.

Der erste Laden, in den ich reingehe, heißt No Regrets. Ich frage mich, ob das eine Anspielung auf den klassischen Tattoo-Fehler »No Regerts« ist, aber höchstwahrscheinlich haben sie sich darüber keine Gedanken gemacht. Die Tür klemmt, sodass ich sie mit der Schulter aufstoßen muss und dadurch unelegant hineinpoltere, nicht so unauffällig wie beabsichtigt.

Der Mann hinter dem Tresen könnte attraktiv sein, wenn er nicht beschlossen hätte, sich auf so peinliche Weise und dauerhaft zu verschandeln. Sein linkes Ohr ist auf das Dreifache gedehnt, in das Loch ist eine runde Glasscheibe eingesetzt. Schwarze Tinte kriecht seinen Hals hinauf und zu seinen Hände hinunter, aber erst als er zu mir hochblickt, erschrecke ich wirklich. Eine Spinne an der linken Schläfe. Ernsthaft? Werd erwachsen!

Ich bin nicht grundsätzlich gegen Tattoos. Du willst dein schmuddeliges Kleinkind, das noch nicht einmal eine Persönlichkeit hat, in Tinte verewigt sehen, indem du dir seinen Namen auf die linken Titte stechen lässt? Schön, nur zu! Angela hat einen sehr hübschen Heißluftballon auf ihrem Oberschenkel, und auch Izzy hat eine einfallslose, aber optisch ansprechende Rose an ihrem Knöchel. Aber wenn du dir eine Spinne auf die Stirn stechen lässt, musst du damit rechnen, dass die Leute dich für einen Freak halten.

Ich gehe auf den Tresen zu. Spiderman starrt weiter auf sein Handy, also lege ich die Hände auf den Tisch und beuge mich hinunter, um seine Aufmerksamkeit zu bekommen.

»Ja?« Oh, er kann sprechen.

»Ja, hallo. Ich bin Heather. Ich überlege, mir ein Tattoo stechen zu lassen, und hatte gehofft, ihr könntet mich beraten.«

Er stößt einen so ewig langen Seufzer aus, dass er eigentlich in sich zusammensinken müsste wie ein Ballon. Er weiß doch, dass er hier arbeitet, oder? Das könnte schwieriger werden als gedacht.

»Es wäre toll, wenn ich mir ein paar Beispiele ansehen könnte. Vielleicht darüber reden, was die Leute vorher haben machen lassen.« Da er mich ausdruckslos anstarrt, greife ich auf den altbewährten Plan B zurück: Flirten.

Kichernd beuge ich mich über den Ladentisch, sodass meine Brüste nach oben gedrückt werden, und berühre leicht seinen Arm. »Ich meine, du hast so viele tolle Tattoos, also bist du sicher der Richtige, um mir zu helfen.«

Er richtet sich auf seinem Stuhl auf und erwacht zum Leben oder schaltet zumindest drei seiner acht Gehirnzellen ein.

»Äh, ja. Sicher. Was denn so? Du kannst so ziemlich alles haben.«

Guter Punkt, Spiderman. Seine Stimme versagt bei »sicher«, als hätte er schon lange nicht mehr gesprochen.

»Tja, ich liebe Vögel. Und ich bin ein Fan von glänzenden Dingen.« Ich kichere wie ein Dummchen. »Also vielleicht eine Elster? Ich habe das Gefühl, die haben eine dunkle Seele, so wie ich.« Ich versuche, lässig und zugleich anzüglich zu klingen, damit er nicht wieder in seine Erstarrung zurückfällt.

»Äh, ja. Die können wir machen.«

»Habt ihr irgendwelche Fotos? Hat hier vielleicht schon mal jemand eine machen lassen? Es wäre toll zu sehen, wie das Ergebnis aussehen könnte.«

»Äh, ja. Keine Ahnung.« Ich frage mich, ob aus den Löchern, die er sich ins Gesicht gebohrt hat, mal sein Gehirn rausgefallen ist. Er sitzt einen Moment lang stumm da, während ich ihn erwartungsvoll ansehe, dann lehnt er sich in seinem Stuhl weit nach hinten und dreht den Kopf zu der offenen Tür an der Seite.

»He, Mo!«

»Was?«

»Hast du schon mal eine Elster gemacht?«

»Ja. Warum?«

Ich lächle, als wäre das eine halbwegs erfreuliche Nachricht, aber tatsächlich schießt mir das Blut in den Kopf, und mir wird schwindelig. Kann es so einfach sein?

»Das Mädel hier will sie sehen.«

Aus der Werkstatt kommt ein Seufzer, der dem von Spiderman in nichts nachsteht. »Die war bei Suze. Ich weiß nicht, ob wir sie fotografiert haben. Aber sie wird sie auf Insta haben.«

Mir schlägt das Herz bis zum Hals. Suzes Instagram interessiert mich nicht, aber Spiderman hat sein Handy hervorgeholt und navigiert quälend langsam durch seine Apps.

Es dauert noch zehn Minuten, bis ich aus dem Laden rauskomme. Nachdem ich mir alle Tattoos von Suze angesehen habe, und die meisten davon sind definitiv nicht nach meinem Geschmack, verspreche ich, darüber nachzudenken und mich wieder zu melden.

In den nächsten beiden Läden passiert so ziemlich das Gleiche. Mir reicht es für heute. Ich fahre nach Hause, wasche mir den Lippenstift ab und gehe joggen. Es ist anstrengend, sich von Leuten beeindruckt zu zeigen, die alle versuchen, auf genau dieselbe Weise anders zu sein. Wenn sie düster und gefährlich wirken wollen, sollten sie sich ab und an auf einen mörderischen Rachefeldzug begeben.

14

Nachdem meine Recherchen in der Welt der Tätowierten nichts gebracht haben, entscheide ich mich für einen Zehn-Kilometer-Lauf zur Hängebrücke und zurück, um meinen Frust loszuwerden. Das letzte Tattoo-Studio hat mir den Rest gegeben. Der Mann hinter dem Tresen starrte mir auf die Brust und fragte, was ein »hübsches kleines Ding wie ich an einem so üblen Ort« zu suchen habe. Abgesehen davon, dass er sich wohl eher für einen Cowboy in einem Blockbuster-Film hielt als für einen bebilderten Empfangsmitarbeiter, nehme ich es nicht freundlich auf, wenn man mich als »kleines Ding« bezeichnet.

Inzwischen war ich mit dem aufgesetzten Lächeln schon am Limit. Eine Frau kam aus dem Hinterzimmer, die war fast noch schlimmer als er. Sie trug weite Schlabberhosen, die bestimmt schon vor zehn Jahren mit Avril Lavigne aus der Mode kamen, und ich konnte es beinahe hören, wie höhnisch sie grinste, als sie mich sah. Silberne Ringe kletterten an beiden Ohren hinauf, und in einem Ohrläppchen prangte einer der gefürchteten Flesh Tunnel. Wissen die Leute denn nicht, wie kostbar makellose Haut ist? Wie sehr der Körper auf Schutz angewiesen ist? Ich sehne mich nach reiner, unversehrter Haut und drücke unbewusst die Hand an meinen Oberschenkel. Wenn sie dasselbe durchgemacht hätten wie ich, würden sie es sich vielleicht zweimal überlegen, bevor sie sie schädigen.

Ich habe sie aber nicht umgebracht. Das wäre verrückt. Man kann nicht herumlaufen und Leute umbringen, nur weil sie unhöflich und höhnisch sind und ihre Ohren verunstaltet haben.

Ich war frustriert und wütend, als ich nach Hause kam, und zog sofort Leggings, Turnschuhe und Laufshirt an. Auf dem Weg zur Tür hielt ich inne und schaute in den Spiegel, um mir die Haare zusammenzubinden, und sah die Perücke und das extravagante Make-up. Ich war ich und war es doch nicht. Wie ein Alter Ego. Heather war meine Sasha Fierce oder Catwoman. Als ich meine kräftig nachgezogenen Brauen über den breiten Lidstrichaugen hochziehe, geht ein Ruck durch meinen Körper. Ein Energieschub, der die Frustration in eine schwindelerregende Kraft verwandelt. Die Perücke erscheint mir sicher, und ich brenne darauf, loszujoggen. Anscheinend laufe ich heute als das Goth-Girl Heather.

Ich logge mich in die Strava-App ein und beginne mit einem mittleren Tempo. Ich habe so ein Gefühl, dass ich heute meinen Rekord breche, oder Heather jedenfalls. Der Streifzug durch die Tattoo-Läden hat länger gedauert als gedacht, und als ich die Häuser und den Verkehr hinter mir lasse, dämmert es bereits, aber mein Verstand fokussiert sich, wird klar und ordnet die neuen Erkenntnisse ein. Was David Cartwright in seiner Freizeit treibt, welche Freundin er hat, in welcher Gegend er vermutlich wohnt oder zumindest in welchem Café er häufig frühstückt. Den bisher erfolglosen Plan, meine Zielperson über eine markante Tätowierung aufzuspüren. Die roten Vorhänge. Ich bin der Lösung des Hugh-Problems noch nicht näher gekommen, aber mir wird hoffentlich etwas einfallen, wenn ich später mit Nina rede.

Ich biege um die Ecke und sehe in der Ferne die Hängebrücke, zu der es steil hinaufgeht. Sie ist schön und spannt sich über eine tiefe Schlucht, durch die der Avon fließt. Sie ist auf absolut allem abgebildet, was in den Klimbimläden der Stadt verkauft wird – Tassen, Geburtstagskarten, Kalender, Untersetzer, Tragetaschen. Trotzdem raubt mir der Anblick immer den Atem, wenn ich auf diesen Weg einbiege. Ich beschleunige und treibe mich an, sodass ich schnaufend den Hügel hinaufgelange.

Ein Farbtupfer zwischen den Bäumen springt mir ins Auge, sodass ich mein Tempo verlangsame. Ich bin heute ohne Kopfhörer unterwegs, weil ich zu hastig aufgebrochen bin, und so höre ich die dumpfen Schritte eines anderen Joggers. Meine Laune sinkt, denn irgendwie weiß ich, dass er es ist. Der nervige Jogger, der irgendwoher meinen Namen kennt. Ohne groß nachzudenken, flitze ich nach links und ducke mich hinter einen Busch.

Die langsamen Schritte werden lauter. Kurz darauf ist klar, dass sie an meinem Versteck vorbeikommen werden. Mit angehaltenem Atem starre ich durch die Zweige. Es ist eindeutig er. Er bleibt stehen und scheint sich umzusehen. Er kann doch nicht nach mir suchen, oder? Woher um alles in der Welt sollte er wissen, dass ich hier bin?

Bisher habe ich nicht darüber nachgedacht, woher der Mann meinen Namen kennt. Ich musste mich um wichtigere Dinge kümmern und nahm einfach an, dass wir uns schon mal irgendwo begegnet sind. Aber jetzt zweifle ich daran. Was wird passieren, wenn er mich hinter dem Busch entdeckt? Wird er wütend auf mich sein, weil ich mich versteckt habe? Das hier ist kein betrunkener Rüpel, den ich leicht täuschen kann. Ich bin allein auf einem ruhigen Waldweg mit einem großen Mann, der ein ungesundes Interesse an mir zu haben scheint. Aber dann bewegt er sich wieder und scheint den Weg zurückzulaufen, den er gekommen ist. *Was soll der Scheiß?*

Ich warte zehn Minuten, bis ich sicher bin, dass er nicht zurückkommt, trete hinter dem Gebüsch hervor und sehe mich angespannt um. Ich überlege umzukehren. Doch warum sollte ich mich durch einen wildfremden Mann von meinen Plänen abbringen lassen? Wenn ich jetzt nach Hause gehe, werde ich so wütend auf ihn und auf mich selbst sein, dass ich den

Abend mit Nina nicht genießen kann. Dabei habe ich mich so darauf gefreut, ihr von James zu erzählen. Rechts von mir raschelt es im Gebüsch, und ich drehe den Kopf, aber es ist nur der auffrischende Wind. Ich zucke zusammen, weil mir eine schwarze Strähne ins Gesicht peitscht. Heather.

Aus dem Spätnachmittag ist Abend geworden, und durch die Bäume kann ich die Lichter der Brücke schimmern sehen. Ich trete auf den Weg und nehme den Anstieg zur Brücke in gleichmäßigem Tempo wieder auf. Die Chance, meinen bisherigen Rekord zu brechen, ist jetzt gleich null, aber ich werde bestimmt nicht auf halber Strecke aufgeben.

Ich achte auf meine Atmung, während ich in die Biegung vor dem letzten Wegstück hineinlaufe – und bekomme fast einen verdammten Herzinfarkt.

»Oh, hey!«, sagt er fröhlich und springt mit seinem dummen grinsenden Gesicht von einer Bank auf.

»Herrgott noch mal, was …« Ich stocke und fasse mir ans Herz, um mich zu beruhigen.

»Huh, neuer Look?« Er sieht mich verwirrt an und vergewissert sich mit einem Blick auf mein Gesicht, dass ich die bin, die er erwartet hat. »Ziemlich cool. Gothic, stimmt's? Übrigens, ich bin Chris. Kommen Sie mit auf die Brücke?«

»Ich – ja. Hatte ich vor.« Mein Verstand ist noch dabei, zu begreifen, was hier gerade passiert, und ehe ich mich versehe, bin ich bereit, mit diesem Mann, diesem Chris, der mir verdächtig oft auf dieser Strecke entgegenkommt, weiterzujoggen. Noch leicht verwirrt laufe ich langsam los, während er über das Herbstlicht und solchen Scheiß labert. Hat er auf mich gewartet? Vorhin schien es, als hätte er nach mir gesucht, und dann hat er sich hingesetzt, um zu warten? Das kann doch nicht sein, oder?

»… bin normalerweise mehr der Gewichtheber, aber vor Kurzem habe ich das entdeckt, die FREUDE am Laufen!« Er schreit »Freude« wie ein Irrer und scheucht damit die Vögel aus den Bäumen. »Es ist toll, raus in die Natur zu kommen, stimmt's?«

»Sie kennen meinen Namen.«

»Hm?«

»Sie kennen meinen Namen. Ich habe Sie einmal auf diesem Weg getroffen, und Sie sagten: Bis zum nächsten Mal, Millie. Woher wissen Sie, wie ich heiße?«

Sein Lächeln lässt nach, er atmet angestrengter, je näher wir der Hügelkuppe kommen. Dieser dümmlich lächelnde Mann, der zufällig immer dann den Weg entlangkommt, wenn ich auf der Strecke unterwegs bin, ist nicht so harmlos, wie er tut, da bin ich mir sicher.

»Oh, nun. Ja!« Er lacht und blickt verlegen grinsend zu mir rüber. »Ich habe Sie ein paar Mal gesehen und fand Sie ziemlich fit. In meiner Kraftsporthalle bin ich Leute wie Sie nicht gewöhnt!«

Gewohnt, nicht gewöhnt, du Schwachkopf.

»Jedenfalls dachte ich, Sie sind fit, und habe auf Strava nachgesehen.« Ich kriege ein flaues Gefühl. Vielleicht bin ich der Schwachkopf. Wie konnte ich nur so arglos sein? Ich hätte nie gedacht, jemand würde sich auf Strava tatsächlich persönliche Daten beschaffen. »Und na ja, dadurch bin ich an Ihren Namen gekommen. Er passt zu Ihnen. Oder, äh, zu Ihrer bisherigen Erscheinung. Die neue sieht schon heftig aus, haha!« Er stößt ein kurzes Lachen aus wie eine Zeichentrickfigur.

»Können Sie sehen, wo ich gerade bin?«

»Auf Strava? Ja, natürlich! Allerdings nur, wenn Sie sich einloggen. Also, wenn Sie gerade laufen.«

Wir laufen schweigend weiter bergan und erreichen das Ende der Steigung, wo die Brücke wieder einen spektakulären Anblick bietet.

»Also«, sage ich langsam und bewusst, um sicherzugehen, dass ich richtig verstanden habe, »wenn ich meine Läufe protokolliere, können Sie das sehen? Und wo ich gerade bin?«

»Ja, wussten Sie das nicht?«

»Kommen Sie absichtlich immer zur selben Zeit hier entlang wie ich?«, frage ich unverblümt.

Wenigstens hat er den Anstand, verlegen zu gucken, bevor er zugibt, dass er mich stalkt.

»Na ja, manchmal. Ich wollte mich eben mal mit Ihnen unterhalten, nicht wahr? Und das habe ich jetzt! Haha!«

Mir ist schlecht, und das nicht nur, weil ich die Umrisse seiner verschwitzten Eier in seinen zu engen Lycras sehen kann. Warum sollte eine App, die ich für einen vernünftigen Zweck benutze, nämlich meine Laufgeschwindigkeit zu protokollieren, so einfach dazu benutzt werden können, jemanden aufzuspüren? Ich gehe durch, was ich über die App weiß, und das ist nicht viel. Als ich mich darauf anmeldete, wurde ich nach meinem Namen gefragt, und normalerweise wird eine Karte angezeigt, auf der meine Route rot markiert ist. Die App kennt meine Strecken und meine Zeiten. Soll das heißen, dass ein Mann einfach an mir vorbeilaufen kann, und wenn ihm mein Aussehen gefällt, dann guckt er meinen Namen nach und beobachtet, wo ich jogge?

Während ich nachgedacht habe, hat er schnaufend weitergelabert. »… und ich bin Ihnen gefolgt … auf der App … damit ich sehen kann, wann Sie loslaufen. Ich wohne … nicht weit von … der Brücke entfernt, wissen Sie? Meine Zeiten … sind allerdings nicht so gut wie Ihre, ha! Sie sind schnell … Irgendwie romantisch, oder?«

Als wir uns dem Anfang der Brücke nähern, laufen wir immer langsamer und kommen gleichzeitig zum Stehen. Der Energieschub von vorhin ist wieder da, und eine neue Kraft pulsiert durch meinen Körper. Es ist Wut gemischt mit dem Wissen um meine eigene Macht, über das, was seit dem Abend mit Karl in mir brodelt.

»Ja. Romantisch«, antworte ich.

Er grinst statt einer Antwort, immer noch leicht außer

Atem. Sein Gesicht, soweit nicht vom Bart verdeckt, ist gerötet und schweißnass. Er hat sich mächtig angestrengt, um mit mir mitzuhalten. Extra für seinen »romantischen« Moment. Hat sich wahrscheinlich nicht vorgestellt, dass er so verschwitzt sein würde. Von Nahem betrachtet, jetzt, da wir uns nicht mehr bewegen, ist er älter, als ich zuerst dachte. Anfang vierzig. Rings um die Augen hat er schon Falten, und es ist klar, dass er mit dem Vollbart ein schwaches Kinn verbergen will.

Er atmet aus und hebt triumphierend die Arme. »O ja! Das war gut, oder?! O JA!«

Er ist nicht nur laut und unausstehlich, sondern auch noch schamlos schlecht gekleidet. Das Schlimmste an dem Outfit dieses Neandertalers sind nicht einmal die hautengen gelben Shorts oder das eng anliegende Laufshirt, das jede Wölbung seiner Muskeln zeigen soll, aber auch jede Wölbung seines Bauches sichtbar macht, oder das schamhaarähnliche Gekräusel, das oben herausguckt. Das Schlimmste ist die Gürteltasche, die er sich um die Hüften geschnallt hat – eine schwarze mit Rallyestreifen.

Ich deute auf die Aussicht. »Das ist auch ziemlich romantisch.«

Es ist vollkommen klar, dass dieser Mann sterben muss. Eine Frau zu stalken und ihr einen potenziellen Laufrekord zu ruinieren ... das darf nicht ungestraft bleiben. Ich habe mir jedoch geschworen, vorsichtiger zu sein als bei den letzten Malen und meine Gefühle im Zaum zu halten. Um mit einem Mord davonzukommen, bedarf es sorgfältiger Planung, der Vernichtung von Beweisen, glaubwürdiger Alibis und mehr. Das hat James auch gesagt.

Und trotzdem hat es bisher funktioniert, nicht wahr?

Ich schlendere zum Anfang der Brücke und lehne mich an eine Mauer, von der man in die Schlucht blicken kann.

»Wow, das ist ein langer Weg nach unten.« Ich drehe mich zu ihm um und lächle ihn an, wobei ich mich so zurücklehne, dass es hoffentlich aufreizend wirkt. »Es hat Spaß gemacht, mit Ihnen zu laufen, Chris. Clever, mich so aufzuspüren.«

Er grinst. Wahrscheinlich erfreut, weil ich so leicht auf seinen heldenhaften Trick reingefallen bin.

»Nun, Sie sind die Mühe wert.«

Ich stütze mich auf die Mauer, schwinge die Beine hoch und schaue die Brücke entlang. Sie besteht aus einer Straße in der Mitte, automatischen Schranken an beiden Enden und einem Fußgängerweg auf beiden Seiten. Um diese Zeit sind die in den Boden eingelassenen Scheinwerfer eingeschaltet, ebenso wie die Lichter, die an den Drahtseilen der Brücke befestigt sind. Das verleiht der ganzen Szenerie etwas Märchenhaftes. Auf der einen Seite leuchtet Clifton, auf der anderen Seite wartet das Dunkel der Bäume. An dem nicht weit entfernten Brückenturm kann ich ein schwarz-weißes Schild erkennen.

SPRECHEN SIE MIT UNS.
Rufen Sie kostenlos die Samariter an.
116 123

Dafür ist es zu spät, fürchte ich. Ich schaue zu den Bäumen, bis ich seine Schritte kommen höre.

»Ein herrlicher Anblick.« Ich drehe nicht den Kopf, weil ich genau weiß, dass er nicht die Szenerie, sondern mich ansehen wird, und das wäre so unerträglich, dass ich ihn sofort erwürgen müsste.

»Stimmt. Setzen Sie sich zu mir?«

Der Wind hat weiter zugenommen, und ich fröstle. Ein Regentropfen fällt auf meine Nase. Ringsherum ist es still, und wenn der Typ nicht wäre, könnte ich die Ruhe genießen. Um diese Zeit an einem Wochenende hier oben, wenn keine Pendler unterwegs sind und das Wetter die schlendernden Pärchen abschreckt, fühle ich mich wie die Königin der Welt. Der Wind streicht mir die falschen schwarzen Haare aus dem Gesicht.

»Wirklich? Warum machen wir es uns nicht irgendwo in einem Pub gemütlich? Der Abend geht auf mich.«

Hat der Stalker-Junge etwa Höhenangst?

»Nur ganz kurz?« Ich schmolle ihn an, und er verzieht das Gesicht wieder zu dem hässlichen Grinsen, sodass sich seine borstigen Barthaare sträuben.

»Okay, aber dann in den Pub, ja, Mills?« *Mills?* Wie kann er es wagen?

»Oh, absolut. Danach geht's in den Pub.«

Er hüpft auf die Mauer und sitzt ekelerregend nah bei mir. Sein klebriger Arm berührt meinen. Ich weiche zurück und setze mich rittlings hin, damit ich ihn ansehen kann.

»Ich habe eine Idee. Geben Sie mir Ihr Handy?« Ein Zweifel huscht über sein Gesicht, aber zu einer hübschen jungen Frau, die die Hand zu ihm ausstreckt, kann er nicht Nein sagen. »Ich muss ein Foto machen. Und meine Nummer eintippen.« Ich grinse ihn schelmisch an, er lacht wieder, stößt sein irritierendes »Haha« aus, als hätte er das Lachen nur durch Lesen gelernt. Er öffnet seine Gürteltasche, legt sie neben sich auf die Mauer, um sie zu öffnen, und holt sein Handy heraus. Er entriegelt es mit seinem Gesicht, reicht es mir, und ich mache ein Selfie von uns, bevor ich auf den Gehweg springe.

»Bleib sitzen! Ich will eins von dir!« Ich mache noch eins und gehe etwas näher heran. Er wirft sich in die Bodybuilder-Pose. Ich lache aufmunternd und gehe noch näher heran. Als er von der Mauer steigen will, sage ich: »Nur noch eins«. Er steht direkt an der Mauerkante, sechsundsiebzig Meter Fallhöhe. Ich werfe mich nach vorn.

Im Film kann ein Regisseur die Zeit verlangsamen, sodass das Publikum die Regungen im Gesicht eines Menschen wahrnehmen kann. Das geht hier nicht, aber ich sehe sie, oder bilde es mir zumindest ein. Ich sehe seine Angst, die Verwirrung und dann das Begreifen, dass diese kleine Frau ihm etwas antun will, und über seinem buschigen Bart öffnet sich sein Mund zu einem kreisrunden O. Entspannt und unvorbereitet, wie er ist, gibt sein Körper nach und kippt nach hinten, seine kräftigen Arme rudern, die Hände greifen ins Leere. Für den Bruchteil einer Sekunde sehen wir uns in die Augen, und ich weiß, dass sich dieses Bild für immer in mein Gedächtnis einprägt.

Doch in letzter Sekunde bekommt eine Hand den Träger meines Sport-BHs zu fassen, verhindert den Sturz und reißt mich nach vorn gegen die Mauer.

Meine Oberschenkel klatschen schmerzhaft gegen den Stein. Ich lehne mich instinktiv nach hinten, spüre, wie der Stoff meines BHs in die Haut schneidet, als er sein Gewicht aufnimmt. Ich fange an, mich mit dem fuchtelnden Chris nach vorne zu neigen, scharfe Steinkanten drücken sich in meine Oberschenkel. Mit der anderen Hand schlägt er mir ins Gesicht und greift in meine Haare. Einen Moment lang glaube ich, dass wir beide über die Mauer stürzen werden. Chris scheint fest entschlossen, mich mit in die Tiefe zu reißen. Dann …

Ein Laut wie ein trockenes Knacken.

Mein Oberteil reißt. Ich falle rückwärts auf den kalten, harten Boden, und als ich aufblicke, ist die Mauer leer. Ich lehne mich über die Mauer, blinzle angestrengt nach unten in die Dunkelheit, die nur schwach von den Lichtern der Brücke erhellt wird. Weit unten, sehr, sehr weit unten, kann ich gerade noch einen neongelben Fleck ausmachen. Ich drehe mich wieder um und lasse mich an der Mauer zu Boden sinken, um zu Atem zu kommen. Meine Lippe brennt, wo er mich geschlagen hat, und meine Schulter brennt, wo mir der Träger in die Haut geschnitten hat.

Ich spähe wieder über die Mauer. Nichts bewegt sich. So einen Sturz kann man unmöglich überleben. Er liegt tot da unten. Ich hebe sein Handy auf, das zum Glück noch entsperrt ist, aber wegen des zerbrochenen Displays darf ich nicht lange warten, also mache ich mich an die Arbeit. Ich wische durch die Fotos, lösche die letzten sechs, die ich aufgenommen habe, leere den Papierkorb und überprüfe, ob sie nicht automatisch irgendwo anders hochgeladen wurden. Ich öffne WhatsApp, um jemanden auszuwählen, dem er nahe zu stehen scheint. Das dauert nicht lange, denn eine von ihnen heißt »Wifie« mit einem Herzchen. Ihr Chat besteht aus dem langweiligen Alltagsgeplauder des gemeinsamen Lebens – Aufforderungen, Milch zu kaufen, Fragen zur Zahlung der Wasserrechnung. Ob sie weiß, dass ihr dreckiger Ehemann, wenn er nicht pflichtbewusst Lebensmittel einkauft, fremde Frauen auf dunklen Waldwegen stalkt?

Während ich den Gedanken an die Ehefrau ausblende, die darauf wartet, dass er vom Joggen heimkommt, und gleich die Hammernachricht lesen wird, tippe ich Chris' Abschiedsworte.

Ich kann das nicht mehr. Es tut mir leid.

Vage bleiben ist hier das Beste. Als ich das Handy wieder in die noch offene Gürteltasche stecke, fällt mir neben der Bankkarte, den Schlüsseln (ein Audi-Fahrer! Ich wusste es!) und der Vaseline noch etwas anderes auf – ein rotes Schweizer Taschenmesser. Ich nehme es als Andenken mit und ziehe den Reißverschluss zu. Ich schaue über die Mauer und werfe die Tasche hinunter, sodass sie hoffentlich neben ihm landet, drehe mich um und verschwinde in die Richtung, aus der ich gekommen bin. Mir läuft ein Schauder über den Rücken, als ich mit dem Daumen über das glatte Plastikgehäuse des Taschenmessers fahre.

Erst auf halbem Weg nach Hause fällt mir auf, dass er die verdammte Perücke in der Hand hatte, als er in die Tiefe fiel.

15

Es ist zwanzig nach acht, und ich sitze erschöpft und aufgewühlt im Guinea, bin aber ausnahmsweise vor Nina da, und das scheint mir ein gutes Zeichen zu sein.

Ich bin einfach nur blöd. Ich weiß es. Nach diesem Mal kann mir sehr vieles das Genick brechen. Okay, die Nachricht ist ziemlich überzeugend. Oberflächlich betrachtet, hat ein Mann seiner Frau ein paar Abschiedsworte geschrieben und ist dann in den Tod gesprungen. Aber ich weiß nichts über ihn, und wenn die Leute anfangen, tiefer zu graben, wer weiß, was sie dann finden? Jemand könnte uns zusammen gesehen haben. Ja, es ist Sonntagabend, und es war niemand auf der Brücke, als ich ihn schubste, aber vorher sind ein paar Autos vorbeigefahren. Und wer weiß, wo die Perücke gelandet ist? Hoffentlich hat sie sich auf dem Weg nach unten in einem Baum verfangen und wird nicht mit ihm in Verbindung gebracht, aber darauf kann ich mich nicht verlassen. Wenn er sie noch in der Hand hat, sieht das ziemlich verdächtig aus. Was, wenn meine DNA daran haftet? Ich kippe mir die letzten Tropfen meines Rotweins in den Mund und gehe an die Theke, um mir noch einen zu holen. Zeit, sich zusammenzureißen.

Anschließend bin ich nach Hause gelaufen, habe schnell geduscht, mich umgezogen und zum Pub ein Taxi genommen. Ich hatte kaum Zeit zum Nachdenken, aber die heiße Dusche hat mir geholfen, mich zu beruhigen, ebenso mein zweites Glas Wein. Ich atme langsam aus und versuche, mich zu sammeln, indem ich die Fakten auflistе. Ich krame mein Notizbuch aus der Tasche.

Positiv:
Keine Verbindung zu dem Mann
War die meiste Zeit verkleidet
SMS an Ehefrau
Eventuell keinen Grund, einen Selbstmord anzuzweifeln

Negativ:
Jemand könnte uns zusammen gesehen haben
Die verdammte Heather-Perücke

Na, das ist doch gar nicht so schlecht, oder? Mehr Positives als Negatives ist doch gut. Einfache Mathematik. Je mehr ich darüber nachdenke, desto ruhiger werde ich. Die Polizei hat viel zu tun, ist ausgelastet. Hat James nicht so etwas gesagt? Sie werden sich nicht allzu lange mit einem offensichtlichen Selbstmord aufhalten. Dass Chris mit jemandem gesehen wurde, jemandem mit kurzen schwarzen Haaren, können sie nur erfahren, wenn sie die Öffentlichkeit um Mithilfe bitten. Und warum sollten sie das tun?

Allerdings beunruhigt mich noch etwas, nämlich, wie schnell ich bereit war, ihn umzubringen. Könnte das zum Problem werden? Stimmt mit mir etwas nicht?

»Was machst du denn hier?«

Erschrocken knalle ich das Notizbuch zu und kann gerade noch verhindern, dass mein Weinglas umkippt.

»Nina! Hey!«

»Tut mir leid, dass ich dich erschreckt habe. Unglaublich, dass du vor mir hier bist. Ich hole mir schnell was zu trinken.«

Ich verstaue mein Notizbuch, richte meine Haare und hoffe, dass ich gucke wie immer. Wie gucke ich normalerweise, wenn ich nicht gerade jemanden von einer Brücke stürzen sah?

Hinter der Theke zieht der Barkeeper für Nina eine Flasche Rotwein aus dem obersten Regal und stellt zwei große, saubere Gläser bereit. Die Hintergrundbeleuchtung scheint durch die Spirituosenflaschen auf Ninas glänzende Haare und ihre goldenen Creolen. Sie steht zwei Fingerbreit von der Tresenkante entfernt, vermutlich, damit nichts von dem Bier, das heute schon aus Hunderten von Pints geschwappt ist, an ihren leuchtend rosa Pullover kommt.

Das Feuer ist angezündet, aber die Wärme bringt mich unerklärlicherweise zum Frösteln. Ich ziehe meine Jacke enger um mich herum. Der Regen prasselt ans Fenster. Ich denke an Chris' Leiche, die im Unterholz liegt, das Lycra nass von Regen und Blut. Gläser und Flasche landen auf dem zerkratzten Holztisch und bringen mich zurück ins Hier und Jetzt, als Nina sich mir gegenüber in die Nische zwängt.

»Ein frisches Glas«, sagt sie und schiebt es mir zu. »Für das gute Zeug. Heute ist Zahltag.« Wenn Nina vorhat, viel über sich selbst zu reden, kauft sie den teuersten Wein auf der Karte. Das ist ihre Art, sich dafür zu entschuldigen. Mir kommt das sehr gelegen, denn obwohl sich mein Puls normalisiert hat, bin ich nicht in Plauderstimmung. Als Nina mich anlächelt, schaue ich auf meinen Wein hinunter. Mir ist, als stünde MÖRDER in schwarzen Großbuchstaben auf meiner Stirn geschrieben.

»Fieses Wetter da draußen«, sagt sie und deutet mit dem Kopf zum Fenster.

»Allerdings. Kein Abend, um sich draußen herumzutreiben.«

»Heute kein Message M?«

»Ich brauche mal einen Abend für mich.« Wir zögern das eigentliche Thema hinaus.

»Also. Wie auch immer. Ich muss Dampf ablassen. Es tut mir leid. Ich muss einfach über Hugh sprechen.«

Ich habe Glück. Selbst wenn ich heute von Kopf bis Fuß in Blut getränkt wäre, Nina würde es nicht bemerken.

»Nur zu«, gebe ich mit einer Handbewegung zu verstehen, trinke einen großen Schluck von meinem köstlichen teuren Wein und lehne mich an das rissige Leder der Bank.

»Er ist großartig. Er ist wirklich toll. Aber ich fühle mich ein bisschen ... Ich weiß nicht. Nicht benutzt, aber ...«

»Also benutzt.«

»Nein! *Nicht* benutzt! Aber na ja, du weißt, ich habe ihm Geld ... *geliehen,* damit er sich selbstständig machen kann. Nun, neulich habe ich ihn gefragt, wie es mit der Website läuft. Und er war, na ja, ausweichend. Und, ach, ich weiß auch nicht. Hinzu kommt, dass Claire wieder sehr gemein ist.« Sie kramt in ihrer Handtasche und holt einen Schal, eine Dose Pfefferspray, eine Flasche Wasser und eine Handvoll Lippenstifte heraus, bevor sie ihre E-Zigarette findet. Sie steckt sie in den Ärmel und inhaliert so, dass der Barkeeper sie nicht im Blickfeld hat.

»Spuck's aus, Mädchen. Du zögerst es nur hinaus.«

»Er hat die Website immer noch nicht machen lassen, und schließlich hat er zugegeben, dass er noch nicht genug Geld dafür hat.« Sie stopft das ausgeräumte Zeug in ihre Tasche zurück.

»Sag mir nicht, dass er noch mehr Geld von dir verlangt hat.« Der teure Wein gleitet so leicht die Kehle hinunter, ich merke gar nicht, dass wir unsere Gläser schon fast leer getrunken haben. Während sie ihre weitschweifigen Erklärungen fortsetzt, schenke ich uns beiden nach. Von Neuem überschwemmen mich Schuldgefühle. Ich war so abgelenkt, dass ich bei meinem Plan, Hugh aus unserem Leben zu entfernen, keinerlei Fortschritte gemacht habe, und jetzt sieh dir an, was passiert ist.

»Aber so ist es nun mal, nicht wahr? Für mich geht das in Ordnung. Ich habe Glück, ich verdiene genug.«

»Das ist kein Glück. Du arbeitest hart, du bist intelligent.«

Wie immer winkt sie ab. Nina spricht, als wäre sie ein

Nepo-Baby, dem alles in die Wiege gelegt wurde, und keine Einwanderin der zweiten Generation, deren Mutter ein Postamt betreibt. In der Schule hatte sie nur Bestnoten, und für die Uni hat sie ein Vollstipendium bekommen, weil sie jene seltene und einschüchternde Mischung aus ungeheurer Intelligenz, beeindruckendem Fleiß und wunderbarer Freundlichkeit hat. Was Nina besitzt, das hat sie verdient, und noch mehr.

»Wie auch immer, hör einfach zu. Er sagt, dass das alles mehr kosten würde als gedacht und dass er deshalb nicht weiterkommt. Er sagt, er wollte es auch nicht für etwas anderes ausgeben.«

»Im Grunde hat er es einfach behalten. Er hat dein Geld für einen bestimmten Zweck genommen und dann beschlossen, es einfach zu behalten.«

»Darauf meinte ich, dass es keinen Sinn hat, auf dem Geld zu sitzen, bis er genug zusammen hat, okay? Also habe ich ihm ein bisschen mehr geliehen. Was in Ordnung ist, weil ich das kann.« Sie unterbricht sich, um mir einen strengen Blick zuzuwerfen, eine Warnung, jetzt bloß nicht anzufangen.

»Okay. Und läuft das mit der Website jetzt?«

»Nein, das ist der Punkt. Eben nicht. Noch nicht. Aber er sagt, er recherchiert deswegen. Wie auch immer, das ist nicht das Problem an sich.«

»Wenn das Problem nicht die Tausende von Pfund sind, die er für die Firmengründung angenommen hat, ohne diese Firma zu gründen, was genau ist dann das Problem?«

»Ich gebe gern, Millie. Das tue ich. Ich will das, ich möchte mein Leben mit jemandem teilen. Aber Hugh ... Er war zuletzt ziemlich ... distanziert? Wir haben neulich Abend zusammen abgehangen, und dabei war er viel mit seinem Handy beschäftigt. Ziemlich viel. Und zwar so, weißt du?« Sie stellt ihren Wein ab, nimmt ihr Handy und tut so, als läse sie eine Nachricht, wobei sie das Display von mir weghält. »Und ich dachte allmählich: Was soll ich nicht sehen? Verstehst du?«

Mein Herz sinkt schneller als das britische Pfund nach dem Brexit. Aber endlich ist es so weit.

»Und? Hast du spioniert?«

Nina hat einen starken moralischen Kompass. Immer wenn sie etwas »Falsches« tut, schämt sie sich zutiefst, sodass sie tagelang herumdruckst, bevor sie mit der Sache herausrückt. Manchmal ist das liebenswert und manchmal total ärgerlich, je nach den Umständen. Heute ist es Letzteres. Zeit, auf den Punkt zu kommen.

»Nun, ich weiß nicht, ob das als Spionieren zählt. Aber, na ja, ich habe nachgeschaut. Ein bisschen.« Sie pafft an ihrer E-Zigarette, während ich schweigend abwarte. Der Sack ist offen, hier kommt die Katze.

»Er ist auf die Toilette gegangen, und mir war klar, ich habe nur eine Sekunde Zeit, bevor der Bildschirm gesperrt wird, also hatte ich keine Zeit zum Nachdenken und habe einfach gehandelt. Du weißt, wie das ist?«

»Oh, ich weiß genau, wie das ist, Nina. Du kannst von Glück reden, dass du niemanden von einer Brücke gestoßen hast.« Ich bin schon vom Wein benebelt, daher dauert es einen Moment, bis bei mir ankommt, was ich da gesagt habe. Glücklicherweise war sie mit ihrem eigenen Gedankengang beschäftigt. Ich stelle das Glas hin und greife zu meinem Wasser.

»Ich habe mir sein Handy geschnappt, und der oberste Chat war mit einer gewissen Charlotte. Ich hab den nicht geöffnet, weil er nur eine Sekunde wegbleiben würde, aber da stand Babe.« Ich wundere mich, dass nicht der ganze Dampfer in ihre Lunge gesaugt wird, so heftig zieht sie daran.

»Klar.«

»Wir haben nicht direkt darüber gesprochen, ob wir uns treu sein wollen oder nicht. Hätte ich das ansprechen sollen? Hätte ich wohl. Und ich war in letzter Zeit so sehr mit der Arbeit beschäftigt, dass wir uns eigentlich nicht oft sehen. Außerdem *könnte* sie ja eine alte Freundin sein, oder? Freunde nennen sich auch manchmal Babe, nicht wahr?«

Ich neige mich nach vorn, sehe ihr eindringlich in die Augen und fasse mit meinen knochigen Fingern an ihre flauschige rosa Schulter. »Nina. Babe Charlotte ist keine alte Freundin. Und nein, du solltest nicht eigens nachfragen müssen, ob dein Freund, dem du zehntausend Pfund gegeben, pardon, geliehen hast, auch mit anderen vögelt. Es ist nicht deine Schuld.«

Nina starrt auf den Tisch. Sie sieht so tieftraurig aus, dass es mir das Herz bricht.

»Es ist nicht deine Schuld«, wiederhole ich.

»Das kann doch nicht sein! Ich … ich kann doch nicht so … dumm sein.« Sie sagt das so leise, dass ich es bei dem Stimmenlärm im Pub kaum verstehen kann.

»Geh nicht weg.«

Während ich an der Theke warte, sitzt sie reglos da und starrt düster auf die Tischplatte, die mit Initialen und Beleidigungen vergangener Jahre gespickt ist. Schließlich zieht sie traurig an der E-Zigarette und bläst den Dampf in ihren Ärmel, sodass ihre dickrandige Brille beschlägt.

Das Klopfen von Glas auf Holz und der Geruch von Tequila lassen sie aufblicken. »Sonntag ist der neue Freitag, Nina.«

»Gott, ich habe schon lange keine Shots mehr getrunken, wenn am nächsten Tag Schule ist«, sagt sie, greift dabei aber nach dem Glas. Als der Schnaps meine Kehle hinunterrinnt, brennt sie, und das fühlt sich richtig an, denn ich brenne vor Zorn. Das Geld war eine Sache, aber das hier ist etwas ganz anderes. Hugh muss dafür bezahlen. Es ist an der Zeit, ihm Priorität einzuräumen.

Rick ist nicht froh über mich, als ich am nächsten Morgen zur Arbeit komme. Das Besäufnis mit Nina hatte ein Ausmaß angenommen, wie man es von einem Wochenende in den späten Teenagerjahren kennt, und ich bin spät aufgewacht und fühlte mich wie ein Zombie. Wie Nina es schafft, weiter als Anwältin zu existieren, ist wirklich ein Wunder, aber vielleicht kann sie sich auch mit Kaffee in ihrem Büro einschließen und die Leute anschnauzen, dass sie nicht gestört werden darf. Ich habe diese Möglichkeit nicht. Mein Erscheinungsbild, das man höflich als derangiert bezeichnen könnte, bestätigt meiner Ansicht nach nur, dass ich am Samstag krank gewesen bin, aber Rick lässt sich nicht so leicht täuschen.

»Du stinkst, Millie. Du stinkst nach Tequila.«

»Überhaupt nicht!«

»Was ist nur mit dir los?« Er sieht eher traurig als wütend aus. Was, wie wir alle wissen, viel, viel schlimmer ist. Er beugt sich ein wenig herab, um mir in die Augen zu sehen. »Weißt du, du erinnerst mich an eine Figur in meinem letzten Roman – ihre Kerze brennt an beiden Enden, Millie, aber es geht nicht gut aus.« Er schüttelt traurig den gebeugten Kopf und sieht dabei ein bisschen absurd aus, wie ein Rohrkolben, der sich sanft im Wind wiegt. »Bist du sicher, dass es dir gut geht? Das kann so nicht weitergehen, Millie.«

Die Hintertür springt auf. »Unartiges Mädchen!«

Oh, gut, genau das, was ich am Morgen nach einem Mord und tausend Shots brauche. »Hi, Gina.«

»Ich brauche dich mal in der Werkstatt, Darling, tut mir leid, Rick.«

Gina nimmt mich bei der Hand und zieht mich buchstäblich mit sich. Als die Tür zuschlägt, dreht sie mich zu sich herum, dass mein Magen bei der Bewegung schlingert. Der Geruch hier drinnen – nach Farben, Ölen, Lacken und Holzspänen – ist jedoch beruhigend.

Diese Werkstatt ist einer der Gründe, warum ich den Job immer noch mache.

»Gern geschehen. Rick nahm gerade Anlauf für eine richtige Standpauke.«

Einen Moment lang taumle ich, dann wird mir klar, dass

Gina mir einen Gefallen getan hat, und ich bedanke mich stotternd.

»Frauen müssen zusammenhalten.«

Doch ich habe einen sechsten Sinn für die Hintergedanken anderer Leute, und der sagt mir, dass sie mich nicht aus Selbstlosigkeit vor Rick gerettet hat.

»Wie auch immer, ich muss mit dir reden. Ich nehme an, du warst gestern Abend mit dem hübschen jungen Mann aus? Lange Nacht gehabt?«

Darum geht's also.

»Nein, ich war mit meiner Freundin Nina im Pub.« Gina ist sichtlich enttäuscht – bei Klatsch blüht sie auf. »Sie glaubt, dass ihr Freund sie betrügt.«

Ginas Gesicht leuchtet auf, doch bevor sie die nächste Frage stellen kann, rede ich schnell weiter.

»Wie geht es übrigens Daniel Craig und seiner potenziellen geheimen Freundin? Irgendwas Neues?«

Gina blickt finster und wendet sich ab, um sich mit ihrem laufenden Projekt zu beschäftigen. »Ach, was weiß ich. Er spricht kaum noch mit mir. Ich meine, es ist ja nicht so, dass ich seine Frau bin, oder? Aber er bekommt, was er verdient. Denk an meine Worte. Ich *arbeite daran*.« Sie plappert weiter, ohne Luft zu holen, und das gefühlt stundenlang, während ich Dinge hin und her räume, um beschäftigt zu erscheinen. Bei jeder Bewegung schießt mir ein Schmerz durch den Kopf, der mir vor Augen führt, dass ich zu alt bin, um mich vor einem Arbeitstag zu besaufen. Um die Zeit herumzubringen, fange ich an, Holzreste vom Haupttisch zu sammeln.

Nach einer Stunde, in der sich Gina über ihren baldigen Ex-Mann beschwert, schwingt die Tür auf, und ein gestresster Rick steht vor uns. Er hat immer noch einen leicht scharfen Ton, aber ich wette, er ist schon dabei, mir zu verzeihen.

»Millie, Mrs Baker ist wegen des Abschlussfeierfotos hier. Ist es hier hinten?«

Ach du Scheiße! Bei meiner ganzen Aufregung um die nunmehr *drei* Morde und das Date mit James hatte ich Mrs Baker ganz vergessen. Es herrscht einen Moment lang Stille, selbst Gina ist verstummt, während jeder im Raum wortlos kommuniziert, dass ich es gründlich vermasselt habe. Rick betritt den Raum und lässt die Tür zufallen.

»Millie. Bitte sag mir, dass du den Auftrag erledigt hast.«

Wir wissen beide, dass ich es nicht getan habe, aber wir befinden uns in jenem Vorhof der Hölle, aus dem es doch noch ein Entrinnen geben könnte, wenn ich das gerahmte Foto mit schwungvoller Gebärde unter dem Tisch hervorhole.

Ich sammle mich.

»Es ist noch nicht ganz fertig, Rick. Ich bin krank gewesen und …« Rick zieht die Schultern ein und stützt den Kopf in die Hände, als wollte er sich zusammenrollen wie ein Luftrüssel. Mein Satz verebbt.

»Du kommst seit Wochen fast jeden Tag zu spät. Du hast dich krankgemeldet, *per SMS,* und bist dann nicht ans Telefon gegangen, *mehrmals.* Du kommst hier rein und stinkst wie eine Schnapsbrennerei.« Sein Kopf ist immer noch gesenkt, seine Stimme durch die Hände gedämpft. »Und jetzt hast du auch noch unsere wichtigste Kundin enttäuscht, die gleich auf mich losgehen wird.« Gina vibriert fast vor Aufregung und saugt das Drama in sich auf, als wäre das pure Lebenskraft. »Ich weiß nicht, was mit dir los ist, Millie, aber so geht's nicht. Es ist, als wärst du an der Arbeit nicht mehr interessiert. Das hier ist mein Geschäft. Mein Lebensunterhalt.«

Eine schwere Übelkeit, die nichts mit dem Tequila zu tun hat, überkommt mich. Schuldgefühle sind eine schreckliche Sache. Das kribbelnde Unbehagen, das ich nach dem Tod von Karl, Steven oder Chris empfunden habe, ist nichts dagegen.

Aber es ist nun einmal so, dass mein Leben einen anderen Schwerpunkt bekommen hat. Dieses Geschäft, Rick, die Arbeit, sogar das Geld für die laufenden Kosten, spielen jetzt eine untergeordnete Rolle. Ich denke nur noch an jene Männer, was ich ihnen angetan habe und was ich noch tun muss. Mein Kopf ist voll von ihnen, vollgestopft. Sie drängeln sich darin wie Maraschino-Kirschen im Schraubglas.

Mir ist bewusst, dass Rick aufgehört hat zu reden und ich nichts darauf erwidert habe. Aber was soll ich sagen? Er hat recht: Ich bin nicht mehr interessiert. Was kümmert mich dieses blöde kleine Rahmenatelier, das Frauen wie Mrs Baker bedient? Aber es tut mir *ehrlich* leid, dass ich jemanden im Stich gelassen habe, der immer für mich da war.

»Ich gehe jetzt die Wogen glätten«, sagt Rick schließlich. »Und dann müssen wir reden.«

Er hat mich entlassen. Das musste er. Gina tat, als arbeitete sie mit einer Konzentration, die ich noch nie bei ihr erlebt habe, nur damit er sie nicht hinausschickt und sie den Spaß verpasst. Aber es war ein kurzes und nettes Gespräch. Rick entschuldigte sich so oft, es war, als hätte er meine Katze getötet, und ich beruhigte ihn, er solle sich keine Sorgen machen. Als ich ging, umarmte mich Gina so lange und fest, dass mir von dem Ölfarbengeruch die Luft wegblieb. Sie benahm sich, als wäre bei mir Krebs im Endstadium diagnostiziert worden.

Mir persönlich ist das völlig egal. Es ist sowieso an der Zeit, diesen Laden zu verlassen. Ich kann nicht mein Leben lang bei Picture This schuften. Rick hat recht, ich habe schwer nachgelassen. Jetzt kann ich die zusätzliche Zeit für meine Recherchen und für meinen Rettungsdienst nutzen, den ich seit drei Tagen, seit der Nacht, in der ich Steven getötet habe, vernachlässige. Also wehrte ich mich nicht gegen die Entlassung, sondern klaubte aus dem Sägemehl mein Zeug zusammen – vergessene Pullover, ein Handy-Ladekabel, einen Thermobecher – und machte mich so schnell wie möglich aus dem Staub, während die berechtigte Wut von Mrs Baker, die Rick im Verkaufsraum angeschrien hatte, noch in mir nachhallte.

Schlechte Nachrichten für mein Bankkonto, aber ich habe genug gespart, um für kurze Zeit über die Runden zu kommen, und so kann ich den Nachmittag mit etwas Nützlichem verbringen. In meiner Küche klappe ich meinen Laptop auf, um David Cartwright zu googeln, der immer noch mein einziger Verdächtiger ist, und überfliege schnell die Nachrichtenseiten, um zu sehen, ob da etwas über meine toten Männer steht.

Ich erstarre auf dem Küchenhocker. Shirley Bassey miaut auf der Chaiselongue und bettelt um meine Aufmerksamkeit. Aber ich kann ihr keine geben, denn mein Blick klebt an der Schlagzeile auf dem Bildschirm.

TÖDLICHER STURZ VON DER CLIFTONER BRÜCKE. POLIZEI ERMITTELT.

16

Obwohl ich in meinen neunundzwanzig Lebensjahren viele dramatische, schreckliche, aufregende und traurige Momente erlebt habe, erscheint mir dieser wirklich einzigartig. Meine träge Erschöpfung ist wie weggeblasen, als ich mich zum Bildschirm beuge, um die Informationen aufzusaugen. Weder Karl noch Steven sind in die Presse gelangt! Plötzlich merke ich, dass ich aufgestanden bin und auf und ab gehe. Beruhigenderweise steht in dem Artikel nichts von »Mord«, aber dass sie überhaupt einen Artikel darüber bringen, ist ganz einfach nicht normal. Das sage ausgerechnet ich – als wäre es normal, Menschen die Treppe hinunterzustoßen oder mit einem Schal zu ersticken.

Es gibt keinen Anhaltspunkt dafür, dass die Polizei diesen Tod wirklich für verdächtig hält, und vielleicht ist der »Selbstmord« auch nur bemerkenswert, weil er in aller Öffentlichkeit stattgefunden hat. Meine Berühmtheit, auch wenn sie anonym ist, hat mich erschüttert. Aber ich habe mich verändert, seit ich Karl getötet habe, und dieses neue Befinden treibt mich dazu zu handeln, anstatt mich zu verstecken. Was bringt es, sich unter die Decke zu verkriechen und auf das Klopfen an der Tür zu warten?

Nach einer schnellen Dusche mache ich mich wieder auf den Weg. Viel zu tun und wenig Zeit. Wer weiß, wie wenig. Zum ersten Mal seit Jahren fühle ich mich seltsam lebendig.

Die Suche nach einer bezahlten Beschäftigung muss auf die Dringlichkeitsliste gesetzt werden, aber zunächst werde ich die freie Zeit nutzen, um meine unmittelbaren Pläne weiterzuverfolgen. Heute werde ich noch ein paar Tattoo-Studios aufsuchen. Vorher will ich Katie besuchen. Wie soll ich in einer Stadt mit 500 000 Einwohnern einen Mann aufgrund von drei Merkmalen finden: Elster-Tattoo, rote Vorhänge und Glatze? Je mehr ich mich bemühe, desto dümmer erscheint mir die Aufgabe. Die heiße Dusche und eine gehörige Portion Adrenalin haben meinen Kater weitgehend vertrieben; jetzt sitze ich in meinem Micra und fahre zum Ladbroke Drive Nr 112. Diesmal werde ich nicht ohne ein paar Antworten gehen.

Ich hämmere an die Tür, um meine Mutter zu ärgern – sie hasst Szenen –, krame in meiner Tasche nach meinem alten Schlüssel und schließe auf. Das laute Klopfen war sinnlos, denn in der Küche ist es still. Anscheinend ist Mum ausnahmsweise einmal nicht zu Hause. Wahrscheinlich kauft sie neue Reinigungstücher oder etwas ähnlich Aufregendes. Ich stürme die Treppe hinauf und halte vor Katies Tür inne. Taktik. Ich hole tief Luft und klopfe behutsam.

»Ja?« Die Stimme klingt schwach, als hätte der Wind sie über viele Kilometer von den Bergen herangetragen. Aber wenigstens ist sie wach. Ich öffne die leise knarrende Tür.

»Heya, Kates, ich bin's«, sage ich und trete ins Zimmer.

Sie lächelt mich vom Bett aus an und setzt sich auf. Als ich ein Buch auf dem Boden liegen sehe, schlägt mein Herz höher. Sie scheint munter zu sein und hat gelesen. Ein guter Tag.

»Millie! Komm rein! Warum bist du nicht bei der Arbeit?«

»Ich wollte dich sehen.« Ich beschließe, nicht mehr um den heißen Brei herumzureden. Das haben wir schon viel zu lange getan, Monate. Das hat nur zu dieser machtvollen Mischung aus Schweigen, Verbitterung und Wut geführt – worauf die eine Frau nur vor sich hindämmert und die andere zur Mörderin geworden ist. »Und ich wollte mit dir reden. Ich muss mit dir reden.«

Was für ein langes Gesicht sie darauf macht und wie sie vor

mir zurückschreckt, packt mich bei meinen Schuldgefühlen, aber ich zwinge mich, darüber hinwegzugehen.

Ich setze mich ans Fußende und versuche, die Rolle der freundlichen, aber strengen Krankenschwester zu spielen, die der Patientin sagt, dass sie zu ihrem eigenen Besten mit dem Rauchen aufhören muss.

»Katie. Du musst mir noch ein paar Details geben. Es tut mir leid, du musst mir etwas über ihn sagen.«

»Was ... warum ...«

»Katie.« Ich wünschte, ich hätte mir etwas Gutes zurechtgelegt, aber nun überlege ich schnell, welche Informationen für mich am wichtigsten sind. »Nur ein Detail, okay? Den Namen, einen Vornamen vielleicht? Oder einen Ort, nur einen ungefähren. Du musst es mir sagen.«

»Warum?« Ihr Blick huscht im Zimmer umher, und ich weiß, dass mein Drängen einen Rückschritt auslösen wird, aber es ist notwendig. Auch ihr Bein, das unter der Bettdecke hüpft, verrät ihre wachsende Unruhe. Ihre blonden Locken, die stumpf geworden sind, seit sie sich nicht mehr pflegt, wippen im Takt, was in einer anderen Situation komisch wäre.

»Du hast mir von seiner Tätowierung, seiner Glatze und seinen Vorhängen erzählt. Nenn mir nur noch ein Detail, nur noch eins, dann lasse ich dich in Ruhe, okay? Ich zünde eine Kerze an, mache dir Toast und Tee und lasse dich in Ruhe. Aber ich gehe nicht weg, bis du mir etwas genannt hast.«

»Was soll der Scheiß, Mills? *Warum?*«

»Weil ich deine Schwester bin. Du verheimlichst mir das, aber du musst mir mehr erzählen. Ich ... Ich kann dir nicht mehr sagen als das. Aber das werde ich tun. Ein andermal.« Ich merke, dass ich aufgestanden bin, und versuche, mich zu beruhigen. Katie, die sonst so in sich zusammengesunken und traurig ist, beobachtet mich mit einer Wachsamkeit, die ich seit vielen Monaten nicht mehr an ihr gesehen habe, und dazu kommt noch etwas. Besorgnis?

Ich werde laut. »Katie, sag es mir!«

Sie zuckt zusammen, als hätte sie eine Ohrfeige bekommen. »Millie«, flüstert sie in beruhigendem Ton, und es ärgert mich noch mehr, dass sie *mich* beruhigen will, als wäre ich ein Kind, das einen Wutanfall hat, und nicht ihre große Schwester, die sie beschützen will. Ich trete gegen die Sockelleiste, sodass mir ein scharfer Schmerz in den Spann schießt. Gerade ist mir alles zu viel. Dass dieser Dreckskerl sie zu einem Schatten ihrer selbst gemacht hat, dass ich helfen will und nichts aus ihr rauskriege, dass ich versage, dass Rick mich wegen ein paar Fehlern rausgeworfen hat, dass meine Mutter so erbärmlich ist und ich so geschädigt bin, dass Hugh so manipulativ und Nina so naiv ist. Dass wir alle so sind, wie wir sind.

»Millie!« Diesmal schreit sie, und ich erstarre. Ich fühle etwas Scharfes, und meine Hand ist nass von Blut und etwas anderem. Auf dem Boden und dem Schreibtisch ist es nass, die Scherben einer Tasse liegen da. Ich habe sie genommen und mit voller Wucht auf den Boden geschlagen, sodass sie zerbrochen ist. Ein Blick in die schreckgeweiteten Augen meiner Schwester weckt die vertrauten Gewissensbisse. Aber nett sein hat mich im Leben noch nie weitergebracht.

»Sag mir, wo er wohnt.«

»Ich weiß es nicht!«

»Vielleicht nicht die genaue Adresse, aber du bist von ihm weggegangen und irgendwie nach Hause gelangt. Du musst etwas wissen, auch wenn es noch so vage ist. In welchem Teil der Stadt warst du? Hast du Geschäfte, Restaurants, Cafés gesehen? Irgendetwas?«

»Ich ... Ich habe ein Restaurant gesehen.« Rotblonde Haare berühren ihr Gesicht, als ich mich über sie beuge, und mir ist halb bewusst, dass ich womöglich leicht irre wirke, zumal mir Blut am Unterarm runterläuft.

»Millie, du machst mir Angst.«

»Katie. Ich brauche mehr.« Ich hole tief Luft.

»Es hieß Giovanni's. Ein Italiener. Ich bin daran vorbeigegangen nach … danach. Ich bin hinterher daran vorbeigekommen.«

Ich atme aus und ziehe mich zurück, wobei ich die neuen Informationen vor mich hin flüstere. Sie sind entscheidend. Sie geben mir einen Ort. Katie sieht aus wie ein Kaninchen in der Falle, mit großen Augen und blassem Gesicht, aber das war es vielleicht wert.

»In der Nähe? Von seinem Haus?«

»Ja, ich glaube schon«, flüstert sie und zieht sich die Bettdecke über den Mund. »Denke ich.«

Als mein Blick in den Spiegel fällt, wird mir bestätigt, dass ich irre wirke, dass mir Blut am Arm hinunterläuft und mein Augen-Make-up verschmiert ist. Meine Haare sehen zerwühlt aus, und mir wird klar, dass ich mich heute nicht gekämmt habe. *Mein Gott, Millie, reiß dich zusammen.* Als ich mich Katie wieder zuwende, lächle ich.

»Danke. Es tut mir leid. Es tut mir wirklich leid. Ist schon gut. Alles in Ordnung mit dir?« Ich wische mir die Hände an der Jeans ab, setze mich noch mal aufs Bett und umarme sie, drücke sie zur Entschuldigung.

Sie nickt, aber als ich wieder aufstehe, sieht sie mich an wie einen in die Enge getriebenen Fuchs, der gleich zubeißen wird. Es tut weh, ihren urteilenden Blick zu sehen, vor allem, weil ich auf jeden anderen losgehen würde, nur auf sie nicht.

Auf dem Heimweg mache ich Halt im Golden Guinea und setze mich an denselben Tisch wie gestern Abend. Ich habe mich gewaschen, bevor ich das Haus meiner Mutter verließ, aber der Barkeeper schaut mich trotzdem komisch an. Ich bestelle einen Tequila Shot und ein Glas Rotwein, denn ich bin arbeitslos und kann tun und lassen, was ich will. Dann klappe ich meinen Laptop auf, rufe Google Maps auf und gebe Giovanni's ein. Das Restaurant erscheint sofort. Es liegt in der

Innenstadt, ziemlich zentral. Ich zoome heran und stelle mir vor, wie ich durch die umliegenden Straßen gehe und nach einer Glatze Ausschau halte, die hinter roten Vorhängen hervorlugt.

Plötzlich kommen mir diese Straßen bekannt vor. Ich ziehe mein Handy aus der Tasche und scrolle durch das Instagram-Profil von David Cartwright, dem Türsteher des Pom Pom's, bis ich den Post #superNachtsuperFrühstück finde und zoome rein, um mich an den Namen des Cafés zu erinnern. Ich lasse mir von Google Maps die Route vom Giovanni's zum Fork It Up geben. Vier Minuten zu Fuß.

Der tätowierte Pom-Pom's-Fleischkopf Big Dave Cartwright wohnt in der Gegend, in der meine Schwester vergewaltigt wurde.

Jackpot.

Zu Hause dusche ich lange und fühle mich zum ersten Mal an diesem Tag sauber. Es tut gut, während der Recherche gegen Vergewaltiger und andere Perverse ab und zu durchzuatmen. Selbstsorge ist wichtig.

Langsam massiere ich mein Lieblingsshampoo in die Haare ein und stelle mir vor, ich stünde für einen Werbespot in dem heißen, nach Kokosnuss duftenden Dampf. Ich war nicht mehr für Message M in Bereitschaft, seit ich die junge Frau vor Steven gerettet habe, und will heute Abend wieder ans Handy gehen, auch wenn es montags normalerweise ruhig ist. Ich werde bis zum Wochenende warten müssen, um wegen Big Dave in das Café zu gehen, aber es passt nicht zu mir, herumzusitzen. Da ich gerade so gut in Fahrt bin, überlege ich, das andere Problem anzugehen, das sich in mein Leben geschlichen hat. Oder besser gesagt in Ninas Leben.

Ich wollte sie gestern Abend überreden, Hugh zu verlassen, doch sie hat das abgelehnt. Ja, vielleicht eines Tages, aber sie würde sich lange dazu durchringen müssen. Sie verliebt sich schnell und heftig, und sie hasst es, loszulassen. Sie lässt sich leicht mit einem freundlichen Wort und einem Liebesschwur besänftigen, der so bedeutungslos ist wie der meines Vaters gegenüber meiner Mutter. Selbst wenn ich sie überreden könnte, Hughs Nummer zu sperren und ihr Leben weiterzuleben, wäre damit das sehr wichtige Rachebedürfnis noch nicht befriedigt.

Ich wechsle die Klinge meines Rasierers und fahre damit über mein Bein, damit es seidenglatt wird, dann wasche ich mir die Spülung aus dem Haar. Auch wenn heute viel passiert ist, es ist eigentlich ganz entspannend, arbeitslos zu sein. Sobald man aufhört, sich wegen der finanziellen Seite Gedanken zu machen.

Als ich in ein schneeweißes Handtuch gehüllt auf meinem Bett sitze, die flauschige Shirley Bassey auf meinem Kissen, kann ich anfangen. Ich brauche eine Weile, um die richtigen Worte zu finden, denn ich weiß, dass die Sache riskant ist. Wenn er nicht anbeißt, werde ich in Erklärungsnot kommen. Da Big Daves Café bis zum Wochenende warten muss, kann ich schon mal ein paar kleine Schritte in Sachen Hugh unternehmen. Zum Glück habe ich noch seine Nummer, die er mir für die Bezahlung unseres Mittagessens gegeben hat. Also öffne ich WhatsApp und nehme mir ein paar Minuten Zeit, um einen einfachen Eröffnungssatz zu formulieren.

Hi, ich bin's, Millie, Ninas Freundin. Ich hatte gehofft, du könntest mir bei etwas helfen ☺ *Es soll allerdings eine Überraschung für Nina werden, also muss das unter uns bleiben ...*

Die Nachricht rauscht in den Äther. Zwei graue Häkchen erscheinen und werden sofort blau.

Offensichtlich hat er heute Abend nichts Besseres zu tun, als aufs Handy zu gucken. Wenig später kommt die Antwort.

Meine Lippen sind versiegelt ;)

17

An ein arbeitsloses Leben gewöhnt man sich bemerkenswert schnell. Vier Tage sind vergangen, seit ich Picture This mit ein paar Habseligkeiten und einem mühsamen Rest Stolz verlassen habe, und es waren glückliche Tage. Ich bin jeden Tag gelaufen – ohne dass Chris mich belästigen konnte –, habe weitere Tattoo-Läden abgeklappert, Katie zweimal besucht (beide Male mit süßen Leckereien, die sie ignoriert hat) und jeden Abend für Message M gearbeitet. Gestern Abend war es hart – ein Mann wurde fies zu mir, und eine Teenagerin erzählte mir, wie viel Angst sie vor den Männern hatte, die ihr nach Hause folgten. Sie schluchzte dabei so sehr, dass ich sie kaum verstehen konnte.

Tagsüber habe ich an einem kleinen Projekt gearbeitet, einem Couchtisch. Putzig, hm? Am Dienstag war ich im Baumarkt und kam mit allerhand Schrauben, Werkzeugen und Holzstücken zurück. Das Holz habe ich stümperhaft zusammengenagelt und dann auf meinen Ritter in glänzender Rüstung gewartet.

Soweit Hugh weiß, ging es um eine Überraschung für Ninas Geburtstag im nächsten Monat. Er sah meinen Versuch mitleidig an, und als ich schmollte und erklärte, ich kriegte das ohne Hilfe einfach nicht hin, erging er sich mit stolzgeschwellter Brust in einer langen Erklärung über das Tischlerhandwerk. Für Frauen sei das schwieriger, sagte er allen Ernstes, weil unsere Gehirne eigentlich nicht für genaue Berechnungen ausgelegt seien.

Wie konnte ich je denken, dieser Typ könnte in Ordnung sein?

Am Dienstag hat er meine absichtlich schlechte Arbeit auseinandergenommen und mich belehrt, während ich mit den Wimpern klimperte und ihm Bier anbot. Am Mittwoch brachte ich das Holz zu ihm nach Hause, und wir schnitten die Winkel auf seiner Gehrungssäge zu. Ich stand mit dem Rücken zu ihm und ließ mich von seinen Händen führen, während ich kichernd auf Tuchfühlung ging. Ich versprach, den Tisch am Donnerstag selbst fertigzustellen – inzwischen nannte ich ihn nicht mehr Ninas Tisch –, und fragte, ob ich am Freitag zu ihm kommen könne, um ihm das Ergebnis zu zeigen.

Er sieht eigentlich gar nicht so schlecht aus, denke ich, als ich mich auf das fleckige Ikea-Sofa vor dem Ikea-Plastiktisch fallen lasse. Obwohl ich ihn ohne Hughs Hilfe doppelt so schnell gebaut hätte. Ich starre auf die schäumenden Wellen in dem schief hängenden Ikea-Druck an der Wand gegenüber und werde von tiefer Traurigkeit überschwemmt. Die Vorstellung, dass Nina, die glorreiche, charmante, einzigartige Nina, in *diesem* Zimmer sitzt und versucht, den Bewohner zu bezaubern, zeigt ganz konkret, dass es mit dieser Welt nicht zum Besten steht.

Der Mann der Stunde macht uns gerade einen Drink, und um nicht untätig herumzusitzen, schlendere ich durch das Wohnzimmer und erforsche das Leben dieses Individuums. Es ist jetzt Abend; das wird meine erste Nacht ohne Message M seit Sonntag. Durch die Fenster fällt orangefarbenes Licht von den Straßenlaternen herein, die sich gerade eingeschaltet haben. Drinnen leuchtet das grelle, kalte Licht des chronisch schlechten Wohngeschmacks.

Die Atmosphäre ist anders als in Stevens Wohnung. Steven, der Pom-Pom's-Stammgast, war trotz seiner vielen, vielen Fehler wohlhabend, und obwohl hässlich eingerichtet, wirkte seine Wohnung wie ein Zuhause. Seine Fußballmannschaft strahlte von jeder Wand, und die Möbel hatte er offensichtlich sorgfältig, wenn auch nicht gut ausgewählt. Hughs Wohnung hingegen sieht aus wie der Inbegriff der billigen Mietunterkunft. Das Fake-Buchenfurnier auf den spärlichen Möbeln, der schmuddelige Teppich, der aussieht, als hätte er schon Schlimmeres als einen Mord erlebt, das abblätternde vergilbte Weiß auf der Raufasertapete.

Es ist, als hätte der Mann keine Seele.

»Hey!«

Als ich mich umdrehe, sehe ich Hugh in der Tür stehen und lege das gerahmte Foto weg, das ich gerade studiere und auf dem sich fünf identische Männer hinter einem Fishbowl-Cocktail zusammendrängen. Einer von ihnen trägt ein T-Shirt mit der Aufschrift: Ich mag meine Frauen genau wie meinen Kaffee – heiß und billig.

Lächelnd gehe ich zu ihm, um meinen »Drink« – eine Dose Foster's, allen Ernstes – entgegenzunehmen. Ich versuche, ein dankbares Gesicht zu machen, aber es ist schon schwer genug, zu diesem Kerl nett zu sein, ohne diese Pisse trinken zu müssen.

»Du hast wohl nicht zufällig Wein da, oder? Oder vielleicht einen Gin Tonic?«

»Ähm, weiß ich nicht. Vielleicht eine Flasche Wein, die Nin… die jemand hier vergessen hat. Lass mich nachsehen.«

Er stolziert zurück in die Küche, und ich stelle meine Dose auf dem glänzenden schwarzen Fernsehtisch ab. Ich atme tief durch und streiche über die glatte Oberfläche von Chris' Taschenmesser in meiner Tasche. Während Hugh weg ist, entdecke ich eine Stehlampe und schalte das Deckenlicht aus, um ein bisschen Atmosphäre zu schaffen.

»Oho! Das ist schön.« Er schmunzelt über mein Stimmungslicht, als er mit einer halben Flasche wunderbar teuren Rotweins zurückkommt, der nur von Nina stammen kann. Er hält ein Whiskyglas hoch, das mit fettigen Fingerabdrücken übersät ist, gießt es fast bis zum Rand voll und reicht es mir. Während wir anstoßen, halte ich seinen Blick fest.

Hugh lässt sich mit seiner Dose Foster's auf das Sofa fallen, atmet tief durch und lächelt zu mir hoch, während ich mich an die Fensterbank lehne. Er deutet mit dem Kinn zu dem Tisch und lächelt herablassend.

»Nicht schlecht, für einen Anfänger.«

»Ich hatte einen guten Lehrer.«

Wenn ich mit Hugh flirte, komme ich mir mies vor und fühle mich unwohl, auch wenn ich es nur für Nina tue. Hätte ich keinen Sex in Aussicht gestellt, würde er den Abend höchstwahrscheinlich nicht mit mir in seiner Wohnung verbringen. Angenehm war mir das trotzdem nicht, und ich sehne mich nach dem Tag, an dem ich seine Berührung nicht mehr fürchten muss. Glücklicherweise dürfte der nicht mehr fern sein.

Die freie Hand legt er hinter den Kopf, um seinen Bizeps zu betonen. Eine tätowierte Dornenranke windet sich um seinen Arm. Das ärgert mich, vermutlich, weil mich das an die Stunden erinnert, die ich vergeblich durch die Tätowier-Studios gezogen bin, was wohl nicht unbedingt seine Schuld ist. Es ärgert mich auch, weil er damit eindeutig seine großen, festen Muskeln zur Schau stellt, und es wirkt. Ich wäre eine Lügnerin, wenn ich behauptete, sie sähen nicht gut aus.

»Es hat Spaß gemacht … dir was beizubringen. Ich hoffe, ich kann dir noch mehr zeigen.« Zu Beginn des Satzes sieht er mir in die Augen, aber gegen Ende schweift sein Blick zu meinen Brüsten ab und wandert an meinen Beinen entlang. Ich tue so, als würde ich es nicht bemerken, und lasse mich von ihm scannen, als wäre ich bei der Sicherheitskontrolle im Flughafen.

Er klopft mit seiner Dose auf das Sofa. »Komm, setz dich doch!«

Mit einem schwachen Lächeln setze ich mich geziert auf

die vordere Kante – Sprungfedern quietschen – und weit genug von ihm entfernt, damit er mich nicht gleich anfassen kann. Aus dieser Nähe sehe ich, dass sein Haar noch feucht ist – anscheinend hat er schnell geduscht, als ich auf dem Weg hierher war –, und seine glasigen Augen zeigen, dass das nicht sein erstes Foster's ist.

»Gibt es noch etwas, was du von einem Profi lernen willst?«, fragte er mit leise schnurrender Stimme und beugt sich zu mir, um mir die Haare hinters Ohr zu streichen. »Irgendetwas sagt mir, dass es hier nicht nur um den Tisch ging.« Die Zungenspitze schnellt heraus und befeuchtet seine Unterlippe.

Ich hatte nicht vor, mich mit ihm zu unterhalten, also lege ich eine Hand auf seinen Arm, den er schnell anspannt, und drücke ihn leicht. »Ich muss zugeben, dass du … mich faszinierst. Es gibt so vieles, was ich gerne von dir lernen würde. Ich, na ja, ich kann nicht aufhören, an dich zu denken. Tut mir leid, das hätte ich nicht sagen sollen.« Ich wende mich scheinbar verlegen ab, und er fasst an mein Kinn und dreht mein Gesicht wieder zu sich.

»Nein, nein. Entschuldige dich nicht. Nicht dafür«, sagt er sichtlich geschmeichelt.

Jeder möchte, dass irgendwer *nicht aufhören kann, an ihn zu denken.*

»Wie läuft es mit deinem Geschäft?«, wechsle ich das Thema. Er sieht baff aus. Vielleicht bin ich zu früh wieder ernst geworden. »Das ist einfach so faszinierend, was du tust. Du musst mit deinen Händen fantastisch sein.« Na also, wieder beim Wesentlichen.

»Oh, ich bin gut mit meinen Händen. Sehr gut.« Er zwinkert. »Ich bin Handwerker. Ein Künstler.« *Oh, na klar, Picasso.* »Erzähl mir mehr«, sage ich mit schwärmerischem Blick. Ich beuge mich vor, als könnte mich kein Mann so sehr beeindrucken wie ein zweitklassiger Handwerker in einer deprimierenden Wohnung. Mein Handy summt und bricht den Zauber, aber die Hauptdarstellerin sieht in allem eine Gelegenheit. Als ich aufs Display schaue, sehe ich eine Nachricht von James, die ich sehr gern lesen würde, aber stattdessen runzle ich die Stirn und schaue verlegen zu Hugh auf.

»Nina«, flüstere ich entschuldigend.

»Ah.« Er hat den Anstand, verlegen zu gucken, und nimmt die Hand von meinem Gesicht.

»Hör mal, ich habe eine Idee. Handy.« Ich strecke die Hand aus. »Komm schon, ich will dich wirklich kennenlernen.« Dabei lächle ich vielsagend und ernte ein plötzliches Grinsen. »Ohne *unliebsame* Unterbrechungen.«

»Du bist verrückt, weißt du?«, sagt er und reicht mir sein iPhone. Ich eile zu der Tür, hinter der ich das Badezimmer vermute, lege unsere beiden Telefone in einen Schrank (in der Zeit könnte ich ein Gewehr durchladen) und kehre mit den leeren Händen wedelnd zurück, um mich wieder auf das quietschende Sofa zu setzen.

»Na bitte! Ich glaube, du wolltest mir gerade von deinem Handwerk erzählen?«

Mit einer Arroganz, die sich als Charme tarnt, zerzaust er seine nassen blonden Haare. Ich dachte, der Strohhaufen-Look wäre versehentlich entstanden, aber anscheinend will er raubeinig wirken.

Ich gebe mir Mühe, ihn weiter bewundernd anzustarren, aber meine Aufmerksamkeit wird von einem besonders verdächtig aussehenden Sofafleck direkt neben meinem Bein angezogen, und ich rücke ein paar Zentimeter davon weg.

Hugh grinst mich an, weil er das fälschlicherweise als Annäherung deutet. »Soll ich dir zeigen, wie gut ich mit den Händen bin?« Er beugt sich so nah zu mir, dass ich vor Schreck aufspringe. Als er sich verwirrt wegneigt, zwinkere ich ihm zu und gehe ein paar Schritte durch das Wohnzimmer, zurück zu den Fotos, die ich mir vorhin angesehen habe.

»Wer sind denn diese charmanten jungen Männer?«

»Hä? Oh, das sind Jackson, der kleine Tim, der große Tim, Füße und Specki.«

»Sein Spitzname ist *Füße*?«

»Weil er immer stinkt! Ha!«

»Ha! Ich verstehe!« *Du bist noch blöder, als ich dachte.* Allerdings muss er ein gewisses Maß an Verstand haben, wenn er Frauen dazu bringen kann, ihm ihr Geld zu geben. Vielleicht ist das eine Art Persönlichkeitsspaltung.

»Und das?« Ich zeige auf das nächste Foto. Da ist Hugh ein paar Jahre jünger neben einer älteren Frau. »Ah, das ist meine alte Granny. Sie ist wundervoll.« Vor lauter Überraschung fällt mir nichts ein, was ich darauf sagen könnte, also redet er weiter. »Sie ist jetzt vierundneunzig. Aber sie hat es immer noch drauf! Ich besuche sie jede Woche, wir spielen Domino.«

Ich hätte mir Hugh nicht als hingebungsvollen Enkel vorgestellt, als jemanden, der seine Zeit opfert, um ein vermutlich nach Bleiche und Urin miefendes Altersheim zu besuchen und mit (leider) stumpfsinnigen Menschen stumpfsinnige Spiele zu spielen. Das ist ein gemeiner Gedanke, ich schäme mich ein wenig. Aber ich verdränge das und konzentriere mich auf Nina. Dieser Mann ist offensichtlich bereit, seine Freundin mit ihrer besten Freundin zu betrügen.

Ein Laut wie von einer getretenen Maus verrät mir, dass Hugh sich von dem klebrigen Kunstledersofa losgerissen hat, um zu mir zu kommen. Womit ich nicht gerechnet habe, sind seine Hände, die ich plötzlich an meiner Taille spüre, aber ich versuche, nicht wegzuzucken. Er haucht mir eine nach Doritos riechende Einladung ins Ohr.

»Du wolltest doch, dass ich dir ein, zwei Sachen beibringe.« Mit einer großen, fleischigen Pranke umfasst er meine linke Hüfte und fährt mit dem dicken Zeigefinger der anderen Hand meine rechte Seite hinunter.

Starr vor Angst lasse ich es geschehen. Seine nassen blonden Haarspitzen kitzeln mich am Ohr, als er sich herabbeugt und mir einen sanften, feuchten Kuss auf den Hals drückt, mit einem Übelkeit erregenden Geräusch, das mir ungeheuer laut erscheint. Wie das sanfte Spannen eines Revolvers in einem stillen Raum.

Als ich mich gefangen habe, drehe ich mich um und löse mich aus seinen Händen. »Aber vorher habe ich noch etwas für dich.«

»Ah, du hältst mich schon seit Ewigkeiten hin, weißt du?«

Ich schmolle ihn an und werfe meine rotblonden Haare mit einer Kopfbewegung über die Schulter, hoffentlich aufreizend genug. »Ich habe dir etwas mitgebracht, dachte, die schmecken dir vielleicht. Und danach kannst du mir das Schlafzimmer zeigen, hm?«

Sein Grinsen zeigt mir, dass wir wieder im Geschäft sind. Also hole ich meine Tasche von der Tür und ziehe einen zierlichen Karton heraus. Der Karton zittert leicht, und ich merke, dass das von meiner Hand kommt. Seine Berührungen haben mich aus der Fassung gebracht. Ich spüre noch immer, wo seine Hände und sein Mund gewesen sind. Es ist mit nichts zu vergleichen, dieses Gefühl, wenn man an die eigene Machtlosigkeit erinnert wird. Wenn einem bewusst wird, dass schon eine dieser riesigen Hände einen ausknocken oder unerbittlich festhalten könnte. Ich konzentriere mich auf das Messer in meiner Tasche, das ich am Oberschenkel spüre. Meine Versicherung.

»Hier. Für dich.« Lächelnd klappe ich den Deckel hoch und präsentiere den Inhalt.

In der Schachtel befinden sich sechs perfekte rosa Macarons. Sein enttäuschtes Gesicht sieht so ulkig aus, dass ich beinahe loslache, denn durch die herabgezogenen Mundwinkel hat er plötzlich Hängebacken.

»Äh, was ist das?«

Ich setze mich wieder auf das Sofa, und diesmal bin ich es, die herablassend auf die Sitzfläche klopft.

»Komm, setz dich. Nur ganz kurz.« Ich zwinkere ihm zu, und das funktioniert, obwohl nichts von dem, was ich gesagt habe, irgendwie zweideutig war. »Jetzt greif schon zu!«

Verwirrt gehorcht er, doch dann reißt er die Hand zurück.

»Hey, du weißt, dass ich allergisch gegen Nüsse bin?«

»Natürlich! Nin... ähm, ich meine, du hast das damals im Pub erwähnt. Aber die habe ich extra für dich gebacken. Völlig nussfrei.«

Mein deutliches Stocken bei Ninas Namen hat wohl die Atmosphäre wieder mit dem Reiz des Verbotenen aufgeladen, denn er neigt sich zu mir, mit offenem Mund. Ich schiebe ihm einen Macaron hinein. Hugh kaut und schluckt mit leicht verzogener Miene, dann streckt er die Hand aus und will vom Sofa aufstehen.

»Warte! Nur noch eine. Ich füttere meine Männer gerne.« Ich habe selbst von einer abgebissen, um Zeit zu schinden, und Hugh lehnt sich ungeduldig nach vorn und sperrt den Mund auf wie ein wütender Nestling, weil er offenbar glaubt, dass er am schnellsten ans Ziel kommt, wenn er mich bei Laune hält. Ich schiebe ihm noch einen Macaron rein, und er verschluckt ihn fast im Ganzen und springt sofort auf.

»Geh du schon ins Schlafzimmer«, sage ich. »Ich will mich nur kurz frisch machen.«

Ich habe gelesen, dass es wenige Minuten, aber auch ein paar Stunden dauern kann, bis sich eine Nussallergie bemerkbar macht, und ich hoffe inständig, dass hier Ersteres der Fall ist. Ich habe keine Ahnung, wie ich es schaffen soll, die Bestie zwei Stunden lang von mir fernzuhalten.

Zum Glück werde ich für meine vergangenen guten Taten belohnt. Nur wenige Augenblicke, nachdem der Trottel in die dunkle Höhle seines Schlafzimmers stolziert ist, höre ich ein Keuchen.

»Millie?«

Hugh taumelt zurück ins Wohnzimmer und greift sich an

die Kehle. Ich sitze auf der Armlehne des Sofas und kaue seelenruhig einen köstlichen Macaron. An seinen Wangen und am Hals breiten sich rote Flecke aus, sein Gesicht schwillt bereits an.

»Millie. EpiPen. Jackentasche.« Er deutet verzweifelt zu den Jacken an der Wohnungstür. Als er selbst darauf zugehen will, springe ich auf.

»O Gott! O nein! Ich muss die Backmischungen verwechselt haben!«

»EpiPen, sofort. Und ruf den Notarzt an. Scheiße, ich kriege keine Luft! Beeil dich!«

Seine Augen wölben sich aus den Höhlen, aber er hat seine Panik noch ganz gut unter Kontrolle. Einen Anfall dieser Art hat er schon erlebt. Der ist zwar beängstigend und sicherlich unangenehm, aber er weiß, wie er damit umzugehen hat, und er vertraut auf die medizinische Versorgung wie jemand, für den es immer gut ausgegangen ist. Stets hat ihm jemand geholfen. Freunde, die ihm Epinephrin aus seinen EpiPen verabreichen. Freundinnen, die ihm Geld überweisen, um ihn über den Monat zu bringen. Ärzte, die ihm Sauerstoff und Kortikosteroide gaben. Seine Mutter, die vermutlich ihr Leben damit zubrachte, ihm spezielle Mahlzeiten zu kochen, seine Socken aufzuheben und seine jämmerlichen Tränen wegzuwischen.

Allein gelassen, würde Hugh im Elend leben und alles essen, was man ihm gibt. Hugh ist es nicht gewohnt, dass andere ihm einen Dienst verweigern. Die Möglichkeit ist ihm noch nicht einmal in den Sinn gekommen.

Ich laufe zu den Jacken an der Tür und fasse in die Taschen.

»Komm schon!« Ich drehe mich um und sehe, wie er sich schwer auf die Rückenlehne des Sofas stützt.

»Hab ihn!« Ich schwenke den Injektor und gehe wieder zu ihm hinüber. Das ist der Moment, in dem alles schiefgehen kann. Auf der Brücke mit Chris habe ich Fehler gemacht; das darf mir hier nicht passieren. Hugh sieht geschwächt aus, als würde ihn das Leben allmählich verlassen. Doch der Überlebenswille kann mit einem Menschen seltsame Dinge anstellen. Glaub mir, ich weiß das. Er kann Adrenalinschübe auslösen und ungeahnte Kräfte freisetzen. Und selbst mit halber Batterie hat Hugh genügend Kraft in den Armen, weil er ein Leben lang körperlich gearbeitet hat.

Obwohl mein Instinkt mir rät, stehen zu bleiben und ihn damit zu quälen, gehe ich weiter auf ihn zu und behalte meinen besorgten Gesichtsausdruck bis zur letzten Sekunde bei, nämlich bis ich an ihm vorbeilaufe und durch die offene Badezimmertür gehe, um sie zuzuschlagen und abzuschließen.

»Was – was soll der Scheiß?«, höre ich ihn draußen keuchen. Angst schleicht sich in seine Stimme, gesellt sich zu der Panik und dem Sauerstoffmangel. Bald wird ihn der Schrecken überwältigen. »Millie? Das ... das ... ist kein Scherz.«

»Oh, ich weiß, Hugh! Das ist kein Scherz. Es ist ziemlich ernst!«

»Ich brauche ... diesen Stift.« Jetzt röchelt er.

»Genauso wie zehntausend Pfund kein Scherz sind.«

Mit dem Ohr an der Tür lausche ich dem Röcheln, das immer langsamer und lauter wird. Meine Sicherheit geht vor, also bleibt die Tür vorerst geschlossen, und ich stelle mir nur sein Gesicht vor. In den Händen halte ich seine potenziellen Retter – den EpiPen und sein Mobiltelefon.

Ein dumpfer Schlag verrät mir, dass er zu Boden gesunken ist. Ich öffne sein Handy mit dem Code, den ich ihn vor ein paar Tagen eingeben sah, scrolle durch unsere Nachrichten und lösche den gesamten Chat.

Dann nehme ich den Ersatz-EpiPen aus dem Schrank, von dem ich gehofft hatte, dass er darin aufbewahrt wird, und den ich vorhin gefunden habe.

Als ich seine rasselnde Stimme höre, haste ich zurück zur Tür. Ich muss konzentriert horchen, um jedes Wort zu verstehen, das aus einem mit Kies gefüllten Schlund zu kommen scheint. »Was ... willst ... du?«

Überraschenderweise hat er bereits akzeptiert, dass dies kein Missverständnis ist. Ich hatte erwartet, dass er das länger leugnet, aber er ist nicht so dumm, wie er aussieht. Das kann auch nicht sein, wenn er Nina austricksen und zwei Beziehungen aufrechterhalten konnte. Vielleicht versteht er, dass er nicht mehr genug Zeit hat, um zu verhandeln, dass er mit jeder Sekunde, die er mit Betteln vergeudet, dem Tod ein Stück näherkommt. Mein Körper summt vor freudiger Erregung, und einen seltsamen Moment lang sehe ich von der Decke auf mich hinab, wie ich geduckt das Ohr gegen die Tür drücke, neben der ungeputzten Wanne und der urinbespritzten Toilette, während meine rotblonden Haare sich den Rücken hinabwellen.

»Die zehntausend Pfund in bar, die du von Nina ergaunert hast«, rufe ich durch die Tür.

»Die ... sind ... geliehen ...«

Seine Stimme ist kraftlos, und er selbst dürfte auch entsprechend geschwächt sein. Dieser Mord ist gut geplant, und obwohl ich mir bewusst bin, dass es dann ein wenig melodramatisch wird, will ich es mir nicht nehmen lassen, direkt dabei zu sein.

Ich schließe die Tür auf und schaue mir den Mann auf dem Boden an. Sein Gesicht ist knallrot, sein Hals dick wie ein tranchierbereiter Schinken. »Sie hat es dir *geliehen,* damit du dich selbstständig machen kannst. Und das tat sie, weil du sie überzeugt hast, dass du sie liebst. Die ganze Zeit über hast du anderen Frauen SMS geschrieben und wolltest sogar«, ich deutete auf mich, »mit ihrer besten Freundin schlafen. In meinen Augen ist das Betrug.«

»Du Psycho...path.«

»Da kannst du durchaus recht haben.«

Wir starren uns einen Moment lang an, seine Augen sind

rot und feucht. Noch einmal betrachte ich die Szene von oben. Sie kommt mir vor wie eine, die ein Grieche der Antike auf eine Vase gemalt oder in Marmor gemeißelt haben könnte. Ein erbärmlicher Koloss, der zitternd am Boden liegt, eine majestätische Frau, die angewidert und triumphierend auf ihn herabblickt. Eine moderne Medusa.

»Schuh…karton. Unterm … Bett.«

Ich stecke die beiden EpiPens in meinen BH, gehe mit großen Schritten in sein Schlafzimmer und knie mich hin.

Meinen Overall werde ich bei hoher Temperatur waschen müssen. Wie jeder Mann, der sich in aller Eile bereit macht, flachgelegt zu werden, hat er alles unter das Bett geschoben – dreckige Unterhosen und stinkende Socken, einen vollgekrümelten Teller, zusammengeknüllte Papiertaschentücher, an die ich lieber keinen Gedanken verschwende. Vorsichtig stochere ich herum und entdecke schließlich einen Karton mit der Aufschrift *Adidas*. Ich ziehe ihn hervor und lüfte den Deckel. Bingo.

Als ich mit meinem Schatz das Wohnzimmer betrete, starrt mich Hugh mit blutunterlaufenen Augen an. Sein Gesicht ist klatschnass, sein geschwollener Hals zerkratzt. Mit einer Hand kratzt er immer noch daran, als wollte er ihn mit den Fingernägeln aufreißen, um Luft zu kriegen. Die andere Hand hat aufgegeben und liegt schlaff an seiner Seite. Jetzt hat er mir das Geld überlassen und schaut mit seinen roten Augen groß und flehend, voll verzweifelter Hoffnung.

Oh, Hugh. Vielleicht bist du doch so dumm, wie du aussiehst. Ich kann dich jetzt wohl kaum am Leben lassen, oder? Da würde ich großen Ärger bekommen. Ich mache einen großen Bogen um ihn, gehe zu einem schmutzigen Esstisch für zwei und setze mich vorsichtig auf einen Kunstlederstuhl, von dem aus ich ihn gut sehen kann.

»Stift?«, keucht er.

»O nein, Hugh.« Ich schüttle bedauernd den Kopf. »Es tut

mir leid.« Ich nehme den Deckel vom Karton und lasse die Scheine aus den Geldbündeln an meinem rot lackierten Daumennagel entlangschnellen. Er hat keinen einzigen Cent davon ausgegeben; ich frage mich, was er eigentlich vorhatte. Gibt es irgendwo eine Freundin, seine richtige, mit der er für ein Haus spart? Hat er Probleme mit einem Schuldeneintreiber oder einem Drogendealer? Vielleicht ist er aber auch einfach nur gierig und wollte sich ein schönes Polster verschaffen, auf das er zurückgreifen kann, ohne einen Finger zu krümmen. War Nina die erste Frau, mit der er das versucht hat, oder ist in seiner Wohnung noch mehr Geld versteckt, das er den Frauen zusammen mit ihrem Herzen gestohlen hat?

»Jetzt?« Bei seiner Stimme zucke ich zusammen. Ich hatte ihn schon fast vergessen. Er denkt, ich hätte mich vergewissern wollen, ob das Geld da ist, bevor ich ihm helfe. Und das ist ziemlich traurig, denn eine schwächere Frau als ich bekäme vielleicht ein schlechtes Gewissen. Das Röcheln wandelt sich zu einem wütenden Zischen aus der Unterwelt, ein Auge verdreht sich nach innen.

»Nein, Hugh«, sage ich höflich. »Nein.«

Ich lege den Deckel auf die Schachtel, um ihm meine volle Aufmerksamkeit zu schenken, lehne mich zurück und sehe ihn sterben.

18

Den Heimweg habe ich ziemlich benommen zurückgelegt. Dabei sind mir die seltsamsten Dinge lebhaft in Erinnerung geblieben: Das helle Blau der Plastikbarrieren an einer verlassenen Baustelle, die unter einer Straßenlaterne leuchteten. Die große braune Ratte, die aus einem Busch über die Straße in den dunklen Park huschte. Die gellenden Schreie eines Babys hinter einem Fenster, einem einzelnen gelben Quadrat in der dunklen Fassade eines Wohnhauses. Die tiefen Atemzüge in dem Laden an der Ecke, in dem kein Licht brannte. Der fettige, salzige Geruch von Pommes aus einem Mülleimer, über den ich mich beugte, als ich mich übergeben musste.

Immer wieder verließ ich meinen Körper und sah mich durch die Straßen nach Hause gehen, während ich versuchte, mich gerade zu halten und vernünftig zu wirken. Ich bemerkte nicht einmal, dass der Regen durch die braune Perücke sickerte, die ich für den Rückweg eingepackt hatte, und mir in den Kragen lief. Das fiel mir erst auf, als ich sicher zu Hause war.

Du musst verstehen, dass das nichts mit Scham oder Schuld zu tun hatte. Ganz im Gegenteil. Als ich heute Morgen aufwachte, hatte ich einen schalen Geschmack im Mund von den Resten der zuckrigen Macarons und dem Erbrochenen, aber mein Kopf war klar. Nein, ich empfinde weder Bedauern wegen des Menschen Hugh, noch habe ich irgendwelche Zweifel an meinem Handeln. Das ist es überhaupt nicht.

Meine körperliche Reaktion war anders als nach dem Abschied von Chris, Steven oder sogar Karl, auch weil es mich dieses Mal persönlich betraf. Er war der Freund meiner besten Freundin. Das erscheint mir wahnsinnig gefährlich, ja sogar töricht. Die Wahrscheinlichkeit, dass ich geschnappt werde, hat sich verdreifacht. Ist es das?

Ich glaube, es sind vor allem die Erinnerungen. Einen Mann so sterben zu sehen. Das hat vieles wieder hochgeholt.

Es ist Samstagmorgen – nicht, dass es für mich als Arbeitslose noch einen großen Unterschied macht, ob Wochenende oder Wochentag ist. Ich bin erschöpft und habe Schmerzen, aber leider gibt es keine Ruhe für die Gottlosen. Denn endlich ist es so weit. Ich muss heute ins Fork It Up, für den Fall, dass Big Dave Cartwright beschließt, Kelly mit einem Teller billiger Würstchen und Baked Beans aus der Dose zu verwöhnen. Als ich meine kniehohen Stiefel und den schwarzen Jaeger-Mantel anziehe, den ich gestern als eBay-Schnäppchen ergattert habe, spüre ich meinen Muskelkater, und mir wird schwindlig.

Zuerst einen Kaffee. Ich will mich nicht darauf verlassen, dass ein Laden namens Fork It Up eine vernünftige Kaffeemaschine hat.

In der letzten Woche bin ich mehrmals in dem Viertel spazieren gegangen, habe das Café aber nicht betreten. Die Chance, dass Dave an einem Wochentag dort ist, erschien mir gering, und ich wollte nicht auffallen, indem ich plötzlich jeden Tag dort auftauche.

Der Himmel zeigt die perfekte Farbe für den Herbst, ein klares, leuchtendes Blau, und die Sonne verbreitet einen fast überirdischen Glanz. Dazu die eisige Luft, die in die Wangen und Finger zwickt. Es ist ein Tag, der einen hoffnungsvoll stimmt.

Und hoffnungsvoll fühle ich mich. Ich bin auf einer vielversprechenden Spur, ich habe Nina davor bewahrt, ein Jahr oder länger von einem totalen Versager ausgesaugt zu werden, und ich habe ihr Geld wiederbeschafft.

Während ich durch die noch menschenleeren Straßen laufe, fühle ich mich in meinem neuen Mantel prächtig, trotz dunkler Schatten unter den Augen und Muskelkater. Der Adidas-Schuhkarton mit Ninas Geld steht jetzt unter meinem Bett, und ich weiß noch nicht so recht, was ich damit tun soll. Natürlich habe ich vor, es ihr zurückzugeben. Aber wie mache ich das, ohne Verdacht zu erregen?

Im Nachhinein weiß ich, ich hätte es machen sollen wie bei Chris auf der Brücke. Ich hatte das Passwort für Hughs Handy und hätte die Gelegenheit nutzen und Nina eine SMS schicken sollen, in der ich Selbstmord andeute und ihr mitteile, wo ihr Geld liegt. Aber man lernt nie aus.

Ich will nicht so tun, als wäre ich nicht auch ein wenig nervös. Innerlich bin ich zittrig. Zum Teil liegt das an der Erschöpfung und dem Koffein, das jetzt durch meine Adern fließt, aber auch daran, dass die letzten Wochen, wie soll ich sagen, interessant waren. Ursprünglich hatte ich nicht vor, Hugh umzubringen, aber als Nina mir von dem Betrug erzählte, erschien es mir mehr als gerechtfertigt.

Es fühlt sich berauschend an, gegen Männer vorzugehen, die einem Schaden zufügen. Die Kontrolle zu übernehmen. Seit ich Karl mit einem Tritt die Treppe hinunterbeförderte, strömt Adrenalin durch meinen Körper.

Den Mord an Hugh sehe ich als Fortschritt an. Er war geplant und klug, nicht spontan und zufällig geglückt. Das hat meine Entschlossenheit gefestigt.

Auf halbem Weg zum Café überholt mich ein weißer Lieferwagen, der zweimal hupt und mich erschreckt. Ein dicker weißer Mann mittleren Alters lehnt sich aus dem Fenster.

»Schenk uns ein Lächeln, Liebes!«

Meine Wut flackert auf, aber sie verraucht schnell. Man kann nicht jeden Mann wegen einer respektlosen Anmache töten, dafür reicht die Zeit nicht.

Null Benachrichtigungen auf meinem Handy, was wohl

keine große Überraschung ist, da ich erst vor etwa drei Minuten zum letzten Mal nachgesehen habe. Das ist der Unterschied zwischen diesem und den vorigen Morden. Während ich zuvor eifrig auf die Nachrichtenseiten ging, um zu sehen, wie über die Todesfälle berichtet wurde, warte ich jetzt nur gespannt auf den bevorstehenden Anruf von Nina.

Inzwischen überlege ich mir, wie ich die Neuigkeit aufnehmen werde.

Was? Jetzt mal langsam, Nina. Hugh ist ... Nein! Das kann nicht dein Ernst sein! Wie ist das passiert! Kommst du klar?

Sie wird die meiste Zeit reden. Sie wird weinen, aber ich muss mir immer wieder vor Augen halten, dass all das zu ihrem Besten ist. Wäre Hugh am Leben geblieben, hätte sie sowieso geweint, so wie viele andere, die er im Lauf der Jahre noch kennengelernt hätte.

Das Fork It Up liegt etwa fünfundvierzig Minuten von meinem Haus entfernt, und ich gehe zu Fuß, anstatt mit dem Auto zu fahren, weil ich unterwegs noch kurz in einen Second-Hand-Laden will.

Der Barnado's in der Hengrove Road ist in jeder Hinsicht deprimierend. Die Luft ist verbraucht und abgestanden, es riecht nach Staub und Traurigkeit. Die uralte Dame hinter der Kasse sieht aus, als klammerte sie sich an ihr Leben und hätte beschlossen, es ausgerechnet hier auszuhauchen, was nichts Gutes über ihre Optionen aussagt. Die Schätze, über die sie wacht, sind meist hässliche geblümte Röcke von M&S oder schäbige alte Crop-Tops von Primark, dazu jene besonderen Hässlichkeiten, die man nur in der Haushaltswarenabteilung von Wohltätigkeitsläden findet – lächelnde Keramikhunde.

Ich gehe die Kleiderständer durch und täusche Interesse vor, indem ich ab und zu ein Kleidungsstück herausziehe und stirnrunzelnd begutachte. Acht Minuten werde ich so verbringen, bevor ich kaufen kann, wonach ich wirklich suche. Es wäre nicht klug, zu gezielt einzukaufen.

Schließlich gehe ich mit allerhand Sachen über dem Arm zu der Frau an der Kasse. Sie schenkt mir ein tränendes Lächeln und beginnt, mit zittrigen Händen die Pappschilder mit den Preisen hervorzufummeln. Ich beiße mir auf die Lippe, um meine Ungeduld zu zügeln. Ich will nicht zickig rüberkommen, aber wenn jemand so alt ist, sollte er allen einen Gefallen tun und zu Hause bleiben.

»Verkleiden, Liebes?«, krächzt sie mit einer Stimme, die nach lebenslangem Rauchen riecht. Wie kann man so alt werden und gleichzeitig vierzig Zigaretten am Tag rauchen? Vielleicht ist sie ja erst fünfundvierzig, und es stimmt tatsächlich, dass Nikotin schreckliche Dinge mit der Haut anstellt.

Ich halte das schwarze Tutu auf dem Tresen hoch. »Dieses Jahr bin ich für Halloween super vorbereitet. Ich gehe als Natalie Portman in Black Swan.«

»Oh, das ist schön.« Sie faltet die Stücke so langsam, es kommt mir vor wie eine Ewigkeit. Wenn sie stirbt, bevor ich bezahlt habe, werde ich noch länger warten müssen. Doch als sie mich anlächelt, mache ich mir Vorwürfe, weil ich eine blöde Kuh bin. Diese Frau ist nicht der Feind. David Cartwright ist der Feind. Wie dem auch sei, zum Glück zieht die nette alte Dame jetzt meine Karte durch, und ich atme erleichtert die frische, saubere Luft ein, als ich nach draußen trete und zu meinem Observierungsort weitergehe.

Das Fork It Up ist wie erwartet. Es gehört jemandem, der sich auf Tinder als »der Spaßvogel der Gruppe« bezeichnet, und schreit förmlich »skurril und günstig«. Aber ich war schon in schlimmeren Lokalen mit schlimmeren Leuten, sage ich mir, als ich mich draußen auf einen kalten Metallstuhl fallen lasse. Ich bin der erste Gast an diesem Tag; die blauhaarige junge Frau hinter dem Tresen sieht leicht geschockt aus, weil sie etwas anderes tun muss, als auf ihrem Handy herumzutippen.

Als ich mein Buch aus meinem prall gefüllten Rucksack ziehe, fällt eine laminierte Speisekarte auf den Tisch. Ich habe die neue Perücke aufgesetzt, die ich im Second-Hand-Laden gekauft habe – die meisten meiner Message-M-Perücken sehen zu unecht aus, um sie bei Tageslicht zu tragen –, also bin ich jetzt brünett und habe elegante schulterlange Haare. Das restliche gebrauchte Zeug ist ganz unten im Rucksack verstaut. Ich dachte, ich mache mich weniger verdächtig, als wenn ich einfach reingehe und nur eine Perücke kaufe.

Ich bestelle einen Kaffee und sage der gelangweilten Kellnerin, dass ich die Speisekarte dabehalten möchte, um »über essen nachzudenken«. Es ist nicht abzusehen, wie lange ich hier sitzen muss, also werde ich den Prozess in die Länge ziehen. Mein Handy liegt mit dem Display nach oben auf dem Tisch, und obwohl ich versuche, mich auf Stephen Kings *Misery* zu konzentrieren, huschen meine Augen immer wieder zum Bildschirm. Wann wird Nina merken, dass Hugh nicht mehr erreichbar ist? Wie viele Tage wird es dauern, bis jemand seine Tür eintritt? Dem dunkelbraunen Schimmel an der Badewanne nach zu urteilen hatte er keine Putzfrau. Es könnte Wochen dauern.

Die Stunden vergehen, und die Tische füllen sich mit verkatert wirkenden Leuten in den Zwanzigern und Dreißigern. Neben mir lachen zwei junge Frauen bei ihren Bloody Marys und sezieren ihren Abend mit forensischer Detailbesessenheit. Wer mit wem geschlafen hat (»Janet kommt momentan wirklich viel rum!«), wer abgenommen hat (»Unglaublich, dass die fette Lizzie jetzt so dünn ist!«), wer sich blamiert hat (»Hast du Stuart in der Ecke der Tanzfläche reihern sehen?«) und wer nie wieder trinken wird (»Ich schwöre, das war's für mich!«).

Ich lausche weiter, während ich in den blassen Eiern auf meinem Teller herumstochere, und ihre Plauderei weckt in mir die Sehnsucht nach etwas, was ich nie wirklich hatte: Ein Leben voll unbeschwerter Freuden, bei denen man nichts zu fürchten hat außer einen Kater und verworrenen Erinnerungen an die vergangene Nacht. Katie hatte das, für kurze Zeit. Aber solch ein Leben ist der Familie Masters nicht vergönnt.

Als die Kellnerin mich mitleidig anschaut, weiß ich, dass es Zeit ist, aufzugeben. Big Dave ist nicht aufgetaucht, ich verschwende nur meine Zeit.

Den Nachmittag verbringe ich in Decken eingewickelt mit meinem Buch im Garten und döse ab und zu. Nach ihrer wärmenden Pracht am Vormittag kommt die Sonne jetzt kaum noch gegen die Oktoberkälte an, aber es ist immer noch angenehm, in der kühlen Luft zu sein, wenn man nicht zu empfindlich ist. Der Tag war ein Reinfall, aber man darf nicht zu viel erwarten, und nach allem, was in der letzten Woche passiert ist, habe ich mir eine Pause verdient. Außerdem bin ich mir schon ziemlich sicher, dass Big Dave der richtige Mann ist, es ist also nur eine Frage der Zeit. Klar, es gibt noch ein paar andere dringende Probleme – dass ich keinen Job habe, dass die Polizei womöglich die Perücke neben Chris' Leiche gefunden und DNA-Spuren daran gesichert hat, dass Ninas Geld noch unter meinem Bett liegt –, aber heute Abend habe ich ein Date.

James hat mir gestern Abend eine SMS geschickt. Wir haben uns für heute verabredet, aber nachdem ich mir den Freitagabend freigenommen habe, um das Hugh-Problem zu lösen, nehme ich mir vor, nach unserem Date wieder für Message M bereit zu stehen.

Ich ziehe mein Notizbuch heraus und schlage eine neue Seite auf, um Ideen zu sammeln, wie ich Nina das Geld zurückgeben könnte. Die meisten sind haarsträubend. Es anonym per Post zustellen lassen. Es in ihrer Wohnung verstecken. Es einfach auf ihr Bankkonto einzahlen. Heimlich einen Teil ihrer Hypothek tilgen. Gerade als ich den Mord an Hugh noch einmal durchgehen und darüber nachdenken will, wie ich das vorausschauender hätte angehen können, erstarre ich, weil nebenan bei Sean leise die Terrassentür scharrt.

Schwere Schritte verraten mir, dass er seinen untersetzten Körper aus der Küche in den Garten wuchtet. Ich sitze in der Ecke des Sofas an der gemeinsamen Mauer, sodass er mich nicht sehen sollte, wenn er nicht eigens über die Mauerkrone schaut. Es ist kalt hier draußen, die meisten Leute dürften sich drinnen aufhalten, also hoffe ich, dass er nur für einen Moment frische Luft schnappt – ich muss meine zwischenmenschliche Energie für mein Date aufsparen, anstatt sie an Leute wie Sean zu verschwenden.

Bei all dem Drama in meiner eigenen Welt habe ich an Seans Geheimnis, das mich an dem Abend vor einer Woche so beschäftigt hat, gar nicht mehr gedacht.

Ein schwerer Seufzer weht über die Mauer, fast kann man die Zweige schwanken sehen. Ich atme nur ganz flach und gebe mir verzweifelt Mühe, kein Geräusch zu machen. Dabei höre ich ihn in gleichmäßigem Takt auf und ab schlurfen. »Okay. Okay«, murmelt er in einem Tonfall, als bereitete er sich darauf vor, in eine Bank einzubrechen. »Okay.« Dann das typische Piepen von Telefontasten, das einem verrät, dass ein älterer Mensch jemanden anruft. Irgendetwas sagt mir, dass er keine Pizza bestellen will. »Hallo. Ja, ich – nein, ich – nun, ich – okay! Hören Sie. Ich habe einen Teil. Ja, nur einen Teil! Es war unmöglich! Warten Sie, nein, das dürfen Sie nicht tun, warten Sie! Okay, geben Sie mir noch ein bisschen Zeit, okay? Ich bitte Sie. Nur noch ein bisschen. Danke. *Vielen* Dank. Wenn Sie mir nur verzeihen ...« Sein Schweigen verrät mir, dass, wer immer da mit Sean telefoniert, ihm die Meinung geigt. Und dieser Eindruck bestätigt sich, als die Stille von einem erstickten Schrei unterbrochen wird. Es klingt, als hätte er auf einen Welpen getreten. »Okay! Bitte. Es tut mir leid. Ich werde das in Ordnung bringen.«

Ein dumpfer Aufprall, als hätte Sean sich auf den Boden gesetzt, und leises Schniefen, das klingt als ... *Weint er?* Ich stelle ihn mir vor, wie er da auf der Erde sitzt, sein kariertes Hemd bis oben hin zugeknöpft, Tränen auf seinem zwergenhaften Gesicht. Das Gespräch hörte sich ganz so an, als würde jemand unseren Sean erpressen. Sieh an, sieh an, sieh an, was hat mein guter alter Nachbar denn so getrieben?

James sieht müde aus. Seine Haare sind zerzaust, er hat graubraune Schatten unter den Augen. Reiß dich zusammen, James, schließlich bist nicht du es, der entlassen wurde, stundenlang observiert, von der Erpressung eines Nachbarn erfahren und einen Doppelmord begangen hat, und das alles in einer Woche. Gott sei Dank gibt es Concealer.

Wir sind wieder in einem Pub, weil es uns beiden offenbar an Fantasie fehlt, aber in einem anderen als neulich, weil wir lieber so tun, als wären wir nicht fantasielos. The Mall ist netter in dem Sinne, dass er ein gefälliges Ambiente bietet. Ich bin ziemlich dogmatisch, was Pubs angeht. Sie sollten kein gutes Essen verkaufen (es sei denn, es geht um Pies, was akzeptabel ist). Sie sollten klein sein, niedrige Decken haben, verwinkelt sein und von Stammkundschaft bevölkert werden. The Mall erfüllt die meisten meiner Kriterien nicht.

James sieht erschöpft aus und trotzdem hinreißend, und er ist früher gekommen, um seine Verspätung vom vorigen Mal wiedergutzumachen. Er lächelt unglaublich, als er mich hereinkommen sieht, so unglaublich, dass ich ihm am liebsten all meine dunklen Geheimnisse erzählen möchte.

Als wir beide ein Glas vor uns stehen haben – einen Rotwein für mich und ein Pint Delirium für ihn –, fragen wir einer den anderen, wie seine Woche gewesen ist. Da es unangebracht wäre, einem Detective von meiner Mordserie zu erzählen, gestehe ich immerhin, dass ich nicht mehr arbeite und, leicht abgewandelt, wie es dazu kam.

»Warum? Ich dachte, es gefällt dir dort?«

»Das ist nicht das, was ich machen will. Ich habe etwas Geld gespart und beschlossen, mir Zeit zu nehmen und meinen Lebensweg zu ändern.« Schauderhaft – ich klinge wie ein Kühlschrankmagnet. »Ich bin bloß zufällig in dem Laden gelandet, und es bestand die Gefahr, dass ich für den Rest meines Lebens dort hängen bleibe, wenn ich nichts dagegen unternehme.«

»Das ist mutig. Oder dumm. Ich schätze, du wirst es herausfinden.« Er grinst, um den eigentlich gerechtfertigten Schlag abzumildern.

»Man kommt kaum zum Luftholen und Nachdenken, wenn man Vollzeit arbeitet. Wie du natürlich weißt. Und ich war nicht in der Lage, mir zu überlegen, was ich tun will, und das anzugehen. Dazu brauche ich eine Auszeit.« Ich zucke verlegen mit den Schultern und trinke einen Schluck Wein.

Während ich das ausspreche, wird mir klar, dass es wahr ist. Ich habe nur versucht, meine Hälfte zur Unterhaltung beizutragen, aber wer weiß, was als Nächstes in meinem Leben passieren wird? James ist solidarisch und freundlich. Er scheint sogar vage beeindruckt zu sein.

»Aber wie auch immer, was ist bei dir so los? Gibt es etwas Neues über die Todesfälle? Waren es doch Selbstmorde?«

»Ha!« Er winkt lächelnd ab. »Das hätte ich dir letztens gar nicht sagen dürfen. Du hast mich betrunken gemacht!«

»Ach komm, du hast mir doch kaum was erzählt!«

Heute kein dunkelgrauer Anzug. Er trägt dunkelblaue Jeans und einen schlichten schwarzen Pullover – ein vernünftiger, anziehender, angenehm zurückhaltender Mann. Ich schlage die Beine übereinander, um ihn mit einem frisch rasierten, eingecremten Unterschenkel abzulenken.

Es braucht einige heftige Flirts und drei weitere Pints, um James wieder auf die Selbstmordfälle zu bringen. Er ist charmant, und es vergeht mindestens eine Stunde, in der ich alles vergesse, was passiert ist, und mich nur auf mein Gegenüber konzentriere – einen lustigen, gut aussehenden Mann, der mich zu mögen scheint. Ich vertraue Menschen nicht so schnell, aber er hat etwas an sich, wodurch … das Zusammensein mit ihm anders ist. In der letzten Woche habe ich mir gesagt, dass es wegen seines Jobs gut ist, mit ihm Kontakt zu halten. Doch jetzt, da ich mit ihm zusammensitze, muss ich mir eingestehen, dass ich ihn wirklich mag.

»Nun, dann hör dir das an«, sagt er schließlich. Er beugt sich vor, und ich tue es ihm gleich. Mir ist klar, dass er intelligent und gut in seinem Job ist, aber jeder hat eine fatale Schwäche. Bei Hugh war es das Bedürfnis, begehrt zu werden. Bei James ist es das Bedürfnis, gehört zu werden. Und bei mir? Nun, ich habe offensichtlich keine fatale Schwäche. Er sollte sich vielleicht einen Beruf suchen, in dem er nicht so verschwiegen sein muss.

»Hast du in der Zeitung von dem Mann gelesen, der in die Schlucht gestürzt ist? Bei der Hängebrücke?«

Ich runzle die Stirn und überlege, ob ich schon davon gehört habe.

»Ja ... Ich glaube, ich habe das online gesehen. Du glaubst doch nicht, dass die beiden Fälle etwas miteinander zu tun haben?« Ich lache und fülle unsere Gläser auf, um seinen Blicken auszuweichen. »Vielleicht eine Selbstmord-Epidemie? Ich schwöre, so was hat es schon gegeben.«

»Na ja, ich bin mir nicht sicher. Ich kann keine Verbindung zwischen den Männern finden. Alter, Beruf, Freundschaften, Vermögen, Familienstand sind verschieden, da gibt es keine Gemeinsamkeiten.«

»Dann klingt es nach Zufall.«

»Tut es.«

Sein Schweigen spricht Bände. Ich würde meine Katze darauf verwetten, dass James' Vorgesetzte ihm sagen, er solle aufhören, nach Problemen zu suchen, wo keine sind. Lass einen toten Mann in Frieden ruhen. Gerade weil man ihm auf dem Revier nicht zuhört, wünscht er sich umso mehr, von mir gehört zu werden. Das lockert seine Zunge. Aber James ist scharfsinnig, beunruhigend scharfsinnig. Außerdem ist er jung und ehrgeizig, ein Idealist, der etwas zu beweisen hat.

Ich überlege, ob ich das Thema wechseln soll, beschließe aber, dass es nützlich wäre, alles zu erfahren. Das ist meine Chance.

»Aber du glaubst das nicht.« Das ist eine Feststellung, keine Frage.

Das ist die beste Methode, um Menschen zum Reden zu bringen – anstatt sie mit Fragen zu bombardieren, präsentiert man Aussagen, die sie bestätigen oder verneinen können.

»Ich ... Nein, ich glaube das nicht.«

»Menschen bringen sich um, James. Bei Männern unter fünfzig ist das sogar die zweithäufigste Todesursache. Weihnachten ist nicht mehr fern, es ist kalt, es ist grau, sie haben niemanden zum Reden. Da kann man sich gut vorstellen, dass drei verschiedene Männer diesen Ausweg wählen. Und außerdem dürfte Karl ein Unfall gewesen sein, oder? Er ist einfach die Treppe runtergefallen. Und der Brückentyp? Hat er eine Pause gemacht und sich zu weit nach hinten gelehnt? Ich glaube, du hast zu viel Inspector Morse geguckt.« Kaum habe ich Karls Namen ausgesprochen, weiß ich, dass ich es vermasselt habe. Ich versuche krampfhaft, mich zu erinnern. Was hat er mir bei unserer letzten Unterhaltung erzählt?

»Ja, ich weiß. Ich weiß.« Er sieht mir in die Augen. »Ich wusste gar nicht, dass sein Name in der Presse stand. Der von Karl.«

Meine Handflächen sind feucht, aber ich zucke mit den Schultern und trinke einen Schluck Wein.

»Irgendetwas sagt mir, dass ... es zwischen diesen Männern doch eine Verbindung gibt.«

»Vielleicht haben sie alle etwas getan, wodurch sie es verdient haben.«

Sein gesenkter Kopf schnellt hoch, und er sieht mich neugierig an. Was treibt mich dazu, so etwas zu sagen? Selbstsabotage? Ärger, weil er nicht lockerlässt und unbedingt herausfinden will, was den Kerlen tatsächlich passiert ist, während jeden Tag Frauen und Mädchen von Männern angegriffen werden und die Polizei kaum einen Finger rührt?

»Tut mir leid, das habe ich nicht so gemeint. War ein blöder Scherz.«

Er lächelt und schüttelt den Kopf, um die Anspannung aufzulösen. »Nein, nein, es muss dir nicht leidtun. Ich steigere mich zu sehr da rein. Und hey, vielleicht hast du sogar recht. Es sterben immer wieder Menschen, die es *verdient* haben.« Er hebt sein Glas und tippt damit an meins, und es ist fast, als ob wir auf mich anstoßen.

»Wie auch immer. Lass uns das Thema wechseln. Du wirst nie erraten, was ich heute Morgen gemacht habe. Aber hol erst mal die nächste Runde.«

Ich erfahre nicht, was er am Morgen getan hat. Denn als ich an der Bar mein Handy zücke, um unsere Drinks zu bezahlen, wird mein Blut zu Eis, und ich höre nur noch weißes Rauschen.

Sieben verpasste Anrufe und eine SMS. Alle von Nina.

Hughs Leiche wurde entdeckt.

19

Mit dunklen Ringen unter den Augen, die mit James' von gestern Abend konkurrieren können, und unfähig, das Gähnen zu unterdrücken, wirke ich genauso verkatert wie alle anderen im Fork It Up. Heute kellnert eine andere als gestern, zum Glück, aber ich trage wieder meine dunkelbraune Perücke und meinen eleganten schwarzen Mantel.

Die vergangene Nacht war heftig.

Hughs Leiche wurde viel schneller entdeckt, als ich erwartet hatte, und zwar, weil seine Freundin, also seine richtige Freundin, einen Schlüssel hatte. Kurz nach acht am Samstagabend betrat sie seine Wohnung und fand ihn im Wohnzimmer tot auf.

Nina erfuhr davon nur, weil eine der ersten Handlungen besagter Freundin darin bestand, in Hughs Social-Media-Profil seinen neuen Status anzuzeigen: tot. Das zeigt nicht nur, dass diese Frau ganz klar Instagram-besessen ist, sondern hatte auch zur Folge, dass Nina – die in der Kanzlei geblieben war, um an einem Fall zu arbeiten – vom Ableben ihres neuen Freundes durch ein tränenreiches Video erfuhr, das eine gewisse Charlotte auf seiner Seite hochgeladen hatte. Nina sprang sofort in ein Taxi und fuhr zu seiner Adresse, um herauszufinden, ob das nur ein perverser Streich war. Dort traf sie auf einen Polizisten, der die Tür bewachte, und zwei Sanitäter, die soeben eine abgedeckte Trage in einen Krankenwagen luden.

All das erfuhr ich noch im Pub, während ich James gegenübersaß. Nina schrie es kaum verständlich in den Hörer. Ob sie aus Wut oder Trauer weinte, war nicht ganz klar.

Es hatte wohl auch eine Art Showdown zwischen ihr und Charlotte auf der Straße gegeben, aber die Einzelheiten blieben unklar, da ich bei ihrem Schluchzen nur jedes zweite Wort verstehen konnte.

Nachdem ich James in aller Eile über die Geschehnisse informiert hatte, kippten wir hinunter, was wir noch im Glas hatten, und verließen den Pub. Ich machte mich auf den Weg zu Nina und er, der tapfer versuchte, seine Aufregung zu verbergen, auf den Weg zur Arbeit.

Als Nina um halb elf zu Hause ankam, saß ich schon mit einer Flasche Wein auf ihrer Vorgartenmauer und umarmte sie. Wie vorhergesehen, brauchte ich nicht viel zu sagen. Nina redete, und wenn nicht, dann weinte sie. Es war für uns beide ein Glücksfall, dass Charlotte zu diesem entscheidenden Zeitpunkt auf der Bildfläche erschienen war.

Nina war so wütend auf Hugh und auf sich selbst, dass für Trauer weniger Raum blieb, und bei ihrer Wut – eher eine Eruption als ein Brodeln – war es nicht so wichtig, ob sich auf meinem Gesicht das richtige Ausmaß an Bestürzung abmalte. Ich schlief auf ihrem Sofa und ging am nächsten Morgen um acht, nachdem ich kaum vier Stunden durchgehend geschlafen hatte. In einer SMS an meine endlich schlafende Freundin schob ich mein Gehen auf Shirley Bassey, die gefüttert werden musste. Ich versprach ihr auch, später noch mal nach ihr zu sehen.

Aber ich musste los, denn wenn ich das Fork It Up heute sausen ließe, hätte ich erst in einer Woche wieder die Chance, Big Dave bei einem Wochenendbrunch anzutreffen. Also ging ich trotz der berauschenden Mischung aus Müdigkeit und Erregung nach Hause, duschte, setzte die braune Perücke auf und kam pünktlich zur Öffnungszeit um halb zehn am Café an. Ich setzte mich an einen Tisch auf dem Bürgersteig, für den Fall, dass er nur daran vorbeiginge.

Nachdem ich nun einen Kaffee bestellt habe, hole ich mein Handy heraus und antworte auf James' SMS, die er mir am Abend noch geschickt hat.

Tut mir leid. War vollauf beschäftigt und hatte keine Gelegenheit zu antworten. Was hast du gestern Abend noch getrieben? Nina ist ziemlich fertig. Scheint, als hätte er aus Versehen etwas gegessen, was Nüsse enthielt. Er war allergisch.

Zu meiner nächsten Zeile muss ich mich zwingen.
Armer Kerl.
Mein Kaffee ist noch nicht gekommen, als drei Punkte anzeigen, dass James eine Antwort tippt.

Ja, habe ich auch gehört. Anaphylaktischer Schock. Ich bin gestern noch hingefahren.

Ist es üblich, dass ein Ermittler der Mordkommission zu einem Leichenfundort geht, wenn derjenige an einer Nussallergie gestorben ist? James tippt weiter.

Irgendwas stimmt an all dem nicht, ich schwöre. Aber der Boss will nicht auf mich hören. Treffen wir uns später?

Interessant.

Hoffe, deine Freundin verkraftet das einigermaßen x

Es ist elf, als Big Dave kommt, und die Frau, die ich als Kelly erkenne, folgt mit ein paar Schritten Abstand und macht ein Gesicht wie ein geprügelter Hund. Auf ihren sorgfältig bearbeiteten Online-Fotos wirkt sie makellos wie eine Bratz-Puppe, aber in Wirklichkeit sehen ihre strähnigen Extensions enttäuschend aus. Einen Augenblick später kommt das Paar wieder heraus und setzt sich an einen Tisch, der nur wenige Meter von meinem entfernt steht.

»Hier draußen ist es zu kalt«, jammert Kelly und scharrt mit ihren Turnschuhen auf dem Boden wie ein Kleinkind.

»Aber drinnen ist es voll, Baby, was soll ich tun?«, blafft David. Es gibt Ärger im Paradies. Ich unterdrücke ein Gähnen und verstecke mein Gesicht hinter meinem aufgeklappten Buch. Das Paar sitzt in eisigem Schweigen da. Schließlich schwingt die Tür auf, lässt fröhlichen Stimmenlärm herausdringen und fällt mit einem dumpfen Knall wieder zu.

»Seid ihr bereit zu bestellen?«

»Ja, ich denke schon, oder, Babe?«

»Auf jeden Fall!« Kelly und Dave lächeln, als sei das der beste Tag ihres Lebens und als sei es von größter Bedeutung, ob die Kellnerin weiß, dass sie sich gestritten haben, oder nicht. Kelly trägt Juicy-Couture-Jogginghosen, die seit fünfzehn Jahren überholt sind und schon damals zum Kotzen waren. Sie hat lange hellrosa Fingernägel, trägt eine flauschige Bomberjacke und hat einen hellen Fleck am Hals, wo sie die Bräunungscreme nicht hingeschmiert hat. Trotzdem frage ich mich, wie sie mit David Cartwright zusammen sein kann. Während er die laminierte Speisekarte in seinen riesigen Händen hält, starre ich auf seine kräftigen Arme und sehe vor mir, wie er meine Schwester festhält.

Ich merke, dass ich die Hand in die Tasche geschoben habe und das Taschenmesser in der Faust halte. Mit dem Daumennagel schnippe ich die Klinge heraus, und ohne nachzudenken, schiebe ich den Tisch von mir und stehe auf.

»Sie sind fertig, Liebes? Kommen Sie zum Bezahlen rein, ja?« Die Kellnerin schreckt mich auf, ich fange mich wieder.

»Oh, ja. Klar. Danke. Ich gehe nur schnell zur Toilette.«

Ich drehe mich weg, damit Kelly und Dave mein Gesicht nicht sehen, dann eile ich zur Toilette. Unterwegs stoße ich mir die Hüfte schmerzhaft an einer Tischecke, sodass jemandem der Kaffee überschwappt. Im Spiegel sehe ich gequält und abgespannt aus. Ich habe zu viel getrunken und zu wenig geschlafen. Aber meine Haare wirken gepflegt und sitzen perfekt, da sie aus dem Kleiderschrank kommen und meine zerzausten rotblonden Zotteln sorgfältig darunter versteckt sind. Aus der Nähe sieht die Perücke billig aus, aber das fällt nicht auf, solange man nicht genau hinsieht.

 Braunes Haar steht mir eigentlich ganz gut, aber an einem Tag wie heute, wenn ich wenig geschlafen habe, lässt es meine milchig blasse Haut grau und älter erscheinen. Ich trage etwas Lippenstift auf, um nicht wie meine Opfer nach der Tat auszusehen. Auf dem Rückweg zu meinem Tisch bestelle ich noch einen Kaffee und bezahle ihn sofort, damit ich aufbruchbereit bin, wenn Kelly und Dave gehen.

 Die beiden sind schnelle Esser, oder vielleicht ist das auch nur so, wenn sie voneinander genervt sind. Sie zanken sich fünfunddreißig Minuten lang, während Dave sich sein MegaBrek reinschaufelt und Kelly eifrig ihr Avocado Dream Boat löffelt. Anscheinend war Dave gestern Abend lange unterwegs und hat es versäumt, sie über seine Bewegungen auf dem Laufenden zu halten. Ehrlich gesagt, lösen manche Leute bei mir den Wunsch aus, vorübergehend blind und taub zu sein. Nachdem sie mit dem Essen fertig sind, starrt Dave mürrisch schweigend auf sein altes gelbes iPhone, weshalb Kelly die Augen rollt.

 Kurz darauf bekomme ich Herzklopfen, teils weil ich die letzten zwei Stunden nur Kaffee getrunken habe, und teils weil wir endlich unterwegs sind. Dave und Kelly gehen etwa fünfzehn Meter vor mir und streiten sich immer noch lautstark über Kellys lächerliche Forderungen. Das kommt mir sehr gelegen. So sind sie ganz darauf konzentriert, sich Beleidigungen an den Kopf zu werfen, und bemerken nicht, dass ich ihnen folge.

 Nach etwa vier Minuten biegen sie in eine Seitenstraße namens Malago Close ein. Als sie stehen bleiben, muss ich ausweichen und direkt an ihnen vorbeilaufen. Zum Glück macht die Straße eine Biegung, und ich kann mich in einem Vorgarten hinter eine Hecke schieben, wo ich ihre Stimmen noch hören kann.

»Ich *glaube* dir das nicht, Dave. Ich glaube dir einfach nicht«, schreit Kelly. Jetzt wird es hitziger und lauter.

»Herrgott noch mal! Ich weiß nicht, wie ich dir helfen kann, Kells, wirklich nicht. Ich habe gearbeitet, dann mit den Jungs was getrunken, dann bin ich nach Hause gegangen. Allein. Was willst du noch von mir hören? Willst du einen Videobeweis? Willst du ein verdammtes Ortungssystem mit Zeitstempel, damit du immer weißt, wo ich bin? Ich. Bin. Nach. Hause. Gegangen. Allein.«

»Lügner! Es lagen Stunden dazwischen, in denen ich nichts von dir gehört habe!«

»Weil ich ANGEPISST war und MICH AMÜSIERT HABE!«

Das hier gerät ein bisschen außer Kontrolle. Es ist Sonntagmorgen, um Himmels willen! Und ich kann Leute nicht ausstehen, die sich in der Öffentlichkeit streiten. Das ist pöbelhaft.

»Fick dich, David! Fick. Dich.« Kelly gibt ihren Abschiedsgruß in einem schrillen, weinerlichen Ton von sich, und ich schiebe mich weiter hinter die Hecke, als sie an mir vorbeistürmt. Nach ein paar Augenblicken wage ich mich langsam ins Freie, richte meine Perücke und mein Kleid und ziehe mir trockene Blätter aus dem Kragen.

Es gibt keine Möglichkeit, um die Ecke zu sehen, ohne selbst gesehen zu werden, also muss ich ein Risiko eingehen. Wenn Dave noch dort steht und sieht, wie ich um die Hausecke spähe, wird er sehr wahrscheinlich kapieren, dass ich ihm gefolgt bin. Wenn ich aber zu lange abwarte, verliere ich ihn womöglich aus den Augen. Das darf nicht passieren.

Ich biege um die Ecke und sehe ihn am Ende der Straße, wo er in wütendem Tempo auf die nächste Querstraße zusteuert.

Ich muss im Laufschritt hinterher, um ihn im Auge zu behalten. Als er dort einbiegt und nicht mehr zu sehen ist, schlage ich alle Vorsicht in den Wind und renne los. Ich komme gerade noch rechtzeitig um die Ecke, um eine Haustür zuschlagen zu sehen.

Ich bremse ab und schlendere so beiläufig wie möglich an dem Haus vorbei. Dabei werfe ich einen Blick auf das Grundstück. Malago Drive Nummer 57. Mein Blick wandert an der Fassade hoch. Meine Füße bleiben wie von selbst stehen, meine Beine füllen sich mit Beton, kurz verschwimmt mir die Sicht. Das Haus ist ein klassisches viktorianisches Reihenhaus, ähnlich wie meines, mit großen Erkerfenstern im Obergeschoss und im Erdgeschoss und einem kleineren, einzelnen Fenster über der Eingangstür. Es sieht ordentlich, sauber und unauffällig aus. Bis auf ein Detail: In dem kleinen Fenster im Obergeschoss hängen dicke rote Vorhänge.

Meine Müdigkeit, die mich den ganzen Morgen über träge gemacht hat, ist verschwunden, stattdessen bin ich wie elektrisiert. Der Heimweg scheint nur Sekunden zu dauern, und ehe ich mich versehe, liege ich auf dem Rücken auf dem Küchenboden und atme langsam und tief ein und aus.

Shirley Bassey sitzt auf der Chaiselongue und starrt mich an, als wäre ich verrückt geworden, und vielleicht bin ich das ja auch. Denn ich habe ihn gefunden. Ich habe tatsächlich den Mann gefunden, der mir Katie weggenommen hat.

Obwohl ich David Cartwright in Verdacht hatte, habe ich gezweifelt, ob ich den richtigen Mann je finden werde. Aber der große, kahle, tätowierte Türsteher des Clubs, in dem Katie war, der genau in dem Viertel wohnt, an das sie sich erinnert, und der die roten Vorhänge am Fenster hängen hat? Da passt alles zusammen.

Ich denke an Kellys haselnussbraune Augen, die ohne ihre stacheligen, dick getuschten falschen Wimpern bambihaft und bezaubernd wären. Ich frage mich, wie sie die Nachricht aufnehmen wird, dass ihr Freund tot aufgefunden wurde. Sie wird die Trauernde gut spielen, aber wird sie in manchen Augenblicken insgeheim erleichtert sein? Weil sie nachts nicht mehr auf seinen Anruf warten muss, während er trinkt und sie betrügt, schutzlose junge Mädchen aufgabelt und ihr Leben ruiniert? Ich frage mich, wie viele Frauen dieser Mann seelisch zerstört hat.

Damit ist jetzt Schluss.

Ich weiß nicht, wie lange ich schon hier liege, aber der Holzboden ist unangenehm hart, und seine Kälte bringt mich zum Frösteln.

Ich setze mich ächzend auf und erschrecke damit Shirley Bassey, die mich offenbar für tot gehalten, sich aber nicht sonderlich darüber aufgeregt hat. Die Mittagszeit ist schon vorbei. Nina wird mich angerufen haben, ganz zu schweigen von der interessanten SMS von James, in der er um ein Treffen bittet, um den Fall zu besprechen.

In der Dusche drehe ich den Heißwasserhahn auf und stehe im sengenden Dampf, die Haut wird fleckig und taub, alte Narben leuchten zornig rot. David Cartwright ist ein großer und überdies gefährlicher Mann. Ich brauche einen richtigen Plan, bevor ich handle. Ich kann nicht einfach bei ihm reinplatzen und mit einem Messer herumfuchteln wie Crocodile Dundee. Es wird hilfreich sein, mit James zu sprechen und herauszufinden, was er weiß oder zu wissen glaubt, damit ich nicht wieder Fehler mache, die Verdacht erregen.

Ich gehe noch einmal durch, was ich über ihn weiß. Ich kann mir nicht hundertprozentig sicher sein, aber kann man das ohne einen DNA-Beweis? Ich denke an die Tätowierung, die unter dem Hemdkragen hervorblitzte, seinen Job an der Tür des Pom Pom's, seine Glatze, seine Adresse, sein Alter, seine Vorhänge. David Cartwright erfüllt alle Kriterien, und damit steht es für mich fest.

Frisch geduscht und eingecremt, bürste ich mir die Haare, bis ich mich ein bisschen menschlicher fühle. Die Perücke liegt wieder ganz hinten in der Sockenschublade. Es ist ein gutes Gefühl, wieder rotblond zu sein. Meine Wangen sind rosig, und meine natürliche Haarfarbe bringt meine Gesichtszüge zur Geltung. Ich drücke an meiner Habichtsnase herum, als könnte ich sie mit einem Finger glätten und mich so in jemand anderen verwandeln.

Allerdings muss ich heute ich selbst sein. Ich muss zu Nina und ihr irgendwie das Geld zurückgeben. Sie ist meine oberste Priorität, zusammen mit Katie.

Dann werde ich nachdenken, recherchieren und planen müssen. Ich habe bereits beschlossen, dass David Cartwright der Letzte sein muss. James vermutet bereits, dass die Todesfälle irgendwie zusammenhängen, und selbst die anderen Idioten auf dem Polizeirevier werden irgendwann dahinterkommen, wenn ich weiterhin jeden Mann umbringe, den ich nicht leiden kann. Aber Cartwright ist der wichtigste, der, wegen dem alles angefangen hat. Der Mann, der das Leben meiner Schwester ruiniert hat. Und dafür muss er bezahlen.

David Cartwrights Tage sind gezählt.

20

Im Gegensatz zu dem einfachen, ereignislosen Leben, das ich jetzt führe (wenn man von den Morden einmal absieht), war meine Kindheit schwierig. Meine Mutter wirkte schon damals so verkümmert, und über meinen Vater sagt man am besten gar nichts. Der einzige Erwachsene in der Familie, der sich positiv auf mein Leben ausgewirkt hat, war Dads Bruder, Onkel Dale. Hin und wieder, wenn Dad ausgerastet war und tagelang verschwand, kam er und blieb eine Weile bei uns. Einmal nahm er uns nach Newcastle mit, zu einem Fußballspiel seiner Lieblingsmannschaft. Dale war ein guter Mensch, auch wenn er einen mit seiner Begeisterung für diese Fußballmannschaft und für Motorräder nerven konnte. Inzwischen sehe ich ihn nur noch selten. Er besucht meine Mutter noch halbwegs regelmäßig, aber da ich nur ab und zu vorbeikomme, um Katie zu besuchen, treffen wir nicht oft aufeinander. Er hat die Augen meines Vaters.

Katie war anders als wir. Während meine Mutter ein fahles Beige war und ich ein sattes, wirbelndes Scharlachrot, war Katie ein heller Sonnenstrahl in diesem tristen, traurigen Haus. Ich war zehn, als sie zur Welt kam, und aufgrund des Altersunterschieds habe ich ihr gegenüber einen Beschützerinstinkt entwickelt, der auch nicht verschwand, als sie erwachsen wurde. Ich würde meine Seele verkaufen, um Katies Leben zu retten – oder die anderer Leute.

Als ich Nina Lee kennenlernte, änderte sich mein Leben, das bis dahin einsam, still und traurig war. Wir waren siebzehn, und mein Vater war gerade gestorben. In unserem Haus herrschte ein Schockzustand, mit dem keiner von uns umzugehen wusste. Meine Mutter blieb zwei Wochen lang im Bett, und dann kam ich eines Tages von der Schule nach Hause und alles war sauber geputzt und im Flur stand ein offener Farbeimer mit diesem widerlichen Zitronengelb. Bis heute wird mir bei dem Geruch von Farbe übel.

Kurz vor dem Tod meines Vaters herrschte bei uns eine bedrückende, angespannte Stille und danach die Stille muffiger Krankenhausflure.

Aber Nina, Nina war niemals still. Niemand will mit siebzehn Jahren die Schule wechseln, und ich fand es ziemlich grausam, was ihre Eltern ihrer Tochter zumuteten. Bis ich sie kennenlernte und erkannte, dass sie gar nicht grausam sein konnten. Wie Nina waren Mr und Mrs Lee sonnige, praktisch denkende Menschen, die alles verziehen und ihr Leben weiterführten, egal, mit welchen Zumutungen sie konfrontiert waren.

Bis ich mich mit Nina anfreundete, hatte ich nie eine richtige Freundin gehabt. Mit ihren sieben Jahren war Katie zwar ein Segen, aber nicht gerade die ideale Gefährtin für eine Teenagerin, die unbedingt ausprobieren will, was die Welt zu bieten hat. Und obwohl mir der Alltag mit meiner ruhigen Mutter und ihren leicht manischen Stimmungsschwankungen im Vergleich zu unserem früheren Leben fast entspannt erschien, war es mir äußerst willkommen, als Ninas Regenbogenfreude ganz unerwartet in meine Welt einbrach.

Nina kam mit siebzehn Jahren auf die St. Anne's in meine Klasse und schrieb bessere Noten als alle anderen. Zu meinem Entsetzen verlangte unsere Klassenlehrerin am ersten Tag von mir, mich mit der Neuen anzufreunden. Doch ich war schnell von Ninas Herzlichkeit überwältigt, und wir wurden beste Freundinnen. Sogar Angela und Izzy habe ich zögerlich akzeptiert, als Nina entschied, man könne mit ihnen Spaß haben. Sie lachte viel und redete viel. Sie überredete mich zu Modeexperimenten, bei denen ich rückblickend zusammenzucke – eine wirre Mischung aus peinlichen und nostalgischen Kleidungsstücken. Wir schminkten uns im Badezimmer von Ninas Eltern mit billigem Make-up von Collection 2000, das wir bei Boots kauften oder heimlich einsteckten, wenn das Sicherheitspersonal nicht hinsah. Nach der Schule setzte uns ihre Mutter Riesenportionen von Nudelgerichten und dampfenden Suppen vor, deren Aromen ich noch nie geschmeckt hatte. Ich saß einfach an ihrem Tisch und nahm schweigend ihre eigenartige, schöne Familiendynamik in mich auf.

Bei mir zu Hause gab es kein aromatisches Essen.

Wir sind jetzt in ihrem Kinderzimmer, das weitgehend unverändert ist, seit ich es mit siebzehn Jahren zum ersten Mal sah. Nur der Mond scheint durchs Fenster, und durch den Spalt unter der Tür dringt vom Flur etwas Licht herein. Ihre Mutter ist unten und macht ein frühes Abendessen, und die Gerüche versetzen mich in die aufregende Zeit zurück, als ich meine erste Freundin fand. Nina hat einen Pyjama mit aufgedruckten Regenbogen an und liegt im Bett, nur ihr verweintes, unglückliches Gesicht schaut unter der Decke hervor. Sie stöhnt wie eine Kreatur aus der Tiefe, und ich lege mich neben sie, um sie zu umarmen.

»Ich kann es nicht fassen, dass er eine Freundin hatte, Mills. Aber ich kann auch nicht fassen, dass er tot ist. Ich weiß, das ist das Schlimmste an der ganzen Sache. Aber manchmal bin ich mir *gar* nicht sicher, ob es das Schlimmste ist, weißt du? Und ich fühle mich wie der *schlechteste Mensch der Welt*. Also ermahne ich mich, dass er tot ist und *das* die eigentliche Tragödie ist. Und ich denke an seine Grandma, die er geliebt hat. Dann wird mir klar, ich *mache* mich traurig, damit ich nicht über *mich* nachdenken muss, und ich kreise immer wieder darum, dass ich buchstäblich der schlechteste Mensch der Welt bin.«

»Das bist du nicht.«

»Und dann denke ich auch noch, dass ich der *dümmste* Mensch der Welt bin. Denn welche *Idiotin* merkt nicht, dass ihr Freund bereits in einer Beziehung ist? Und welche Idiotin gibt ihrem neuen Freund *zehntausend Pfund in bar,* nur weil er darum *bittet?* Und dann wird mir klar, dass ich auch der *erbärmlichste* Mensch der Welt bin, denn ich bin so *bedürftig,* dass ich einem Mann alles glaube, nur damit ich einen Freund haben kann, der mich liebt.«

»Du bist weder der dümmste noch der erbärmlichste Mensch der Welt.« Ich murmle das in ihr Haar, während ich sie im Arm halte, aber ich bezweifle, dass sie es hört. Sie redet wütend und traurig, begleitet von strömenden Tränen oder einem Kloß in der Kehle. Ich kenne sie nicht anders, sie war schon immer melodramatisch, daher habe ich damit gerechnet, dass Hughs Tod sie schwer trifft, obwohl der Typ eine Vergeudung an Zellmaterial war. Dennoch ist das sicher nichts, was ein Abend im Pub nicht richten kann.

An den Wänden hängen Poster, die ich seit vielen Jahren nicht mehr gesehen habe. Billie Joe Armstrong grinst auf uns herab, zusammen mit seinen Bandkollegen von Green Day. Er trägt eine rot-schwarze Krawatte und zu viel Eyeliner. Es ist verwirrend. Als wären wir in die damalige Zeit versetzt worden. Würde ich das wollen, wenn ich die Chance dazu hätte? Als ich das erste Mal in Ninas Haus kam, machte mich ihr Zimmer sprachlos vor Verblüffung. Abgesehen von ein paar Besuchen bei Onkel Dale war ich zum ersten Mal bei anderen Leuten zu Hause.

Vor dem gelben Anstrich war unser Haus restlos beige gewesen. Es war ruhig und traurig, so als ob es, wenn es nur ruhig und beige genug wäre, von niemandem mehr bemerkt und schließlich verschwinden würde. Aber bei Nina zu Hause war es anders. Während die Wände in meinem Zimmer kahl waren, klebten an ihren lauter Poster und Fotos und alles mögliche Zeug, das wir damals für skurril hielten. In allem steckte ihr Wesen, und ich glühte vor Neid in dem Schatten, den ihre hell lodernde Flamme warf.

Heute bin ich einfach nur froh, dass ich auf eine bescheidene Art an ihrem Leben teilhaben kann. Ihre Eltern nicken mir herzlich zu, und in einem einzigen Lächeln steckt mehr Wärme, als ich von meinen Eltern in meiner ganzen Kindheit bekommen habe. Während Nina trauert, scharen sie sich um sie wie Vögel, füttern sie, streicheln sie, helfen ihr. Es tut gut, sich als Teil dieses Schwarms zu fühlen, auch wenn er um eine Tragödie kreist, die zum Teil von mir verursacht wurde.

Ja, zum Teil. Nina hat den Mann überhaupt erst in unser Leben gebracht, und Hugh war ein gemeiner, betrügerischer Dreckskerl, der genau das bekommen hat, was er verdient. Also sieh mich nicht so an. Wie man sich bettet, so liegt man, und ich lasse mich nicht dafür verurteilen, dass ich gewissen Leuten in ihr Bett helfe.

Eine Betrunkene, eine Mutter und eine Serienmörderin kommen in eine Bar, und der Barkeeper fragt: »Was darf's sein, meine Damen?« Und sie setzen sich alle zusammen, um über das vierte Mitglied der Gruppe, die trauernde Anwältin, zu sprechen. Es ist Donnerstag, ich sitze mit Izzy und Angela in einer Bar und warte auf Nina.

Sie ist ungewohnt spät dran.

Die Woche ist quälend langsam verstrichen. Nina hat Hughs Tod noch härter getroffen als erwartet, und ich habe tagelang bei ihr gesessen und versucht, sie aufzumuntern. Zum Ausgleich dafür, dass ich das ganze Wochenende über abgelenkt war, habe ich auch wieder jede Nacht Message-M-Dienst gemacht.

Am Montag habe ich eine Frau vor ihrem Ex-Freund gerettet. Am Dienstag ging es um ein Date, das immer unangenehmer wurde. Am Mittwoch wurde eine Achtzehnjährige in einer Bar unter Drogen gesetzt, und ich brachte sie und ihre Freundin in Sicherheit.

Das heißt aber nicht, dass ich mir keine Zeit für meine andere Aufgabe genommen habe: Ich bin jeden Tag zum Haus von Dave Cartwright gefahren, um ihn auszuspionieren. Ich habe mit hochgezogener Kapuze in meinem Auto gesessen und beobachtet, wie er jeden Tag um dieselbe Zeit zur Arbeit ging. In seinem Garten gibt es einen großen Busch, hinter den ich mich jede Nacht nach dem Message-M-Dienst geduckt habe. Ein uneleganter und unbequemer Ort, aber ich konnte mir dabei einen guten Einblick in seine Gewohnheiten verschaffen.

Bisher habe ich erfahren, dass sein Nachbar einen kläffenden Hund hat, bedauerlich, aber nicht unübertrefflich, und dass Dave und Stimmungskiller-Kelly wieder miteinander sprechen, wenn auch weiterhin in angespanntem Ton. Jeden Abend nach der Arbeit, wenn er sein Bad nimmt, telefoniert er mit ihr und stellt das Handy auf laut. Dadurch kann ich die blechernen Stimmen durch das offene Fenster streiten hören. Und bevor er ins Bett geht, hört er noch zwanzig Minuten lang alte Popmusik. Er hält sich an dieses Ritual, obwohl er in der Woche oft erst nachts um eins nach Hause kommt. Ich weiß nicht genau, was er tagsüber macht – ich habe ja auch ein Leben –, aber ich habe herausgefunden, dass er abends um halb sieben zur Arbeit aufbricht. Diese Information ist kaum die Erkältung wert, die ich mir beim stundenlangen Hocken in einem Busch zugezogen habe.

Alles in allem bin ich völlig erschöpft. Gestern war ich endlich bei Katie, die ich seit meinem irren Benehmen nicht mehr besucht hatte. Ich aß Frühlingsrollen, und sie tat so, als nippte sie an der scharfen Pho, die ich ihr mitgebracht hatte. Dabei schwelgten wir in Erinnerungen an Fernsehserien aus den Nullerjahren. Sie sah winzig aus, aber sie sagte, wie sehr sie meine Besuche aufmuntern, und deshalb habe ich mir geschworen, mir mehr Zeit für sie zu nehmen.

Izzy seufzt theatralisch. »Arme Frau. Und armer Hugh, wenn ich so drüber nachdenke«, sagt sie und schüttelt den Kopf, als spielte sie in einer spanischen Telenovela. Angela geht leicht schwankend zur Theke. Sie muss schon ein paar getrunken haben, bevor wir hierherkamen, denn, ich schwöre, sie lallt bereits.

»Warum armer Hugh? Er war ein Betrüger«, sage ich schulterzuckend. »Ich verstehe das Mitleid nicht, das man für diesen Kerl aufbringt.«

»Das ist ziemlich gefühllos, Millie. Er war nicht perfekt, aber der Mann ist *tot*.«

»Trotzdem war er ein Scheißkerl. Und jetzt ist er ein toter Scheißkerl. Wodurch sich ein Scheißkerl weniger auf der Welt herumtreibt. Es gibt Traurigeres.«

Izzy sieht mich stirnrunzelnd an und schaut dann auf ihr Glas hinunter, als würde sie sich unwohl fühlen. Vielleicht bin ich zu weit gegangen. Ich will nicht wie einer dieser erbärmlichen (fast ausschließlich männlichen) Killer enden, die mit ihren Taten davonkommen und sich dann verraten, weil sie im Pub damit prahlen.

»Tut mir leid, war nicht so gemeint.« Natürlich war es so gemeint, ich bin ja der Scheißkerl-Entsorger. »Das sind nur so widersprüchliche Gefühle, oder? Man ist wütend auf ihn, weil er Nina betrogen hat, und trotzdem tut er einem leid. Natürlich bin ich geschockt über seinen Tod, sogar entsetzt.« Das sollte genügen.

Izzy lächelt, und ihre Schultern entspannen sich sichtlich. »Natürlich, Babe, natürlich. Es ist absolut seltsam.«

Izzy hat unseren Treffpunkt ausgesucht, und daher sitzen wir statt im Guinea in einer teuren Cocktailbar – holzvertäfelt, mit roten Glühbirnen unter schäbigen Lampenschirmen und ausgestopften Vögeln, die für die Ewigkeit unter Glaskuppeln gefangen sind. An der Wand hängen traurige kleine Rehbockgeweihe, als ob es eine rühmenswerte Leistung wäre, so kleine Tiere mit einem großen Gewehr zu erlegen. Der Barkeeper, der versucht, Angela zu ihrem Platz zurückzuschicken, damit er sich ein Trinkgeld mit dem Tischservice verdienen kann, lächelt sanft unter seiner stolzen, dicken Brille und dem dunklen Schnurrbart. Ich frage mich, ob er zu den Männern gehört, deren Persönlichkeit mit dem Schnurrbart beginnt und endet, aber dann finde ich den Gedanken unfreundlich.

Mein Cocktail, ein »Red Flash«, kommt in einer zarten, mit Kondenswasser beschlagenen Schale auf einem langen, dünnen Stiel, der aussieht, als könnte er bei einem Windstoß abbrechen. Der Cocktail ist stark und kalt, und in seinem langen, spindeldürren Glas ähnelt er mir wohl ein bisschen.

Angela kommt schließlich mit einem silbernen Eiskübel und einer Flasche Weißwein zurück – die delikaten kleinen Cocktails haben es ihr offenbar nicht angetan. Ich glaube, Izzy trinkt heute Abend nicht einmal Alkohol, so wie es aussieht, also muss ich wohl für sie mittrinken. Angela schenkt trotzdem drei Gläser ein und nimmt einen Schluck aus ihrem. Ich frage mich, ob sich jemand Sorgen um sie machen sollte. Aber in meinem Kopf ist im Moment nicht genug Platz, um eine Ecke für sie freizumachen. Da ich bin nicht völlig frei von menschlichen Gefühlen bin, hoffe ich, dass Izzy sich freiwillig für die herausfordernde Aufgabe der Betreuerin meldet.

Als Angela mit einer Rede über die Komplexität der Trauer beginnt, schweife ich mit meinen Gedanken zu den roten Vorhängen ab. Obwohl ich tagelang über Mittel und Wege nachgedacht habe, wie ich Dave Cartwright am besten umbringen kann, bin ich noch nicht zu einer Entscheidung gelangt. Das Problem ist, dass es unendlich viele Arten gibt, einen Mann zu töten.

Man kann ihn erstechen, erschießen, betäuben, verbrennen, ersticken, erdrosseln, mit einem Auto zerquetschen, mit einem Baseballschläger, einem Hammer oder einem Ziegelstein erschlagen, die Treppe hinunterstoßen, von einer Brücke stürzen, über ein Geländer werfen, vor den einfahrenden Zug schubsen. Die Möglichkeiten sind endlos. Im Grunde will ich, dass der Vergewaltiger meiner Schwester einen langen, schmerzhaften Tod stirbt und dabei genau weiß, warum er so stirbt. Allerdings muss das Töten danach wirklich ein Ende haben, und ich will nicht geschnappt werden, weil ich in ein James-Bond-mäßiges Standoff mit meinem Gegner gerate und mich mit Erklärungen und Dramatik aufhalte.

»Was denkst du? Millie?«

»Hm?«

»Nina? Soll ich sie anrufen?« Izzy hat es offenbar satt, sich Angelas Monologe anzuhören.

»Oh, ja. Nur zu.«

Während Izzy Nina anruft, um zu erfahren, ob sie noch kommt, hole ich mein Handy heraus und google »langsame schmerzhafte Todesarten«. Vor den Ergebnissen poppt eine Infobox auf. »Lassen Sie sich helfen« steht da in großen fetten Buchstaben und darunter eine Telefonnummer und die Anweisung, noch heute mit jemandem zu reden. Ich habe nicht darum gebeten, von einer verdammten Suchmaschine beurteilt zu werden.

Zu spät erinnere ich mich an meine Sorgfalt nach dem Mord an Karl – ich wagte nicht einmal, nach einem Medienbericht zu googeln. Ich muss unbedingt daran denken, meinen Browserverlauf zu löschen. Beim Scrollen finde ich eine Liste mit dem Titel »Die schmerzhaftesten Todesarten laut Wissenschaft« – perfekt! Izzy säuselt gerade mitfühlend »hmm« und »ja, klar« in ihr Handy, sodass ich versuche, sie auszublenden, während ich den Text überfliege. Nummer eins ist die Kreuzigung. Das wäre umwerfend, aber vermutlich zu riskant. Protzen führt nur dazu, dass man erwischt wird, ganz zu schweigen von der praktischen Seite, wie ich den schweren Dave mit meinen kleinen Armen an ein Kreuz hängen soll. Ähnlich verhält es sich mit »lebendig gehäutet werden« und anderen mittelalterlichen Methoden.

»Sie kommt nicht, Leute!«, verkündet Izzy und wirft die Hände in die Luft. »Sie sagt, sie sieht grauenhaft aus und kann sich nicht dazu durchringen, das Bett zu verlassen.« Izzy schüttelt wieder den Kopf. Ich frage mich, ob sie damit ihre teuren neuen Strähnchen zur Geltung bringen will.

»Ach, nein! Nina! Lass uns gehen und sie holen!«, drängt Angela.

Izzy wirft ihr einen vernichtenden Blick zu. »Nein, Babe. Lass sie in Ruhe. Wie auch immer, ich habe eigentlich ein paar Neuigkeiten, die ich gerne teilen würde. Es ist irgendwie komisch, über erfreuliche Dinge zu reden, nach dem, na ja, nach dem, was Nina passiert ist. Also ist es vielleicht am besten, wenn sie nicht dabei ist. Jedenfalls … Josh und ich wollen noch ein Baby bekommen!« Wir jubeln, und ich springe strahlend auf. Ehrlich gesagt, ist mir ein weiteres Baby auf der Welt relativ egal, aber mein Jubel ist nicht gespielt. Denn bevor mich ihre Ankündigung von meiner Recherche ablenkte, habe ich etwas entdeckt, das in mir helle Freude auslöste. Ich habe die perfekte Methode gefunden, Big Dave Cartwright zu töten.

21

Obwohl ich jetzt ungefähr weiß, wie ich den Kerl beseitigen werde, der meine Schwester zu einer bettlägerigen Einsiedlerin gemacht hat, bin ich noch nicht ganz bereit, den Sprung zu wagen. Ich habe nur eine Chance, und obwohl ich es unbedingt hinter mich bringen will, wird es sich auszahlen, ein paar Tage zu warten, um die Idee zu perfektionieren.

Je mehr ich über meinen Plan nachdenke, desto mehr Hindernisse scheinen aufzutauchen. Alles wäre einfacher, wenn ich mich entschließen könnte, eine frühere Methode zu wiederholen, vielleicht die, die ich bei Steven verwendet habe, doch dagegen sträubt sich die Künstlerin in mir. Ich habe mir zwar geschworen, auf Dramatik zu verzichten, aber Dave braucht einen besonderen Abgang.

Da am Wochenende Daves Zeitplan völlig durcheinander kommt, verbringe ich den Freitag und den Samstag mit Googeln und Notizen und schmiede Pläne, die niemals funktionieren werden, und solche, die sicherlich funktionieren, aber auch zur sofortigen Verhaftung führen würden. Abends behalte ich mein Message-M-Handy obsessiv im Auge und lasse es nachts immer länger eingeschaltet. Ich wechsle meine Perücken und ändere mein Make-up und stehe mit meinem Auto vor Bars und Clubs. Was als Projekt begann, um nach Katies Vergewaltigung meine Wut auf Männer zu kanalisieren, wird immer mehr zu einer Besessenheit, je näher ich dem eigentlichen Täter komme. Jeden Morgen wache ich spät auf, mit dunklen Schatten unter den Augen und belegter Kehle.

Das wenige Geld, das ich auf meinem Sparkonto habe, schwindet dahin, und neues ist nicht in Sicht. Zum Glück wurde mein Haus von der Lebensversicherung meines Vaters bezahlt, sodass ich nicht obdachlos sein werde; dennoch brauche ich ein Einkommen, um Lebensmittel zu kaufen und Rechnungen zu bezahlen. Das alles muss bald ein Ende haben – für Katie und für mich.

Wenigstens ist Nina schon etwas munterer, als ich es mir gedacht habe, und wieder in ihrer eigenen Wohnung. Also wäre es an der Zeit, dass ich in ihrem Kleiderschrank zufällig auf den Schuhkarton mit dem Bargeld stoße, in dem auch eine getippte Mitteilung von Hugh liegt, dass er sich selber nicht traut und das Geld lieber bei ihr aufbewahrt, bis er so weit ist, die Geschäftsgründung durchzuziehen. Das war das Beste, was mir in der Not einfiel, aber ich denke, es wird funktionieren.

Obwohl ich mit dem Trösten von Nina, dem Besuch bei Katie, dem Message-M-Dienst, der Observierung von Dave und der Planung des Mordes ziemlich beschäftigt war, beschließe ich, mich am Sonntagnachmittag mit James zu einem Spaziergang zu treffen. Ich sage mir, dass es nur darum geht, mehr über die Ermittlungen herauszufinden – Chris wurde in der Lokalzeitung nur noch einmal erwähnt –, aber es wäre gelogen, wenn ich behaupte, dass ich mich nicht auf das Date freue. James schreibt mir seit unserem letzten Treffen immer wieder, und wenn ich nicht gerade an Rache denke, denke ich an sein ansteckendes Lächeln, seine eleganten Hände und seine starken Arme. Er bringt mich zum Lachen, und bei ihm kann ich mich entspannen, wie es mir in der Gesellschaft eines anderen selten gelingt.

Da ich früh dran bin, warte ich am Parktor und wärme mir die Hände an einem heißen Kaffeebecher. Es ist Mitte Oktober, die Welt lässt keinen Zweifel daran, dass der Sommer vorbei ist. Ich trage ein Kleid, das bis zum Oberschenkel geschlitzt und tief ausgeschnitten ist, dazu einen dicken orangefarbenen Schal – ein seltener Farbtupfer für mich –, einen schwarzen Wollmantel und warme, kniehohe Stiefel. Da von dem Kleid nichts mehr zu sehen ist, scheint es fast sinnlos, dass ich es überhaupt angezogen habe.

»Millie!«

Ich drehe mich in die Richtung, aus der die Stimme kommt, aber es ist nicht James. Das ist *Gina*.

»Hey!«, sage ich ehrlich überrascht. »Bist du auf dem Weg zu Picture This?«

»Oh, gleich. Ich habe mir etwas gekauft.« Sie hält eine Tasche aus einem Technikladen hoch – nicht gerade das, wo ich sie mir beim Shoppen vorstelle. Ich habe sie eher für eine Frau gehalten, die Seidenschals und ätherische Öle kauft. »Ich arbeite an einem kleinen Projekt.«

Irgendetwas stimmt nicht mit Gina. Ihr Grinsen hat etwas Irres, und sie kichert wie eine böse Zauberin.

»Ähm, okay. Na dann … viel Spaß.« Ich will, dass sie weg ist, wenn James ankommt – ihre süffisante Freude wird nur peinlich sein.

»Daniel Craig wird bekommen, was er verdient, Millie. Denk an meine Worte.«

»Gut …«

Sie geht und ruft mir nach ein paar Schritten zu: »Lass die Männer nicht mit ihrem … ihrem Scheiß durchkommen, Millie!«

»Nicht in einer Million Jahren, Gina!«

Wer hätte das gedacht? Ich fange an, sie zu mögen.

Als ich James kommen sehe, lächle ich ihm entgegen. Was ist nur in mich gefahren? Ich werde schon wie Nina, romantisch und optimistisch. Er begrüßt mich mit einer Umarmung, und seinen harten, warmen Körper zu spüren macht meine Haut empfindlicher.

»Hallo, Ms Masters. Du siehst umwerfend aus, wie immer.«

Ich habe eine Stunde lang daran gearbeitet, frischer auszusehen, daher weiß ich das Kompliment zu schätzen.

»Mit Schmeicheleien lässt sich alles erreichen, James.«

»Ach, wirklich? Alles?«

»Pass bloß auf, Freundchen.«

Wir lachen und gehen los. Das Flirten und Scherzen fällt uns noch leichter, wenn wir nebeneinander hergehen, als wenn wir uns im Pub gegenübersitzen. Allmählich glaube ich, dieser Mann könnte es wert sein, Zeit und Mühe in ihn zu investieren, sobald das alles vorbei ist und wir weniger … gegensätzliche Interessen haben.

Es ist ein klassischer Herbsttag wie aus einer romantischen Komödie. Der Himmel ist blau, und auf den Rasenflächen liegt buntes Laub. Als ich fröstle, legt er einen Arm um mich, und ich fühle mich so zufrieden wie schon lange nicht mehr.

»Wie läuft es mit der Jobsuche? Oder den Überlegungen, was du tun willst?«

»Oh, langsam. Ich habe mich schon immer für Literatur interessiert. Aber das ist wohl kaum ein Beruf, oder? Ich dachte daran, Werbetexterin zu werden. Oder Buchhändlerin? Wie findet man eigentlich heraus, was man machen will?«

Ich spüre seinen Körper an meinem, als er mit den Schultern zuckt. »Weiß der Himmel. Ich wollte schon immer Detective werden. Wahrscheinlich durchs Fernsehen. Aber auch, weil ich helfen wollte, weißt du? Ich bin … für Gerechtigkeit.«

Ich zittere, als er das sagt, und er zieht mich enger an seine Seite, aber ich friere gar nicht. Vielleicht sind wir uns ähnlicher, als ich dachte. Gerechtigkeit. Das Verlangen danach ist genau das, was mich seit Wochen antreibt.

»Also«, fährt er fort, »es ist nicht unbedingt das, was einem in der Schule gefallen hat. Vielleicht eher, was dir wichtig ist? Ob das nun Schönheit ist oder Geld oder Hilfsbereitschaft. So könnte man es vielleicht angehen.« Er lacht und zuckt noch einmal verlegen mit den Schultern. »Nicht, dass ich ausgebildeter Berufsberater wäre.«

»Nein, du hast recht. So habe ich das noch gar nicht gesehen.«

In der eisigen Luft werden meine Hände taub, und so schlendern wir zu einem Pub an der Ecke des Parks. Als wir in dem dunklen, holzgetäfelten Raum mit loderndem Kaminfeuer und anständiger Weinkarte sitzen, lenke ich das Gespräch auf Mord. Das Geschäftliche geht schließlich vor.

James erzählt mir von seiner Arbeitsbelastung und wie sehr es ihn aufregt, dass niemand auf dem Revier seine Überlegungen ernst nimmt. Irgendein Typ hat gemeldet, dass er Chris zusammen mit einer Frau mit kurzen schwarzen Haaren auf die Brücke zulaufen sah, aber das ist auch schon alles, was die Polizei in Erfahrung bringen konnte. Ich bin nicht begeistert, dass es diesen Zeugen gibt, aber dass sie der Spur nicht nachgehen, ist mir sehr recht. James wirkt so leidenschaftlich, wenn er über seine dünnen Theorien spricht, dass ich befürchte, er ist davon besessen. Er sollte sich für seine Leidenschaft wirklich ein gesünderes Ventil suchen.

Auf jeden Fall ist es beruhigend zu hören, dass die Ermittlung so wenig Fortschritte macht.

»Man hat mir gesagt, ich solle es vergessen.« Er füllt unsere Gläser aus der Flasche Malbec auf. »Angeblich mache ich aus Maulwurfshügeln Berge und sehe Verbindungen, wo es keine gibt. Mein Chef meint sogar, dass ich eine *ungesunde Besessenheit* entwickle, weil ich die Todesfälle miteinander in Verbindung bringen will.«

Ich schüttle traurig den Kopf, um zu bestätigen, wie sehr ihm unrecht getan wird, und meine das sogar ernst.

»Was ist mit dem Freund meiner Freundin, diesem Hugh? Meinst du, der Fall hängt auch mit den anderen zusammen?«

»Nein, am Ende sah es nicht so aus.« Er wirkt enttäuscht. Alle Polizisten sind insgeheim darauf aus, einen Serienmörder zu fassen. Davon träumen sie als Kinder und nicht davon, stundenlang langweilige Berichte zu schreiben oder Schüler für das Klauen von Absperrkegeln zu bestrafen. Obwohl James wie ein entspannter Typ rüberkommt, verlangt es ihn nach Dramatik. Das wird bei jedem Treffen deutlicher.

»Es war ein anaphylaktischer Schock, wie du natürlich weißt. Der Kerl hatte ein paar von diesen bunten Macarons in der Küche, und in der Nähe gibt es eine Bäckerei, die sie freitags zum halben Preis verkauft. Wahrscheinlich hat er sie auf dem Heimweg gesehen und beschlossen, sie zu probieren. Aber werden sie mit Nussmehl hergestellt?«

»Mandelmehl.«

»Ja! Genau, Mandelmehl! Aber ist das eine seltene Zutat? Ich habe keine Ahnung. Er ist ein Idiot, dass er sich nicht danach erkundigt hat. Menschen mit einer so schweren Allergie sind es eigentlich gewohnt, sich vor jedem Happen zu informieren. Aber nach dem, was du gesagt hast, war er nicht der Hellste.«

»Ein totaler Idiot.«

»Na bitte. Seine Freundin, also, die andere Freundin, ist überzeugt, dass er sich auf jeden Fall erkundigt hätte. Aber es gibt nichts, was das Gegenteil beweisen würde.«

»Hatte er keinen EpiPen?« Natürlich kenne ich den Fall viel detaillierter als James, aber es ist schön, sich seine Glanzleistungen noch mal vor Augen führen zu lassen. So muss es sich anfühlen, wenn man einen Emmy gewinnt.

»Nun ja, davon hat die Freundin auch gesprochen. Wir haben ihn hinter den Polstern in der Sofaritze gefunden. Dummer Kerl. Wenn du schon nicht darauf achtest, was du isst, dann bewahre wenigstens deine lebensrettenden Medikamente an einem vernünftigen Ort auf. Sie meinte, er hätte zwei, aber der andere ist nicht aufgetaucht. Wahrscheinlich hat er ihn irgendwo vergessen.«

Oder er steht in meinem Schlafzimmer im Stifteköcher.

»Mein Chef war begeistert, als er im Nachttisch einen Haufen Bargeld fand, und dachte, es könnte eine Verbindung zu einer Bande geben. Aber laut der Freundin – Charlotte heißt sie – hat sie es ihm gegeben, damit er sich selbstständig machen kann. Klingt für mich nach einem Loser.« Nach einem Schulterzucken sagt er hastig: »Nicht, dass mir sein Tod gleichgültig wäre. Ich sollte niemanden beleidigen, der Opfer eines Verbrechens geworden ist.«

»Ich sag's keinem weiter.« Ich schenke James ein strahlendes Lächeln und stoße mit ihm an. Das Bargeld im Nachttisch sollte mich eigentlich nicht überraschen, tut es aber. Es ist gut zu hören, dass die Polizei meiner (buchstäblichen) Krümelspur gefolgt ist. Die Bäckerei, die die Macarons verkauft, gehört zu meinen Lieblingsläden, und an den Freitagen mit dem Sonderangebot ist da immer viel los. Man wird sie nicht zu mir zurückverfolgen.

»Wie auch immer«, sagt er seufzend. »Genug davon. Lass uns über etwas anderes reden. Zum Beispiel ... Ich weiß nicht. Halloween? Magst du das Gegrusel?«

Wir halten das Gespräch mühelos in Gang und wetteifern darum, uns gegenseitig zum Lachen zu bringen. Als wir die Flasche Wein leeren, schauen wir uns zögernd an.

»Du weißt, dass ich Wein zu Hause habe?«, sagt er mit seinem typischen Schulterzucken und rauft sich die Haare, um von dem Moment abzulenken. »Falls du ... Lust hast, mit zu mir zu kommen?«

Seine Augen sind hinreißend, und ich finde ihn noch anziehender, wenn er so unsicher ist. Ich hatte vor, nach dem Date wieder auf Message-M-Streife zu gehen – allerdings sind meine Möglichkeiten zu helfen begrenzt, da ich zu viel getrunken habe, um zu fahren. Und James weiß nicht, dass ich schon einmal bei ihm zu Hause gewesen bin.

»Wohnst du nicht mit deinem Bruder zusammen? Ich weiß nicht, ob ich Lust auf Gesellschaft habe.«

»Er ist verreist. Macht einen Kurzurlaub mit seiner Freundin.«

Der Gedanke, wieder in diese Straße zu gehen, dieses Haus zu betreten, macht mir zu schaffen. Laut die Treppe hochzupoltern, die ich mal hinaufgeschlichen bin. In dem Haus nebenan, wo ich Karl vor all den Wochen tot in seinem Kellerzimmer zurückgelassen habe, ist es jetzt still und dunkel. Seine Kommilitonen wollten nicht mehr dort wohnen, und der Vermieter musste laut James renovieren. In jener Nacht änderte sich so vieles, in gewisser Weise fing damit alles an. Aber James legt einen langen Finger auf meinen Handrücken, und schon diese leichte Berührung löst einen Schauder der Erregung aus.

Ich stehe auf, trinke den Rest meines Weins aus, stelle mein Glas ab und halte James die Hand hin.

»Lass uns gehen.«

Der Sex ist schön und intensiv, wenn auch ein wenig taumelig, weil wir vorher im Wohnzimmer eine weitere Flasche Wein getrunken haben. Aber weil ich wieder in dieser Straße bin, sehe ich mich als Rose, während James auf mir liegt. Als er in meine Haare greift, denke ich an sie, und als er sich hinterher von mir runterrollt und neben mir auf die Matratze fallen lässt, sehe ich Karl die Treppe hinunterstürzen. Das ist eine seltsame Erfahrung. Danach plaudern wir schläfrig im Bett, ich liege auf seiner Brust, und er streichelt meine Haare.

Als Stille eintritt, summt mein Handy – ich hatte Nina seine Adresse per SMS geschickt, wie wir es immer tun, wenn wir zu einem Mann nach Hause gehen. Obwohl sie an die wahre Liebe glaubt, hält sie auch viel davon, auf Nummer sicher zu gehen. Vermutlich hört man bei der Arbeit im Justizwesen von schlimmen Dingen. Sie trägt sogar eine Dose Pfefferspray bei sich, die sie mal bei einem Mandanten konfisziert hat. Heutzutage weiß man einfach nie, wer ein Mörder sein könnte.

Ich schreibe ihr kurz, dass alles in Ordnung ist, und verspreche, sie am Morgen auf den neuesten Stand zu bringen. Dann kommt mir mein Plan in den Sinn, in dem es von Löchern nur so wimmelt. Ich weiß, dass ich nächste Woche in Daves Haus eindringen muss, während er arbeitet, vielleicht schon morgen. Bisher habe ich ihn nur von draußen beobachtet und belauscht. Er ist ein großer Mann, der mich leicht überwältigen kann, also ist es nur vernünftig, mich mit den Räumen vertraut zu machen. Ein leises Schnarchen bringt mich zum Lächeln. Warm zugedeckt und zufrieden schlafe ich auch bald ein, mit vagen Gedanken an Liebe und Mord.

22

Es vergehen Tage, bis ich endlich bereit bin. Methodisch werde ich von Mal zu Mal besser, nur bei Chris, das muss ich zugeben, habe ich einen Bock geschossen. Jeder Mord ist besser recherchiert als der vorige, und der Planungsprozess wird fast so aufregend wie die Tat selbst. Es ist prickelnd, wie ein Vorspiel, das sich zu einem glorreichen Höhepunkt steigert, wenn das Licht aus ihren Augen schwindet.

Dave geht jeden Abend zur Arbeit, und so breche ich in den nächsten Tagen zweimal in sein Haus ein, um es in Augenschein zu nehmen. Es ist makellos sauber, was mich bei einem Mann, den ich verachtenswert finde, überrascht. Das Haus ist billig eingerichtet, mit wackeligen Küchenschränken und Möbelstücken, die älter sind als zehn Jahre, aber die Arbeitsplatten sind krümelfrei, die Teppiche gesaugt, das Bad glänzt. In meiner Vorstellung war er eher wie einer von Gullivers Yahoos. Von einem solchen Mann erwartet man keine makellose Toilettenschüssel.

Aber selbst der übelste Mensch kann einen überraschen. Am Donnerstag beschließe ich, den Plan in die Tat umzusetzen. Es sind fast zwei Wochen vergangen, seit ich die roten Vorhänge sah, die Bestätigung, die mir noch gefehlt hatte.

Jeden Tag war ich vor Angst, Vorfreude und Wut so nervös, als hätte ich kein Blut in den Adern, sondern Bienen. Während ich auf den kleinen roten Punkt auf meinem Wandkalender starre, kann ich nicht so recht glauben, dass der Moment der Vergeltung endlich gekommen ist.

Für diesen Mord braucht man nicht viel Ausrüstung, und Dave verlässt sein Haus erst um halb sieben, sodass ich genug Zeit habe, alles vorzubereiten. Seit Chris' Sturz von der Brücke bin ich nicht mehr viel gejoggt, aber jetzt ziehe ich mir Laufsachen an und laufe acht Kilometer in schnellem Tempo, um meine Nerven zu beruhigen. Ich meide den Weg zur Hängebrücke und laufe hinunter zur Uferpromenade und am Hafen entlang, wo ich Paaren in Mänteln ausweiche, die Flauschknäuel an der Leine führen und so tun, als wären das Hunde.

Um halb fünf packe ich alles, was ich brauche, in einen kleinen schwarzen Rucksack, wobei ich Shirley Basseys missbilligendes Miauen ignoriere. Chris' Taschenmesser, das ich inzwischen immer bei mir habe, meine dunkelbraune Perücke, eine dickrandige Brille, schwarze Lederhandschuhe, ein iPhone-Ladekabel, eine kleine Taschenlampe und ein paar andere Kleinigkeiten.

Ich fülle Shirleys Fressnapf auf und gehe aus dem Haus. Nach etwa zehn Minuten Weg setze ich die Perücke und die Brille auf und bestelle mir ein Uber zu einer Adresse, die vier Straßen von Daves entfernt ist.

»Schönen Tag gehabt, Miss? Überstunden gemacht, ja?« Der Fahrer will sich unbedingt unterhalten. Ich nicht.

»Ja und ja.«

»Schön. Für manche ist das in Ordnung, ja! Ich fahre bis mindestens zwei Uhr morgens.«

»Oje.« *Vielleicht hätten Sie nicht Taxifahrer werden sollen, wenn das ein Problem ist.*

»Ich muss die Rechnungen bezahlen! Ich muss meiner Frau neue Schuhe kaufen, nicht wahr? Ha!« Ich stelle mir vor, wie ich ihn in seinen Kofferraum sperre, wenn wir ankommen.

»Ja, sie will ein Paar neue Skechers. Kennen Sie die? Haben Sie gesehen, wie teuer die sind? Jedenfalls will sie sich am Wochenende ein Paar kaufen, sagt sie. Und nichts, was *ich* sage, wird sie aufhalten! Stehen Sie auf Schuhe? Oder berauschen Sie sich an was anderem?«

»Meistens am Töten.«

»Wie bitte?«

»Putzen. Ich habe einen Putzfimmel.«

»Tja, wäre schön, wenn meine Frau den auch hätte!«

Gott sei Dank kommen wir gerade am Ziel an, sonst hätte ich meinen Drang wohl nicht länger unterdrücken können. Ich steige aus, während er mir weiter von seinem häuslichen Leben erzählt, obwohl mich das offensichtlich weniger interessiert als Wladimir Putin sein Ruf als netter Kerl.

Um Viertel vor sechs erreiche ich die Straße, in der David Cartwright wohnt. Ich fühle mich jetzt ruhig und entspannt und komme mir sehr verstohlen vor. Die Bienen sind wohl eingeschlafen. Ich will ihn aus dem Haus gehen sehen, damit ich sicher sein kann, dass er weg ist. Es wäre eine Katastrophe, wenn ich dort reinplatze und feststelle, dass er sich krankgemeldet hat und in Unterhosen Call of Duty spielt.

Aber nein, pünktlich um halb sieben öffnet sich die Haustür, und Dave tritt heraus, ganz in Schwarz gekleidet und bereit für seine Schicht, in der er seine Macht als Zerberus gegen beschwipste Teenager ausspielt, die in den schrecklichen Nachtclub reinwollen. Ich habe ihn in den letzten Wochen beobachtet und kennengelernt. Er ist unglaublich pünktlich und sieht immer ordentlich aus. Ich warte noch zwanzig Minuten, nur für den Fall, dass er heute sein Handy/Kopfhörer/Rohypnol vergessen hat und zurückeilt, um es zu holen. Aber alles scheint in Ordnung zu sein.

Inzwischen bin ich sehr darin geübt, in Daves Garten zu gelangen. Das Haus ist das letzte in der Reihe, und es gibt an der Seite eine Gasse und eine eins achtzig hohe Mauer, die sie von seinem Garten trennt. Die Mauer ist alt, und in vielen Fugen fehlt der Mörtel, sodass sie von jedem, der einigermaßen fit ist, in Sekundenschnelle erklommen werden kann. Dann kann man sich elegant hinter einen Busch fallen lassen. Okay, die ersten paar Male war es nicht elegant, aber jetzt gleite ich hinunter wie Wasser.

In Daves Haus einzudringen ist ebenfalls einfach, denn Dave ist dumm und einfallslos, worauf ich gehofft habe, als ich das erste Mal den Blumentopf neben der Hintertür anhob. Ein Schlüssel, der direkt neben der Tür liegt – das ist im Grunde natürliche Auslese.

Innerhalb von fünf Minuten bin ich drin. Und jetzt, nun ja, jetzt heißt es warten. Dave wird erst gegen eins zurück sein, also habe ich sechseinhalb Stunden Zeit, in denen ich nichts anderes tun muss, als mit meinem Handy zu spielen. Ich schaue mich kurz um, um sicherzugehen, dass nichts Unvorhergesehnes passiert ist, und lege mich dann auf sein Bett, um James zu antworten. Wir haben uns die ganze Woche über geschrieben, wenn ich nicht gerade Dave observiert oder jemandem in sein Bett geholfen habe. Wir haben uns nicht mehr gesehen, weil ich keine Zeit hatte, aber wenn das hier vorbei ist, werde ich ihm ein Abendessen kochen.

Seit Sonntag arbeite ich wie besessen für Message M. Wie das Joggen hilft es mir, den Kopf frei zu bekommen und Frustration abzubauen. Wie letzte Woche, als ich nicht bei Dave spionierte. Selbst montags gibt es immer irgendeinen Hilferuf, immer eine Teenagerin, die verfolgt, eine Frau, die beobachtet wird, ein Date, das sich böse entwickelt. Normalerweise gibt es jede Woche einen besonderen Fall, der mir im Gedächtnis bleibt. Diesmal war es eine Siebzehnjährige bei einem Date mit einem Mann, der behauptet hatte, neunzehn zu sein, aber über dreißig war. Er machte sie betrunken und wurde zudringlich. Sie geriet in Panik und schrieb mir in der Toilette eine SMS. Sie sah meiner Schwester sehr ähnlich. Noch mehr, wenn sie weinte. Es ist schon Wochen her, dass ich nachts mal ruhig durchgeschlafen habe. Aber das Ende ist in Sicht. Noch sechs Stunden, dann ist es vorbei.

Es dauert einen Moment, bis ich begreife, wo ich bin und wie sehr ich es vergeigt habe. Das Zuschlagen einer Tür hat mich geweckt, und ich blinzle in den stockdunklen Raum. Ich liege auf David Cartwrights Bett, in seinem Haus, und ich bin hier, um ihn zu töten. Aber so war das nicht geplant.

Ein müdes Stöhnen kommt von unten, gefolgt von langsamen schweren Schritten. Da ich keine andere Möglichkeit sehe, lasse ich mich vom Bett fallen und rolle mich darunter. Ich greife noch schnell nach meinem Rucksack und ziehe ihn zu mir, als auch schon die Tür aufschwingt und das Licht angeht.

Daves schwere schwarze Stiefel, die sich bestens eignen, um rebellische Clubgänger zusammenzutreten, kommen ins Blickfeld. Sobald er vor dem Bett stehen bleibt, erinnere ich mich, wie makellos glatt die Bettdecke aussah, als ich ankam. Ich erschaudere bei dem Gedanken, wie zerknittert sie jetzt sein muss. Ich liege nicht sehr weit unter dem Bett, wo zum Glück nicht das übliche Chaos herrscht, und ich kann es jetzt nicht riskieren, mich zu bewegen. Ich werde einfach den Atem anhalten und beten müssen. Ich streiche mit dem Daumen über das Messer in meiner Tasche – die eingezogenen Krallen eines in die Enge getriebenen Löwen. Ein Moment der Stille vergeht, ich höre ein leichtes Ausatmen und ein fast unhörbares Gemurmel, dann das Rascheln von Bettzeug, als Dave es glatt zieht. Dieser Typ ist wirklich pingelig. Seine Füße drehen sich, als wollte er den Raum verlassen, doch dann bleibt er stehen und plumpst rückwärts auf das Bett.

Dave Cartwright muss um die hundertfünfzehn Kilo wiegen, und obwohl das triumphale Bett sein Gewicht tapfer hält, wölben sich die Latten, und eine drückt mir die Nase platt. Wenn sie hinterher noch krummer ist, ich schwöre, dann bringe ich ihn um. Ein zweites Mal.

Ein langer Seufzer verrät mir, dass Dave eine harte Nacht hinter sich hat. Es wäre wirklich Pech, wenn seine Schicht diesmal so anstrengend war, dass er mit seinem Ritual bricht und direkt schlafen geht. Was würde ich dann tun? Bis morgen Abend hierbleiben? Mich rausschleichen, sobald ich ihn schnarchen höre, und hoffen, dass er keinen leichten Schlaf hat?

Aber nach fünf Minuten, in denen ich in stiller Panik war, richtet er sich zum Glück wieder auf, wobei er mir fast die Nase bricht. Ächzend zieht er sich Stiefel und Socken aus und wackelt mit seinen befreiten Zehen, um sie dann in dem Flor des sauberen, cremefarbenen Teppichbodens zu versenken. Nach einer weiteren Minute steht er auf und schlurft aus dem Zimmer. Erst als ich höre, dass sich der Wasserhahn dreht und das Wasser plätschert, atme ich auf.

Die Dinge laufen nicht nach Plan, aber ich kneife nur, wenn es um Arbeit, Hobbys, Beziehungen, Diäten und neue Freundschaften geht. Nicht bei Mord. Wir werden es also nehmen, wie es ist. Dave ist wieder nach unten gegangen, während sein Badewasser einläuft. Daher erlaube ich mir ein bisschen Bewegung, ohne Angst, gehört zu werden. Ich ziehe mir ebenfalls die Schuhe aus und öffne meinen Rucksack. Ich habe noch nie so langsam einen Reißverschluss aufgezogen, und dennoch hört es sich wahnsinnig laut an. Sobald er offen ist, nehme ich heraus, was ich brauche, und drücke auf das Messer in meiner Tasche, um zu prüfen, ob es noch da ist. Als ich das Poltern auf der Treppe höre, schiebe ich mich wieder unter das Bett.

In der Mitte des Zimmers fallen Daves Jacke und T-Shirt auf den Boden. Seine Hose fällt ihm um die Knöchel, gefolgt von seinen Boxershorts. Dann bleibt mir das Herz stehen, denn er bückt sich, um alles aufzuheben. Natürlich würde Deckenglattzieher-Dave schmutzige Kleidung nicht mal für eine Minute auf dem Boden liegen lassen. Es raschelt, als sie in den Wäschekorb gelegt wird, und als sich seine Füße zur Tür bewegen, höre ich kurz darauf, dass er seine Jacke aufhängt. Schließlich geht er hinaus, und das Gerausch von fließendem Wasser hört auf.

Ein lautes Platschen und ein Stöhnen, als er seinen riesigen Körper ins Wasser senkt, gefolgt von einem zufriedenen Seufzer. Beyoncés »If I Were a Boy« ertönt.

Showtime.

Nach ein paar Minuten schiebe ich mich unter dem Bett hervor. Im Schutz von Beyoncés Gejammer ziehe ich den Stecker von Daves Nachttischlampe und stecke mein Verlängerungskabel ein. Daran schließe ich das Ladekabel an, an dessen Ende ein iPhone hängt, das ich in einem dieser windigen Hehlerläden gekauft habe, und ein kleines Radio, das ich mit auf null gestellter Lautstärke einschalte. Ich weiß, dass das Verlängerungskabel lang genug ist, denn ich habe es ausprobiert, als Dave unterwegs war. Das Einzige, was jetzt noch schiefgehen kann, ist, dass er mich hört, bevor der Augenblick gekommen ist, aber ich bewege mich lautlos wie ein Schatten.

Mit dem iPhone in der Hand gehe ich auf die Schlafzimmertür zu. Ich bin nervös, das gebe ich zu. Mein Herz klopft wie wild, und mir wird klar, dass ich ein immenses Risiko eingehe. Bei Karl habe ich jemanden gerettet. Das war nobel. Chris hat mich belästigt. Steven und Hugh haben mich wenigstens hereingebeten. Aber diesmal ist es anders. Ich verstecke mich mitten in der Nacht im Schlafzimmer eines Mannes, mit der Absicht, ihn zu töten. Eines Mannes, der dreimal so schwer ist wie ich und bekanntermaßen gewalttätig wird. Ich könnte leicht überwältigt und verhaftet werden, oder schlimmer noch, er könnte mir etwas antun. So wie bei Katie. Das ist fast genug, um kehrtzumachen und die Sache zu überdenken. Aber eben nur fast.

Ich drehe mich zum Fenster und konzentriere mich auf die roten Vorhänge. Ich denke an Katie, die zu Hause im Bett liegt, nur noch Haut und Knochen, an das traurige Lächeln, das sie sich mir zuliebe abringt. Dieser Mann hat meine Schwester vergewaltigt, und es ist an der Zeit, ihn auszuschalten. Ich trete in den Flur und zucke zusammen, als der Boden knarrt. Aber aus dem Badezimmer sind nur die blecherne Musik aus dem Lautsprecher eines Handys und gelegentliches Plätschern zu hören. Ich strecke die Hand zum Türknauf, halte inne und atme tief ein.

In dem Moment verstummt die Musik. Ich erstarre. Zwei Vermutungen schießen mir durch den Kopf: Ich habe sie irgendwie ausgeschaltet, oder er hat meine Schritte gehört und kommt in dieser Sekunde auf mich zu. Ich sollte fliehen, mich verstecken, angreifen. Doch dann hallt Kellys weinerliche Stimme durch den gekachelten Raum. Beinahe lache ich vor Erleichterung. Der ungeplante Mittagschlaf und Daves plötzliche Ankunft haben mich aus der Bahn geworfen, sodass ich ihren nächtlichen Anruf vergessen habe.

»Du bist also zu Hause, ja?«

»O Gott, Kelly. Ich kann das jetzt nicht. Es ist etwa zwei Uhr früh.«

»Du rufst immer um halb eins an. Was hast du gemacht, Dave? Wer ist sie?«

Ich ziehe die Hand zurück und setze langsam den Fuß auf den Boden. Ich komme mir dumm vor. Das hätte eine Katastrophe werden können. Ich hoffe bei Gott, dass ich mir dieses Geplänkel nicht lange anhören muss. Ich habe für alle Zeiten genug von ihrer Beziehung. Während sie lauter streiten, lenke ich mich ab, indem ich mir die eingerahmten Fotos im Flur ansehe. Dave und Kelly, die Arme umeinander gelegt, am Strand. Dave mit zwei alten Leuten, die ich für seine Eltern halte. Sie werden traurig sein, aber sie hätten ihn zu einem besseren Menschen erziehen sollen.

»Hör zu, Kelly, ich lege jetzt auf, okay? Es war eine lange Nacht. Ich rufe dich morgen an. Dann reden wir. Aber es ist spät, und ich lege jetzt auf.«

Beyoncés Stimme füllt wieder das Badezimmer, und wie

um Kelly den Stinkefinger zu zeigen, geht sie zu »All the Single Ladies« über. Auch wenn ich heute Abend nicht hergekommen wäre, würde Kelly sich in Kürze in die Riege der Single Ladies einreihen, da bin ich mir ziemlich sicher.

Entschlossen öffne ich die Badezimmertür.

23

Ein riesiger Mann in einem Schaumbad ist ein surrealer Anblick. Sein glänzender kahler Kopf und sein verblüfftes Gesicht ragen aus weißen Schaumbergen, und einen Moment lang scheint alles außer Beyoncé stillzustehen. Durch seine Glatze und seine Nacktheit sieht er wie ein riesiges Baby aus, und für einen unbändigen Augenblick möchte ich lachen und es gut sein lassen. Daves Badezimmer ist weiß, makellos weiß. Die einzigen Farbflecken im Raum sind sein dicker Kopf und der rosa Schwamm, der am Wasserhahn hängt. Ein eigenartiger Geruch liegt in der Luft, und es dauert einen Moment, bis ich darauf komme, dass es nach Lavendel riecht. Ich habe die synthetischen Gerüche von Schaumbädern immer verabscheut.

Es hat sicherlich seinen Reiz, wie Liam Neeson in *Taken* eine Rede zu halten, bevor man jemanden tötet, aber das ist nicht immer praktisch. Es ist nicht wie bei Hugh, der immer schwächer wurde, während ich in sicherer Entfernung bleiben konnte. Ich bin nicht arrogant, halte mich aber für intelligent genug, um Dramatik nicht zu weit über meine eigene Sicherheit zu stellen.

Ich habe also genau geplant, was ich sagen werde, aber nicht damit gerechnet, in der Tür zu erstarren. Als wir uns entsetzt in die Augen sehen, wäre ein uneingeweihter Beobachter vielleicht nicht in der Lage, Eindringling von Opfer zu unterscheiden.

Doch dann kommt er in Bewegung. Der Bann bricht, und ich bin wieder ganz bei mir und sitze am Steuer.

»Was zum …?«

»Mein Name ist Millie. Ich bin hier, weil Sie meine Schwester vergewaltigt haben. Sie haben sie festgehalten, vergewaltigt und dann weggeschickt. Sie haben sie zerstört, etwas in ihr getötet. Und jetzt werden Sie sterben.«

Dave öffnet den Mund, um auf meine einstudierte Rede zu antworten, und will sich am Wannenrand hochstemmen. Aber ich hole die Hände hinter dem Rücken hervor und schleudere meine Wurfgeschosse, ein gelbes iPhone 5c und ein Radio.

Hast du schon mal gesehen, wie ein Mann durch einen Stromschlag stirbt? Kurz gesagt, es ist kein schöner Anblick. Selbst wenn es sich um einen Mann handelt, dessen Tod man sich ausgemalt, herbeigesehnt, geplant hat – man kann seinen Abend auf angenehmere Art verbringen.

Nasse Haut hat einen hundertmal geringeren Widerstand gegen Elektrizität als trockene Haut. Deshalb kann man einen bösen Stromschlag von einer Autobatterie bekommen und danach immer noch einen Cocktail trinken gehen, aber wenn einem jemand mehrere Elektrogeräte in die Badewanne wirft, kann man das nicht mehr.

Ich habe vorher recherchiert, was passieren würde, aber ich muss zugeben, es war … Okay, ich sage es: Es war schockierender, als ich es mir vorgestellt hatte. Ein wissenschaftlicher Aufsatz kann den Knall, das Knacken und Knistern, die Zuckungen des Körpers, den Geruch verbrennender Haut, das Platschen und Schwappen des Wassers nicht rüberbringen. Dave selbst gibt keinen Laut von sich, während es passiert, und ich kann mich nicht bewegen. Ich stehe erstarrt in der Tür, während er im Wasser zappelt und vor Schmerzen das Gesicht verzieht. Es scheint eine Ewigkeit zu dauern, aber ich kann mich die ganze Zeit über nicht bewegen. Bis alles mit einem dumpfen Knall abbricht. Der Strom ist weg. Ich atme langsam aus.

Ich hole meine Taschenlampe hervor, schalte sie ein und lasse das Licht über den Toten gleiten. Das Wasser schwappt noch und kommt langsam zur Ruhe. Sein Kopf ist zur Seite halb in den Schaum gesunken, die Augen sind weit geöffnet, aber nach innen gedreht, sodass nur das Weiße im Schein der Taschenlampe zu mir zurückstarrt. Er sieht obszön aus in der Wanne, wie eine Halloween-Dekoration. Noch keins meiner Opfer hat so tot ausgesehen und dennoch so sehr, als könnte es jeden Moment aufspringen und mich packen. Ich schaudere, und erst nachdem ich mich vergewissert habe, dass er nicht mehr atmet, trete ich auf den Flur.

Das war heftig. Viel heftiger als der schnelle Tod, den ich Karl, Chris und Steven gewährte, oder die langsame Wanderung in die Unterwelt, bei der ich Hugh begleitete. Dieser Tod war lang und gewaltvoll. Aufwühlend und filmisch. Weil der Geruch verkohlter Haut langsam in den Flur zieht, schließe ich die Badezimmertür hinter mir. Ich weiß, ich sollte mich beeilen, aber manchmal ist es besser, sich Zeit zu lassen. Wenn ich mich beeile, bevor ich mich beruhigt habe, könnten mir dumme Fehler unterlaufen. Ich kann es noch nicht so ganz fassen, dass es geschafft ist. Ich habe den Vergewaltiger meiner Schwester gefunden und es ihm heimgezahlt. Mehr als das, ich habe ihn umgebracht. Er ist einen entsetzlichen, schmerzhaften, entwürdigenden Tod gestorben. Nackt wie ein Baby, erbärmlich, nass, wehrlos. Ich schließe die Augen und denke an die Wochen und Monate, in denen Katie sich vor der Welt versteckt hat. An ihr abgebrochenes Studium, an ihr stumpfes, schmutzig blondes Haar. Ich habe es tatsächlich geschafft. Ich atme tief ein und erlaube mir ein Lächeln.

Ich bin mir nicht ganz sicher, wie ich es Katie sagen soll. Sie ist eine reine Seele und wird meine Beweggründe wahrscheinlich nicht verstehen. Sie wird sich schuldig fühlen, weil der Mord ihretwegen begangen wurde. Wenn es in der Zeitung steht, werde ich es ihr zeigen. Ich werde eine Möglichkeit finden, es ihr mitzuteilen und meine Rolle dabei geheim zu halten. Mir wird bewusst, dass ich auf das Foto von Dave und seinen Eltern starre. Sie sehen nett aus, vor allem die Frau hat ein freundliches Gesicht. Sie sieht glücklich aus, mit ihrem Mann und ihrem Sohn zusammen, einen Arm um den riesigen Dave gelegt, der sie weit überragt. Im Haus ist es jetzt so still. Außerhalb des Lichtkegels meiner Taschenlampe ist es stockdunkel, die einzigen Geräusch sind mein raues Atmen und das stetige Tröpfeln des Wassers im Badezimmer.

Seit zehn Monaten dreht sich mein Leben darum, was Katie passiert ist. In den letzten Wochen hat es mich völlig in Anspruch genommen. Jetzt frage ich mich, was ich mit meinem Leben anfangen soll, nachdem meine Mission erfüllt ist. Aber andere Menschen können ihre Zeit schließlich auch ohne leidenschaftliche Rachepläne ausfüllen, nicht wahr? Ich sollte mir wahrscheinlich einen neuen Job suchen, und da ist immer noch Message M. Es gibt unzählige Frauen, die vor unzähligen Männern gerettet werden müssen. Ich erlaube mir einen euphorischen Moment. Ich habe es geschafft. Er ist tatsächlich tot.

Ich richte den Lichtkegel auf das nächste Foto: Kelly und Dave am Strand. Dieses scheint neueren Datums zu sein, auch wenn ich bezweifle, dass sich Kellys Aussehen mit den Jahren stark verändert hat. Wenn man sich so viel Silikon ins Gesicht spritzen lässt, sieht man irgendwann alterslos alt aus. Das nächste Bild zeigt Dave mit ein paar Männern in seinem Alter. Sie halten ihre Gläser hoch, sind in Mäntel und Schals gehüllt und haben die Münder zu einem Jubelschrei geöffnet. Ich bewege den Lichtkreis über das Foto und suche nach Anhaltspunkten für den Anlass der Feier. Hinter ihnen erhellt ein Feuerwerk den Himmel, und mein Blick fällt auf ein New Yorker Gebäude, dessen Name mir nicht einfällt. Dann entdecke ich noch etwas.

Einer der Männer trägt eine riesige Scherzbrille, die aus den Ziffern des Jahres besteht und zu Silvester überall zu sehen ist. Die in den frühen 2000er-Jahren witzig waren, aber nach 2009 etwas verzweifelt wirken, wenn über dem linken Auge eine Eins statt einer Null zu sehen war. Aber die Brille verrät mir, dass sie aus dem vergangenen Jahr stammt. Dieses Foto wurde vor zehn Monaten aufgenommen. In New York.

Verzweifelt gehe ich mit dem Gesicht näher heran. Die Brille könnte irgendwann in den letzten zehn Monaten hervorgeholt worden sein. Es muss nicht unbedingt bedeuten, dass die Aufnahme von Silvester stammt. Es könnte auch ein Männertrip Anfang Januar gewesen sein. Doch die Männer stehen in einer Menschenmenge, einer großen Menschenmenge, und je genauer ich hinschaue, desto mehr sehe ich. Luftballons, mehr solcher Brillen, einen glitzernden Zylinder. Es ist Silvester. In New York. Dieselbe Nacht, in der meine Schwester vergewaltigt wurde. In Bristol.

Zu der niederschmetternden Erkenntnis kommt eine weitere, als ich die Taschenlampe nach rechts schwenke, zurück zu dem Bild von Dave und Kelly im Urlaub. Wie konnte ich nur so blöd sein? Kelly ist im Bikini zu sehen und Dave in Shorts. Eine tätowierte Weinranke verläuft über seine Schulter bis zur Halsbeuge, aber seine Brust und seine Arme sind untätowiert. Wie alt ist dieses Foto? Habe ich eine Elster an ihm gesehen, als ich vorhin in der Tür stand?

Im Badezimmer ist alles still, und ich stelle mir vor, wie ich die Tür öffne und Dave in der Wanne sitzen sehe, der sich mit geschlossenen Augen in einem Schaumbad entspannt. Das ist ein so schönes Bild, dass ich mich für ein oder zwei Augenblicke daran festhalte, anstatt in der Realität zu bleiben, in der ich gerade einen unschuldigen Mann brutal ermordet habe.

Ewig im Flur zu stehen ist keine Option. Die Zeit läuft. Ich muss aufräumen und von hier verschwinden, bevor die Sonne aufgeht und die Pendler am frühen Morgen in ihre Autos steigen. Ich muss mich dem stellen, was ich getan habe.

Als ich die Badezimmertür öffne, schlägt mir Gestank entgegen. Lavendelduft vermischt mit dem Gestank von verkohlter Haut und Scheiße. Im Schein des Lichtkegels schaue ich mich um und begutachte den Schaden. Trotz meines Tagtraums ist Dave eindeutig, unwiederbringlich tot. Da sich der Schaum weitgehend aufgelöst hat, leuchtet mir seine makellose weiße Brust entgegen. Wie konnte ich das übersehen? Der Boden ist nass, das iPhone und das Radio liegen auf seinem massigen Körper unter Wasser. Es ist so still und unheimlich – unverkennbar ein Raum, in dem etwas sehr Grauenvolles passiert ist.

Als ich wieder in der Tür stehe, habe ich das Gefühl, hinterm Lenkrad zu sitzen, aber jeden Moment die Gewalt über den Wagen zu verlieren. Vielleicht habe ich sie schon verloren. Aber ich muss mich zusammenreißen und den Tatort in Ordnung bringen. Im Flur lasse ich das Ladekabel liegen und ziehe den Stecker des jetzt unbrauchbaren Radios aus dem Verlängerungskabel. Ich habe beide Geräte ins Wasser geworfen für den Fall, dass das iPhone für den Zweck nicht stark genug ist. Ich habe von Fällen gelesen, in denen ein eingestecktes Handy, das in die Badewanne fällt, nicht immer tödlich ist. Das Radio gehört allerdings nicht in das Tableau, das ich arrangiere.

Wieder im Bad versuche ich, den toten David zu übersehen, während ich schnell zur Wanne gehe. Ich hebe sein eigenes Handy auf, das auf den Boden gefallen ist, und stecke es ein, während ich das mitgebrachte, das mit seinem identisch ist, im Wasser liegen lasse. Zum Glück ist mir die grelle Farbe aufgefallen, als er es im Fork It Up benutzt hat. Es ist verschmort und unbrauchbar, sodass niemand den Austausch bemerken wird. Das Radio ziehe ich langsam an seinem Kabel aus der Wanne.

Im Schlafzimmer sieht alles unverdächtig aus. Ich schaue nur schnell unter dem Bett nach, ob ich etwas fallen gelassen habe, ziehe meine Schuhe an und gehe durch die Hintertür in den Garten.

Es ist Viertel vor vier, und ich habe einen langen Heimweg

vor mir, mit einer kratzigen Perücke und feuchten Klamotten und den Kopf voller hysterischer Gedanken.

Gott, ich bin eine solche Idiotin. Eine ungeduldige, dämliche, blindwütige Idiotin. Klar, einige Kriterien waren erfüllt, aber nicht alle. Ob er die spezifische Tätowierung tatsächlich hat, habe ich nicht überprüft. Ich habe nicht einmal daran gedacht, zu ermitteln, ob er in der Silvesternacht in Bristol war. Ich habe einfach angenommen, dass ich richtigliege. Dass er in jener Nacht gearbeitet hat. Dass die abgehakten Kriterien Beweis genug sind. Und nun habe ich einen Mann in seiner Badewanne ermordet, nur weil er eine Glatze hatte, in einem Scheißclub arbeitete und rote Vorhänge an seinem Fenster hängen.

Das lächelnde Gesicht der Frau, die ich für seine Mutter halte, kommt mir in den Sinn, und ich stöhne laut. Ich frage mich, ob sie die Leiche identifizieren muss oder ob das nicht notwendig ist, wenn der Tote in seinem eigenen Haus gefunden wurde. Ich denke an Kelly, die morgen auf seinen Anruf warten wird. Sie ist geschmacklos und weinerlich und ihre Extensions schlecht gemacht, aber diesen Verlust hat sie nicht verdient. David hatte das nicht verdient.

Es ist halb fünf, als ich mit einer Tasse Tee in meinem Bett sitze und das Geschehen Revue passieren lasse. In Gedanken versunken, habe ich auf dem Heimweg nicht bemerkt, wie kalt es war, und jetzt bin ich durchgefroren. Immer wieder denke ich an den Gestank im Bad, an das Platschen des aufgewühlten Wassers, an die lächelnden Gesichter auf den Fotos.

Jetzt, da alles gesagt und getan ist, bedaure ich auch, *wie* ich den Mann ermordet habe. Selbst wenn er der richtige gewesen wäre, war die Tat zu dramatisch. Ich hatte mir geschworen, nicht protzig zu handeln, und was habe ich gemacht? Ich inszenierte einen komplizierten gewaltsamen Tod samt vorbereiteter Rede. Zum hundertsten Mal gehe ich die Szene durch und vergewissere mich, dass ich nichts übersehen habe. Ein Mann in seiner Badewanne. Sein Handy, das dummerweise an ein Verlängerungskabel angeschlossen ist, liegt bei ihm im Wasser. Es ist völlig hinüber, aber seine Freundin kann bestätigen, dass er kurz vor dem festgestellten Todeszeitpunkt von der Badewanne aus mit ihr telefoniert hat. Das Haus weist keine Spuren eines gewaltsamen Eindringens auf. Sicher gibt es keine andere Erklärung als einen ungewollten, selbst verschuldeten Tod. Eindeutig. Dies sollte eigentlich mein letzter Mord sein, aber ich werde dieses kleine Missgeschick wohl stillschweigend übergehen und von vorn anfangen müssen. Wenn ich die Augen schließe, fühle ich mich wie in dem ins Schleudern geratenen Auto und habe ein Rauschen in den Ohren. Aber dann springt Shirley Bassey auf mein Bett und schmiegt sich so dicht an mich, wie sie kann, und es dauert nicht lange, bis ich mich in meiner Haut wieder wohlfühle. Wir alle machen Fehler.

Ich schlafe tief und fest und vergesse fast, dass ich den falschen Mann getötet habe.

24

Als Kind habe ich mich nie krankgemeldet. Zu Hause war der letzte Ort, wo ich sein wollte, egal, wie sehr ich mich übergeben musste. Es war kalt – sowohl im wörtlichen als auch im übertragenen Sinne. Nachdem ich Nina kennengelernt hatte, ging ich, wenn ich krank war, zu ihr nach Hause und legte mich in ihr Bett, während sie ohne mich zur Schule ging. Da schlief ich wie eine Tote in einer sicheren, stillen Gruft. Ihre Eltern schien das nicht zu stören. Wenn ich zurückblicke, wird mir klar, dass sie die blauen Flecken gesehen haben müssen.

Heute genieße ich die stille Unantastbarkeit meines eigenen Zuhauses. Wenn ich krank, traurig oder müde bin oder einfach keine Lust auf Geselligkeit habe, kann ich mich unter der Decke verkriechen und genießen, dass ich dieses stille Haus für mich allein habe.

Das habe ich nach dem katastrophalen Tod von Big Dave tagelang getan. Mir war klar, dass ich raus muss, von Neuem nach dem Vergewaltiger meiner Schwester suchen muss und dass ich Message M vernachlässigt habe, aber ich brauchte von alldem auch eine Pause. Ich schaltete mein Handy aus und zog mich von der Welt zurück.

Nur mit Nina blieb ich in Kontakt, weil sie mich brauchte, und ich konnte auch nicht so tun, als wüsste ich nichts von Hughs Beerdigung, die am Sonntag stattfindet. Ich war ja trotz allem neugierig. Ich weiß nicht, ob du schon mal auf der Beerdigung eines Mannes warst, den du ermordet hast, aber wenn nicht, empfehle ich dir hinzugehen. Das ist eine interessante Erfahrung.

Weil Nina Hughs Zweitfreundin war, fanden wir, dass ihre Anwesenheit die Situation nur unnötig dramatisieren würde, und vereinbarten, nur kurz dabei zu sein und uns dann in den Pub zurückzuziehen.

Nina hält sich bemerkenswert gut. Nachdem sie sich anfänglich in Wut und Trauer förmlich gesuhlt hat, lebt sie allmählich wieder auf, mitsamt ihren Gegensätzen, aber die Anwältin Nina triumphiert über die unheilbar romantische Nina. Die Beerdigung wird hoffentlich das Ende dieser speziellen Geschichte sein.

Nachdem ich zwei Tage durchgeschlafen habe, fühle ich mich wieder fit und munter. Wen kümmert es wirklich, wenn der falsche Mann sein vorzeitiges Ende gefunden hat? Es ist ja nicht so, dass nicht Tag für Tag Frauen von ihren Freunden, Ex-Freunden und Möchtegern-Freunden getötet werden. Was schadet ein Mann weniger auf dem Planeten?

Ich betrete das Café in der Nähe des Friedhofs, wo Nina bereits auf mich wartet. Ich trage einen schwarzen Overall, der stilvoll und doch ernst wirkt und nicht zu tief ausgeschnitten ist. Nina besitzt keine schwarzen Kleidungsstücke, daher ist klar, dass das Kleid neu ist und sie sich darin unwohl fühlt. Wir umarmen uns, und sie schiebt mir einen schwarzen Kaffee über den Tisch.

»Danke, dass du gekommen bist. Diese ganze Sache ist doch verdammt komisch, oder?«

»Absolut.«

»Ich kann immer noch nicht glauben, dass er eine andere Freundin hatte.« Nina seufzt und schluckt die Hälfte ihres Milchkaffees in einem Zug hinunter, als kippte sie einen Tequila. »Weißt du, manchmal denke ich, dass das jemand getan hat.«

Ich nippe an meinem Kaffee, um die Bemerkung zu verarbeiten.

»Wieso meinst du das?«

»Weil ... weil er ein Scheißkerl war.« Sie flüstert das, als wäre es eine Sünde, das auszusprechen, und Gott könnte zuhören. »Das war er. Oder etwa nicht? Je mehr ich über ihn erfahren habe, seit er tot ist, desto mehr ... Er hat Frauen betrogen und ausgenommen. Gewohnheitsmäßig. Was, wenn eine von ihnen zurückgeschlagen hat?«

»Du vielleicht?«, frage ich mit hochgezogenen Brauen.

»Ha! Manchmal wünschte ich, es wäre so.« Sie lacht und sieht mich dann fast ängstlich an. »Scheiße, das ist furchtbar. Ich meine das nicht so. Zumal wir gleich zu seiner Beerdigung gehen.«

»Du darfst wütend sein, Nina. Du darfst fühlen, was immer du willst.«

Ein paar Minuten lang herrscht Schweigen, während jede ihren Gedanken nachhängt. Ich frage mich, ob Nina es verstehen würde, wenn ich ihr die Wahrheit gestehe. Vielleicht stellt sie sich vor, wie es wäre, einen Mann wie Hugh zu töten. Das Problem mit ihr ist, dass ihr noch nie etwas wirklich Schlimmes passiert ist. Ich sage das nicht mit Groll. Ich wünsche ihr gewiss nicht, dass ihr etwas zustößt. Aber nach meiner nicht ganz unmaßgeblichen Meinung kann man ein Trauma nur verstehen, wenn man es selbst erlebt hat. Nina ist immer in einem behüteten Bett aufgewacht und wusste, dass sie geliebt wird. Sie hat über ihr Leben immer selbst bestimmt.

Vielleicht ist das einer der Gründe, warum ich sie so sehr liebe. Es gibt viele Menschen wie Nina, die in ihrem leichten, gesegneten Leben nie wirklich gelitten haben, und die meisten von ihnen verachte ich. Aber irgendwie, obwohl Nina so ein Trauma nie wirklich verstehen kann, betrachtet sie es nicht mit der Naivität, die andere behütet aufgewachsene Menschen an den Tag legen. Sie weiß, dass es Traumata gibt, nur nicht, wie es ist, traumatisiert zu werden oder was das mit einem macht. Und ich genieße, wie normal Nina ist, sie sich an einfachen

Dingen freuen kann und keine Albträume hat. Ich zehre davon. Für einen kurzen Moment befürchte ich, sie könnte an der Wahrheit zerbrechen, und das wäre dann irgendwie meine Schuld.

Unsere Gedankengänge werden unterbrochen, weil auf dem Tisch mein Handy summt.

Obwohl ich mein Handy in den letzten Tagen möglichst nicht beachtet und stattdessen auf den leeren Bildschirm von Davids gestarrt habe, das derzeit unter meinem Kopfkissen liegt, haben James und ich in den letzten Tagen ein wenig miteinander kommuniziert. Als sein Name auf dem Display aufleuchtet, zieht Nina eine Braue hoch.

»Wieder James, hm?« Ich musste ihr von unserem Date von letzter Woche haarklein berichten. Nachdem ich ihr eine SMS geschickt hatte, als ich bei ihm war, gab es kein Entrinnen mehr. Es hat aber Spaß gemacht, ihr alles zu erzählen, vor allem, weil ich in letzter Zeit so viel für mich behalten habe. Außerdem hatte das auch den Vorteil, dass es sie von allem ablenkte, was mit Hugh zu tun hatte, und wie erwartet, hat sie sich schnell in mein Liebesleben hineingesteigert, anstatt in ihr eigenes. »Geh ran!«

Seufzend tippe ich auf das grüne Symbol und drücke mir das Gerät ans Ohr, wobei ich mich leicht abwende, als bekäme sie dann weniger von unserem Gespräch mit.

»Hey! Ich kann jetzt nicht reden. Kann ich dich später zurückrufen?«

»Neue Entwicklungen, Millie!«, schreit er. »Es gab wieder einen!«

»Was meinst du?« Mir wird schlagartig kalt, und ich versuche, mir nichts anmerken zu lassen. Seit wir miteinander geschlafen haben, hat James jeden Anschein von Diskretion aufgegeben, wenn es um seine Arbeit geht. Aber ich hätte darauf verzichten können, diese Neuigkeit in der Öffentlichkeit zu erfahren.

»Einen Toten. Einen weiteren Todesfall. Unfall, Selbstmord, Mord. Was auch immer. Es gibt einen Zusammenhang, ich weiß es. Können wir uns sehen? Heute?« Er klingt so begeistert, dass selbst ich es ein wenig morbid finde. Er erstickt fast daran. *Menschen sind gestorben, James. Hab etwas Mitgefühl.*

»Ich bin heute bei Hughs Beerdigung, und Nina braucht mich. Wir gehen hinterher in den Pub und ...«

»Er soll hinkommen!«, ruft Nina laut genug, dass James sie hören kann. »Komm schon, James, ich brauche Ablenkung, und es wäre schön, dich kennenzulernen!«

»Gerne!«, schreit er, was eher mein Trommelfell schädigt, als dass es bis zu ihr dringt. »Ich bin sowieso gerade im Krankenhaus«, fährt er in normaler Lautstärke fort. »Mein idiotischer Bruder ist mit einem gebrochenen Bein vom Skifahren zurückgekommen. Es geht ihm so weit gut, er lässt sich nur lieber in einer Klinik untersuchen, wo alle englisch sprechen. Also komme ich zu euch in den Pub?«

»Okay, okay. Ich simse dir, wann und wo, ja? Wir werden wahrscheinlich in ein, zwei Stunden dort sein. Ich hoffe, deinem Bruder geht es gut.«

Ich lege auf, und bevor Nina etwas sagen kann, trinke ich meinen Kaffee aus und stehe auf. Wie ich sehe, geht es ihr gut genug, dass sie sich in meine Angelegenheiten einmischen kann, also sollte ich mir vielleicht nicht so große Sorgen um sie machen.

»Lass uns gehen. Wir können uns in der Nähe des Krematoriums aufhalten und uns von hinten anschleichen.«

»Okay, okay.« Nina begutachtet ihr ungewöhnlich düsteres Outfit in einem Lavazza-Spiegel an der Wand. »Gott, ich sehe deprimierend aus. Schwarz macht mich so blass. Ich wünschte, ich müsste ihnen nicht gegenübertreten, während ich so mies aussehe. Alles nur seinetwegen.«

»Komm her.« Ich krame in meiner Tasche, bis ich einen Lippenstift finde, Macs Ruby Woo, und beuge mich vor, um

Ninas Lippen nachzuziehen. »Zeigen wir ihnen, wer der Boss ist.«

Die Beerdigung war in jeder erdenklichen Hinsicht unscheinbar. Hughs Familie war so uninspirierend wie er selbst, und der Friedhof war ironischerweise eine seelenlose Angelegenheit, verlassen und beige wie Müsli. Ein Highlight war der Moment, als die andere Freundin so heftig zu schluchzen anfing, dass Hughs Tante aufhören musste, etwas über das Tal des Todes bei Bydgoszcz vorzulesen. Ich war stolz auf das stoische Gesicht meiner Freundin und ihre auffallend roten Lippen, die sie fest zusammenkniff. Wir standen im hinteren Teil der Kapelle, ungebeten und unbemerkt, und schlichen uns vor allen anderen hinaus.

Als ich mich an jenem Morgen für die Beerdigung anzog, fragte ich mich, ob ich mich vor der Familie und den Freunden eines meiner Opfer schuldig fühlen würde. Aber selbst als Hughs Mutter über ihren Sohn eine tränen- und klischeereiche Rede hielt, wonach er »eine wahre Stimmungskanone« war, ein »guter Mann«, der »keiner Fliege etwas zuleide tun konnte« und der »zu früh von uns gegangen ist«, fühlte mein kaltes, totes Herz nichts. Tja, was soll ich sagen? Vielleicht bin ich ja dafür geschaffen.

Wir haben es uns gerade an unserem Tisch im Guinea bequem gemacht – lieber in unserem Stammlokal, als in der Nähe des Friedhofs, wo vielleicht welche von der Trauergemeinde aufkreuzen könnten –, als James eintrifft. Er und Nina umarmen sich und lächeln, als wären sie alte Freunde. Nach Ninas Empfinden sind sie bereits durch ihre Zuneigung zu mir miteinander verbunden. James, ganz Gentleman, gibt eine Runde aus und geht zur Theke, was Nina Zeit gibt, mir überschwänglich ins Ohr zu flüstern (laut genug für andere), wie höflich und nett und attraktiv und freundlich er zu sein scheint.

»Ich wette, er hat nicht mal *eine* heimliche Freundin!«

Nina ist so robust, dass der grausame Tod ihres Freundes und die Erkenntnis, dass er ein verlogener Betrüger war, ihren Glauben an die wahre Liebe kaum erschüttert haben. Ich wusste, dass sie damit fertig wird.

James brennt geradezu darauf, mir von der neuen Leiche zu erzählen, und um ehrlich zu sein, bin ich auch gespannt darauf. Allerdings sind wir uns wortlos einig, dass es unsensibel sein könnte, gleich nach einer Beerdigung über brutale Morde zu plaudern, und wir haben Mühe, ein anderes Gesprächsthema zu finden. Doch Nina, sie ist wirklich ein Engel, bricht zum Glück das Schweigen.

»Du bist also ein Detective, ja? Irgendwelche interessanten Fälle im Moment? Ich bin Anwältin, aber vor allem für Familiensachen. Verbitterte Männer und wütende Ehefrauen, die sich um den Fernseher streiten, solche Dinge. Ich habe aber auch schon Strafsachen pro bono gemacht. Irgendwann möchte ich in diesen Bereich wechseln.«

Die Ironie, dass ich, die man praktisch als Serienmörderin bezeichnen könnte, mit diesen beiden Säulen des Gesetzes einen trinken gehe, ist mir nicht entgangen.

»Nun ...« James blickt mich an, als müsste er um Erlaubnis bitten. »Wir hatten gestern tatsächlich einen Leichenfund.«

»Mensch! Das ist viel interessanter, als sich über die Festlegung von Besuchsrechten zu Ostern zu streiten. Erzähl uns alles.«

Wie bei einem Rohrbruch sprudelt es aus James heraus. Er berichtet, was bisher geschehen ist, ohne Rücksicht auf berufliche Diskretion. Es ist surreal, zu hören, wie die eigenen Verbrechen auf diese Weise aufgerollt werden. So muss es sich anfühlen, eine TV-Doku über sich selbst zu sehen. Jedes Mal, wenn er sich etwas falsch zusammenreimt, zucke ich zusammen. Zum Glück sind die beiden vertieft und scheinen es nicht zu bemerken.

Er beginnt mit Karl. James gibt zu, dass er auf diesen Fall

ein wenig fixiert ist, weil Karl sein Nachbar war, findet aber auch, dass er als Neuling weniger abgestumpft ist als die anderen in seinem Team – was eine langweilige Tirade auslöst, wie scheiße sein Chef ist. Dass James intelligenter ist als die anderen, wird nicht explizit erwähnt, aber angedeutet. Arroganz ist eine Eigenschaft, die mich nicht sonderlich stört, solange sie meiner Ansicht nach berechtigt ist, und da er als Einziger in dieser hirntoten Polizeitruppe bemerkt hat, dass ein Serienmörder in der Stadt sein Unwesen treibt, sei sie ihm gestattet.

Zu diesem Zeitpunkt haben wir schon ein paar Gläser getrunken, und James zeigt seinen typischen Mangel an Diskretion. Er erzählt Nina von Karls verschwundener Kamera, die ihn immer noch beschäftigt. Er erzählt uns von Steve, der enorm viel Rohypnol im Blut hatte, und von dem allgemeinen Konsens, dass er allein war und Kokain konsumieren wollte, aber das falsche Tütchen erwischt hat. Nina schnaubt daraufhin.

»Er hatte also einfach eine Vergewaltigungsdroge herumliegen? Geschieht ihm recht.«

»Als Detective sollte ich das eigentlich nicht sagen, aber er war wohl nicht der netteste Mensch, der in der Stadt herumlief. Aber belassen wir es dabei.«

»Klingt nach einem dieser Typen, mit denen du es bei der Hotline zu tun hast, Millie.«

James wirft mir einen fragenden Blick zu, und Nina plappert weiter. Ich wusste, dass es eine schlechte Idee war, die beiden zusammentreffen zu lassen. »Mills betreibt diesen Telefondienst«, erklärt sie. »Er heißt Message M. Sie rettet Frauen vor Widerlingen. Sie ist praktisch eine Superheldin.« Nina klingt betrunken.

»Sie übertreibt. Aber wie dem auch sei, was hast du gerade gesagt? Du glaubst, dass es Mord war? Ich verstehe nicht ganz, warum.«

»Möglicherweise war es einer.« Er schaut mir länger in die Augen, als mir lieb ist, aber der Wunsch, Nina sein Insiderwissen zu verraten, ist stärker als sein Impuls, mich weiter zu befragen. Ich möchte nicht, dass er noch länger über Message M nachdenkt.

»Ich weiß nicht«, fährt er schließlich fort. »Es kommt mir einfach komisch vor. Nicht stimmig. Der Kerl soll ziemlich betrunken und allein nach Hause gekommen sein, hat sich mehrere Lines von der falschen Droge zurechtgemacht und sie sehr, sehr schnell hintereinander geschnupft. Wenn man zu viel von dem Zeug nimmt, kann das zu Atemstillstand führen. Aber selbst wenn es sich um Kokain gehandelt hätte, und wir gehen davon aus, dass er es für Kokain hielt, spielte er mit dem Feuer.«

»Ständig nehmen Leute eine Überdosis«, werfe ich ein.

»Ja, das tun sie. Aber bei solchen Typen ist das ziemlich selten.«

»Auch reiche Leute können Idioten sein.«

Er wirft mir einen fragenden Blick zu. »Woher weißt du, dass er reich war?«

»Wenn die Leute *bei solchen Typen* sagen, dann ist normalerweise die Gesellschaftsschicht gemeint.«

Puh.

»Wurde in dieser Nacht jemand in der Nähe des Hauses gesehen? Habt ihr die Videoüberwachung überprüft?«, fragt Nina und lenkt seine Aufmerksamkeit wieder auf sich. Ich bin dankbar dafür und nehme mir vor, bei diesem Thema von jetzt an den Mund zu halten.

»Die Überwachungskamera an der Haustür funktioniert nicht. Um ehrlich zu sein, die Hälfte der Überwachungskameras, die man in der Stadt sieht, sind praktisch Attrappen. Auf die ist kein Verlass. Ich habe an ein paar Türen geklopft, aber es ist ein großes Gebäude, in dem viele Leute kommen und gehen. Keiner hat etwas gesehen. Und keiner seiner Freunde scheint in dieser Nacht bei ihm gewesen zu sein oder zu wissen, wo er war. Mein Chef lehnt einen Zeugenaufruf in der Sache ab, also bin ich in einer Sackgasse gelandet.«

»Na, das war's dann wohl, oder?«, sage ich und breche sofort mein Schweigegelübde. Mein Herz schlägt schnell, seit die Überwachungskameras erwähnt wurden, an die ich selbst nicht einmal gedacht habe. Zuerst der Fehler mit David und jetzt das! Ich bin erschüttert. Offenbar bin ich nicht annähernd so vorsichtig, wie ich dachte. »Keiner seiner Freunde wollte mit ihm den Abend verbringen. Er war ein Loser und wahrscheinlich gelangweilt und traurig. Also saß er zu Hause und nahm Drogen, um seine Ein-Mann-Party anzuheizen.«

»Nun ja, kann sein. Jedenfalls ist das noch nicht alles. Dann war da noch der Jogger. Vielleicht hast du das in der Zeitung gesehen?« Nina nickt. »Also, das war noch verdächtiger. Hör zu...«

James informiert Nina über die letzte SMS von Chris an seine Frau und sagt, dass es bei Chris vorher keine Anzeichen für Selbstmordabsichten gegeben hat.

»Auf den Bändern der Überwachungskameras ist nichts zu sehen, aber es haben sich ein paar Leute gemeldet, nachdem es in den Zeitungen stand. Meistens Spinner, wie immer, aber einer hat gesehen, dass der Mann mit einer Frau in Joggingklamotten gesprochen hat, in der Nähe der Stelle, wo er hinuntergestürzt ist. Der Zeuge fuhr allerdings im Auto vorbei und saß am Steuer, war sich also nicht ganz sicher.«

»Das klingt nicht nach einem handfesten Beweis«, sage ich.

»Nein, das weiß ich«, erwidert er ungeduldig. »Aber hör zu: Der Zeuge sagt, sie hatte dunkles Haar. Und im Tal hat man eine Frauenperücke gefunden. Eine schwarze Perücke.«

»Klaaar«, spotte ich, aber mein Herz klopft so heftig, dass ich denke, sie müssten es sehen können. »Da liegt wahrscheinlich jede Menge Zeug an den Abhängen. Wisst ihr, wie viele Junggesellinnenabschiede in Bristol stattfinden? Die Hälfte von den Frauen trägt aus irgendeinem *lustigen* Grund Perücken.«

»Ich weiß nicht, Mills! Das könnte ein Indiz sein, oder?« Nina wirkt aufgeregt. Sie muss ihn wirklich nicht auch noch ermutigen!

»Nun ja, mein Chef ist der gleichen Meinung wie Millie. Sie wollen die Perücke nicht einmal ins Labor geben«, sagt James.

»Du meintest vorhin, es hat noch einen Toten gegeben?« Ich bin enorm erleichtert, weil die Perücke ignoriert wird, aber ich muss hören, was mit David ist.

»Ja. Seine Freundin hat ihn gestern gefunden, nachdem sie sich Zutritt zu seiner Wohnung verschafft hatte. Er … lag in der Badewanne. Hatte einen Stromschlag erlitten. Es sieht so aus, als hätte er sein Handy benutzt, während es eingesteckt war, und dann ist es ins Wasser gefallen.«

»Gütiger Himmel!«, murmelt Nina, und ich schüttele genauso schockiert den Kopf wie sie. »Das kann einen umbringen?«

»Ja, es ist nicht das erste Mal, dass jemand auf diese Weise umgekommen ist. Das ist also schon der vierte Tote – Hughs Tod nicht mitgerechnet, Nina, der mir ja auch seltsam vorkommt. Aber dieser neue Fall ist ganz anders«, sagt er mit einem selbstgefälligen Lächeln in meine Richtung.

Mir schlägt das Herz bis zum Hals. Typisch für mich, wenn ich ausgerechnet wegen David geschnappt werde, der ein Versehen war. Mehr oder weniger. Das ist so unfair! Ich weiß allerdings nicht, ob sie diese Ausrede vor Gericht gelten lassen würden. *Tut mir leid, Euer Ehren, ich wollte eigentlich jemand anderen umbringen. Können wir einfach vergessen, dass das passiert ist?*

»Inwiefern anders?« Ich nippe an meinem Getränk, um meine trockene Kehle zu befeuchten, und lehne mich auf unbequeme Weise in meinem Stuhl zurück, weil ich scheinbar vergessen habe, wie man normal dasitzt und was man mit seinen Armen macht und wohin man guckt, wenn man sich unterhält, und wie viel Augenkontakt seltsam und wie viel normal ist. Denn alles, woran ich denken kann, ist: Was um Himmels willen ist diesmal anders?

»Dieses Mal wurde der Täter gesehen.«

25

In meinen neunundzwanzig Lebensjahren habe ich vieles gelernt. Zu kochen, zu putzen, meine Rechnungen zu bezahlen und mich mit der Kfz-Zulassungsstelle über Bußgelder zu streiten. Auch zu lügen, zu töten und meine Gefühle komplett abzuschalten und auf Autopilot zu leben, bis etwas Unangenehmes vorbei ist. Letzteres ist ziemlich praktisch. James hat meiner besten Freundin und mir gerade von den Beweisen erzählt, die er bisher gesammelt hat.

Anscheinend weiß er aber gar nicht viel. Die kurze Aussage einer beschwipsten Nachbarin ist nicht gerade der schlagende Beweis, für den er sie hält. In der Nacht vor dem Mord an Dave wurde eine Frau in der Gasse neben seinem Haus gesehen, und die Nachbarin glaubt, die könnte aus seinem Garten gekommen sein. Anscheinend sah es so aus, als sei sie »gerade von der Mauer gesprungen«, aber sie ist sich nicht sicher. Jemand anderes hat in der Mordnacht eine Frau gesehen, auf die eine ähnliche Beschreibung passt, die aber die Straße entlangging.

Die Frau wurde als »vielleicht groß und dunkelhaarig« beschrieben. Na, viel Glück, ihr Bullen. Das eigentliche Problem ist, dass ich mir *sicher* war, dass mich *niemand* gesehen hat. Gut, es war wohl damit zu rechnen, dass gerade dann jemand einen Blick aus dem Fenster wirft, wenn ich dort bin. Doch dass ich das nicht bemerkt habe, macht mir eine Gänsehaut. Gott, ich muss vorsichtiger sein!

Die nächsten Tage verbringe ich zu Hause, rede mit der

Katze und entspanne mich. In dieser Zeit passieren nur drei interessante Dinge. Erstens: In den Nachrichten wird der Tod von David Alan Cartwright gemeldet. Die Einzelheiten sind spärlich, aber zum ersten Mal in meiner Mörderkarriere sehe ich die Worte: »Die Polizei hat den Fall als verdächtig eingestuft.« Die Polizei bittet um Hinweise zu einer jungen Frau, die in der Gegend gesehen wurde, mittelgroß, dunkelhaarig und schlank. Die grausame Todesart wird nicht erwähnt, und so ist die Aufmerksamkeit der Presse nicht groß. Wie gesagt, wen kümmert es schon, wenn der falsche Mann sein vorzeitiges Ende findet? Ohne die grausigen Details offenbar niemanden.

Zweitens: Am Dienstag begegne ich einem aufgeregten Sean, als wir beide den Müll rausbringen. Durch David, die Beerdigung und die Erkenntnis, dass ich dem Vergewaltiger meiner Schwester keinen Schritt nähergekommen bin, hatte ich das Telefonat, das ich vor anderthalb Wochen belauschte, so gut wie vergessen.

Er sieht dünner aus und ist grau im Gesicht, und er springt vor Schreck fast aus dem Hemd, als ich ihn grüße. Fast so, als wäre ich gefährlich. Anstatt mich mit seinen Enkeln, dem Wetter, dem Zustand des Verkehrs, der Regierung oder den »Ausländern, die mit Flößen aus Albanien kommen« vollzulabern, leert er seinen Eimer mit einem lauten Klirren in die Altglastonne und verschwindet wieder ins Haus. Interessant. Die Tonne ist halb voll mit leeren Weinflaschen. Der arme alte Sean hat offenbar versucht, seine Probleme wegzusaufen.

Das dritte ist der Anruf von Nina. Es ist Mittwochnachmittag, und ich liege in der Badewanne und gehe in Ermangelung eines besseren Plans die Liste der Tattoo-Studios durch, die ich noch aufsuchen muss, als ich ihren Klingelton aus dem Schlafzimmer höre – seit ich Dave sterben sah, bringe ich es nicht über mich, das Handy ins Bad mitzunehmen, egal, ob es an der Steckdose hängt oder nicht. Kurz nachdem das Klingeln aufgehört hat, geht es sofort wieder los. Also hieve ich mich widerwillig aus dem warmen Wasser, wickle mich in ein schönes weißes Handtuch, das ich mir gekauft habe, um mich von meinem Schaumbadtrauma abzulenken, und gehe ans Handy.

»Du arbeitest nicht mehr bei Picture This? Warum zum Teufel hast du mir das nicht erzählt? Was ist passiert?«

»Du hattest so viel um die Ohren.«

»Und? Es ist trotzdem seltsam, dass du mir nichts gesagt hast. Was war denn los? Rick wollte es mir nicht sagen.«

»Ach, ich konnte das einfach nicht mehr, Nina. Ich muss etwas anderes mit meinem Leben anfangen. Und du wolltest sowieso immer, dass ich da aufhöre.«

»Ja, na ja. Ich habe nicht erwartet, dass du einfach kündigst. Aber kann ich gratulieren? War das gut für dich?« Ich höre sie an ihrer E-Zigarette ziehen.

»Warum bist du eigentlich ins Geschäft gekommen?«

»Ich wollte dich zum Lunch einladen. Ich habe nämlich eine Theorie.« Sie holt tief Luft. »Es ist eine Frau. Bei allen. Es ist eine Frau, und sie bestraft diese Männer.«

»Aha. Wovon redest du, Nina?«

»Hör mal, so weit hergeholt ist das gar nicht. Bei genauerem Hinsehen ist es ziemlich offensichtlich. Denk daran, was James uns erzählt hat. Der erste, dieser Karl, hatte perverse Fotos auf seinem Computer. Nummer zwei, Mister Rohypnol, na, das spricht für sich selbst. Der dritte, der Jogger, ich habe seinen Namen vergessen …«

»Chris.«

»Ja, Chris! Ich habe im Internet recherchiert, und anscheinend hat seine Frau herausgefunden, dass er anderen Frauen SMS geschrieben hat. Also ist er fremdgegangen. Und der in der Badewanne, tja, ich bin mir nicht sicher, was der getan hat. Noch nicht. Aber eine Frau wurde beim Verlassen des Tatorts gesehen!«

Ich habe immer gesagt, dass Nina scharfsinnig ist.

»Okay. Aber denk mal darüber nach. Das sind, nun ja, normale Männer. Wie viele verheiratete Männer schreiben anderen Frauen SMS? Wie viele haben Fotos auf ihren Computern gespeichert, die sie ihrer Mutter nicht zeigen würden? Und ja, hoffentlich ist Rohypnol weniger alltäglich, aber ...«

»Und Hugh, Millie! Ich weiß, für James gehört er nicht in das Muster. Aber das ist ein weiterer Mann innerhalb kürzester Zeit, der durch unglückliche Umstände gestorben ist. Ein weiterer Mann, der plötzlich umgekommen ist. Und der ein Betrüger war. Meinst du nicht, das hat etwas zu bedeuten?« Sie zieht geräuschvoll an ihrem Dampfer, in kürzeren Abständen, weil sie aufgeregt ist.

»Aber Nina«, sage ich geduldig wie zu einem Kind. »Nach dieser Logik könntest du die Mörderin sein. Bist *du* eine Serienmörderin? Willst du mir das damit sagen?«

»Sarkasmus ist die niedrigste Form von Intelligenz, Millie.«

»Es ist die höchste, und das weißt du.«

Wir zanken hin und her, bis ich sie davon überzeugen kann, dass die Polizei die Sache gründlich untersuchen wird. Dass sie sich nicht weiter damit zu befassen braucht. Schließlich stimmt sie zu, aber ich kenne Nina und weiß, dass es auf der Intelligenzskala weit unter Sarkasmus rangiert, wenn ich erwarte, dass sie die Sache tatsächlich fallen lässt. Ich hatte vor, diese Woche für sie das Geld von Hugh zu »entdecken«. Aber wenn ich es mir recht überlege, ist es vielleicht besser, damit zu warten, bis sich die Lage beruhigt hat.

Es vergehen noch ein paar Tage, bis wieder etwas Nennenswertes passiert. Bis Samstagmorgen habe ich lediglich ein paar weitere Tattoo-Studios auf der Liste abgehakt und mich in den sozialen Medien über Freunde und Verwandte von David Cartwright informiert. Wenigstens war ich wieder für Message M unterwegs, sonst hätte ich das Gefühl, mein Leben zu vergeuden. Ich komme gerade zu dem Schluss, dass ich ohne weitere Details von Katie keine Chance habe, mit meiner Mission voranzukommen, als mein Handy klingelt. Es ist meine Mutter.

Meine Mutter ruft mich sonst nicht an. Wir reden nicht miteinander, es sei denn, es geht um Katie und ist zu wichtig, um es als Kurznachricht zu formulieren. Ich bin also schon angespannt, als ich den Anruf entgegennehme. Zunächst redet sie belangloses Zeug, weil sie ein Feigling ist, aber ich gehe auf das »Wie geht's dir, Süße?« und das »Wie läuft's bei der Arbeit?« und das »Hast du irgendetwas Schönes gemacht?« nicht ein und komme direkt zur Sache.

»Was ist los, Mum?«

»Es ist, nun ja, es geht um Katie, Liebes.«

»Ja.« Ich knirsche frustriert mit den Zähnen. Diese Frau! Ich kann nicht glauben, dass wir die gleichen Gene haben.

»Ich fürchte, es hat eine ziemliche Verschlechterung gegeben. Sie, äh, sie ist im Krankenhaus.«

Ich greife zum Mantel, bevor sie ihren Satz beendet hat.

»Was ist passiert? Raus damit. Sofort.«

»Nun, ich glaube, es lag an dem Feuerwerk gestern Abend. Wir haben mit deinem Onkel Dale gerade einen schönen Tee getrunken. Sie war heruntergekommen und hatte sich zu uns gesetzt, aber dann ging die Böllerei los, und ich glaube, das hat sie aufgeregt.«

»Silvester«, murmle ich und ziehe mir die Stiefel an.

»Wie bitte, Liebes? Ich glaube, die Böller waren noch vom Mittsommerfeuerwerk übrig.«

»Nichts. Was ist passiert?«

»Sie ist nach oben gegangen und nicht wieder runtergekommen, weißt du. Und als ich heute Morgen nach ihr sah, wollte sie kein Frühstück. Aber dann dachte ich, ich schaue etwas später noch mal zu ihr rein, und, na ja. Oh, Millie!«

»Was? Sag es endlich!«

Meine Mutter flüstert nur, es klingt wie ein Knistern in der

Leitung. Aber ich verstehe jedes Wort, weil ich schon weiß, was es sein wird.

»Sie hat sich geschnitten, Liebes«, sagt sie mit Mäusestimme. »Sie hat sich die Pulsadern aufgeschnitten. Da ... Da war so viel Blut!«

»Ist sie am Leben? Wird sie wieder gesund?«

»Wir ... Wir wissen es nicht.«

Psychische Gesundheit wurde zu einem Buzzword der Millennials, und die Generation Z hat es mit Freuden aufgegriffen und wird es anscheinend so schnell nicht mehr loslassen. Ich sage nicht, dass das etwas Schlechtes ist. Es ist gut, sich um sich selbst und umeinander zu kümmern, und es ist gut zu wissen, wann man Hilfe oder eine Auszeit braucht. Wie ich, als ich aus Versehen der falschen Person einen Stromschlag verpasste und merkte, dass ich mir eine Auszeit nehmen muss.

Aber was mich wirklich wütend macht, ist die Heuchelei dabei. Denn wir nehmen zwar jedes privilegierte weiße Mädchen, das einen schlechten Tag hat, bereitwillig in die Arme, wenden uns aber immer noch entsetzt ab, wenn jemand psychisch krank ist und die Probleme nicht so ... akzeptabel sind. Es ist fast normal geworden, zum Therapeuten zu gehen, aber wenn eine psychische Krankheit hässlich, verwirrend oder unangenehm wird, dann ziehen sich die meisten Leute peinlich berührt von den Betroffenen zurück. Wo ist das Angebot eines Heimarbeitsvertrags für eine Frau mit roten, aufgekratzten Händen, die sie eine Stunde lang geschrubbt hat? Wo bleibt die Umarmung für einen Mann, der von furchtbaren Erinnerungen gequält wird, die nicht real sind? Wo das Verständnis für meine Schwester Katie, die mit bandagierten Unterarmen blass im Bett liegt?

Sobald Katie anfing, sich sonderbar zu benehmen, schauten die Leute lieber weg. Ihre Freundinnen posteten in den sozialen Medien, dass sie füreinander da seien, aber als Katie nicht sofort wieder zu ihrer jugendlich sorglosen Art zurückkehrte, entwickelten sich die Besuche von ermutigend zu unbeholfen, zu genervt und schließlich zu nicht vorhanden. An manchen Tagen, wenn ich stinkwütend war, wollte ich die Freundinnen auf eine Abschussliste setzen. Alle abknallen, die sich verlegen oder angewidert abwandten, wenn sie sahen, dass Katies emotionale Wunden zu tief waren, um sie mit einem tapferen Lächeln herunterzuspielen.

Jetzt bin ich im Krankenhaus und sitze an ihrem Bett. Sie schläft, und sie sieht so klein aus wie ein Vogel, der zu früh aus dem Nest gefallen ist. Sie ist erschreckend blass. Vermutlich, weil sie in letzter Zeit kaum noch ihr Zimmer verlassen und fast nichts mehr gegessen hat, aber auch, weil sie viel Blut verloren hat. Mir ist völlig klar, dass meine Mutter sie nur durch Zufall rechtzeitig gefunden hat. Wäre ich ein besserer Mensch, dann würde ich bei ihr im Elternhaus leben und ständig auf sie aufpassen. Aber ich kann nicht in dieses Haus zurückkehren, nicht einmal Katie zuliebe. Die Erinnerungen sind zu schmerzhaft. Und sie will es nicht verlassen.

Ihre schmutzigblonden Haare liegen rings um ihr Gesicht auf dem Kissen, und das erinnert mich an Rose. Ich frage mich, was aus ihr geworden ist. Vielleicht war sie Studentin und hat einfach ihr Studium fortgesetzt. Vielleicht hat sie nur verschwommene Erinnerungen an jene Nacht. Ich hoffe, dass das der Fall ist und sie nicht auch in dieser Klinik liegt und versucht, ihren Gedanken zu entkommen.

Meine Mutter sitzt draußen auf dem Flur, aber wir haben kaum ein Wort miteinander gewechselt. Ich bin nicht in der Lage zu reden, weil ich furchtbar wütend bin, nicht unbedingt auf sie, sondern auf mich und vor allem auf den Mann, dessen Namen ich immer noch nicht kenne. Als die Ärzte kommen und zu mir sagen, dass meine Schwester wieder gesund wird, kann ich meine Erleichterung gar nicht im Zaum halten. Aber sie hat viel Blut verloren und wird bleibende Narben zurückbehalten. Die Psychologin wird später mit ihr sprechen, und man wird Katie vorerst dabehalten. Sie sagen, dass ich im Moment nichts für sie tun kann.

Aber ich weiß, dass das nicht wahr ist.

26

Nachdem ich Katie im Krankenhaus zurückgelassen habe, mache ich einen Fünfzehn-Kilometer-Lauf. Gott sei Dank spricht mich niemand an, sonst würde ich ihn direkt von der Brücke oder vor ein Auto stoßen, und ich glaube nicht, dass ich so besonnen wäre, mich vorher umzusehen, ob mich jemand beobachtet. Im Moment entgleitet vieles meiner Kontrolle. Katie liegt im Krankenhaus, ich habe den falschen Mann ermordet (ganz zu schweigen von den anderen, auch wenn sie es sehr wohl verdient hatten), meine beste Freundin kommt der Wahrheit immer näher, und der Mann, mit dem ich zusammen bin und der außerdem Detective ist, liegt nicht weit hinter ihr. So nett James auch ist, ich glaube nicht, dass er bei mehrfachem Mord ein Auge zudrücken würde.

Aber ich kann das Ruder noch herumreißen. Viele Dinge gehen richtig schief, bevor sie zu einem guten Ende kommen, zumindest ist das in Filmen so. Andererseits ist Jack auf den Grund des Ozeans gesunken und hat Rose nicht mehr heiraten können.

Ich muss den Mann, den Auslöser der ganzen Katastrophe finden, damit ich sie beenden kann. James hat keine Beweise gegen mich, eigentlich nicht. Wenn die Mordserie aufhört, wird er sich mit anderen Fällen befassen. Eine weitere Frau oder zwei oder drei werden totgeprügelt, und das wird seine ganze Zeit in Anspruch nehmen, bis die zusammengewürfelte Truppe von Männern, die in diesem Herbst tot aufgefunden wurden, zu einer fernen Erinnerung wird, etwas, worüber man im Ruhestand gelegentlich sinniert.

Nina ist im Moment in einer merkwürdigen Lage, und sie hat die Angewohnheit, sich auf etwas Beliebiges zu fixieren, weil sie nicht an etwas Schmerzhaftes denken will. Aber sie wird in der Kanzlei stark beschäftigt sein, sie wird ein Date mit jemandem haben, der sie umhaut, und sie wird ihr Leben weiterführen. Wir alle werden nach vorn blicken. Und wenn Katie erfährt, dass der Mann, der ihr das angetan hat, tot und begraben ist, wird auch sie anfangen, nach vorn zu blicken. Das weiß ich.

Das Joggen beruhigt mich ein wenig. Während ich vorher angespannt und nervös war, bin ich jetzt kalt, hart und fokussiert. Meine Wut ist aber noch da.

Ich habe keine Lust, den Abend zu Hause zu verbringen, aber ich kann mich auch nicht mit anderen treffen, wenn es mir so geht. Also schalte ich mein Message-M-Handy ein, fahre in die Stadt und parke in einer Seitenstraße, um auf einen Hilferuf zu warten.

Samstagnacht ist immer viel los, und letzte Woche habe ich wegen dem David-Schock den Dienst ausfallen lassen. Wenn ich an die Frauen und Teenagerinnen denke, die mich vielleicht gebraucht hätten, macht mir das zu schaffen. Dann sage ich mir zwar, dass ich in den letzten Wochen einige Männer dauerhaft aus dem Verkehr gezogen habe, die ihnen nun nicht mehr schaden können, doch seit meinem David-Patzer beruhigt mich das nicht mehr.

Normalerweise geht es früh los, und in einer guten Nacht, oder einer schlechten, je nach dem, wie man es betrachtet, kann ich am Ende fünf oder sechs Frauen auf die eine oder andere Weise helfen. Gegen neun summen die ersten SMS herein, und es ist schon abzusehen, dass das ein ereignisreicher Abend wird.

Eine Frau hatte ein Date in einer eleganten Weinbar. Sie

hielt den Mann für charmant, aber nach zwei Drinks wollte er mit ihr zu sich nach Hause fahren und wurde aggressiv, als sie Nein sagte. Danach habe ich zwei minderjährige Mädchen aus einer Bar geholt, wo sie von einigen Jungs belästigt wurden, die »es doch nicht böse gemeint haben, du verdammte Spielverderberin!«. Ich schickte die Mädchen mit einem Taxi nach Hause und sagte ihnen, sie sollten warten, bis sie achtzehn sind, bevor sie wieder einen trinken gehen. Und wenig später holte ich noch eine junge Frau aus einem Club, die sich in der Toilette versteckte, weil sie sich sicher war, dass jemand sie verfolgte.

Diese Arbeit ist anstrengend. Schon nach wenigen Tagen Pause bin ich von Neuem überrascht vom Rausch des Entkommens, dem Effekt, den die Erleichterung und der Dank auf mich haben. Aber ich erkenne auch meine tief sitzende Angst und Traurigkeit, die mir in der Brust brennen, die und meine brodelnde Wut. Ich trage eine Perücke – schulterlang, kastanienbraun –, eine Schirmmütze und zu viel Make-up. Ich habe es immer darauf angelegt, nicht wiedererkannt zu werden, aber seit Karl gilt das umso mehr.

Heute Abend summt es wieder in mir, als hätte ich Bienen in den Adern. Ich erledige jeden Fall schnell und effizient, aber auch mit einer unverhohlenen Härte, die sonst nicht meine Art ist. Jede Frau, die ich rette, hat Katies Gesicht.

Ich rede gerade ein Wörtchen mit einem Barkeeper, dass er seine Stammgäste im Auge behalten soll, als ich die Vibration in meiner Tasche spüre. Ich beuge mich über den Tresen und sage ihm mit tiefer und drohender Stimme, dass er ein bigottes Arschloch ist, dann gehe ich zurück zum Auto und öffne die hereingekommene Nachricht.

Meistens sind die Fälle einfach und recht ungefährlich, aber dann gibt es welche wie der mit Rose, bei denen man reale Gefahr spürt. Gerade kommt eine Flut von Nachrichten herein. Sie stammen alle von einer Teenagerin, die hastig schreibt, was los ist, dann folgt eine hektische geflüsterte Sprachnachricht, die mehr Details liefert. Hier ist nichts misszuverstehen, keine Jungs, die »nur Spaß machen«.

Die Nachricht ist undeutlich und verwirrend, aber soweit ich verstehe, geht es um einen jungen Mann aus der Fußballmannschaft ihres Bruders, den sie ein- oder zweimal getroffen hat und der einundzwanzig ist, sie dagegen ist erst fünfzehn. Sie flirtet schon länger mit ihm. Sie lässt mich das wissen, damit ich einschätzen kann, wie weit sie selbst daran schuld ist, als wollte sie mir die Gelegenheit geben, ihre Bitte um Hilfe abzulehnen.

Der betreffende Mann hatte ihr am frühen Abend eine SMS geschrieben, dass er eine Party veranstaltet und es »cool« fände, wenn sie kommt. Ihre Eltern waren ausgegangen, und obwohl sie ihr verboten hatten, das Haus zu verlassen, nutzte sie die Gelegenheit. Als sie bei seiner Adresse ankam, war dort allerdings keine Party im Gange. Da waren nur er und zwei seiner Freunde, die in seinem Zimmer abhingen. Sie gaben ihr einen starken Cocktail, den sie trank, weil sie nicht für uncool oder, noch schlimmer, für zu jung gehalten werden wollte. Dabei wussten die Kerle genau, wie jung sie ist, das ist es ja gerade. Es dauerte nicht lange, bis die anderen beiden gingen und er sie küsste. Sie bekam Angst und war durcheinander, und als er in die Küche ging, um etwas zu trinken zu holen, schrieb sie mir.

Ihre letzte Nachricht enthält die Adresse. Als ich feststelle, dass sie mindestens zwanzig Minuten von mir entfernt ist, möchte ich mir die falschen Haare raufen. Ich renne zu meinem Auto, schreie Siri an, die Adresse in Google Maps einzugeben, und fahre los.

Das Tempolimit beträgt hier dreißig Meilen pro Stunde, ich fahre über fünfzig. Dieses Kind ist in Gefahr, und ein oder zwei Strafzettel sind mir gerade egal. Aber als ich fast ins Schleudern gerate, weil ich bei voller Geschwindigkeit in die Kurve fahre, versuche ich mich zu bremsen. Wenn ich einen

Unfall baue, werde ich das Mädchen nicht rausholen können. Doch während ich auf verlassenen Straßen durch die Nacht rase, vorbei an vielen torkelnden Betrunkenen, bete ich, dass ich schnell genug bin und verhindern kann, dass noch mehr passiert, und ich registriere nur am Rande, dass ich mir dieses Mädchen mit Katies Gesicht und Roses weichen rosa Haaren vorstelle.

Nachdem ich die Adresse in weniger als fünfzehn Minuten erreicht habe, trete ich auf die Bremse und lasse mein Auto rücksichtslos geparkt an der Straße stehen. Die Wut, die sich aufgestaut hat, seit ich meine Schwester im Krankenhaus gesehen habe, hat den Siedepunkt erreicht und strömt mir aus allen Poren. Als ich mich in einem Autofenster sehe, überrascht es mich fast, dass mir kein Dampf aus den Ohren kommt.

Roland Road Nummer 29. In einem Fenster im oberen Stockwerk brennt Licht. Ich sollte mir jetzt einen Moment Zeit lassen, mir die Gegebenheiten vor Augen führen, einen Plan entwerfen, aber darüber bin ich hinaus. Ich fühle mich unweigerlich an die Nacht erinnert, in der ich in Karls Keller eingedrungen bin, aber ich halte nicht lange genug inne, um daraus eine Lehre zu ziehen. Tatsächlich sehne ich mich seit dem Besuch im Krankenhaus danach, meinem Zorn freien Lauf zu lassen. Wahrscheinlich sogar schon länger. Seit dem Tag, an dem sie vergewaltigt wurde. Vielleicht sogar, seit ich ein Kind war.

Ich haste den Gartenweg hinauf und bleibe vor der Haustür stehen, durch deren Glas nur Dunkelheit zu sehen ist. Abgeschlossen. Natürlich ist sie abgeschlossen. Wer lässt schon seine Haustür offen? Vor allem, wenn er Pläne hat, in der ein beeinflussbares, betrunkenes junges Mädchen im Mittelpunkt steht. Ohne nachzudenken, bücke ich mich nach einem Stein am Rand des Gartenwegs. Er ist rund, schwer und rau.

Ich nehme ihn mir und schlage damit gegen die Scheibe in der Tür. Ich schlage noch einmal zu, es knackt, als das Glas springt, und beim dritten Versuch zersplittert es, und die Scherben fallen in den Flur. Ich schiebe die Hand durch das Loch, drehe den Knauf und trete die Tür auf. »Was soll der Scheiß?«, höre ich von oben, aber meine Beine bewegen sich schneller als mein Verstand, und ich bin schon halb die Treppe hoch, als die Schlafzimmertür aufgeht.

Ein Mann kommt heraus, die Jeans aufgeknöpft, das Haar zerzaust. Selbst angesichts einer wütenden Frau, die auf ihn zustürmt, strahlt er eine gewisse Arroganz aus. Ein richtiger Romeo. Er ist unbestreitbar attraktiv, hat den ungepflegt wirkenden halblangen Haarschnitt, den man derzeit bei Teenager-Popstars sieht, und er hat keine Angst. Männer wie er haben keine Angst vor Frauen. Sollten sie aber.

Ich sage das alles rückblickend. Wenn ich an das Geschehen zurückdenke, verlangsamt sich mein Verstand so weit, dass ich dieses Bild vor Augen habe: Er steht in seiner Tür, eingerahmt von dem Licht in seinem Zimmer. Dunkelbraunes Haar, ein junges, markantes Gesicht, ein graues T-Shirt, beginnende Schweißflecke unter den Achseln. Die gerunzelte Stirn, das »Wer zum Teufel bist du?«, das erleichterte Gicksen aus dem Zimmer. Und dann sehe ich, wie der Stein an seinen Schädel prallt, und höre, wie es knackt. Immer und immer wieder.

Nach einem kurzen Urlaub von mir selbst komme ich wieder zu mir. Vor meinen Füßen liegt ein regloser Mann. Das kunstvoll verwuschelte Haar ist jetzt blutgetränkt und mit Knochensplittern gespickt, ein Arm ist unbequem unter ihm angewinkelt – obwohl Bequemlichkeit hier nichts bedeutet, denn es besteht keine Chance, dass dieser Mann noch lebt. Ich kann ein offenes Auge sehen, das leblos ins Leere starrt, während Blut von der Stirn auf den Teppich tropft.

Als ich an mir herunterblicke, sehe ich den Stein in meiner Hand, der jetzt so schwer ist wie ein Sack Blei. Ich lasse ihn fallen, er rollt an mir vorbei und poltert die Treppe hinunter, mit einem schweren dumpfen Aufprall bei jeder Stufe.

Es können nur Sekunden gewesen sein, in denen ich weggetreten war, aber in der kurzen Zeitspanne kann sich ein Leben grundlegend verändern. Oder, wie in diesem Fall, ausgelöscht werden.

Ich atme tief ein, um mich zu beruhigen. So sollte ich nicht vorgehen, das ist Wahnsinn! Nach so ungezügelter, spontaner Gewalt gibt es sehr viel aufzuräumen, wenn ich nicht den Rest meines Lebens hinter Gittern verbringen will. Ein weiteres Geräusch dringt in mein schärfer werdendes Bewusstsein – ein leiser, genuschelter Fluch. Als ich aufblicke, hat sich eine weitere Tür geöffnet, ohne dass ich es bemerkt habe. In der Tür steht ein Mann, aschfahl und benommen. Der Geruch von Marihuana weht mir entgegen, und er starrt dümmlich verwirrt auf die Leiche seines Freundes.

Sein langsamer, benommener Blick schwenkt schließlich von dem blutüberströmten Kopf zu mir, und wir starren uns einen Moment lang an. Mir bleibt keine Zeit, um zu überlegen, was ich jetzt tun sollte, es gibt eigentlich nur eine Lösung. Ich trete über Romeos Leiche, ziehe Chris' Messer aus der Hosentasche und lasse die größte Klinge herausschnellen.

Der mysteriöse Mitbewohner weicht zurück, doch innerhalb von Sekunden ist es vorbei. Ich steche ihm in die Kehle, als er kraftlos nach meinen Armen greift, und er will mich wegdrücken, während ich die Klinge herausziehe und sie ihm dreimal in den Hals ramme. Er fällt zu Boden, und ich blinzle mir das Blut aus den Augen und sage mir, dass ich keine andere Wahl hatte. Dass er es wahrscheinlich auch verdient hat. Er hat zugelassen, was im Nebenzimmer passierte. Er ließ seinen Freund gewähren, der sich eine Fünfzehnjährige gefügig machen wollte, hat derweil in seinem Zimmer seinen Verstand mit Gras betäubt und die Augen vor dem Geschehen verschlossen.

Es gibt ein Sprichwort, das die Leute gern im Mund führen: »Das Böse kann nur triumphieren, wenn gute Menschen nichts dagegen tun.« Nun, er hat nichts dagegen getan. Wie ich.

Aber vor allem hat er mich gesehen. Er sah mein Gesicht, sah mich blutbespritzt vor der Leiche seines Freundes stehen. Es gab nichts, was ich dagegen hätte tun können. Entweder er oder ich. Mord oder Gefängnis. Welche Ironie, einen Mann ermorden zu müssen, um das Gefängnis zu vermeiden.

Ich lehne mich im Flur an die Wand, betrachte den Tatort und atme tief durch. So viel Blut auf einmal habe ich noch nie gesehen. Es sickert in den grauen Teppich, zwei Lachen, die sich ausbreiten und zu einer zusammenlaufen. Meine Arme sind schwer und schmerzen. Ich halte noch das Taschenmesser in der Faust, und mir ist eng in der Brust, als wäre ich einen Marathon gelaufen. Ich gehe in die Hocke und drücke mir den Handrücken auf den Mund, um jedes Geräusch zu unterdrücken, das aus meiner Kehle kommen will. Etwas Nasses trifft auf meine Knöchel; ich merke, dass ich weine. Was habe ich nur getan?

Ich habe blindwütig einen Mann getötet. Er hat mich nicht mal angegriffen. Ich habe keinen Versuch unternommen, es wie einen Selbstmord oder Unfall erscheinen zu lassen. Und dann habe ich seinen Freund getötet, der nicht einmal den Anschein erweckt hat, etwas Unrechtes zu tun. Aber ich durfte keinen Zeugen zurücklassen. Das durfte ich einfach nicht.

Ich muss von hier verschwinden.

Und dann höre ich es, und mir wird klar, dass ich vergessen habe, warum ich überhaupt hier bin. Aus Romeos Zimmer kommt ein Wimmern. Der Kiffer war nicht der einzige Zeuge. Wie konnte ich die kleine Julia vergessen?

27

Das Badewasser ist rot. Ich liege in Badewasser, in das sich Blut von zwei Männern und nur ein Tropfen meines eigenen gemischt hat. Ein Tropfen von der Stelle, wo ich mir die Haut aufgekratzt habe. Was ich hier tue, kommt mir hexenhaft vor. Ich bin mir nicht sicher, was dieser Zauber bewirken könnte. Unsterblichkeit hoffentlich. Außer dem Stein, den ich vom Tatort mitgenommen habe, liegen meine blutbesudelten Kleider auf einem Haufen in der Ecke, und ich beobachte Shirley Bassey, die interessiert daran schnuppert. Sie streckt ihre kleine rosa Zunge heraus, um an meiner Hose zu lecken. Mein Magen schlingert.

Ich reibe die Hände aneinander, um die letzten Blutspuren von der Haut zu waschen. Allerdings habe ich es auch in den Haaren. Ich greife aus dem heißen roten Hexenkessel nach den verschiedenen Duschgel- und Shampoo-Flaschen und wasche Körper und Kopf, bis ich mich wund und wie neu fühle. Ich lasse das Wasser ab und frisches ein.

Das Auto gerät wieder ins Schleudern, kracht durch die Leitplanken und rast auf den Abgrund zu. Dieser Fall liegt völlig anders als der mit David Cartwright. Da war es einfach ein Irrtum. Dagegen kann ich diese beiden nicht als Versehen abtun, nicht mal, wenn ich sehr großzügig bin. Einen Mann mit einem Stein totzuschlagen und dann seinem Mitbewohner ein Messer in den Hals zu stechen, das geht weit über ein Versehen hinaus. Nach dem Mord an Karl, der nicht geplant war, habe ich jede Oberfläche abgewischt und einen Tatort hinterlassen, der einen Unfall nahelegte. Der Mord an David war sorgfältig geplant, auch wenn das Opfer schlecht gewählt war. Aber diese beiden jetzt ...

Als ich mir zum dritten Mal die Haare wasche, erschaudere ich bei dem Gedanken an die DNA-Spuren oder Fingerabdrücke, die ich hinterlassen haben könnte. Ich bin mir ziemlich sicher, dass ich nicht in das Blut auf dem Teppich getreten bin, also werden Fußabdrücke hoffentlich kein Thema sein, doch bei diesem Tatort kann niemand auf die Idee kommen, es könnte ein Unfall oder Selbstmord gewesen sein. Das war ganz klar ein unglaublich blutiger, unglaublich haarsträubender Doppelmord, und es kann sehr gut sein, dass ich am Arsch bin.

Und dabei sind wir noch nicht mal bei der kleinen Julia angelangt.

Es gab einen Moment, nur den Bruchteil eines Moments, in dem ich daran dachte, auch sie zu töten.

Aber so etwas würde ich niemals tun. Es gibt genug unschuldige Frauen, die einen vorzeitigen, gewaltsamen Tod sterben. Es war nicht ihre Schuld. Ich war da, um sie zu beschützen, und wenn sie durch meine Hand gelitten hätte, hätte ich damit nicht leben können. Also sagte ich ihr, sie solle noch einen Moment im Zimmer bleiben, während ich mir überlegte, wie es weitergehen könnte. Dann fand ich Romeos Handy und löschte ihre SMS und sagte ihr, sie solle sich die Augen verbinden, bevor ich das Schlafzimmer betrete, damit sie mein Gesicht nicht sieht. Ich nahm sie bei der Hand und führte sie um die Leichen herum und die Treppe hinunter. Bevor wir das Haus verließen, sagte ich ihr, dass die Männer mich angegriffen hätten und ich sie ausschalten musste, um mich und sie zu retten. Sie nickte einsichtig, zitterte und schwankte mit ihrem absurden Glitzerschal, den sie sich vor die Augen gebunden hat.

Ich schärfte ihr ein, niemals irgendjemandem gegenüber zu erwähnen, dass sie in diesem Haus gewesen war, und dass sie alles vergessen sollte, was an diesem Abend passiert war.

Ich gebe zu, ich habe ihr auch ein bisschen gedroht. Aber wirklich nur ein bisschen. Sie musste begreifen, was auf dem Spiel stand.

»Wenn du irgendeinem Menschen, egal wem, erzählst, dass du hier warst, wirst *du* dafür verantwortlich gemacht«, sagte ich und hasste mich mit jedem Wort mehr.

»Ja.« Ihre Stimme klang piepsig und leise wie eine Maus. Ich bin bei meinen eigenen Worten zusammengezuckt. Worte, die ich schon mal gehört hatte.

»In dem Zimmer werden DNA-Spuren von dir sein. Hast du das verstanden? Wenn ich erfahre, dass du mit jemandem darüber geredet hast, bekommst du Ärger. Mit der Polizei und mit mir.«

»Okay.«

»Lösch alle Nachrichten, die du heute Abend verschickt hast. Verstanden?«

»Ja.«

Ich fuhr sie nicht ganz bis nach Hause, sondern setzte sie ein paar Straßen vorher ab und sagte ihr, sie solle zehn Minuten warten, bevor sie den Schal abnimmt. Sie versprach es, und ich glaubte ihr. Das Mädchen stand unter Schock. Wenigstens ist ihr der Anblick der Leichen erspart geblieben. Morgen früh wird sie so tun müssen, als sei nichts passiert. Gut möglich, dass sie eines Tages ihr Wort bricht, und wenn das passiert, werde ich bekommen, was ich verdiene. Allerdings kennt sie weder meinen Namen, noch weiß sie, wie ich aussehe. Also vielleicht auch nicht.

Bei dem Versuch, sie vor einem Trauma zu bewahren, habe ich ihr eine ganze Menge unerwarteter Scheiße zugemutet, wegen der sie eigentlich eine Therapie braucht, nur muss sie das jetzt ganz allein verarbeiten. Ich tauche mit dem Kopf unter Wasser und bleibe dort so lange, wie ich es aushalte. Armes Mädchen.

Auf dem Heimweg hielt ich an einem öffentlichen Mülleimer, wo ich die Sim-Karte meines Message-M-Handys entsorge. Es wäre zu riskant, sie noch mal zu benutzen. Ich darf mit dieser Nummer nicht in Verbindung gebracht werden, und ich bin eindeutig nicht in der richtigen Verfassung für risikofreie Selbstjustiz. Selbst wenn mir dieser Vorfall nicht zum Verhängnis wird: Würde ich mich weiter so verhalten wie heute Abend, wäre es nur eine Frage der Zeit, bis man mich verhaftet.

Das war's also mit Message M.

Durch das Badezimmerfenster kommt schwaches Licht, draußen dämmert es. Meine Haut ist rau und schrumpelig und das Wasser farblos.

Es ist Mittag, als ich in mein Auto steige, um Katie im Krankenhaus zu besuchen. Die Kleidung, die ich gestern Abend getragen habe, wurde mehrfach gewaschen und dann in den hinteren Teil meines Kleiderschranks gepackt, und ich habe ein besseres Gefühl, was meine Aussichten angeht. Wusstest du, dass in Großbritannien nur 5,8 Prozent aller Verbrechen aufgeklärt werden? Bei vielen davon handelt es sich um das Umwerfen einer Mülltonne oder andere kleine Vergehen, die die Polizei nicht untersuchen will, aber selbst bei Morden bleibt ein Drittel der Fälle unaufgeklärt. Und das, obwohl die meisten davon leicht zu durchschauen sind – der gewalttätige Ehemann, der mit dem Messer in der Hand angetroffen wird, eine Straßenschlägerei von Betrunkenen vor einem Pub voller Zeugen.

Meiner Meinung nach ist es unwahrscheinlich, dass ich verurteilt werde, es sei denn, Julia plaudert die Sache aus und die Polizei kann Message M mit mir in Verbindung bringen. Bei solchen Taten verdächtigt niemand eine Frau, und das aus gutem Grund: Mörderinnen sind selten. Die Polizei kann Tausenden von Vermutungen nachgehen, bevor sie auf eine junge, schmächtige Frau stößt, die nichts mit den Opfern zu tun hatte – Drogen, missglückter Einbruch, Bandenwesen, all das kommt eher infrage. Meine DNA ist nicht in der Polizeidatenbank, da ich nie etwas verbrochen habe. Okay, gut, da ich noch nie bei etwas erwischt wurde. Wie sollten sie also eine Verbindung zu mir herstellen? Und wenn sie es schließlich doch tun, wie viel Zeit vergeht bis dahin?

Ich habe also Zeit. Nicht unbegrenzt, aber genug, um Katies Vergewaltiger zu finden und zu töten, bevor ich mich darauf konzentrieren kann, ein neues Leben für uns beide aufzubauen. Vielleicht kann ich Nina überzeugen, mit uns in eine andere Stadt zu ziehen und neu anzufangen. Aber es darf nicht noch mehr Fehler geben.

Als ich die Ringstraße erreiche, fängt es an zu regnen. Schwere Tropfen klatschen auf meine Windschutzscheibe und erschweren mir die Sicht. Ich stelle mir vor, wie derselbe Regen gegen die Tür des Hauses in der Roland Road mit ihrem zerbrochenen Glas trommelt und jede noch so kleine Spur von mir wegschwemmt.

Krankenhäuser sind düstere Orte. Wir alle wissen, wie es da riecht – nach alten Menschen, Putzmittel, Urin und gekochtem Blumenkohl. Warum ist das immer noch so? Angesichts all der Raumduftspender, Räucherstäbchen, Kerzen und Parfüms auf der Welt ließe sich diese Kleinigkeit, unter der wir alle leiden, doch sicher beheben. Wenn alle Spas und Wellness-Zentren so herrlich nach Rosmarin und Eukalyptus riechen können, sollte es doch möglich sein, ein Krankenhaus nicht so nach Tod riechen zu lassen. Von mir aus können sie auch eine Fuhre Duftbäume in die Zimmer hängen, diese Dinger, die in manchen Autos hängen.

Der Geruch ist aber nicht das Schlimmste. Das Schlimmste ist die Einsamkeit. All diese Menschen, die am Tiefpunkt ihrer Kräfte sind, liegen in deprimierenden Betten auf einer deprimierenden Station, umgeben von deprimierenden Menschen. Wenn Besuch kommt, dann ist es meist eine erwachsene Tochter, die ihrer alternden Mutter einen Pflichtbesuch abstattet und ihre drei kleinen Kinder mitgeschleppt hat, die nicht dort sein wollen. Sie atmen erleichtert auf, sobald sie die Oma dort zurücklassen, die langsam und allein verkümmert, und fliehen zurück in ihr eigenes, buntes Leben. Die Einsamkeit lässt sich nicht mit einer Kerze vertreiben.

Katie sieht verlegen aus, als ich an ihr Bett trete, aber sie ist wach. Sie klappt ihr Buch zu, ohne ein Eselsohr umzuknicken, um sich die Seite zu merken, und richtet sich im Bett auf, wobei sie ein reumütiges Lächeln aufsetzt, wie jemand, der am Abend zu viel getrunken hat und sich bei seinen Freunden für sein ärgerliches Benehmen entschuldigen will.

»Mills! Du hättest nicht kommen müssen. Mir geht es gut, wirklich, das war bloß eine Überreaktion.«

»Wie geht es dir jetzt, Schwesterherz?«

»Oh, gut. Gut! Ehrlich.« Zum Beweis lächelt sie mich wieder an und fügt dann halblaut hinzu: »Aber die Leute hier drin machen mich verrückt.«

»Wer genau?«

»Sie«, sie deutet unauffällig zu einem Bett schräg gegenüber, »hört nicht auf, sich über die Heizung zu beschweren, als ob das hier ein Hotel wäre. Und die da hinten hatte eine Schar von Besuchern, darunter vier kleine Kinder. Und als man sie aufforderte zu gehen, haben die doch glatt die Krankenschwestern beschimpft.«

Ich ziehe spöttisch die Brauen hoch. »Wenn du eine von denen in die Sonne schicken könntest, welche wäre es?«

»Bett Nummer sechs«, flüstert sie. »Oh. Mein. Gott. Sie sieht sich Love Island auf ihrem Laptop an, ohne Kopfhörer, und dabei keucht und lacht sie die ganze Zeit laut. Reagiert wie ein Studiozuschauer im Vormittagsprogramm.«

Zu meiner Überraschung muss ich laut lachen. Obwohl Katie blass und bandagiert im Krankenhaus liegt, ist es herrlich, mit meiner Schwester zu lachen.

Sie war schon immer lustig. Zwar will sie mich ablenken,

damit ich nicht von etwas Ernstem anfange, aber ich habe sie schon lange nicht mehr so lebendig gesehen. Vielleicht hat das der Badewannenzauber bewirkt – ich habe die Lebenskräfte dieser Männer in meine Schwester strömen lassen. Wenn das so ist, würde ich mit Freuden noch hundertmal töten. Ich will sie sowieso nicht zu sehr ausfragen, und so tuscheln wir noch fast vierzig Minuten lang fröhlich über die Leute auf der Station, bevor man mir sagt, dass es Zeit ist zu gehen.

»Also, was kommt als Nächstes?«, frage ich und sammle sehr langsam meine Sachen ein, bevor die Krankenschwester unangenehm wird.

»Vielleicht eine neue Folge von Love Island? Ehrlich gesagt, passiert hier nicht viel, Mills.«

»Nein, ich meine, nach dem hier.« Ich zeige auf unsere Umgebung. »Kommst du bald nach Hause?«

Sie errötet, weil meine ausbleibenden Fragen sie in falscher Sicherheit gewiegt haben. Das macht mir Gewissensbisse, aber ohne eine Antwort darauf will ich nicht gehen.

»Äh, ich weiß nicht. Sie wollen mich erst einmal hier behalten, und vielleicht komme ich ... noch woandershin. Anschließend.«

»Oh. Okay.« Mir schießen Fragen durch den Kopf. *Eine psychiatrische Abteilung? Wirst du eingewiesen? Für wie lange? Können sie dich wieder gesund machen?* Aber ich verzichte. Für den Moment hat sie mir genug gesagt, und ich möchte mich mit einem guten Gefühl verabschieden. »Na, das klingt gut. Und du siehst gut aus. Ich komme morgen wieder, ja? Hab dich lieb.«

Ich umarme ihren zerbrechlichen kleinen Körper, doch als ich mich lösen will, zieht sie mich zurück und hält mich in der Umarmung fest.

»Alles okay?«, flüstere ich.

Sie lässt mich los. »Ja, ja, ist es. Es ist nur ... Nein, wir sehen uns morgen.«

Ich blicke sie erwartungsvoll an. Eine Krankenschwester

eilt die Station hinunter, um die letzten Besucher nach Hause zu schicken. »Katie, was ist los?«

»Nichts, ehrlich.« Aber ich sehe, wie ihr Blick zu der Schublade neben ihrem Bett huscht, und ich beuge mich zu dem Nachttisch und öffne sie. Darin befindet sich ein Umschlag mit meinem Namen darauf, in ihrer Schrift.

»Oh, äh, ja«, murmelt Katie und wird wieder rot. »Ich habe dir etwas geschrieben, aber du brauchst es nicht zu lesen. Das ist nur Blödsinn. Ich bereue schon, es geschrieben zu haben.« Sie will nach dem Umschlag greifen, aber ihr bandagierter Arm bewegt sich nur langsam, und ich bin mit dem Brief bereits einen Schritt weggetreten. »Na gut ... Aber lies ihn nicht hier. Warte, bis du zu Hause bist. Versprochen?«

»Versprochen.«

Ich stecke ihn ein, umarme sie noch mal und gehe hinaus und bei den Krankenschwestern vorbei, um mich zu bedanken. Der Brief hat mich traurig und wütend gemacht. Katie hat sich schon unzählige Male bei mir entschuldigt, und in dem Brief wird es nicht anders sein. *Es tut mir leid, dass ich so langweilig bin, dass ich so müde bin, so peinlich, so dumm. Es tut mir leid, dass ich nicht genug gegessen hat, so dünn geworden bin, mir die Pulsadern aufgeschnitten habe, Aufregung verursache.* Aber sie braucht sich nicht zu entschuldigen. *Er* muss sich entschuldigen. Sie muss *wütend* sein.

Trotzdem nehme ich mir vor, den Brief später bei einem Glas Wein zu lesen.

Es regnet nicht mehr, es nieselt nur noch, und ich nehme das kaum wahr, als ich durch die Automatiktüren an die frische Luft trete, eine Wohltat nach der stickigen, traurigen Krankenhausluft. Während ich über den Parkplatz zu meinem roten Micra laufe, denke ich über Katies Möglichkeiten nach. Ich sehe veraltete Irrenhäuser und ans Bett gekettete Frauen vor mir, aber auch Herrenhäuser mit weiten Rasenflächen und viel Yoga.

Ich bin so sehr in meine Gedanken vertieft, dass ich nicht gleich höre, wie mich jemand ruft. Erst als er auf zwei Meter herangekommen ist, nehme ich ihn wahr. Ich drehe mich um, und mein Blut gefriert. Ich schwöre, ich habe gespürt, wie mein Herz zu Eis erstarrt.

»Hast du mich nicht gehört? Wie geht es dir?« James grinst mich an. In seinen Haaren glänzen Tröpfchen vom Nieselregen. Und neben ihm steht jemand, mit dem ich mal eine kurze Begegnung hatte.

»Das ist mein Bruder. Imran.« James deutet auf den Mann neben sich, der sich wackelig auf zwei Krücken stützt. Ich fange an, in meiner Tasche nach dem Autoschlüssel zu kramen. »Ich habe dir doch erzählt, dass er einen Unfall hatte, oder? Idiot. Musste zurückkommen, um den Gips wechseln zu lassen.«

Er dreht sich zu seinem Bruder. »Das ist sie, von der ich dir erzählt habe.« Aus den Augenwinkeln sehe ich, dass James mich angrinst, aber ich lasse meine Haare vors Gesicht fallen. Wo sind bloß meine Schlüssel?

»Freut mich, dich kennenzulernen«, sagt Imran, und ich murmle etwas, ohne aufzusehen. »Aber wir haben uns schon mal irgendwo gesehen, oder?«, fährt er fort. »Du bist nicht zufällig Buchhalterin? Vielleicht war es bei einer Konferenz?«

»Bestimmt nicht. Nein, nein, ich bin keine Buchhalterin.« Ich lache unnatürlich laut. »Konnte noch nie rechnen. Total mies in Mathe. Anscheinend habe ich ein Allerweltsgesicht.« Ich zeige mit einem kreisenden Finger darauf, als ob der Mann nicht wüsste, was ein Gesicht ist. »Jeder denkt, er kennt mich.« Meine Finger ertasten Metall am Grund meiner Tasche. »Ah, da! Entschuldigung, ich konnte den Schlüssel nicht finden. Jetzt habe ich ihn. Wie auch immer, war nett, dich kennenzulernen, Imran! Hoffe, dein Bein heilt schnell. Bis dann, James!« Ich stoße den Schlüssel ins Schloss und ziehe die Tür auf.

»Oh, okay. Wir sehen uns bald, ja? Ich habe ein paar Theorien, die ich mit dir besprechen möchte. Vielleicht morgen Abend?«

James redet noch durch den Türspalt. An der Fensterscheibe befindet sich ein winziger Blutfleck, den ich gerade erst bemerke. Scheiße, ich muss hier weg – ein Gedanke, den ich in letzter Zeit zu oft habe.

»Ja! Morgen. Lass uns das machen, klar.«

Ich ziehe die Tür zu und lasse den Motor an. Als ich an der Parkplatzausfahrt stehe, sehe ich die beiden Männer noch neben meinem leeren Platz stehen und sich unterhalten. Bevor ich auf die Straße einbiege, blicke ich noch einmal in den Rückspiegel und sehe, dass sie sich beide umdrehen und mir nachschauen.

28

Ich halte mich für überdurchschnittlich intelligent. Und von falscher Bescheidenheit halte ich gar nichts. Frauen dürfen nicht angeben. Von uns erwartet man demütiges Auftreten. Wenn dir jemand sagt, dass du gut aussiehst, gibst du zu verstehen, dass du ganz anderer Meinung bist. Wenn du eine Prüfung spielend gemeistert hast, musst du trotzdem seufzen, wie jämmerlich du wahrscheinlich abgeschnitten hast, und wenn die Ergebnisse gekommen sind, musst du ein verwirrtes Gesicht machen und sagen: »Also, das habe ich nicht erwartet!«

Das sind die Regeln. Ich verstehe sie und halte mich größtenteils daran. Wie auch in etwa an die Regel, keine Leute umzubringen. Ich prahle auch damit nicht, das verstößt gegen die Leitlinie.

Aber unter uns gesagt, ich bin clever. Das war ich schon immer. Und alles in allem habe ich meinen Scheiß auf die Reihe gekriegt. Das hat zwar nicht zu einem hochtrabenden Job geführt, aber so einen wollte ich ja auch nie. Nina hat immer gesagt, ich soll es als Werbetexterin versuchen, und vielleicht werde ich das tun. Ich muss nur erst das hier überstehen. Ich muss nach den Romeo-Morden meine Spuren verwischen, Katies Vergewaltiger finden und beseitigen und dafür sorgen, dass James die Sache nicht checkt. Dann kann ich mit meinem Leben weitermachen. Ganz einfach.

Ich schenke mir ein weiteres Glas Wein ein und atme tief aus, um meine Nerven zu beruhigen. Im Golden Guinea ist es noch ruhig – es ist Sonntagnachmittag, und hier wird kein Essen serviert. Die verzweifelte Sehnsucht der Briten nach einem wöchentlichen Teller Fleisch und Bratensoße hat dazu geführt, dass die Massen diesen Pub meiden zugunsten jener Brauereiketten, die das billigste Rindfleisch und die üppigsten Kartoffelbeilagen anbieten.

Trotzdem ist mein gewohnter Tisch von einem gefühlsduseligen Pärchen besetzt, und so sitze ich in einem Ledersessel am Kamin, die langen Beine unter mir zusammengeklappt wie einen Liegestuhl, die Hand um ein großes Glas Rotwein geschmiegt. Im Sessel gegenüber sitzt ein alter Mann mit einem Highland-Terrier zu seinen Füßen, auf seinem Schoß liegt eine ausgebreitete Zeitung. Bei jedem Umblättern raschelt das Papier so laut, dass der Hund müde den Kopf vom Boden hebt, als wollte er fragen: »Was ist denn jetzt schon wieder?«

Ich vermeide es normalerweise, tagsüber allein zu trinken. Das ist nicht gerade ein Zeichen für »eine ausgeglichene Frau, der es gut geht«. Aber im Moment bin ich in Panik. Nur ein bisschen. Natürlich weiß ich, dass es nichts bringt, in Panik zu geraten. Damit erreicht man nichts. Panik – und gewissermaßen auch Traurigkeit – ist reine Nachsicht mit sich selbst. Egal, heute Nachmittag erlaube ich mir, mit mir nachsichtig zu sein.

Der alte Mann faltet seine Zeitung mit einem unangenehm lauten Rascheln, bei dem ich aufschrecke, sodass mir der Wein auf die Hand schwappt. Das dunkle Rot auf meiner Haut erinnert mich an die vergangene Nacht und jagt mir einen Schauder über den Rücken, und ich verspüre eine tiefsitzende, bleierne Müdigkeit, als mir einfällt, dass ich noch das Blut von meinem Auto entfernen muss. Der alte Mann geht an mir vorbei zur Bar und bestellt ein Bier und ein Glas Wasser.

»Und nicht dieses neumodische Zeug von Wasser, wenn es dir nichts ausmacht.«

»Ah, hier gibt es nur neumodisches Zeug, Terry«, lacht der Barkeeper, während er ein Glas unter den Wasserhahn hält.

Das Wasser schwappt überallhin, als er es neben den Zapfhähnen auf die Theke knallt.

»Sieht für mich nicht neumodisch aus.«

»Wir haben hier nur Perrier. Aber wir bringen nach der Sperrstunde die Bläschen zum Platzen, weißt du. Ich war bis zwei Uhr früh mit einem Zahnstocher zugange, damit ich dir dieses Glas servieren kann.«

Sie lachen und scherzen weiter, während das Geld den Besitzer wechselt, und schon bald lässt sich der alte Bitter-Trinker wieder knarrend und knisternd in seinen Sessel sinken. Was für ein leichtes Leben dieser Mann hat! Er sitzt mit seinem Hund da, liest die Zeitung, trinkt seine Biere und lacht mit den Barkeepern. Man kann es nicht wissen, aber ich wette, dass er nicht bis in die frühen Morgenstunden wach lag, weil er einen spontanen Doppelmord begangen hat, und dass er nicht darüber nachdenkt, was er mit einem Detective machen soll, der der Wahrheit gefährlich nahekommt. Ich frage mich, ob er ein guter Mensch ist, und der Gedanke überrascht mich. Werde ich weich?

Mein Vater war ein Trinker. Ich kann mir nicht vorstellen, dass er im Pub freundliche Gespräche geführt hat, aber vielleicht tat er das. Vielleicht hat er seine gute Laune im Pub verbraucht, und was danach in seinem Körper noch herumrappelte, wenn er nach Hause kam, war eine Mischung aus Wut, Verbitterung und Grausamkeit. Aber eigentlich glaube ich das nicht. Ich glaube, dass er nichts anderes geben konnte.

Wenn man oft genug in Pubs sitzt, fallen einem die Männer auf, die wie mein Vater sind. Sie sitzen allein, blicken finster in ihr Glas oder tun sich manchmal mit einem anderen rotgesichtigen Mann zusammen, um über Einwanderung und Homosexuelle zu diskutieren.

Es ist ironisch, sogar lustig, vielleicht sogar urkomisch, dass mein Vater Einwanderer oder LGBT-Menschen als Bedrohung für unser Land ansah. Keine konkrete Gefahr, verstehst du, nur eine »allgemeine Bedrohung«. Dass er selbst ein Scheißkerl höchster Güte war, der jeden um ihn herum beschissen behandelte, und dass die größte Bedrohung für den Erfolg und das Glück unserer Gesellschaft Männer wie er sind, schien ihm nie in den Sinn zu kommen.

Als ich fünfzehn war, folgte ich ihm einmal in den Pub. Er bemerkte das nicht, denn seine Gedanken waren schon ganz auf sein Ziel gerichtet. Der Pub, in den er ging, war nicht wie dieser: kein loderndes Kaminfeuer, keine niedlichen Hunde und keine Weinkarte. In seinem Stammlokal, dem Tap and Barrel, wurden nur doppelte Pints ausgeschenkt, freitags gab es kostenlose Käsesandwiches, und in den vier Wänden versammelte sich eine ganze Menge aufgestauter Aggression. An diesem Abend kauerte ich mich mit einer Cola light in eine Ecke und machte es mir gemütlich, um ihn zu beobachten.

Er hatte Freunde, mein Vater. Selbst echte Scheißkerle haben Freunde, denn es gibt so viele echte Scheißkerle, dass man immer eine Horde von ihnen findet. Während ich ihn beobachtete, sah ich ihn lachen, was er zu Hause nie tat, aber er schrie und schimpfte auch und schlürfte lautstark sein Lager. An einem bestimmten Punkt des Abends hängte sich eine Frau mit kurzen, schlecht gefärbten Haaren und einem Gipsbein an seine Schultern. Ihre überspannte Art, die Nase hochzuziehen, verriet mir, dass sie bereits ein paar Lines Kokain gesnifft hatte, obwohl es erst acht war und mitten in der Woche. Mein Vater gab ihr einen Klaps auf den Hintern, und wie auf Knopfdruck fing sie an, über Ausländer zu schimpfen. Das Ganze war sehr lehrreich, und ich dachte gerade, nun besser erkannt zu haben, wer der Mann war, der uns heimsuchte, als er mich entdeckte.

Hast du solche Angst auch schon mal gespürt? Die Angst, wenn ein vertrauter, gewalttätiger Mann seine Aufmerksamkeit auf dich richtet? Vielleicht ja, wenn du eine Frau bist.

Niemand hat mich jemals so in die Enge getrieben wie dieser Mann. Das Gedächtnis ist eine komische Sache, und die Wahrscheinlichkeit ist groß, dass es meine Erinnerung an das Geschehen verzerrt. Denn wenn ich zurückdenke, sehe ich ihn wütend werden wie eine Cartoon-Figur. Sein Blick wurde hart und schmal, seine Augen blitzten wie zwei Dolchspitzen, und ich spürte plötzlich den harten Stuhl unter meinem Hintern und die klebrige Tischplatte an meinen Unterarmen. Mein ganzer Körper wurde mir ungeheuer bewusst.

Es ist aber nichts passiert, nicht dort. Er ging zur Toilette, und ich rannte nach Hause. Später bestrafte er mich, indem er mir die Glutspitze seiner Zigarette auf den Oberschenkel drückte – bei der Erinnerung fangen die zornigen roten Flecken, die ich so sehr hasse, wieder an zu brennen. Ich heulte vor Schmerzen, während meine Mutter lautstark die Küche putzte, obwohl es schon elf war. Ich höre heute noch das Wasser an der Spüle rauschen.

»Wie klappt es mit der Heißluftfritteuse, Terry? Deine Frau hat dir doch eine zum Geburtstag geschenkt, oder?« Die Stimme des Barkeepers dringt in meine Gedanken. Er lehnt am Ende der Theke und spricht über mich hinweg mit dem Bitter-Trinker. »Die sind der neueste Schrei, wie man hört.«

»Da hast du recht, das sind sie. Neulich habe ich damit ein gutes Naan-Brot gemacht.«

»Sag bloß!«

»Ja, stell dir vor. Mit so einem Ding kann man alles Mögliche zubereiten. Bei der Kaffeemaschine, die meine Frau vor einiger Zeit gekauft hat, bin ich mir allerdings nicht sicher. Damit muss man einen Mordsaufwand betreiben. Was ist falsch an Löslichem?«

»Man will sich nur einen Kaffee machen, nicht wahr? Und dafür nicht zig Handgriffe erledigen müssen.«

»Das ist ein Riesenblödsinn. Ich hab bloß noch ein paar

Jahre, da will ich meine Zeit nicht mit Kaffeemahlen verbringen.«

Ich lasse mich in ihrem belanglosen Geplauder treiben wie in ruhigem Wasser und frage mich, ob ich jemals mit jemandem zusammenleben werde, der teure Küchengeräte kauft und sein Naan-Brot selbst backt.

Nachdem mein Vater gestorben war, habe ich jahrelang nicht mehr an ihn gedacht. Das hältst du wahrscheinlich für eine Lüge, es ist aber wahr. Das menschliche Gehirn ist ein erstaunliches Werkzeug; man kann Gedanken, die man nicht haben will, abschalten und unter einem Stein vergraben. Bis zu diesem Zeitpunkt wurden die meisten meiner wachen Momente von meinem Vater eingenommen. Danach beschloss ich, ihm in meinem Kopf keinen Platz mehr zu geben. Nina, die nie die ganze Wahrheit erfuhr, aber Wesentliches mitbekam, hielt das nicht für die gesündeste Einstellung, aber selbst beste Freundinnen müssen in manchen Punkten unterschiedlicher Meinung sein.

Jedenfalls, seit Katies Vergewaltigung und vor allem seit Karls Tod fällt es mir immer schwerer, die Gedanken zu unterdrücken. Alle strömen zusammen zu einem großen Durcheinander, und so sehr ich sie auch wegdränge, sie steigen immer wieder ins Bewusstsein auf. Meine Mutter und ich haben seit seinem Tod nicht mehr über ihn gesprochen. Daher weiß ich nicht, ob sie an ihn denkt, und ich bin mir auch nicht sicher, ob sie genügend Selbstbeherrschung hat, ihn aus ihren Gedanken auszuschließen. Das liegt aber bei ihr, ich habe nicht die Kraft, jedem zu helfen. Vor allem nicht denen, die mir nie geholfen haben.

Manchmal frage ich mich, was mich zu dem gemacht hat, was ich bin: eine Zynikerin, die Selbstjustiz betreibt und mordet. Aber die Antwort kommt mir schnell. *Sie* haben mich dazu gemacht. Mein Vater, ja, aber auch meine Mutter, weil sie weggesehen hat. Das würde jedoch auf der Anklagebank keine

Rolle spielen, nicht wahr? *Bitte, Euer Ehren, meine Mutter hat mich verkorkst. Kann sie fünf meiner fünfzehn Jahre absitzen?*

So funktioniert das nicht. Sobald du geboren bist, bist du auf dich allein gestellt. Deine Probleme und Handlungen sind allein deine Sache. Deshalb habe ich auch keine Schuldgefühle wegen meiner Opfer. Vielleicht ist Hugh in Verhältnissen aufgewachsen, durch die er zum habgierigen Betrüger wurde. Vielleicht wurde Karl als Kind missbraucht. Vielleicht war Steven schwer depressiv. Na und? Nichts davon entschuldigt ihr verabscheuungswürdiges Treiben, und sie wurden aufgrund ihrer Taten verurteilt, so wie auch ich eines Tages verurteilt werde. Jedenfalls wenn ich vorhätte, mich erwischen zu lassen.

Als ich zur Theke aufblicke, sehe ich den Barkeeper Bier für neue Gäste zapfen, und der alte Terry hat das Zeitunglesen wieder aufgenommen. Ich sehe ihn an, wie er eine Hand an der Armlehne herabhängen lässt, damit sein alter Hund sie beschnüffeln kann, und verspüre wütenden Neid auf seine mühelose Zufriedenheit. Ich hätte Terry sein können, oder Terrys von Küchengeräten begeisterte Frau oder Terrys wahrscheinlich unfassbar glückliche Tochter oder sogar Terrys treuer kleiner Hund. Aber das bin ich nicht.

Terry ist wahrscheinlich sowieso ein Idiot.

Katies Brief steckt in meiner Tasche; ich werde ihn hier lesen, abgekapselt in einem behaglichen Pub. Aber zuerst werde ich etwas trinken, um mich zu betäuben.

In meiner Hosentasche summt es, und ich gieße mir ein weiteres Glas Wein aus der Flasche ein, die ich zu zwei Dritteln geleert habe. Die Bienen sind wieder erwacht, aber diesmal summen sie nicht vor Wut, sondern flitzen ängstlich umher, bis mir davon übel wird. Ich will nicht an mein Handy denken, insbesondere nicht an die drohende SMS von James, in der er schreibt, dass sein Bruder sich erinnert, wo er mich schon mal gesehen hat.

Aber es hört nicht auf, und der Hund starrt mich jetzt mit gespitzten Ohren und geneigtem Kopf an. Darum trinke ich das Glas Merlot leer und ziehe das Handy aus der Tasche, das in dem Moment zu summen aufhört.

Es war Nina. Ich habe sechs verpasste Anrufe von ihr und eine Nachricht von James, die ich auf meinem Sperrbildschirm lesen kann:

Witzig, dass wir uns vorhin über den Weg gelaufen sind! War alles in Ordnung? Du schienst irgendwie seltsam.

Vielleicht muss ich mir seinetwegen nicht so große Sorgen machen, wie ich dachte. Aber warum die ständigen Anrufe von Nina? Normalerweise ruft sie nur einmal an und schreibt dann eine SMS, außer, ich habe sie versehentlich versetzt. Während ich auf das Display starre und versuche, das Rätsel zu lösen, bekomme ich meine Antwort.

Eine WhatsApp-Nachricht von Nina, die vor meinen Augen aufleuchtet.

Millie, wir müssen reden. Ich weiß es.

29

Frauen werden unterschätzt. Nicht nur von Männern, sondern auch von Frauen. Es gibt kein besseres Beispiel als dieses – ich war so besorgt wegen des stümperhaften Detectives mit dem netten Lächeln, dass ich kaum an die größere Wahrscheinlichkeit gedacht habe. Dass nämlich Nina, die einen Großteil der Fakten kennt und brillant ist, als Erste dahinterkommt.

Sicher, ich wusste, dass sie sich für die Mordfälle interessiert, aber da ich nie ernsthaft in Betracht gezogen habe, dass sie mir auf die Schliche kommt, habe ich jetzt keinen Plan. Ihre Nachricht war äußerst knapp, sodass unklar ist, *was* sie weiß. Dass ich Hugh getötet habe? Dass ich im Laufe des letzten Monats mehrere Menschen getötet habe? Dass ich den Vergewaltiger meiner Schwester aufspüren will? Dass ich zehntausend Pfund in ihrer Wohnung versteckt habe? Es könnte alles Mögliche sein. Eingedenk ihres Scharfsinns sollte ich annehmen, dass es alles auf einmal ist.

Nina und ich sind eng befreundet. Aber reicht die Freundschaft auch für eine Situation wie diese? Um zu vertuschen, dass deine Freundin eine Serienmörderin ist? Immerhin ist sie Anwältin. Sie hat ihr Leben der juristischen Gerechtigkeit gewidmet.

Zu Hause nehme ich wieder ein Bad, Shirley Bassey schaut mir von der Bademattte aus zu und bewegt sanft den Schwanz hin und her. In einem Akt des Machotums habe ich mein Handy eingeschaltet gelassen. Es liegt auf dem Fliesenboden, und ich registriere gedanklich jedes hallende Klingeln. Nina ruft noch achtmal an. Als die Anrufe aufhören, warte ich gespannt, was als Nächstes passieren wird.

Als jemand an die Tür hämmert, fahre ich derart zusammen, dass das Wasser über den Wannenrand auf die Fliesen schwappt und Shirley sich in Sicherheit bringt. Ich höre den metallischen Klang der Briefkastenklappe und Ninas vertraute Stimme, die rau ist vom vielen Zigarettenrauch ihrer Teenagerjahre.

»Millie? Wir müssen reden! Bist du da?«

Ich bin im Wasser erstarrt und wage kaum zu atmen.

»Wenn du da bist, mach die Tür auf oder ruf mich an, okay? Wir ... wir müssen darüber reden.«

Die Briefkastenklappe fällt zu, ich atme auf. Sie war allein. Ist nicht mit einem Trupp Polizisten gekommen, die mit Rammbock, Handschellen und Tränengas bewaffnet waren. Aber ich sollte mir nicht vormachen, dass das ewig so bleiben wird. Die Briefkastenklappe wird erneut geöffnet, dann landet etwas mit einem leisen Aufprall auf der Fußmatte.

Karl, Steven, Chris, Hugh, David, Romeo und der Kiffer. Das war anstrengend. Die meisten von ihnen hatten es verdient, vielleicht sogar alle. Mein Schuldgefühl wegen David Cartwright lässt sich leicht unter einem der Steine in meinem Kopf vergraben. Wer sich ein Omelett macht, muss Eier zerschlagen. Nur blöd, wenn man das Ei ist.

In meinem Kopf dreht sich alles, und mir ist bewusst, dass ich kurz davor bin, mit dem schleudernden Wagen im Graben zu landen, um dann umgeben von zuckendem Blaulicht in Handschellen abgeführt zu werden. Ich hieve meinen Körper, der sich anfühlt wie ein uralter Sack klappernder Knochen, aus dem lauwarmen Wasser, trockne mich ab und ziehe mir ein Outfit an, in dem ich mich stark fühle – eine taillenhohe enge Hose und eine durchsichtige schwarze Hemdbluse. Ich schminke mich komplett, denn ich kann nicht über meine Zukunft entscheiden, wenn ich beschissen aussehe. Und dann setze ich mich mit dem Notizbuch in die Küche.

Nebenan höre ich etwas scheppernd auf dem Boden landen, und für einen bizarren Moment stelle ich mir Sean in der gleichen Situation vor. Wie wir in unseren Küchen sitzen und versuchen, einen Ausweg aus dem Schlamassel zu finden, den wir angerichtet haben. Einen verrückten Moment lang überlege ich, ob wir einander helfen könnten, doch dann fällt mir seine Angewohnheit ein, »mich dünkt« zu sagen.

Das Scheppern erinnert mich daran, dass Nina etwas durch den Briefkasten geworfen hat, und ich laufe in den Flur, wo ich ein gefaltetes Stück Papier auf der Fußmatte sehe. Ich nehme es mit in die Küche und falte es zögernd auseinander, denn ich weiß, dass das, was auf diesem Stück Papier steht, über mein Schicksal entscheiden könnte. Als ich es lese, bin ich auf die Worte nicht vorbereitet. Es ist ein alter Kassenzettel von Sainsbury's für Champagner, Tomaten und Wassermelonenaroma, und in der Mitte steht die Nachricht in blauer Tinte und Ninas geschwungener Handschrift, die ich mir auf einem juristischen Dokument nicht vorstellen konnte, weil sie sich immer wie eine Umarmung anfühlte. Jetzt aber fühlt sie sich nach so viel mehr an als das. Sie fühlt sich an wie ein Rettungsanker. Wie Sauerstoff.

Du bist bei mir sicher. N x

Die Polizei ist nicht auf dem Weg zu mir. Aber ich schulde Nina eine Erklärung, und ich muss mich trotzdem noch mit James herumschlagen. Ninas Zettel ist mehr, als ich erhoffen durfte, aber sicher auch kein Freifahrtschein, um einfach weiterzumachen. Es wäre dumm von mir, nicht zu erkennen, dass ich am Abgrund stehe, und es braucht nicht viel, um mich über die Kante zu stoßen – kalte Füße bei der kleinen Julia, eine Gewissenskrise bei Nina, ein Geistesblitz bei James. Es ist an der Zeit, meine Optionen zu prüfen.

Ich kann entweder sterben, eingesperrt werden oder das

Ganze zu Ende bringen. Um es zu Ende zu bringen, müsste ich meinen Plan erfolgreich umsetzen, Nina überzeugen, niemandem davon zu erzählen, und wahrscheinlich wegziehen, um neu anzufangen. Das ist aus ziemlich offensichtlichen Gründen meine Präferenz. Allerdings befürchte ich, dass dies immer unwahrscheinlicher wird.

Sich zu stellen ist der feige Ausweg, das werde ich nicht in Erwägung ziehen. Welchen Sinn hätte das? Sich jetzt das Leben zu nehmen scheint mir ebenfalls kontraproduktiv. Ich habe in meinem Leben schon viel durchgemacht, warum sollte ich jetzt damit Schluss machen? Vor allem, solange noch eine geringe Chance besteht, dass mein Plan aufgeht.

Nein. Wenn man sich die Optionen ansieht, ist der Weg nach vorn offensichtlich. Es kann eine Zeit kommen, da es unmöglich wird, die Sache durchzuziehen und ein glückliches Leben in Freiheit zu führen. Wenn es so weit ist, kann ich die Vor- und Nachteile der beiden anderen Optionen immer noch abwägen. Gut möglich, dass ich mich sehr schnell entscheiden muss, ohne zeitlichen Spielraum, um letzte Angelegenheiten zu ordnen. Während ich also meinen Plan vorantreibe, und zwar so schnell wie möglich, sollte ich bedenken, was zurückbleibt, wenn das Schlimmste passiert.

Manchen Menschen bin ich eine Erklärung schuldig. Wenn es mir nicht gelingt, die Sache durchzuziehen, werden Katie und Nina trauernd und verwirrt zurückbleiben. Also sollte ich ihnen vor meinem nächsten Schritt alles erklären. Ich klappe mein Notizbuch zu und gehe nach oben, durchwühle meinen Schreibtisch und finde das alte Diktiergerät, das ich während meiner kurzen Tätigkeit als Assistentin benutzt habe (bevor ich wegen meiner »Arbeitseinstellung« gefeuert wurde, nachdem ich mich geweigert hatte, die Frau meines Chefs über seinen Aufenthaltsort zu belügen – als ob das in der Stellenbeschreibung gestanden hätte).

Zurück in der Küche finde ich eine teure Flasche Wein, ein

Geburtstagsgeschenk von Nina, das ich aufbewahrt habe, und schenke mir ein großes Glas ein.

Es hat keinen Sinn, das gute Zeug noch zurückzuhalten, wenn man mit dem Tod oder mit Gefängnis rechnet.

Ich atme tief durch und drücke auf Aufnahme.

»Der erste Mann, den ich getötet habe, war mein Vater.«

Mit fünf sah ich, wie mein Vater meine Mutter so heftig gegen die Wand stieß, dass ein Bild herunterfiel und das Glas zerbrach. Mit sechs sah ich, wie er sie schlug, und als ich sieben war, brachte ich das mit den vielen Narben und blauen Flecken in Verbindung, die sie schon hatte, so lange ich zurückdenken konnte. Als ich acht war, kam er einmal betrunken nach Hause, wurde plötzlich auf mich aufmerksam und packte mich so fest, dass es wehtat. Und ich war neun, als er mich zum ersten Mal vergewaltigte. Als ich zehn war, wurde meine Schwester in meine Welt der Schmerzen, Angst und Wut hineingeboren.

Mein Zuhause war kein glückliches, aber niemand außer meiner Mutter – nicht Nina, nicht Onkel Dale, nicht einmal Katie – hat gewusst, wie unglücklich es tatsächlich war. Meine Mutter war ein Opfer, genau wie ich. Sie lebte in Angst vor dem Jähzorn meines Vaters und seinem überwältigenden Alkoholdurst, der von Jahr zu Jahr größer wurde. Doch als Erwachsene hatte meine Mutter Einfluss und Macht, die ich mit acht Jahren nicht hatte. Sie hätte eine Tasche für uns beide packen und mit mir von dort weggehen können. Sie hätte ihn bei der Polizei anzeigen können. Aber das tat sie nicht. Stattdessen hat sie geputzt.

Ich werde meiner Mutter nie verzeihen, dass sie bei allem, was in diesem Haus geschah, wegschaute.

Sie hatte es nicht leicht, und vielleicht hältst du mich für grausam, weil ich über sie urteile. Aber du wirst nach deinen Taten beurteilt, genau wie ich, und nicht nach den mildernden

Umständen. Meiner Ansicht nach kann man sie nicht freisprechen, nur weil sie Angst hatte. Wenn man ein Kind hat, muss man es beschützen, und damit hat es sich.

Nach Katies Geburt ging der Missbrauch jahrelang weiter. Katie wurde, solange sie klein war, von meinem Vater nicht beachtet, so wenig wie ich in den ersten Jahren meines Lebens. In der Zwischenzeit wurde aus mir eine Vierzigjährige im Körper eines Kindes, die alle Unschuld verloren hatte. Mein Vater wurde im Laufe der Jahre immer schlimmer, und das Haus wurde immer sauberer.

Die Dinge änderten sich, als ich sechzehn und Katie sechs war. Dad kam gegen Mitternacht aus dem Pub nach Hause. Ich konnte schon am Geräusch der Tür erkennen, dass er völlig außer sich war. In einem Haus wie meinem lernt man solche Dinge – man erkennt an den Geräuschen, was einem bevorsteht.

Dieses spezielle Geräusch – das langwierige Kratzen des Schlüssels, der das Schloss nicht findet, schließlich das Aufspringen und Zuschlagen – verhieß Schlechtes. Ich schrumpfte in meinem Bett zusammen, zog die Bettdecke bis zu den Augen hoch und begann, mich von meinem Körper zu lösen. Du fragst dich vielleicht, warum ich mit sechzehn nichts gegen meine Situation unternommen habe, und es ist schwer zu erklären, warum das nicht infrage zu kommen schien. Doch wohin sollte ich gehen? Auf der Straße leben? Es kam mir auch nicht in den Sinn, jemandem davon zu erzählen. Schließlich wusste meine Mutter davon und unternahm nichts dagegen. Ich wusste nicht, wie es in anderen Familien zuging, vielleicht war meine Situation ja vollkommen normal. Tief im Inneren wusste ich, dass das nicht so war, aber man redet sich manches ein, um durchzukommen.

An jenem Abend verließ ich meinen Körper, als ich das Krachen in der Küche hörte, gefolgt von langsamen, schweren Schritten auf der Treppe. Doch dann geschah etwas anderes. Die Schritte machten auf dem oberen Treppenabsatz Halt. Ich setzte mich auf und war verwirrt. Dann hörte ich ein neues Geräusch: Das Drehen des Knaufs an der Tür meiner Schwester und das Quietschen der Angeln, als sie langsam aufgeschoben wurde.

Ich war schneller aus dem Bett und im Flur, als du »oh Scheiße« sagen kannst. Auch das ist ein Bild, das sich mir eingebrannt hat – wie er in Katies Tür steht und mich anblickt, als hätte ich ihn auf frischer Tat ertappt. Für den Bruchteil einer Sekunde riss er die Augen auf. Dann machte er ein harmloses Gesicht – nur ein Mann, der nach seiner schlafenden Tochter sieht.

»Schlaf gut«, brummte er und zwinkerte mir zu, als wären wir ein Team, das ein Geheimnis zu wahren hat. Er taumelte in sein Schlafzimmer, und ich schlich mich auf Zehenspitzen in Katies Zimmer und kuschelte mich an sie. Ich habe in dieser Nacht kein Auge zugetan und am nächsten Morgen in der Schule Übelkeit vorgetäuscht, um nach Hause geschickt zu werden.

Ich wollte nach Hause, nicht weil ich übermüdet war, sondern weil ich etwas zu erledigen hatte. In jener Nacht, als er die Tür meiner Schwester geöffnet hatte, stand für mich fest, dass er sterben muss.

30

Du siehst also, das Töten fällt mir leicht, weil ich schon früh damit angefangen habe. Aber Dads Tod war durchaus auch ein Unfall, also kann ich mir den nicht ganz anrechnen. Ich hatte damals null Erfahrung damit. Er war doppelt so groß wie ich, dreimal so schwer und verkörperte alles, was mir Angst machte.

Nach dem Vorfall an Katies Tür vergingen Tage. Jede Nacht blieb ich wach, bis ich sicher war, dass mein Vater schlief, und schlich mich dann oft selbst in Katies Zimmer, um an sie gekuschelt einzuschlafen. Sie war so klein und wunderbar, meine Schwester! In dieser Atmosphäre aufzuwachsen war für uns beide furchtbar, aber meine Mutter und ich versuchten, Katie vor dem Schlimmsten zu bewahren, ohne dass wir uns darüber absprachen. Es war richtig von meiner Mutter, sich auf Katie zu konzentrieren. Ich war ja ohnehin bereits schwer geschädigt.

Die Tage wurden zu Wochen, und jeder Plan, den ich mir ausdachte, erschien mir absurder als der vorige. Wie sollte ich, eine Teenagerin, ihn besiegen? Im Grunde hielt ich das für unmöglich. Und dennoch hatte sich in mir etwas verändert. Mein starker Beschützerinstinkt gegenüber Katie verdrängte meine Angst. Anstatt weiter zu planen, wie ich den Scheißkerl umbringen könnte, beschloss ich, ihn zu verarschen.

Ich habe seine Schuhe woandershin gestellt. Ich habe seine Autoschlüssel versteckt. Ich drehte den Zeiger seiner Uhr zurück, sodass er drei Tage hintereinander zwanzig Minuten zu spät zur Arbeit kam, bevor er es bemerkte. Das bekam ich zu spüren. Nicht, dass er mir draufgekommen war, sondern es machte ihn einfach wütend, und seine Wut hatte die Angewohnheit, sich an mir und meiner Mutter zu entladen. Aber das war es mir wert, denn als seine Schuhe zum fünften Mal in zwei Wochen nicht da waren, wo sie sein sollten, sah ich etwas in seinen Augen, was ich bei ihm noch nie gesehen hatte – Angst. Mir schien, als wäre die Angst, die ich verloren hatte, auf ihn übergegangen. Er hatte Angst vor sich selbst: Angst, den Verstand zu verlieren.

Ich wurde mutiger. Ich verstellte fast täglich den Sitz, das Lenkrad und die Spiegel in seinem Auto. Ich vertauschte seine Arbeitsschuhe mit Turnschuhen. Ich packte seine Cornflakes in die falsche Schachtel. Nur Kleinigkeiten. Es gibt nichts Schöneres, als zuzusehen, wie ein Mann an einem anaphylaktischen Schock stirbt, weil er deine Freundin betrogen hat. Aber das damals war meine erste Erfahrung mit Rache, und sie war sehr, sehr süß.

Ich ließ mich von Filmen, Büchern und der Beobachtung seiner Gewohnheiten inspirieren. Ich habe alles Erdenkliche getan, um ihn jeden Tag zu ärgern. Jeden Tag bekam er ein kleines »Fick dich« von mir. Ich habe schon immer gern gelesen. Wenn man arm und ohne Freunde aufwächst, sind Bücher der einzige nicht deprimierende Bestandteil des Alltags, und zwar, weil es darin um das Leben anderer Menschen geht. In der Schule habe ich mich während der Mittagspause oft in der Bibliothek versteckt.

Wusstest du, dass in Shakespeares Dramen vierundsiebzig Menschen auf der Bühne zu Tode kommen? Er war ein blutrünstiger Typ. Sie werden enthauptet, von Schlangen gebissen, kommen bei Messerstechereien um, werden ertränkt und mehr. Shakespeare steckt voller guter Ideen. Mein Lieblingsstück von ihm war keines der populären. *Romeo und Julia* ist albern – wer rennt vor dem Glück davon und nimmt sich dann wegen eines Mannes das Leben? *Macbeth* hat seine Reize, und Hamlets verrücktes Auftreten und seine mörderische Einstellung sind immer ein Vergnügen. Aber *Titus Andronicus* war damals mein Lieblingsstück und wird immer einen besonderen Platz in meinem Herzen haben.

Es gilt als Shakespeares gewalttätigstes und unpopulärstes Drama, denn im Lauf seiner zwei Stunden und fünfundvierzig Minuten gibt es vierzehn Todesfälle. Da werden Menschen verstümmelt, mehrfach vergewaltigt, lebendig begraben und – ganz wichtig – als Pastete gegessen. Eines Tages las ich dieses Stück zum ersten Mal, während ich mich in der Bibliothek versteckte. Ich hatte nicht nur keine Freunde, um mit ihnen in den Pausen abzuhängen, sondern ich hielt auch den Kopf unten, weil ich ein blaues Auge hatte. Mein Vater hatte Anfang der Woche wegen seines platten Reifens einen Wutanfall bekommen. Fairerweise muss ich sagen, dass ich den Reifen zerstochen hatte, doch das wusste er nicht, und deshalb war seine Reaktion ungerecht. Er brach mir mit einem Faustschlag die Nase, und der Bruch wurde nicht gerichtet.

Das Stück war für mich eine Offenbarung. Die blutigen Morde, die Grausamkeiten und Ungerechtigkeiten, die Bosheit rissen mich mit. Und zu lesen, wie zwei junge Männer getötet, in einer Pastete verbacken und ihrer Mutter serviert werden, war das Schrecklichste und Genialste, was mein sechzehnjähriges Ich je gehört hatte. Das brachte mich auf eine Idee, und in den Nachmittagsstunden wurde ein Plan geschmiedet.

Wenn mein Vater abends in den Pub ging, musste meine Mutter dafür sorgen, dass bei seiner Rückkehr eine warme Mahlzeit auf ihn wartete. Aber kurz nachdem ich sechzehn geworden war, sagte er, ich müsse nun antreten und mir meinen Unterhalt verdienen: Die Hälfte der Woche war ich für das Kochen zuständig. Und ich wusste, was ich kochen würde.

Du rollst jetzt mit den Augen, oder? Nun, beruhige dich. Ich habe meinen Vater nicht in einer Pastete verbacken. Ich hatte nicht mal die Absicht, ihn zu töten. Nun, eigentlich schon, aber nicht bei dieser Gelegenheit.

Am nächsten Abend kam mein Vater von der Arbeit nach Hause, zog sich um und machte sich ohne ein Wort für seine Frau und Töchter auf den Weg zum Tap and Barrel. Ich buk für uns Frauen eine Pastete mit Rinderhackfleisch, Zwiebeln und Möhren, und wir aßen sie am Tisch in der schäbigen Küche, wo die billige Plastiktischdecke an unseren Unterarmen klebte. Meine Schwester erzählte von der Schule, und Mum und ich hörten zu, wobei wir uns schon damals hauptsächlich durch Katie verständigten. Als ich die Pastete aus dem Backofen nahm, erschrak meine Mutter, weil sie offensichtlich nur für drei reichte.

»Ich habe für ihn eine eigene gemacht.«

»Das ist nett, Liebes.« Sie gab sich gelassen, aber ihre Angst strömte aus ihr heraus wie die Luft aus einem Aufblasball, wenn man den Stöpsel herauszieht. Zuerst steif vor Angst, dann schlaff vor Erleichterung. Das raubt einem die Kraft.

Im Ofen stand das Abendessen für meinen Vater. Eine schöne Pastete wie aus dem Bilderbuch oder wie aus einem Comic. Rinderhackfleisch, Möhren, Zwiebeln und eine ordentliche Menge von dem Rattengift, das ich in einer Schachtel im Schuppen gefunden hatte. Beim Zubereiten stellte ich mir vor, wie er kotzt und vielleicht an einem unpassenden Ort erniedrigenden Durchfall bekommt, aber ich wusste nicht, wie viel ich hineingeben sollte – schließlich war er viel größer als eine Ratte. Also schüttete ich einfach alles hinein und hoffte, dass er zu betrunken sein würde, um den Geschmack zu bemerken, und dass die Soße die Farbe überdecken würde.

Er kam nach Mitternacht sturzbetrunken nach Hause und riss die Haustür so heftig auf, dass sie gegen die Wand knallte und das ganze Haus aufweckte. An diesem besonderen Abend grinste ich im Bett im Dunkeln vor mich hin und sah es vor mir, wie er meinen Zettel las, zum Backofen wankte und die Pastete herausholte. Ein wenig fürchtete ich, er könnte ohne zu essen ins Bett gehen oder die Pastete auf den Boden fallen lassen und meinen Plan dadurch vereiteln, aber das passierte nicht.

Etwa eine Stunde später hörte ich seine Schritte auf der Treppe. In meiner Aufregung hatte ich fast vergessen, was manchmal in solchen Nächten passierte, aber das vertraute dumpfe Geräusch brachte es mir schlagartig zu Bewusstsein. Die Dielen knarrten, als er auf dem Treppenabsatz stehen blieb, und mein Magen zog sich zusammen. Ich zwang mich, an die Pastete zu denken, das half. Wie jedes Mal machte mich die Erinnerung an meine Rache stark. Selbst als sich der Türknauf drehte, konzentrierte ich mich auf die schöne, giftige Pastete.

Schließlich wurde es doch noch eine großartige Nacht. Meinem Vater ging es schon schlecht, als er hereinwankte, also zwängte er sich in mein Bett und schlief fast sofort ein. Nach etwa einer Stunde, in der ich mich kaum bewegte, schob ich mich unter seinem Arm hervor und atmete erleichtert auf. Leise glitt ich aus dem Bett und schlich auf Zehenspitzen zur Tür, um zu meiner Schwester ins Zimmer zu gehen, doch er stöhnte plötzlich, sodass ich auf der Stelle erstarrte.

Ich drehte mich um und vergewisserte mich, dass das Stöhnen von ihm kam. Er war ein großer Mann und sah lächerlich aus in meinem Jugendbett mit der rosa Kinderbettwäsche, die wir nicht ersetzen konnten, weil wir kein Geld hatten. Sein hässlicher Kopf lag schwer auf dem widerlich pinkfarbenen Kissen, sein schütteres Haar klebte ihm an der Stirn, auf der sich Schweißperlen gebildet hatten. Seine trockenen schmalen Lippen waren leicht geöffnet, und wieder entkam ihnen ein Stöhnen.

Hoffentlich scheißt er nicht in mein Bett, dachte ich.

Er hat dann zwar doch eine Sauerei gemacht, aber wie sich herausstellte, störte mich das nicht im Geringsten. Ich stand an der Tür und beobachtete ihn etwa fünf Minuten lang. Dann krümmte er sich so heftig zusammen, dass ich erschrak. Es passierte wieder, und er stöhnte lauter, immer noch mit geschlossenen Augen. Ich hätte nicht sagen können, ob er wach war oder ob das im Schlaf passierte, aber irgendetwas schien auf jeden Fall zu passieren. Als er sich zum dritten Mal zusammenkrümmte, kam aus seinem Mund eine braune Schlammfontäne. Ich stieß einen überraschten Schrei aus.

Das Erbrochene tropfte von seinen offenen Lippen auf das Bettzeug und auf den Boden. Brocken von der Pastete schwammen darin.

Der Raum stank so sehr nach der Pastetenfüllung und Bier, dass mir fast schlecht wurde. Er rülpste einen weiteren Schwall Lagerbier mit Pastetenbrocken aus. Sein riesiger Körper drehte sich auf den Rücken und schaukelte unter lautem Stöhnen hin und her. Sein Gesicht glänzte von Schweiß und leuchtete im Mondschein, der durchs Fenster hereinfiel.

Fasziniert drückte ich mich mit dem Rücken gegen die Tür und ließ mich daran hinunterrutschen, sodass ich auf dem Boden saß. Ich hatte es geschafft: Ich hatte ihn zu dieser Jammergestalt gemacht, zu einem ekelerregenden Wesen, das mit seiner eigenen Kotze bedeckt war. Ich konnte nicht einschätzen, wie lange das so weitergehen würde, aber ich wollte zusehen – und würde mich davonschleichen, bevor er wieder denken konnte.

Doch dazu kam es nicht, denn als wieder brauner Schlamm hervorquoll, brodelte es in seinem offenen Mund wie in einem Vulkankrater, und das Erbrochene glitt an seinen Wangen hinunter und in seine Haare.

Und dann fing er an zu würgen.

Wenn du dich übergibst, während du sturzbetrunken auf dem Rücken liegst, wird das wahrscheinlich gut gehen. Denn du hast hoffentlich eine Freundin oder einen Freund bei dir – die Glücklichen! –, die dich umdrehen, sauber machen, dir ein Glas Wasser geben und morgens mit dir darüber streiten können. Er dagegen hatte mich.

Der Mensch hat einen kleinen Deckel über dem Kehlkopf,

der verhindert, dass Speisen und Getränke in die Lunge anstatt in den Magen gelangen. Wenn man jedoch so trinkt wie mein Vater, werden die Muskeln, die die komplexe Verbindung zwischen Luftröhre und Speiseröhre bewegen, träge oder sogar völlig gelähmt. Dadurch floss der von meinem Rattengift aus dem Magen getriebene Bier-Pasteten-Schlamm direkt in seine Luftröhre und die Lunge. Und er war zu besoffen, um sich aufzusetzen und zu husten.

Von der Tür aus, wo ich mit angezogenen Beinen auf dem Boden saß, sah ich zu, wie er sich schüttelte und zitterte. Es war, als würde seine Lebenskraft protestierend aufschreien, während sein dummer, fetter, nutzloser Körper sein ekelhaftes Erbrochenes einatmete. Seine Krämpfe wurden immer heftiger, und schließlich brach eine der Bettlatten mit einem lauten Knacken durch, und ein neuer Schwall schoss aus seinem Mund, sodass mir ein Möhrenstückchen auf die Pyjamahose spritzte. Aber der Vulkan in seinem Rachen brodelte noch immer, die kurzen, rasselnden Atemzüge wurden immer lauter.

Ich weiß nicht, wie lange es gedauert hat. Es heißt, wenn man Spaß hat, vergeht die Zeit wie im Fluge, aber ich habe festgestellt, wenn man sich rächt, kann sie herrlich langsam dahinkriechen. Ich habe jede Sekunde seines Sterbens ausgekostet. Sogar den Geruch, die Besudelung des Bettes, das ekelerregende Blubbern, das Husten, Grunzen und Stöhnen. Das alles illustrierte seine Erniedrigung und Ohnmacht.

Und dann wurde es schließlich still.

Noch lange danach saß ich an die Tür gelehnt. Dieser Moment, in dem mir klar wurde, was ich tatsächlich erreicht hatte, war mein Wendepunkt. Wenn man es abgedroschen ausdrücken will, könnte man auch sagen, das war meine Urerfahrung.

Und das Beste? Ich hatte daran mitgewirkt. Aber die Aspiration und das Ersticken an der eigenen Kotze ist bei Alkoholikern eine häufige Todesursache. Bis zum heutigen Tag kann ich mir nicht den vollen Verdienst an seinem Tod zuerkennen. Er hat es sich selbst zuzuschreiben, wirklich.

Als ich das Zimmer verließ, dämmerte es bereits. Ich schlich mich ins Zimmer meiner Schwester, legte mich zu ihr ins Bett und schloss die Augen, worauf sich die Szene immer und immer wieder in meinem Geist abspielte. Dabei übte ich, was ich am Morgen sagen würde, nachdem ich ihn »entdeckt« hätte.

Doch wie sich herausstellte, brauchte ich gar nicht viel zu sagen. Zwei Wochen später wurde er beerdigt, das Haus wurde gelb, und niemand erwähnte meinen Vater je wieder.

31

Die Vögel singen bereits, als ich mein Geständnis aufnehme. Ich lasse nichts aus. Anfangs ging es mir darum, Nina und Katie die Wahrheit sagen, aber das habe ich aus den Augen verloren, je länger ich redete, und es wurde wohl mehr zu einer Beichte für mich selbst. Nina hat immer gesagt, ich solle eine Therapie machen.

Nachdem ich den Tod meines Vaters geschildert habe, erzähle ich, wie ich mein Zimmer umgestaltete, mit strahlend weißen Wänden, dunkelroten Vorhängen und Tagesdecke – ein neuer Raum für neue Erinnerungen. Das hat aber nicht funktioniert, deshalb bin ich dort ausgezogen, sobald die Lebensversicherung meines Vaters freigegeben und ich achtzehn wurde. Ich spreche darüber, wie ich ein Jahr zuvor Nina kennenlernte, wie sie mein Leben veränderte und mir die Hoffnung gab, normal sein zu können. Ich erzähle von Message M und wie ich nach Katies Vergewaltigung damit anfing.

Niemand hat mir geholfen, als ich ein Kind war. Nicht die Lehrer, die die blauen Flecken bemerkt haben müssen, nicht die Nachbarn, die das Geschrei hörten. Und schon gar nicht meine Mutter, die von allem wusste, was in diesem Haus geschah. Und deshalb wollte ich möglichst vielen Frauen helfen.

Ich spreche direkt zu Katie. Ich sage ihr, dass sie immer mein Mittelpunkt war und dass es meine Lebensaufgabe ist, sie zu beschützen. Ich entschuldige mich dafür, dass ich dabei versagt habe. Erkläre ihr, dass meine seit der Kindheit aufgestaute Wut durch das, was ihr passiert ist, virulent wurde. Die Bienen in meinen Adern.

Ich erkläre das mit Karl. Das mit Steven und Chris und Hugh und David und Romeo und dem Kiffer. Ich hoffe, Nina versteht das mit Hugh; sicher tut sie das. Genauso wie meine Mutter verstanden hat, warum ich den Tod meines Vaters herbeigeführt habe. Zwar haben wir nie über meine Rolle dabei gesprochen, aber ich denke, sie weiß es. Ich schließe mit einem mündlichen Testament, in dem ich klarstelle, dass Katie mein Haus erben und Nina von meinen Sachen bekommen soll, was sie haben möchte.

Ich drücke auf die Eject-Taste des Diktiergeräts, sodass das kleine Tonband herausspringt, und stecke es in den braunen Umschlag, auf dem bereits NINA steht. Sie ist eine fähige Frau und dürfte wissen, was damit zu tun ist, falls mir etwas zustoßen sollte. Als ich ins Bett krieche, fühle ich mich leichter: leer, aber erleichtert. Als hätte sich meine Last verringert, indem ich all das laut ausgesprochen habe. Einmal dachte ich sogar, ich müsste weinen. Aber das ist jene Art Nachsicht mit sich selbst, für die wirklich keine Zeit bleibt.

Es hat keinen Sinn, über vergossenes Blut zu weinen.

Ich bin erschöpft und ein wenig betrunken; als ich auf meinem Handy vierundsechzig Benachrichtigungen sehe, werfe ich es in die Schlafzimmerecke, schließe die Augen und schlafe ein.

Normalerweise habe ich einen leichten Schlaf. Während ich so viele Jahre allabendlich auf das Knallen der Tür und das Knarren der Dielen wartete, wurden meine Sinne geschärft, sodass ich immer wachsam bin. Doch diesmal weiß ich beim Aufwachen, dass ich so tief geschlafen habe wie seit einer Ewigkeit nicht. Im Zimmer ist es gleißend hell, und ich sehe blinzelnd durchs Fenster in strahlendes Blau. Dies ist einer der seltenen sonnigen Novembertage, an denen der Himmel wolkenlos ist und die Luft einen angenehm eisigen Biss hat.

Eine Zeit lang liege ich still und versuche, meine Gefühle zu ergründen. Das Tonband. Es liegt immer noch unten in der Küche neben der leeren Weinflasche. Seine Existenz gibt mir das Gefühl, nackt und verletzlich zu sein, als hätte ich mitten in einer Schlacht meine Rüstung ausgezogen. Aber ich fühle mich auch wie elektrisiert. Beschwingt. Ich erinnere mich an Ninas Klopfen, an ihren Zettel auf der Fußmatte. *Du bist bei mir sicher. N x*

Schließlich zwingt mich meine Blase aus dem Bett und ins Bad, und auf dem Rückweg hole ich mein Handy aus der Zimmerecke. Es hat nur noch zwei Prozent Akkuladung, was mich normalerweise hochschrecken lässt. Doch heute sind es eher die achtundsiebzig Nachrichten auf dem Bildschirm: zu verpassten Anrufen, WhatsApp-Nachrichten und Sprachmitteilungen. Dafür brauche ich jetzt einen Kaffee.

Zuerst schicke ich eine WhatsApp an Nina, die damit gedroht hat, gegen Mittag meine Tür einzutreten – und es geht schon auf zwölf zu –, wenn ich nicht antworte. Sie will einfach wissen, ob es mir gut geht. Ich ignoriere so ziemlich alles, was sie geschrieben hat, und lasse sie wissen, dass ich geschlafen habe, sie nicht vorbeikommen soll und ich mich bald bei ihr melde.

Noch beunruhigender sind die Mitteilungen von James. Eine Unzahl von verpassten Anrufen, Sprachnachrichten, SMS und WhatsApps. Ich fange mit dem Einfachsten an, den WhatsApps.

Hey, können wir reden?
Millie?
Also, meinem Bruder ist eingefallen, woher er dich kennt, und ich muss unbedingt mit dir reden. Vielleicht irrt er sich, aber ... tja. Kannst du mich anrufen?
Millie?
Hallo?

Millie, ich drehe langsam durch. Kannst du endlich mal rangehen?
Herrgott, Frau, geh ans Telefon
MILLIE

Gott, sind die Menschen lästig! Ich scrolle gemächlich weiter, während sein Ton immer fordernder wird. Das ist unangenehm, war aber zu erwarten. Er wirft mir jedoch nicht direkt etwas vor, und die Polizei steht nicht vor meiner Tür. Es könnte also schlimmer sein. Shirley Bassey miaut nach Futter, also fülle ich ihren Napf auf, während ich weiter über meine Optionen nachdenke. Es scheint, dass James die Polizei nicht über seinen Verdacht informiert hat, und ich wette, er hat auch keinem Freund davon erzählt. Man kann den Leuten schlecht erzählen, dass man mit einer Frau ausgeht, die man verdächtigt, eine Serienmörderin zu sein. Die würden einen für verrückt erklären. Er möchte jetzt meine Seite der Geschichte hören und hofft verzweifelt auf eine unschuldige Erklärung dafür, dass ich mit mehreren Tatorten in Verbindung stehe.

Ninas Zettel lässt mich hoffen, dass auch er sich vielleicht nicht von mir abwenden wird. Ich erinnere mich an die Freude in seinen Augen, wenn er mich über die Morde auf den neuesten Stand brachte, und daran, wie er mich ansah, wenn ich an der Theke stand und auf die Getränke wartete. Er hat sich in mich verliebt, ich weiß es. Wir haben etwas miteinander, und vielleicht sind wir uns ähnlicher, als es zunächst scheint. Immerhin hat er einen Beruf gewählt, bei dem es um Gerechtigkeit geht. Im Grunde sorge ich ebenfalls dafür, nur mit mehr Erfolg. James müsste das verstehen. Schließlich lösche ich alle Sprach- und Textnachrichten von ihm – das Leben ist zu kurz, um sie noch alle durchzugehen. Stattdessen hinterlasse ich ihm eine kurze, nette Nachricht, in der ich mich für die Funkstille entschuldige und ihn bitte, sich am Abend mit mir zu treffen.

Zwei blaue Häkchen zeigen an, dass die Nachricht sofort

gelesen wurde. Hat er wirklich die ganze Zeit auf sein Handy gestarrt? Drei Punkte erscheinen und zeigen, dass er gerade tippt. Dann verschwinden sie. Dann erscheinen sie wieder, dann verschwinden sie. Schließlich scheint er sich zu entscheiden, und ein Text erscheint:

Hey! Schön, von dir zu hören. Ich habe mir schon Sorgen gemacht. Ja, heute Abend passt. Ich hole dich um acht ab, ja? Schreib mir die Adresse.

Ich mache mir noch einen Kaffee und öffne die Falttüren zu meinem kleinen Betongarten, atme die eisige Luft ein und spüre die Sonne auf meiner Haut. Die kleinen roten Trauben an den Weinstöcken sind groß geworden; wenn ich sie betrachte, könnte ich fast meinen, ich sei in Südfrankreich. Ich war noch nie in Frankreich. Ich bin nicht weiter als bis nach Newcastle gekommen, wo ich mit Onkel Dale bei einem Fußballspiel war. Würde ich jetzt ins Ausland gehen? Für einen Moment gönne ich mir das Gefühl von Freiheit, das die frische Luft und Gedanken an fremde Länder wecken, während mir zugleich bewusst ist, dass sich die Schlinge langsam zuzieht. Das Wichtigste ist, vorher noch meine Schwester zu rächen.

Mein Handy summt wieder. In der Annahme, dass es wieder Nina oder James ist, ziehe ich es aus der Tasche, um den Anruf abzulehnen. Aber zu meiner Überraschung sehe ich eine Festnetznummer, die ich nicht gespeichert habe, aber vage zu kennen glaube. Da ich mich nicht verleiten lassen will, mit James zu sprechen, lasse ich es klingeln und sehe an meiner Mailbox eine Eins erscheinen.

»Hi, Babe, hier ist Molly, ja? Von Tattoo Time?« Sie redet fröhlich, aber auch gedehnt, so als könnte sie nicht anders, wäre sich aber bewusst, dass das nicht zum Image des Goth-Girls passt. »Du warst vor einer Woche oder so hier, ja? Ich bin gerade ein paar alte Fotos durchgegangen und habe noch eine Elster gefunden, die wir vor gaaaanz langer Zeit gemacht haben, also dachte ich, ich schicke sie dir, und vielleicht gefällt sie dir ja. Es ist wahrscheinlich nicht das, was du willst, weil sie zu einem Mannschaftslogo gehört. Aber vielleicht gefällt dir der zeichnerische Stil? Jedenfalls, ruf mich doch mal zurück, wenn du kannst!«

Interessant. Ich schiebe mein Handy zurück in die Tasche, fläze mich mit meinem Kaffee auf das Gartensofa und starre auf die grünen Blätter der Trichterwinde, die an dem Spalier hochrankt. Ein Mannschaftslogo. Eine Elster als Erkennungszeichen, die für einen Sportclub, ein Unternehmen oder sogar eine Band stehen kann, ist mir vorher nicht in den Sinn gekommen. Während ich noch darüber nachdenke, landet genau dieser Vogel auf dem Spalier.

Ich habe Elstern schon immer gemocht. Weil ihr Gefieder eine raffinierte Färbung hat und die schwarzen Federn je nach Lichteinfall petrolgrün schillern, fand ich sie immer viel schöner als bunte Papageien. Sie nehmen sich, was sie wollen und wann sie es wollen, und sind ein Symbol, das mir gefällt. Ein Symbol für Trauer.

Auf das Schaben von Seans Hintertür flattert mein neuer Freund davon. *Na gut, Kumpel, hau ab, solange du noch kannst. Er wird sofort herummeckern, dass ausländische Vögel deine Würmer klauen, und ehe du dich versiehst, wirst du vor einen vorbeifahrenden Lastwagen springen wollen.*

Ich erstarre auf dem Sofa und versuche, ganz leise zu atmen, um nicht bemerkt zu werden. Ich frage mich, wie oft ich das schon getan habe, weil ich Angst hatte, dass er mich anspricht. Wie viel Zeit meines Lebens habe ich damit verbracht, nicht zu atmen, nur um den Kontakt mit meinem Nachbarn zu vermeiden? Sobald dieser Schlamassel vorbei ist, werde ich aufs Land ziehen und für den Rest meines Lebens mit niemandem außer Nina, Katie und Shirley Bassey reden. Wird James mich begleiten? Daran sollte ich im Moment wohl noch nicht denken.

Sean geht in seinem eigenen winzigen Garten umher und murmelt vor sich hin.

Plötzlich bleibt er stehen und schreit: »Scheiße!« Ich zucke zusammen, muss ihm aber recht geben. Zum Glück hat er mein Bewegungsgeräusch nicht gehört, vermutlich, weil er in seine eigenen Probleme vertieft ist.

»Scheiße! Verdammt! Himmel, Arsch und Zwirn!« Sean tritt bei jedem Wort gegen etwas, das einen dumpfen Laut macht. Gott, er klingt überhaupt nicht gut. *Komm schon Sean, es ist ja nicht so, als hätte man gerade entdeckt, dass du die Hauptrolle in mehreren Mordfällen spielst!* Aber natürlich kann ich das nur vermuten. Ich weiß nicht, was er in seiner Freizeit treibt.

Ein lautes Ächzen verkündet, dass er sich auf einen Stuhl hat plumpsen lassen. Für einige Augenblicke herrscht Stille, dann höre ich ... Ist das ... Weint er wieder?

Ich höre ihm gut zehn Minuten lang beim Schluchzen zu, bis er sich zusammenreißt, zurück ins Haus geht und die Tür zuzieht. Das Weinen macht keinen großen Eindruck auf mich; in letzter Zeit habe ich so viele Emotionen um mich herum erlebt, da sind ein paar Tränen kaum der Rede wert. Trotzdem ist es faszinierend, und ich frage mich, ob ich noch da sein werde, um zu erfahren, was es damit auf sich hat.

Um halb acht mache ich mich auf den Weg, um mich mit James zu treffen. Ich habe mir viel Zeit genommen, um mich zurechtzumachen, denn ich will umwerfend aussehen. Wenn man von einer Notwendigkeit reden kann, einen Mann zu verführen, dann jetzt. Es ist dunkel geworden, und er wird mich an einer Straße in der Nähe abholen – es wäre unvernünftig, ihm meine tatsächliche Adresse zu nennen. Dass er mich mit dem Auto abholt, lässt mich hoffen, denn nur ein Idiot würde abends jemanden zu sich ins Auto steigen lassen, den er für einen Serienmörder hält.

James kommt mit seinem ungepflegten alten Mercedes auf die Minute pünktlich. Er wirkt nervös, als ich einsteige, beugt sich aber vor, um mir einen Begrüßungskuss zu geben, und fährt sofort wieder los.

Er sieht attraktiv aus, das lässt sich nicht bestreiten. Ein schwarzes T-Shirt und Jeans sind wirklich ein unschlagbarer Look für einen Mann. Besser, ich denke da nicht weiter. Sein Bizeps ist kräftig und füllt den T-Shirt-Ärmel aus, seine Haare sind verlockend weich, dicht und glänzend. Ich möchte am liebsten hineingreifen.

Mein ungestümes Ich sieht eine Zukunft, in der das mit uns funktionieren wird. Wo James und Nina akzeptieren werden, wer ich bin und was ich getan habe. Wer so aufwächst wie ich, glaubt nicht, dass so etwas wie Glück für ihn erreichbar ist. Überleben, ohne leidvollen Alltag, mit dem Gefühl, die Kontrolle über mein Leben zu haben, mehr habe ich nie angestrebt. Aber als ich sehe, wie James' lange Finger den Schaltknüppel umschließen und in den vierten Gang schalten, während seine andere Hand das Lenkrad hält, und als ich sehe, wie er den Kopf mit einem schnellen, warmen Lächeln zu mir dreht, lasse ich zu, dass eine andere Vision für kurze Zeit meinen Verstand einnimmt.

Nachdem ich in dieses Märchen vertieft war, wird mir bewusst, dass ich keine Ahnung habe, wohin wir fahren. Keiner von uns hat etwas gesagt, seit ich ins Auto gestiegen bin, aber wir sind aus der Stadt rausgefahren. Plötzlich biegt er nach rechts in eine schmale, von Bäumen abgeschirmte Landstraße ein.

»Wohin fahren wir denn jetzt? Ich dachte eigentlich, wir fahren zu dir.«

»Ich muss mit dir reden. Wo wir ungestört sein können.«

Sein Blick huscht zum Spiegel, durch den er die leere Straße sehen kann.

»James? Hey, wo fahren wir hin?«

Mein Ärger verwandelt sich in eisige Angst, als sich die erträumte Zukunft in Luft auflöst. Was zum Teufel soll das werden?

»JAMES?«

Er biegt erneut ab, fährt noch wilder in die Kurve und hält auf eine Lichtung zu. Er tritt so stark auf die Bremse, dass es meinen Kopf nach vorn und zurück gegen die Kopfstütze schleudert. Ich werfe ihm einen bösen Blick zu, gerade als er mit dem Zeigefinger einen Knopf rechts neben dem Lenkrad drückt. Dann höre ich das Klacken der Türverriegelung.

32

Das Ticken des abkühlenden Motors füllt die Leere zwischen uns. Keiner rührt sich. Mein Verstand stellt sich schnell auf die neue Situation ein, während ich vor mir in die Dunkelheit starre. Wie konnte ich nur glauben, es gäbe für mich irgendwann ein Happy End mit ihm? Als ob ich das verdient hätte!

Schließlich drehe ich den Kopf und schaue den Mann neben mir an, zucke dann aber zurück. Seine großen dunklen Augen blicken mich durchdringend an. Er wirkt entschlossen. Er sieht gut aus, es ist wirklich schade, dass dies wohl unser letzter gemeinsamer Abend ist. Es ist bereits klar, dass einer von uns hier nicht lebend herauskommt.

Ich werde nicht als Erste reden. Er hat mich hierhergebracht. *Wenn du etwas zu sagen hast, James, dann los. Gib dir Mühe.*

»Du warst es.«

»Was war ich?«

»Ach, komm schon, Millie. Ich bin doch kein Idiot.«

Darüber lässt sich streiten. Er hat ziemlich lange gebraucht, um es herauszufinden. Aber ich werde ihm kein Geständnis auf dem Silbertablett anbieten.

»Ich weiß nicht, was du meinst. Und offen gestanden machst du mir Angst. Oder findest du es normal, eine Frau mitten in den Wald zu fahren und die Türen zu verriegeln?«

»Komm mir nicht mit der Jungfrau-in-Nöten-Nummer. Das passt nicht zu dir.«

Wir sitzen einen Moment lang schweigend da. Er wendet

sich ab und pustet sich mit einem aufgeregten Schnauben eine Haarsträhne aus der Stirn. Er kann sich nicht dazu durchringen, es auszusprechen. Es erscheint ihm selbst jetzt noch absurd.

»Hör zu. Ich weiß, dass du an dem Abend da warst, als mein Nachbar starb. Verzeihung, ermordet wurde. Mein Bruder hat dich gesehen. Du hast an unsere Tür geklopft.«

»Was willst du damit ...«

»Und ich weiß, dass du den Freund deiner Freundin, Hugh Chapman, gehasst hast.«

»Na und? Er war ein Arschloch. Den haben sicher viele Leute gehasst.«

»Du betreibst eine Telefonhotline und hilfst Frauen, stimmt's? Der Typ, der in seiner Wohnung gestorben ist, Steven Baker, der hatte Rohypnol im Schrank, er war kein guter Kerl. Er gehörte zu den Männern, vor denen du Frauen schützt. Richtig?« Ich öffne den Mund, um etwas zu sagen, doch er bringt mich mit einem Blick zum Schweigen und hebt die Hand, als hätte er es eilig, alles auf einmal loszuwerden. »Da waren noch andere. Der Jogger auf der Brücke, oder? Du bist gejoggt, nicht wahr?«

»Viele Leute joggen, James. Worauf willst du denn hinaus?«

»Dann die Perücke. Sie haben bei seiner Leiche eine Perücke gefunden. Mein Chef hat die als unwichtig abgetan, aber ich glaube, dass eine Frau den Jogger von der Brücke gestoßen und er ihr im letzten Moment die Perücke vom Kopf gerissen hat.«

»Erstens: Du klingst irre. Und zweitens: Selbst wenn das stimmt, scheinst du anzudeuten, dass ich das war. Wieso? Weil ich *jogge?*«

»Ich deute es nicht an. Ich sage es dir. Du warst es. In der Straße von David Cartwright gibt es eine Türklingelkamera.«

Scheiße.

»In der Nacht, in der er starb, ging eine Frau daran vorbei. Groß, braune Haare. Das wurde nicht als bedeutsam angesehen, zum einen, weil sein Tod als Unfall abgetan wurde, und zum anderen, weil das nur irgendeine Passantin war. Die konnte aus allen möglichen Gründen da entlang gegangen sein. Aber ich habe mir die Aufnahme genau angesehen. Man kann zwar das Gesicht nicht sehen, aber ich habe den Gang erkannt. Das warst du.«

Das ist zwar kein eindeutiger Beweis, aber ich halte es für das Beste, mich nicht dazu zu äußern. James legt den Kopf auf das Lenkrad und atmet tief aus, dann dreht er sich wieder zu mir um.

»Als Imran sich erinnerte, wo er dich schon mal gesehen hatte, passte auf einmal alles zusammen. Was für ein Mensch betreibt allein eine … eine … eine verdammte *Selbstschutz-Hotline?* Karl, mein Nachbar, hatte Fotos auf seinem Computer. Es sah so aus, als hätte er sich an jungen Frauen vergriffen. Sie unter Drogen gesetzt und fotografiert. Es sei denn, sie waren alle Models, was ich verdammt bezweifle.«

Er schlägt wütend auf das Lenkrad, und mir fällt auf, dass sich sein Zorn gegen Karl richtet, nicht gegen mich.

»Ein Widerling.« Ich sage es leise und strecke damit meine Fühler aus. Seit wir hier sitzen, ist kein Auto an uns vorbeigefahren, und selbst wenn, würden die Insassen uns nur sehen, wenn sie den Kopf drehen und genau hingucken. Unsere Scheinwerfer sind ausgeschaltet, wir sind von Büschen verdeckt.

»Dann die beiden Männer neulich nachts. Scheiße, das war der Tatort eines Irren. Dem einen wurde der Kopf eingeschlagen. Er war schon in der Datenbank. John Towles. Er wurde schon zweimal wegen Vergewaltigung angezeigt, aber er kam frei. Eine Vergewaltigung nachzuweisen ist schwierig.«

»Hmm.«

»David Cartwright allerdings … den kann ich nicht nachvollziehen.« Es ist, als hätte James vergessen, dass ich neben ihm sitze. Sein Blick huscht umher und bleibt an unsichtbaren Dingen an der Windschutzscheibe hängen. »Er schien ein guter Kerl zu sein. Ich habe ihn überprüft. Keine Vorstrafen, nicht mal eine Anschuldigung. Eine feste Freundin, die nichts Schlechtes über ihn zu sagen wusste. Nichts deutet darauf hin, dass er etwas anderes war als ein anständiger Kerl. Doch dann wird er tot in seinem Haus aufgefunden. Ich könnte fast glauben, dass der mit den anderen Fällen nicht zusammenhängt. Wenn da nicht diese Kameraaufzeichnungen wären.«

Wieder stellt sich Schweigen ein. Meine Handflächen sind schweißnass. James' Bizepse sehen jetzt weniger anziehend aus. In seiner Frustration hat er sie angespannt und führt mir vor Augen, welche Chancen ich in diesem engen Raum habe, wenn er mir Handschellen anlegen will. Tragen Polizisten Handschellen bei sich, wenn sie nicht im Dienst sind? Oder eine Pistole? Er wendet sich mir wieder zu, diesmal mit dem ganzen Oberkörper.

»Millie. Ich weiß, dass du diese Männer getötet hast. Im Großen und Ganzen verstehe ich sogar, warum du es getan hast. Glaube ich.«

Da ist er. Der Moment der Wahrheit. Ist James auf meiner Seite? Oder gegen mich?

»Sag doch was, verdammt noch mal!«

Ich seufze, und das verblüfft ihn. Vom Adrenalin ist nichts mehr übrig, ich fühle mich wieder sehr müde. Erst gestern Abend habe ich mir am Diktiergerät mein Innerstes nach außen gekehrt. Ich weiß nicht, ob ich die Kraft für eine weitere Beichte habe.

»Ich brauche frische Luft.«

»Wie bitte?«

»Ich brauche Luft. Entriegle bitte die Türen. Und dann reden wir.«

Er sieht mich prüfend an und willigt dann ein. Dankbar atme ich die kühle Herbstnacht ein, während er sich eine Jacke überstreift. Ich setze mich auf die Motorhaube seines Wagens, und er gesellt sich zaghaft zu mir. Wir starren beide in die dunklen Bäume. Ich habe trotz der Umstände das Gefühl, dass James schon immer mit einer hübschen jungen Frau im Dunkeln auf der Motorhaube eines Autos sitzen wollte.

»Stört dich das nicht, James? Dass solche Männer frei herumlaufen und ihr die Aufgabe habt, sie zu schnappen, dabei aber spektakulär versagt?«

Ich warte auf eine Antwort, aber er hat nichts dazu zu sagen. Vielleicht sind ihm die Worte ausgegangen.

»Du hast es selbst gesagt. Wir wissen, dass dieser Typ zwei Frauen vergewaltigt hat, aber es ist schwierig, bei Vergewaltigung eine Verurteilung zu erreichen.«

»Er wurde *beschuldigt*, sie vergewaltigt zu haben.«

»Ach, komm schon.«

Das Laub der Büsche raschelt im Wind, und ich ziehe meinen Mantel enger um mich und klappe den Kragen hoch, um meinen Hals zu bedecken.

»Sie tun, was sie wollen, James. Solche Männer. Und komm mir nicht mit *nicht alle Männer*. Ich weiß, dass nicht alle Männer so sind.«

»Das wollte ich nicht sagen.«

»Gut. Es sind *einige* Männer. Genug Männer. Und sie müssen daran gehindert werden. Die Polizei tut das nicht. Ist offenbar überfordert.« Ich wäge ab, was und wie viel ich ihm sagen soll. »Meine Schwester. Katie. Sie habe ich neulich im Krankenhaus besucht, als wir uns sahen. Sie hatte sich die Pulsadern aufgeschnitten und wäre fast verblutet. Sie wurde letztes Jahr in der Silvesternacht vergewaltigt. Danach hat sie die Uni abgebrochen. Hat aufgehört zu essen. Hat seitdem kaum noch ihr Zimmer verlassen.«

»Scheiße.«

»Ja, Scheiße.« Ich riskiere einen Blick zu ihm, und er sieht mir in die Augen. In der Dunkelheit ist es schwierig, seinen

Gesichtsausdruck zu erkennen. »Hast du das nicht satt, James? Nichts dagegen zu tun? Niemandem zu helfen? Du hast deinen Beruf aus einem bestimmten Grund gewählt, richtig? Um Menschen zu helfen. Um Gerechtigkeit für Menschen zu erlangen, die sie brauchen, nicht wahr? Das ist es, was ich tue. Was ich getan habe. Es ist sowieso fast vorbei.«

»Fast vorbei?«

»Ich … Ich wollte das alles eigentlich gar nicht. Ich wollte nur Gerechtigkeit für meine Schwester. Ich muss den Mann finden, der sie vergewaltigt hat. Dann bin ich fertig. Ich werde wegziehen. Ein neues Leben anfangen. Etwas Gutes tun.«

»Oh, Millie!« Ich sehe ihn im Mondlicht den Kopf schütteln. Er sieht tieftraurig aus. »Du kannst doch nicht annehmen, dass ich dich davonkommen lasse.«

Nein.

»Ich bin Detective bei der Mordkommission. Du … hast sieben Menschen getötet. Soweit ich weiß. Und ich verstehe es, ich verstehe, was du sagst. Ich bin nicht gerade traurig, dass diese Typen nicht mehr unter uns weilen. Ich verstehe das. Das System ist beschissen. Sie hatten eine Strafe verdient. Aber das ist nicht deine Aufgabe, und sie hatten nicht verdient, wie du sie bestraft hast. Ich kann nicht einfach so tun, als wüsste ich das nicht.«

Nein. Das darf nicht wahr sein.

»Du bedeutest mir etwas. Sehr viel. Deshalb verhafte ich dich nicht. Ich will, dass du dich stellst. Heute noch.«

Der braune Umschlag mit der Aufschrift NINA blitzt in meinem Kopf auf, die Vorbereitungen, die ich für den Fall der Fälle getroffen habe. Aber es ist noch zu früh, um zu sterben oder im Gefängnis zu landen. Ich habe mein Ziel noch nicht erreicht. Ich habe Katie noch nicht gerächt.

»Du sagst also, du bist einverstanden mit dem, was ich getan habe. Willst aber trotzdem, dass ich ins Gefängnis gehe. Du sagst, dass der Mann, der Katies Leben ruiniert hat, frei herumlaufen darf, aber ich werde eingesperrt, bis ich tot bin?«

»So ist das Gesetz, Millie! Es ist nicht immer perfekt, aber ich muss daran festhalten.«

»Nicht immer perfekt? Mann, James, komm schon!« Ich lasse mich von der Motorhaube gleiten, stelle mich zwischen seine Beine und fasse seine breiten, starken Schultern. Ich bringe ihn dazu, mir in die Augen zu sehen. »Diese Männer waren Dreck. Weniger als Dreck. Sie haben Menschen Gewalt angetan, haben sich an wehrlosen Frauen vergangen. Und du weißt selbst, dass die Polizei ihnen nicht das Handwerk legen konnte. Denn sonst hätte der Typ, dem der Kopf eingeschlagen wurde – dieser John –, es nicht schon mehrfach tun können. Und Karl? Das Rechtssystem ist nicht nur *nicht immer perfekt*. Es ist total beschissen! Es wirkt nicht. Es schützt nicht die Menschen, die geschützt werden müssen. Siehst du nicht, dass ich etwas tun musste?«

Ich schüttle ihn sanft und flehe ihn an, zur Vernunft zu kommen, aber sein Gesicht bleibt ausdruckslos.

»Hör mir zu. Steven wollte mich betäuben, und wir wissen beide, dass das nicht sein erstes Rodeo gewesen wäre. Und Karl? Ich wurde von einem jungen Mädchen angerufen, das ich dann bewusstlos vorfand, während er sie fotografierte. Und Chris? Der hat mich belästigt, häufig. Hat mich gestalkt.«

»Was ist mit David Cartwright?«

»Der … Das ist eine lange Geschichte. Der Punkt ist, dass man manchmal Dinge anders machen muss. Manchmal muss man *handeln*.«

Wir sehen uns lange an, die Zukunft steht auf dem Spiel. Und dann schüttelt er den Kopf.

»Es tut mir leid. Es ist Zeit zu gehen.«

Die Leute sollten besser zuhören. Hat er wirklich geglaubt, ich würde widerstandslos mitkommen? Gerade habe ich es noch gesagt. Manchmal muss man *handeln*.

33

Das Problem mit James ist, dass er zu nett ist. Man könnte meinen, dass auch Nina diese Schwäche hat, aber wenn man erst einmal hinter die Regenbogen, das Lächeln und den Glauben an die wahre Liebe geblickt hat und die knallharte Anwältin sieht, stellt man fest, dass sie nicht *nett* ist. Und ich? Nun, ich glaube nicht, dass mich jemals jemand für »zu nett« hielt. Die wenigsten Leute halten mich überhaupt für »nett«.

Aber James? Obwohl er aufgrund seiner Arbeit schreckliche Dinge sieht, ist er erstaunlich vertrauensselig. Wer fährt mit einer Serienmörderin allein in den Wald, sagt ihr auf den Kopf zu, dass er sie durchschaut hat, und erwartet, dass das gut ausgeht?

Es dauert nur wenige Sekunden. Ich schlüpfe ins Auto, ziehe die Tür zu und verriegele sie. Den Schlüssel hat er in der Mulde neben dem Schaltknüppel liegen gelassen.

James hämmert gegen das Fenster und sieht mich an. Er ist aufgewühlt. In seinem Gesicht ringen Wut, Angst und Verständnis um die Oberhand. Ich atme heftig, weil ich nicht über diesen Moment hinausgedacht habe. Scheiße! Was nun? Ich sehe mich hektisch nach irgendeiner Waffe um, mit der ich mich schützen könnte, und mache mir Vorwürfe, weil ich das Taschenmesser zu Hause gelassen habe. Im Handschuhfach finde ich James' Handschellen – die hätte er mir wenigstens anlegen sollen.

James weiß alles. Er hat es nicht nur erraten, sondern ich habe seine Vermutungen auch bestätigt, und es klang so, als hätte er einige Beweise. Ich wünschte, er würde aufhören, so viel Lärm zu machen, denn ich muss nachdenken.

Das Risiko, aufs Revier gebracht zu werden, ist viel zu groß – selbst wenn ich alles leugne, werden sie meine Fingerabdrücke und meine DNA nehmen, und die werden bestimmt irgendwo auftauchen. So ein dummer Mann! Wir hätten zusammen glücklich werden können. Tief in seinem Inneren wollte er mich freilassen. Oder sogar mit mir abhauen. Aber jetzt ist es zu spät.

Ich trete die Kupplung durch, stecke den Schlüssel ins Zündschloss, drehe ihn, und der Motor springt an. Ein bisschen mehr Leistung als der alte Micra, Gott sei Dank. Ich bin mir vage bewusst, dass James gerade seine Taktik wechselt und nicht mehr wütend, sondern versöhnlich auftritt.

»Beruhige dich, Millie«, schreit er durch die Scheibe. »Stell den Motor ab. Lass uns eine Lösung finden. Es gibt Möglichkeiten.«

Ich lege den Rückwärtsgang ein, setze aus der Lichtung auf die schmale dunkle Landstraße. James ist mit beiden Armen winkend hinterhergerannt, als könnten Gesten eine Rakete aufhalten. Sobald ich den Asphalt erreiche, biege ich hastig rückwärts um die Ecke. Er rennt mit ausgestreckten Händen auf die Straße und vor den Wagen, als ob ich unmöglich wegfahren könnte, wenn er mir im Weg steht.

Es gibt Möglichkeiten? Einen Scheiß gibt es, James. Du hattest welche und hast dich falsch entschieden. Wut steigt in mir auf. Es ist lange her, dass ich in einer Beziehung war, und wir hatten die Chance, ein ziemlich tolles, lustiges Paar zu werden. Aber er musste es vergeigen. Ich war ihm nicht genug. Nicht genug, um seine verdrehte Auffassung von »Gerechtigkeit« aufzugeben.

Hör zu, ich will das wirklich nicht tun. Es ist wirklich nicht meine Schuld.

Ich nehme den Fuß von der Bremse, trete auf die Kupplung und lege den Vorwärtsgang ein. Dann gebe ich Gas.

Es heißt, dass das menschliche Gehirn schnell ist. Wie ich gelesen habe, kann es bestimmte Arten von Bildern innerhalb von dreizehn Millisekunden verarbeiten. Aber natürlich ist das Gehirn nicht so schnell wie ein rasender Mercedes.

James knallt auf die Motorhaube. Das Auto erzittert unter der Wucht des Aufpralls, und in der Windschutzscheibe bilden sich dünne Risse, die von der Aufprallstelle ausstrahlen. Er wird über das Autodach geschleudert, während ich weiterfahre, und schlägt hinter mir auf dem Asphalt auf. Ich trete auf die Bremse und beobachte ihn im Außenspiegel. Er liegt völlig regungslos da, Arme und Beine unnatürlich verdreht. Das macht mich verdammt traurig, denn schließlich bin ich kein Psychopath. James hätte nicht sterben müssen. Aber er hat ein paar schlechte Entscheidungen getroffen, sodass mir nur eine blieb.

Als ich sicher bin, dass er sich nicht mehr rühren wird, ziehe ich mir die Kapuze über den Kopf und fahre weiter. Auf halber Strecke lasse ich das Auto stehen und gehe den Rest des Weges zu Fuß.

Ich hätte wirklich nicht gedacht, dass ich so bald wieder zu Hause sein würde. Ich liege in der Badewanne, um nach dem langen Heimweg die durchgefrorenen Glieder zu wärmen. Ich nehme einen Schluck aus einer alten Whiskyflasche, um mich auch von innen aufzuwärmen. Den Blick an die Decke gerichtet, atme ich tief ein, um mich zu beruhigen, aber es nützt nichts.

Das war's. Das ist das Ende. Was zum Teufel habe ich mir dabei gedacht?

Die Schlinge hat sich weiter zugezogen, die Bienen haben zugestochen. Nina weiß alles, und ich habe keine Ahnung, was sie zu tun gedenkt. Wer weiß, welche Notizen sich James zu den Fällen gemacht hatte? Dass mein Name in seinem Notizbuch neben seinen aufgelisteten Erkenntnissen stehen könnte, kam mir auf der Waldlichtung nicht in den Sinn.

Sicher, es gab nicht viele Möglichkeiten, aber eigentlich hätte ich gar nicht erst mit ihm mitfahren sollen. Warum bin ich in dieses Auto eingestiegen, obwohl ich mir denken konnte, was passieren würde?

Ob James meinen Namen danebengeschrieben hat oder nicht, ich habe einen Polizisten getötet. Die Polizei ist vielleicht nachlässig, wenn es darum geht, den flüchtigen Mörder eines x-beliebigen Drecksacks aufzuspüren, aber die Ermittler werden wohl kaum so unbekümmert sein, wenn jemand einen der ihren angefahren und Fahrerflucht begangen hat. Noch dazu in dessen Wagen. Hat er seinem Bruder gesagt, dass er sich mit mir trifft? Wenn ja, dann bin ich wirklich am Arsch.

Hinzu kommt, dass mir sein Tod ganz anders zusetzt. James war kein Typ, der sich an betrunkene Frauen heranmacht. Er war ... freundlich. Er war lustig. Wir hätten zusammenbleiben können. Sicher, wir waren noch nicht lange ein Paar, aber bei ihm habe ich einen Funken gespürt wie noch bei keinem, und ich habe nicht mal gewusst, dass ich so etwas empfinden kann. Von der Aussicht eines glücklichen Lebens in Freiheit und mit ihm an meiner Seite zu der Gewissheit eines einsamen Lebens im Gefängnis, das ist wie ein Sturz in einen tiefen Abgrund. Und ich bin noch nicht einmal auf dem Boden aufgeschlagen.

Offenbar tauge ich zu gar nichts. Mein einziger Lebensinhalt war, meine Schwester zu beschützen. Aber ich habe versagt, und ich habe es auch nicht geschafft, sie zu rächen. Ich bin der Identität des Vergewaltigers nicht nähergekommen. Bin nicht näher daran, ihn zu beseitigen und ihr ein Stück Freiheit zurückzugeben. Und jetzt läuft mir die Zeit davon. Die Polizei wird vor dem Morgen hier sein.

Es ist also an der Zcit, meine nächste Entscheidung zu treffen. Ich habe mich immer für den Kampf entschieden, aber warum? Was für einen Sinn hätte das jetzt noch? Ich bin eine Versagerin. Vielleicht hätte ich mich vor all den Jahren von meinem Vater totprügeln lassen sollen – es wäre sicher irgendwann so weit gekommen. Hätte Katie dann ein besseres Leben gehabt? Und Nina ein schöneres?

Nina kennt die üblen Einzelheiten nicht, aber sie hat immer gewollt, dass ich die Vergangenheit loslasse. Als ob das so einfach wäre wie bei einer Fernsehserie mit einem enttäuschenden Ende oder einem Pullover, der in der Wäsche eingelaufen ist. Deine Vergangenheit prägt dich. Ich bin die Tochter meines Vaters. Das kann man nicht hinter sich lassen. Wut ist der Stoff, aus dem ich gemacht bin. Und Traurigkeit. Und Schuld.

Wer weiß schon, ob die spärliche Liste von Merkmalen, die in meinem Notizbuch steht, richtig ist? Katie war traumatisiert, vielleicht hat sie sich falsch erinnert. Vielleicht hat sie gelogen, damit die Fragerei aufhört. Mit Grauen erinnere ich mich an unser Gespräch im Januar. Wie ich an dem Morgen versuchte, mehr Details von ihr zu erfahren, sie anschrie, damit sie mir irgendetwas über den Mann sagte.

»Kahl! Und ... groß!«, stammelte sie mit Angst in den Augen, als wäre ich er und sie wieder ausgeliefert. »Ich hab es dir doch schon gesagt!«

»Das ist nicht genug, Katie! Hast du seinen Namen gehört? Er hat dich nach Hause mitgenommen, ja? In ein Zimmer mit roten Vorhängen? Aber wo bist du ihm begegnet? Sag mir das, dann höre ich auf.« Sie kniff die Augen fest zusammen und zitterte.

»Bei ihm ... zu Hause. Ja. Vorher war ich ... in dem Club. Im Pom Pom's.«

»Sein Name? Irgendwelche besonderen Merkmale?«

»Nur die Elster«, flüsterte sie. »Habe ich dir schon gesagt. Eine tätowierte Elster. Bitte, bitte hör auf. Bitte hör auf.«

Und das tat ich. Ich war so wütend auf diesen Mann und so verzweifelt darauf aus, etwas über ihn zu erfahren, dass ich es aus ihr herauspresste. Aber ich erkenne jetzt, viel zu spät, dass sie alles gesagt hätte, damit ich sie in Ruhe lasse. Meine Wut hat mich seitdem aufrechterhalten. Aber um wen ging es mir die ganze Zeit? Wirklich um sie? Oder um mich selbst? Ging es mir eigentlich um meine eigene Rache? Kann ich überhaupt mit Bestimmtheit sagen, dass ich meinen Vater ermordet habe? Oder habe ich ihm nur beim Sterben zugesehen?

Ich senke mich unter Wasser und bleibe dort. Ist es möglich, sich in einer Badewanne zu ertränken? Kann man den Überlebensinstinkt des Körpers überwinden und verhindern, dass man auftaucht und nach Luft schnappt? Ich versuche es und scheitere. Versuche es noch einmal, scheitere wieder. Ein ständiger Kreislauf des Scheiterns. Ich schaffe es nicht einmal, mich umzubringen.

Zum fünften Mal unter Wasser, sehe ich James gegen die Windschutzscheibe prallen, sehe, wie sich die Haarrisse im Glas bilden. Seine Leiche liegt hinter dem Wagen auf der Straße. Ich sehe David Cartwright in der Badewanne liegen, so wie ich jetzt, und dann in dem unter Strom gesetzten Wasser zucken. Ich sehe Karls Blut, Roses ausgebreitete Haare auf dem Kissen, Stevens zusammengefalteten Fußballschal, Romeo – oder John, wie er offenbar hieß – mit eingeschlagenem Kopf und seinen unglücklichen Mitbewohner, der zur falschen Zeit am falschen Ort war. Ich sehe Hugh mit flehendem Blick nach Luft ringen, Chris wild mit den Armen rudern, bevor er fällt. Und meinen Vater in der Stille des stinkenden Zimmers, einem Ort voll Angst und Schrecken.

Schwarze Flecken erscheinen auf den Bildern in meinem Kopf, und ehe ich mich versehe, befinde ich mich über Wasser und ringe schmerzhaft nach Luft.

In der Küche setze ich mich auf die Chaiselongue und starre in den finsteren Garten hinaus. Ich merke, dass ich betrunken bin, und frage mich, ob das klug ist, beschließe dann aber, dass es mir egal ist. Betrunken oder nüchtern, ich glaube, das spielt keine Rolle mehr. In der einen Hand habe ich mein Glas Whisky, in der anderen Chris' Taschenmesser. Es ist bereit, obwohl ich mir nicht sicher bin, für wen.

Ich wollte James wirklich nicht umbringen. Ich frage mich, ob man ihn schon gefunden hat. Das ist keine Straße, auf der montagsabends viele entlangfahren. Ich stelle mir vor, wie sich von Weitem die winzigen Lichtpunkte zweier Scheinwerfer auf der Straße nähern. Werden die Insassen den Toten sehen oder über ihn hinwegrumpeln? Vielleicht haben sie getrunken und fahren entsetzt weiter, weil sie denken, dass sie ihn getötet haben.

Es ist Zeit, den Tatsachen ins Auge zu blicken. Entweder ich warte darauf, verhaftet zu werden, oder ich beende es jetzt. Möchte ich wirklich den Rest meiner Tage im Gefängnis verbringen? Einen erniedrigenden grauen Overall tragen und mit Idioten reden müssen? Mit Pädophilen und Dieben, gierigen Geldwäschern und erbärmlichen Drogenkurieren zusammenwohnen? Eine unerträgliche Vorstellung. Ich denke an das Einzelbett in meinem Kinderzimmer zurück, wie die Tür hinter ihm zufiel, wenn er an mein Bett trat.

Nein, ich kann das nicht.

Obwohl ich schon viele zu Tode gebracht habe, weiß ich nicht, wie ich meinen eigenen herbeiführen soll. Aber nach Abwägung der verfügbaren Mittel schließe ich, dass Erhängen die beste Lösung wäre. Schnell, narrensicher – wenn man sich über Knoten informiert, was ich durchaus kann. Ich kann eine SMS schicken, bevor ich es tue, und muss nicht befürchten, dass irgendjemand »gerade noch rechtzeitig« hereinkommt. Ich durchdenke den Vorgang gefühllos, Körper und Geist sind wie betäubt. Ich kann es also noch, aus meinem Körper hinausgehen.

Ich sorge dafür, dass der braune Umschlag an prominenter Stelle in der Küche liegt, und fange an, die nötigen Dinge zusammenzutragen. Auf der Suche nach einem geeigneten Seil fällt mir Stevens Schal ein, den ich im Schlafzimmer aufbewahre. Vielleicht wäre die Verwendung dieses Schals ein Symbol für ... etwas. Wer weiß. Also hole ich ihn hervor und finde auch den geeignetsten Deckenhaken – den der Schlafzimmerlampe, der von einem Handwerker sicher in den Balken geschraubt wurde.

Als ich mich ein letztes Mal in meinem Haus umsehe, erinnere ich mich an den Anruf der Tätowiererin. *Wahrscheinlich nicht das, was du willst, weil sie zu einem Mannschaftslogo gehört,* sagte sie. Ich wollte immer mal nachsehen, wer sonst noch ein Logo mit einer Elster verwendet, habe das aber wieder vergessen. Wieder versagt.

Ich greife nach meinem Notizbuch und schreibe es mit einem Fragezeichen unter die Liste, nur für den Fall, dass jemand diese spärliche Aufzählung in irgendeiner Weise nützlich findet. Danach schreibe ich einen kurzen Brief an Nina und einen an Katie. Das meiste habe ich ohnehin schon auf Band gesprochen.

Aber der Brief an meine Schwester erinnert mich an etwas. Sie hat mir im Krankenhaus einen Brief geschrieben – den habe ich eingesteckt und dann völlig vergessen. Ninas SMS, die ich im Pub bekam, und alles, was danach kam, haben ihn aus meinem Gedächtnis verdrängt. Meine getragenen Klamotten liegen auf einem Haufen in der Zimmerecke, sie werden nun nicht mehr gewaschen. Als ich sie durchstöbere, finde ich die schwarze Fransenjeans, die ich gestern getragen habe, und höre Papier in der Hosentasche knistern.

Ich setze mich aufs Bett, reiße den Umschlag auf und ziehe den Brief heraus.

34

Nichts macht einen so schnell nüchtern wie eine umwälzende Erkenntnis, durch die man plötzlich sein Leben auf den Kopf gestellt sieht.

Was zum Teufel habe ich mir dabei gedacht? Mich umzubringen? Selbstnachsichtiger Blödsinn. Es gibt etwas zu erledigen, und jetzt weiß ich auch genau, was zu tun ist.

Katie hat mir im Laufe der Jahre viele Briefe geschrieben. Sie hat schon immer gern Briefe geschrieben, auch wenn bei ihr alles gut lief. Lustige Briefchen über niedliche Hunde, die sie auf dem Heimweg von der Schule gesehen hatte, einschließlich einer Kugelschreiberzeichnung des besagten Tieres. Lästige Briefe während ihrer Teenagerzeit, die sie mir in die Tasche steckte, um mir zu beichten, dass sie sich nach meinem letzten Besuch meine liegen gelassene Jacke ausgeliehen und dann verloren hatte, darunter die Bitte, ihr zu verzeihen (was ich immer tat), und ein Smiley. Und süße Briefe, wenn sie spürte, dass ich mich in meine Erinnerungen, meine Traurigkeit und Wut zurückgezogen hatte.

Im Laufe des letzten Jahres hat sie mir bei meinen Besuchen andere Briefe gegeben. Darin bat sie wieder um Verzeihung, aber nicht wegen verlorener Kleidungsstücke oder eines heruntergefallenen, zerkrümelten Lidschattens. Sie entschuldigte sich, weil sie traurig war, weil sie nicht imstande war, sich selbst zu helfen, weil sie wieder kaum etwas gegessen oder weil sie sich die Pulsadern aufgeschnitten hatte. Immer mit dem Versprechen, sich zu bessern.

Ich hasste diese Briefe. Aber ich bekam sie trotzdem.

Dieser Brief ist jedoch anders. Sie entschuldigt sich auch in diesem, fast in jeder Zeile. Aber für etwas Neues. Für eine Lüge.

Auf meinem Bett sitzend, das Whiskyglas neben mir auf dem Boden, lese ich den Brief ein zweites Mal. Ihre Schrift ist krakelig, und ich sehe es vor mir, wie sie mit dem schwachen, bandagierten Arm, der ihre Hand kaum stützen kann, im Krankenhausbett den Brief schreibt.

Liebe Mills,

ich möchte dir sagen, dass es mir leidtut. Ich weiß, du hasst es, wenn ich mich entschuldige, aber ich muss es tun. Ich bereite dir große Sorgen, obwohl ich mir Mühe gebe, das nicht zu tun.

Ich möchte mich aber auch dafür entschuldigen, dass ich gelogen habe. Du denkst immer, dass ich nichts mitbekomme, aber das ist nicht wahr. In letzter Zeit kamst du mir verändert vor. Du hast mir wieder Fragen gestellt über die Nacht damals, in der der Mann über mich herfiel, und ich mache mir Sorgen, dass du darüber verrückt wirst. Dadurch fühle ich mich noch schuldiger als ohnehin.

Was diese Nacht angeht, habe ich dich belogen. Zumindest teilweise. Einiges ist wahr, denn spontan zu lügen ist schwer, nicht wahr? Aber ich wollte nicht zu viel darüber sagen, weil du nicht erraten solltest, was wirklich passiert ist. Das tut mir leid.

Die Wahrheit ist die, Millie: Ich weiß, wer mich vergewaltigt hat. Aber ich fürchtete, wenn ich es dir sage, dann würdest du etwas tun, was du später bereust. Oder was ich später bereue. Wir haben nie über Dad gesprochen, nicht wahr?

Also habe ich gelogen. Teilweise. Weil ich dich um keinen Preis verlieren will. Und es war zu spät, um zur Polizei zu gehen, die sowieso nichts tun würde. Aber es tut mir leid.

Du musst nach vorn sehen, okay? Ich will, dass du die Sache jetzt hinter dir lässt. Denn genau das werde ich auch tun. Wir müssen beide die Vergangenheit begraben, Millie. Sie ist ein Teil von uns, aber wir sind mehr als das. Du bist mutig und klug und witzig und freundlich. Ich bewundere deinen Witz und deine Wildheit und die Art und Weise, wie du durch die Welt gehst, ohne dich darum zu kümmern, was andere von dir denken. Konzentrieren wir uns auf unsere guten Seiten und arbeiten wir an den schlechten.
Es tut mir leid, Schwester. Ich liebe dich.
Katie xxx

In diesem Brief steckt so viel, dass es mich überwältigt. Im wahrsten Sinne des Wortes, denn ich merke, dass ich nicht mehr auf dem Bett, sondern auf dem Teppich sitze, obwohl ich mich nicht erinnern kann, wie ich dahin gekommen bin. Es gibt so viel zu klären! Ich stehe auf und gehe nach unten, um den Whisky wegzuschütten, einen Kaffee zu kochen und den Brief zum dritten Mal zu lesen.

Wir haben nie über Dad gesprochen, nicht wahr? Sie wusste es. Alles, wie es sich anhört. Was er getan hat, was ich getan habe. Wie lange weiß sie es schon? All die Male, die ich ihretwegen einen Eiertanz aufführte oder ihr Kräutertee kochte, und sie wusste genau, was los war. Hat alles durchschaut.

Ich fürchtete, wenn ich es dir sage, dann würdest du etwas tun, was du später bereust. Sie weiß, dass ich den Mann umbringen werde, sobald ich weiß, wer er ist. Während ich die ganze Zeit versuchte, meine Schwester zu beschützen, versuchte sie, mich zu beschützen. In dem Moment erinnere ich mich, wie sie ihre dünnen Ärmchen um mich legte, als wir noch Kinder waren, wenn ich abends zu ihr ins Bett kroch. Manchmal weinte ich dann, und sie umarmte mich noch fester. Das hatte ich vergessen.

Die Wahrheit ist die, Millie, ich weiß, wer mich vergewaltigt hat. Das ist der wichtigste Satz von allen. Sie weiß es also. Und der Ton dieses Briefes bringt mich darauf, dass ich ihn auch kenne, wenn ich seinen Namen höre. Tatsächlich dämmert mir, dass es so ist. Ich will nicht sagen, dass ich es im Grunde schon immer wusste. Das ist nicht der Fall, sonst wäre er schon vor Monaten gestorben. Aber ich kann sagen, dass mich die Erkenntnis nicht irritiert. Sie leuchtet ein. Sie passt genau. Wie ein Puzzleteil, das man stets übersieht und schließlich an die richtige Stelle legt, sorgt sie endlich für ein klares Bild.

Weil sie zu einem Mannschaftslogo gehört, sagte die Frau am Telefon. Und jetzt steht es mir klar vor Augen in Schwarz und Weiß. Das Trikot von Newcastle United, das mein Onkel Dale manchmal trug, wenn er zu Besuch kam. Der Bruder meines Vaters, der immer da war, während wir aufwuchsen. Der gute Mann, der so ganz anders war als mein Vater. Der meiner Mutter nach Dads Tod beistand und ihr half, als sie niemanden mehr hatte.

Erinnerungen blitzen auf, die ich unter den Steinen vergraben hatte. Verweilende Blicke und derbe Bemerkungen, die nichts im Vergleich zu dem waren, was ich von meinem Vater kannte. Nachdem ich achtzehn geworden und von zu Hause ausgezogen war, sah ich ihn nur noch selten. Aber hat er wirklich nicht gewusst, wie mein Vater war? Hat er nicht einmal, als er zu Besuch kam, die Wohnzimmertür geöffnet und schnell wieder zugezogen, weil er mich auf den Knien sah? Was für ein Mann tut in solch einer Situation nichts?

Einer, der das alles nicht so schlimm findet. Einer, der dasselbe will.

Ich habe meinen Großvater nicht gekannt – mein Vater weigerte sich, über ihn zu sprechen, und meine Mutter sagte mir einmal leise, dass »er kein guter Mensch war«. Vielleicht wurden mein Vater und sein Bruder ebenfalls missbraucht. Das kommt vor. Fachleute nennen das »den Kreislauf des Missbrauchs«. Offenbar wird einer von acht Jungen, die sexuell missbraucht werden, später selbst zum Sexualstraftäter. Ich frage mich, wie diese Fachleute mich beschreiben würden – aufgewachsen mit täglicher Gewalt, geht sie den Weg der Aggression weiter, setzt den Kreislauf fort, der dann von vorn beginnen kann.

Aber ich bin anders als mein Vater und mein Onkel. Denn sie suchten sich die Schwachen als Opfer aus, ich dagegen attackiere die Starken.

Ich klappe meinen Laptop auf, google »Newcastle United Elster« und scrolle durch Hunderte von Abbildungen eines schwarz-weißen Vogels mit Zylinder, der vor dem Vereinsnamen steht oder einen Fußball in den Krallen hält. Onkel Dale liebt diesen Verein, während meiner Kindheit sprach er ständig davon. Wäre es da weit hergeholt, an seiner Brust ein Tattoo des Maskottchens zu vermuten?

Was diese Nacht angeht, habe ich dich belogen. Zumindest teilweise. Die Glatze und die Tätowierung waren also wahr. Wenn ich zurückdenke, waren das die ersten Details, die sie mir gab, zusammen mit den roten Vorhängen. Eigentlich sollte sie an jenem Abend mit ihren Freundinnen ausgehen, aber die stritten sich ständig – sie hat wohl beschlossen, zu Hause zu bleiben, während Mum mit Onkel Dale abhing. Mit Schrecken fallen mir die roten Vorhänge in meinem alten Zimmer ein, die ich nach dem Tod meines Vaters ausgesucht habe. Ein verfluchter Raum.

Erst als ich Katie stärker bedrängte, nannte sie das Pom Pom's. Und was war mit dem Restaurant, das sie erwähnte und das zum Tod von David Cartwright führte? Hat sie den Namen einfach aus der Luft gegriffen? Einen typischen italienischen Restaurantnamen, um mich zum Schweigen zu bringen? Ich bin so unglaublich dumm gewesen!

Ich öffne die Mediathek in meinem Handy und blättere durch die Jahre. Aus den späteren gibt es viele Fotos von Shirley Bassey und Selfies von Nina und mir. Gelegentlich tauchen Angela und Izzy auf. Ein Jahr davor erscheint Katie wieder, lächelt, posiert, schneidet Grimassen. Weiter und weiter zurück, bis … da. Ein Sommertag vor vier Jahren. Ich habe Katie besucht und meinen Onkel Dale bei meiner Mutter angetroffen. Es war heiß, und er hatte Würstchen auf den Grill gelegt. Es war sogar so heiß, dass er sein Hemd ausgezogen hatte. Auf dem Foto ist sie nur flüchtig zu erkennen. Aber sie ist definitiv da. Die Spitze eines schwarz-weißen Flügels über seiner Brust.

Wir müssen beide die Vergangenheit begraben, Millie. Keine Sorge, das werden wir.

Das Schlafen fällt mir schwer, aber ich schaffe ein paar Stunden. Gestern Abend wäre ich am liebsten sofort zu Onkel Dale gerannt, doch es war schon spät, und ich war erschöpft und betrunken. Ein wenig Schlaf würde mir helfen, klar zu denken – mir bleibt nur noch wenig Zeit, da darf ich es nicht noch mal vermasseln. Bevor ich jedoch unter die Decke kroch, sprach ich noch etwas auf das Band für Nina. Wenn mir etwas zustößt, möchte ich, dass die Wahrheit in die richtigen Hände gelangt.

Heute ist der Tag, an dem ich meinen Onkel Dale töten werde. Was passiert danach? Ich habe keine Ahnung. Vielleicht werde ich entkommen, vielleicht werde ich verhaftet, vielleicht gehe ich mit fliegenden Fahnen unter. Ehrlich gesagt ist mir das inzwischen egal. Während all meiner Nachforschungen hing die Antwort die ganze Zeit vor meiner Nase. Ich kenne seine Adresse, weiß sogar, wo sich ein Ersatzschlüssel zu seiner Haustür befindet – er hängt in der makellosen Küche meiner Mutter.

Während ich eine Schale Cornflakes esse – man braucht ja Energie für so einen großen Tag –, öffne ich aus Gewohnheit die BBC-Nachrichten-App.

Tja, das kommt unerwartet.

MANN BEI UNFALL MIT FAHRERFLUCHT SCHWER VERLETZT

Verzeihung, *verletzt?* Ich bin mir ziemlich sicher, dass er tot ist. Sehr tot. Ich klicke auf den Artikel und sehe wieder, wie James auf die Motorhaube prallt, höre seinen Kopf an die Windschutzscheibe knallen. Er kann doch unmöglich noch am Leben sein! Heiße Freude ringt in mir mit kalter Angst.

> Die Polizei von Avon und Somerset bittet um Hinweise zu einem Verkehrsunfall mit Fahrerflucht, der sich gestern Abend ereignet hat. Der Unfall geschah vermutlich zwischen 21.00 und 22.00 Uhr in der Farleigh Lane in South Bristol. Ein 36-jähriger Mann, dessen Identität noch nicht geklärt ist, verbleibt im Krankenhaus. Es ist unklar, was er in dem Gebiet gemacht hat, und es haben sich noch keine Zeugen gemeldet.
> Die Beamten wurden zum Tatort gerufen, als das Unfallopfer gegen 23.30 Uhr von einem vorbeifahrenden Fahrer entdeckt wurde. Rettungssanitäter brachten den Verletzten zur sofortigen Behandlung in das Bristol Royal Infirmary. Der Unfallfahrer war geflohen.

Die Polizei wendet sich an alle, die in der Gegend etwas Verdächtiges gesehen haben könnten.

James ist noch am Leben. Zugegeben, seine Chancen stehen nicht gut. Was bedeutet »verbleibt im Krankenhaus« genau? Ist er immer noch bewusstlos? Wahrscheinlich, denn sonst würde ich jetzt sicher nicht in meiner Küche Cornflakes essen. Er wird mir wohl nicht so schnell verzeihen. Noch nicht identifiziert – ja, sein Portemonnaie lag in seinem Wagen, den ich ein paar Kilometer weiter in einer Seitenstraße abgestellt habe. Den haben sie also noch nicht gefunden. Das wird sie wenigstens ein bisschen aufhalten.

Das ändert jedoch nichts, außer, dass sich die mir verbleibende Zeit eventuell verkürzt.

Ich muss Dale töten, und zwar schnell.

Teils bin ich erleichtert, weil James am Leben ist. Er verdient es, zu leben. Er kann noch glücklich werden und eine andere Frau kennenlernen. Ich muss nur Dale töten, bevor er zu sich kommt.

Während sich meine Gedanken überschlagen, greife ich nach dem Rucksack und packe alles Nötige ein – das Taschenmesser, die Handschellen, die in James' Handschuhfach lagen, Klebeband, eine dunkle Perücke, meine Lederhandschuhe. Das Gute an diesem Mord ist, dass es vergleichsweise einfach wird. Dale kennt mich. Ich klopfe an die Tür, und er lässt mich rein – oder ich schließe mir selbst mit Mums Ersatzschlüssel auf.

Wie es dann weitergeht, weiß ich noch nicht. Aber ich hatte schon mit schlimmeren Gegnern zu tun, und ich habe nicht die Zeit, um eine komplizierte Methode auszuklügeln wie einen Stromschlag in der Badewanne. James könnte jeden Moment zu sich kommen und mir die gesamte Polizei auf den Hals hetzen.

Ich ziehe mir Turnschuhe und eine schlichte schwarze Jacke an, um nicht aufzufallen, nehme den Schlüssel meines geliebten Micra aus der Obstschale und gehe zur Haustür. Zielstrebig reiße ich sie auf – und laufe fast in eine erhobene Faust.

Vor meiner Tür steht Nina, im Begriff zu klopfen.

35

»Setz dich und erzähl.«

Niemand, nicht mal der Dickfelligste, widersetzt sich Nina, wenn es ihr wirklich ernst ist. Ich starre sie eine Sekunde lang mit offenem Mund an, bevor sie mich kurzerhand in meinen Flur schiebt und die Tür hinter uns schließt.

»Ich kann jetzt nicht«, stottere ich erbärmlich. »Ich muss los.«

»Hinsetzen. Sofort.«

Sie drückt mich auf einen Küchenstuhl, setzt Wasser auf und holt Tassen und Teebeutel aus den Schränken, so selbstverständlich, als wäre sie schon tausendmal bei mir gewesen. Sanft wie ein Lamm warte ich, wo sie mich hingesetzt hat, und beobachte, wie sie durch meine Küche schreitet. Ihre Zuversicht, ihre Vertrautheit lösen in mir ein warmes Gefühl aus, und als sie eine dampfende Tasse und einen Teller mit Keksen auf den Tisch stellt und zu mir hinschiebt, wird mir bewusst, wie lange es her ist, dass sich jemand um mich gekümmert hat.

»Also.« Sie zieht einladend die Brauen hoch und hebt ihre Tasse.

»Warum bist du nicht in der Kanzlei?«, murmle ich, und sie antwortet, indem sie ihre Tasse auf den Tisch knallt und brühheißen Tee verschüttet.

»Warum ich nicht in der Kanzlei bin? Glaubst du wirklich, dass das hier die wichtigste Frage ist?«

Mir fällt auf, dass sie keinen ihrer farbenfrohen Hosenanzüge trägt, sondern einen knallroten Pullover und eine erbsengrüne Hose – sie muss sich den Tag freigenommen haben. Nina seufzt und zieht ihren Dampfer aus der Hosentasche, aber nach einem Zug legt sie ihn neben die Tasse und nimmt ein Feuerzeug und eine Packung Marlboro Reds aus ihrer Handtasche.

Wir atmen beide tief ein und warten, bis eine weiße Rauchwolke über uns schwebt.

»Also. Warum bin ich nicht in der Kanzlei? Tja, mal überlegen. Was glaubst du, warum ich nicht dort bin, Millie?« Ich starre sie ausdruckslos an. Niemand hat vor Gericht eine Chance gegen diese Frau. »Nichts? Okay. Wie wär's damit, dass du mit mehreren Morden in Verbindung stehst, die hier in den letzten Monaten passiert sind?«

Ich schlucke und starre auf den Tisch wie ein gescholtenes Kind, das beim Klauen von Schokoriegeln erwischt wurde. Nina nimmt noch ein paar schweigende Züge von ihrer Zigarette, dann redet sie weiter.

»Du hast Hugh getötet.« Das ist eine Feststellung, keine Frage. »Ich habe das Geld gefunden. Vielen Dank dafür. Eine nette Überraschung. Ich hatte nach meinen Lammfellstiefeln gesucht. Kennst du die noch?«

Ich nicke.

»Welchen Grund habe ich noch, nicht in der Kanzlei zu sein? Nun, es ist nicht nur *mein* Freund, der sich Ärger eingehandelt hat, hm? Stell dir vor, wie überrascht ich war, als ich in den Morgennachrichten sah, dass *dein* neuer Freund bei einem Unfall mit Fahrerflucht fast getötet wurde! Was für ein Glück wir doch haben!«

»Sein Name ist in den Nachrichten?«

»Zunächst nicht. Aber inzwischen haben sie ihn identifiziert und es vor zwanzig Minuten bekannt gegeben. Du wirst jetzt anfangen zu reden. Und du wirst nicht aufhören, bis ich alles weiß. Hast du verstanden?«

Die Erschöpfung der letzten Tage, die vielen Geständnisse,

die Enttäuschung über James, der sich gegen mich gewandt hat, und die Schuldgefühle, weil ich ihn angefahren habe, treffen mich wie eine geballte Ladung. Das ist mir offenbar anzusehen, denn ihr Blick wird weich, wie immer die einfühlsame Nina.

»Millie, begreif doch: Ich bin deine Freundin. Mehr als das. Ich bin deine Schwester. Aber bitte, du musst es mir erklären. Und du musst mir einen verdammten Aschenbecher besorgen.«

Dankbarkeit durchströmt mich – wie damals, als Nina mich zum ersten Mal nach Hause mitnahm und mich ihren Eltern vorstellte, als sie zum ersten Mal sagte: »Natürlich sind wir Freundinnen«, als sie mir zum ersten Mal die Haare im Nacken zusammenhielt, während ich mich über die Kloschüssel beugte, als sie zum ersten Mal gegen einen Kerl wetterte, der mich versetzt hatte, und wie in all den anderen Momenten, da diese wunderbare Person an meiner Seite war. Erleichterung überschwemmt mich. Ich stehe nicht allein da.

Ganz hinten in einem Küchenschrank finde ich den Aschenbecher, den ich für Nina aufbewahrt habe, bevor sie zum Dampfen überging. Genussvoll seufzend bläst sie den Rauch zur Decke.

»Gott, tut das gut. Echter Teer und Rauch, nicht dieser verdammte rosa Wassermelonen-Scheiß.«

»Ich habe gehört, dass der genauso ungesund für dich ist. Davon kann man eine Popcorn-Lunge kriegen.«

»Wir sterben alle irgendwann. Apropos.«

»Ich habe es für dich aufgenommen. Auf Band.«

»Ein Tonband? Wie lang ist dieses Band?«

»Etwa anderthalb Stunden.«

»Verdammt, Millie, fass es zusammen.«

»Ich wurde als Kind von meinem Vater missbraucht. Jahrelang. Wurde seelisch und körperlich misshandelt. Als er dann auch Katie missbrauchen wollte, habe ich ihn umgebracht. Na ja, nicht absichtlich, aber irgendwie schon. Nachdem Katie vergewaltigt worden war, habe ich mir geschworen, den Täter zu töten. Aber ich wurde ... abgelenkt. Ich war so ungeheuer wütend! Ich *bin* ungeheuer wütend. Und diese Männer ... Sie sind mir alle in die Quere gekommen. Und sie hatten es verdient. Nun, jedenfalls die meisten.«

Durch die jahrelange Praxis bei Gericht bleibt ihr Gesicht unbewegt, aber ihre Augen werden feucht und sie schluckt. »Kurz und bündig.«

»Aber James hat es herausgefunden. Und er wollte, dass ich mich stelle, aber das konnte ich nicht, weil ich Katies Vergewaltiger noch nicht gefunden habe. Jedenfalls da noch nicht, aber jetzt weiß ich, wer es war. Ich habe James angefahren. Es hieß, er oder ich.«

»Verständlich.«

»Und ... und Hugh ...« Ich werfe ihr einen besorgten Blick zu – schließlich war sie mit ihm zusammen. »Er war ein Scheißkerl. Aber du wolltest das nicht sehen. Du hättest ihn nicht verlassen. Er hätte dich nach Strich und Faden ausgenommen, und das hast du nicht verdient. Ich konnte nicht zulassen, dass er dir das antut und davonkommt.«

An ihrer starren Miene sehe ich, dass sie noch nicht über das hinweg ist, was Hugh ihr angetan hat, und dass sie sich bewusst gegen den Schmerz stählt.

»Ich verstehe.« Immer noch stoisch.

Sie raucht, und ich knabbere an den Keksen, die sie uns hingestellt hat. Früher haben wir das mehrere Tage in der Woche gemacht, und wenn ich mir Mühe gebe, kann ich alles andere ausblenden und so tun, als wären wir wieder dort. Bevor Katie vergewaltigt wurde, bevor ich mich ans Steuer eines zunehmend unberechenbaren, gefährlichen Wagens setzte, mit dem ich ins Schleudern gerate und meinem sicheren Untergang entgegenfahre.

»Du weißt es? Wer Katie vergewaltigt hat?«

Ich erzähle ihr von Dale. Nina und ich haben nie darüber gesprochen, was mein Vater mir angetan hat, aber sie hat offensichtlich schon vor langer Zeit etwas in dieser Richtung vermutet. Sie nimmt alles ruhig auf und zuckt während des gesamten Gesprächs kaum mit der Wimper.

»Und was hast du jetzt vor?«

»Zu seinem Haus gehen. Und ihn vermutlich töten.«

»Vermutlich? Um Himmels willen, Millie, ist das alles, was du draufhast? Ihn *vermutlich* töten? Was für ein Masterplan ist das denn? Was passiert danach?« Ihre Stimme ist durch die Marlboro Reds noch rauer geworden und klingt, als ob sie mich anblafft.

»Na, ich werde wahrscheinlich ins Gefängnis kommen.«

»Kommt ja überhaupt nicht infrage! Und, verdammt noch mal, verbrenn endlich das blöde Tonband! Was glaubst du, wer du bist, der verschissene Dr. Evil?«

Ich sitze am Steuer des Micra, diesmal mit Nina auf dem Beifahrersitz, die zu Fuß zu mir gekommen war. Wenn die Polizei nach mir sucht, ist es besser, nicht wie ein Einfaltspinsel im Pub zu sitzen, also fahren wir zu ihr. Auf dem Weg dorthin bombardiert sie mich mit Fragen zu den Tatorten. Habe ich Handschuhe getragen? Wurde ich von jemandem gesehen? Habe ich da etwas fallen lassen?

Sie scheint mit meinen Antworten zufrieden zu sein. Und sie legt mir kein einziges Mal nahe, auf den Mord an Onkel Dale zu verzichten. Als sie fragt, ob ich von einem Tatort etwas mitgenommen habe, zögere ich, knicke aber unter ihrem Blick sofort ein. Sie will genau wissen, wo die Gegenstände jetzt sind, und murmelt etwas von Größenwahnsinn und zu viel Fernsehen.

»Sobald das getan ist, Millie, sobald Dale erledigt ist, hört das auf. Ja? Keine Rachepläne, keine Hotlines, keine Rettungsaktionen. Hast du das verstanden? Wenn du den Schwachen dieser Welt helfen willst, dann mach was Normales, verdammt. Arbeite in einem Frauenhaus, geh zu den Samaritern. Aber du schlägst niemandem mehr den Kopf ein.«

»Verstanden.«

»Du tust, worum deine Schwester dich gebeten hat. Wie ich schon immer gesagt habe: Du musst mit der Vergangenheit fertig werden und lernen, nach vorn zu sehen.«

Es ist ein herrliches Gefühl, wenn jemand anderer das Ruder übernimmt. Mein ganzes Leben lang musste ich allein am Steuer sitzen. So muss es sich anfühlen, ein sorgendes Elternteil zu haben. Bei ihr zu Hause besprechen wir bei einem weiteren Tee den Plan. Nina ist bereit, mir bis zum Ende zur Seite zu stehen, aber ich lehne das rundheraus ab. Sie riskiert auch so schon genug. Ich werde sie nicht in die Höhle des Löwen schicken.

Stattdessen vereinbaren wir, dass sie auf Abruf bereitsteht, um einzugreifen, wenn etwas schiefgeht und ich Hilfe brauche. Es wäre zwecklos, ihr zu sagen, dass ich sie niemals bitten würde, einen Tatort zu betreten, also nicke ich einfach überzeugend und verspreche, sie anzurufen, wenn ich sie brauche.

Wir beschließen, bis zum Einbruch der Dunkelheit zu warten, und verbringen den Rest des Tages damit, die Abläufe in Dales Haus durchzuspielen und uns einen Plan B zu überlegen für den Fall, dass die Sache schiefgeht. Wir tragen außerdem zusammen, was wir brauchen, und aktualisieren immer wieder die Nachrichtenseite der BBC, um zu sehen, ob es Neuigkeiten zu James gibt. Aber es gibt keine. Er wird nicht mehr erwähnt.

Das Gasleck ist Ninas Vorschlag. Wir streiten uns fast darüber, dass ich nicht das letzte Wort haben werde, aber wir einigen uns auf einen Kompromiss, mit dem wir am Ende beide zufrieden sind.

Um acht Uhr ist es völlig dunkel geworden. Mein Rucksack ist gepackt, und Nina sieht mich besorgt an. Ihre ruhige Fassade bekommt Risse.

»Ich werde hier sitzen, neben meinem Handy, und bis ins Einzelne planen, wie wir dich aus diesem Schlamassel rausholen, okay, Schatz? Du gehst einfach rein, tust, was du tun musst, und kommst wieder raus.« Sie atmet ein und blafft plötzlich wie ein Drill Sergeant. »Und keine Trödelei! Keine Monologe! Keine Erklärungen, warum du es tust! Er wird es wissen.«

»Okay.«

Als ich in mein Auto steige und meiner Freundin zuwinke, die in der Tür steht, voller Sorge und – ist das Stolz? –, kann ich nicht umhin, mich zu wundern, wie sich das Blatt plötzlich gewendet hat. Gestern Abend war ich völlig allein und überzeugt, dass meine Verhaftung kurz bevorsteht. Und ich wusste noch immer nicht, wer der Mann ist, um den sich alles dreht. Keine vierundzwanzig Stunden später habe ich die entschlossenste, scharfsinnigste Person der Welt an meiner Seite und bin mit einem soliden Plan unterwegs zur richtigen Adresse.

Dass Nina hinter mir steht, hat mich in dem Willen bestärkt, heil aus dieser Sache rauszukommen. Ich möchte ihr glauben, dass sie mir das Gefängnis ersparen wird. Wenn das jemand schafft, dann sie.

Aber zuerst ist es an der Zeit, Dale gegenüberzutreten. Und einen Schlussstrich zu ziehen.

36

Onkel Dale wohnt am Stadtrand, was besonders praktisch ist, weil es da kaum Überwachungskameras gibt. Nina und ich haben eine Route geplant, die die Kameras umgeht. Ich parke in einer Straße in der Nähe und habe das Gefühl, dass so weit alles gut läuft. Ich trage meine kratzige braune Perücke und schwarze Kleidung, in der ich mich gut bewegen kann.

Nach einer Diskussion über das Für und Wider entschieden wir uns dagegen, den Ersatzschlüssel bei meiner Mutter zu holen. Wenn ich dort aufkreuze, könnte das unerwünschte Fragen aufwerfen, und wenn Dale hört, dass jemand die Haustür aufschließt, könnte er sogar die Polizei rufen. Außerdem, was ist falsch daran, wenn seine Nichte an die Tür klopft, um Hallo zu sagen und ihre neue Haarfarbe vorzuführen?

Onkel Dale wohnt in einem unattraktiven frei stehenden Backsteinhaus ohne besonderen Charakter oder Charme, mit schmalen Fenstern, einem grauen Garagentor und einem betonierten Vorgarten. Meines Wissens war er nie verheiratet oder fest liiert; das passt zu dem, was ich jetzt weiß. Versteh mich nicht falsch, ich bin selbst eine Einzelgängerin, und am Singleleben ist nichts auszusetzen. Aber ich weiß auch, dass es einem mehr Privatsphäre bietet, wenn man Hobbys nachgehen will, die andere vielleicht nicht gutheißen.

Als ich mich dem Haus nähere, sehe ich sein geliebtes Motorrad stolz in der Einfahrt stehen, also ist er wahrscheinlich zu Hause – was ein Glück ist, denn mir ist klar, dass ich erst mal aufgeschmissen wäre, wenn ich Dale nicht antreffe, und ich habe nicht die Zeit, um auf ihn zu warten. Ich habe Dale ab und zu bei meiner Mutter gesehen, aber es ist schon ein paar Jahre her, dass ich zuletzt hier war. Ich wappne mich, gehe zur Haustür und klingle.

Ich trete von einem Bein aufs andere und sehe mich hastig nach allen Seiten um. Die Nachbarhäuser sind zwar nicht angebaut, aber nah genug, dass mich jemand da stehen sieht, wenn er gerade aus dem Fenster schaut. Ich ziehe meine Kapuze noch etwas tiefer ins Gesicht und stelle mich breitbeiniger hin, um mein Geschlecht so gut wie möglich zu kaschieren.

Schließlich höre ich Bewegung auf der anderen Seite der Tür, setze ein breites Lächeln auf und hieve meinen Rucksack höher zu den Schultern. Die Tür öffnet sich quietschend, und das aufgedunsene Gesicht von Onkel Dale erscheint.

Dale hat die Augen meines Vaters, nur habe ich sie immer als viel freundlicher empfunden. Inzwischen ist mir klar, dass mein Verstand sich durch die Umstände zu dieser Einschätzung verleiten ließ und dass es keine Erkenntnis aufgrund nüchterner Beobachtung war. Sie sind tief in ein rötliches Gesicht eingebettet, das durch Alter und eine schlechte Lebensweise erschlafft ist. Sein Kopf ist kahl, und wenn er sich umdreht, sieht man die Hautfalten in seinem Nacken.

Einen Moment lang herrscht zwischen uns verwirrtes Schweigen, bis ich mich an meinen Text erinnere und meine Kapuze vom Kopf ziehe.

»Onkel Dale! Ich bin's, Millie. Darf ich reinkommen?«

Er sieht mich genau an, dann erst lächelt er breit. Sein Lächeln war immer ein wesentlicher Unterschied zwischen ihm und meinem Vater. Es ließ ihn als den fröhlichen von den beiden erscheinen, bei dem man sich sicher fühlen konnte. Als Kind habe ich mir oft gewünscht, meine Mutter hätte ihn und nicht den anderen Bruder geheiratet.

»Millie? Na so was! Lange nicht gesehen! Neue Haarfarbe? Komm rein, Liebes! Ist alles in Ordnung?«

Als ich über die Schwelle trete, atme ich erleichtert auf. Der erste Schritt ist geglückt.

»Ja, alles in Ordnung, ich wollte nur mal kurz reinschneien.«

»Willst du eine Tasse Tee? Oder ein Bier? Ich hole dir ein Bier.«

»Das wäre großartig, danke.«

Ich folge ihm in die Küche, während er weiterlabert und sich anscheinend ehrlich freut, mich zu sehen. Er bekommt wahrscheinlich nicht oft Besuch. Sein kahler Kopf und sein dicker Hals ragen aus dem altvertrauten Newcastle-FC-Trikot. Ich schaudere, weil ich so dumm gewesen bin und so viel Zeit vergeudet habe. Warum bin ich nicht früher darauf gekommen?

»Bist du sicher, dass alles okay ist, Liebes? Ich hätte nicht erwartet, dass du einfach so aufkreuzt! Deiner Mutter geht's doch gut, oder? Ich war neulich abends zum Essen da. Ich habe mir das Feuerwerk angesehen, das einer der Nachbarn gezündet hat. Schade, dass du nicht da warst.« Er reicht mir eine Flasche Peroni.

»Doch, Mum geht es gut«, sage ich, setze mich an den Küchentisch und öffne meinen Rucksack. Mit einem Gefühl des Abscheus wird mir klar, dass seine Anwesenheit verbunden mit dem Knallen der Feuerwerkskörper Katie an die Silvesternacht erinnert und sie vielleicht dazu getrieben hat, sich die Pulsadern aufzuschneiden. »Ich wollte nur etwas mit dir besprechen. Etwas Ernstes, fürchte ich.« Er schaut beunruhigt, zieht die Brauen weit in die hohe, haarlose Stirn und schiebt die Unterlippe vor. »Hast du was dagegen, wenn wir uns setzen? Es ist eine ziemlich lange Geschichte.«

Ich lächle ihn sanft an. Nichts ist so entwaffnend wie eine traurige Frau.

Dale setzt sich auf einen der hohen Hocker an der Kücheninsel, weiterhin sichtlich beunruhigt. Er trinkt einen Schluck von seinem Bier und zieht ein Streichholz hervor, um sich eine

Zigarette anzuzünden. In diesem Moment beuge ich mich vor und sprühe ihm Pfefferspray in die Augen.

Nina war nicht ganz einverstanden mit diesem Plan, das sage ich gleich, denn sie wollte, dass ich ihn auf möglichst einfache Art töte. Sie wollte ein Gasleck, während er schläft – damit ich unbemerkt rein und raus komme. Aber wo bleibt da die Genugtuung? Dale würde nicht einmal merken, dass seine Zeit abgelaufen ist. Wir einigten uns auf einen Kompromiss, bei dem ich mich sehr kurz mit ihm zusammensetze, ihm erkläre, was passieren wird, und dann ein verheerendes Gasleck verursache.

Das gehört nun mal zu einem guten Familienleben: Kompromisse.

Dale schreit und fasst sich ins Gesicht, er kann nichts sehen und hat furchtbare Schmerzen. Was für eine wunderbare Substanz das ist! Ich kann verstehen, warum Nina das Spray mit sich herumträgt. Schnell und effizient schließe ich Dale mit James' Handschellen an der Stange der Kücheninsel an.

Nina und ich haben heute Nachmittag etwa eine Stunde damit zugebracht, das effiziente Anlegen von Handschellen zu üben, und ich bin stolz darauf, dass jetzt superschnelle Fesselung zu meinen vielen Talenten zählt. Morgen früh muss ich wieder vorbeikommen und ihm die Handschellen abnehmen, dann sieht er hoffentlich so aus, als wäre er beim Biertrinken von dem ausströmenden Gas ohnmächtig geworden. Während er flucht und schluchzt, hole ich die Schere und das Klebeband aus dem Rucksack, wickle es um seine Fußgelenke und die Hockerbeine und klebe ihm anschließend einen Streifen über den Mund, was den Vorteil hat, dass er das Maul hält.

Ein Blick auf die Uhr zeigt mir, dass erst fünf Minuten vergangen sind, und Dale ist schon außer Gefecht gesetzt und hat Schmerzen. Es läuft gut.

Das gedämpfte Weinen wird leiser, und ich habe nicht den ganzen Tag Zeit, also hole ich mir an der Spüle ein Glas Wasser, befeuchte ein Geschirrtuch und wische ihm die Augen aus. Sie sind gerötet und geschwollen, sodass er aussieht, als würde er jeden Moment explodieren. Er sieht mich an, voller Angst, wie ich glaube, obwohl es schwierig ist, den Gesichtsausdruck eines Menschen zu deuten, dem Pfefferspray in die Augen gesprüht wurde und der Klebeband auf dem Mund hat.

»Hallo, Onkel Dale!« Ich winke fröhlich.

Nun, da der Schmerz nachlässt, sehe ich, wie sein Verstand wieder zum Leben erwacht und analysiert, was an diesem Dienstagabend, der ganz normal begonnen hat, mit ihm geschieht. Der Moment, in dem er die Handschellen sieht, ist aufregend, und er versucht, sich loszureißen, und wackelt mit dem Stuhl.

»Du wirst dich nur verletzen, wenn du fällst. Ich würde also vorschlagen, damit aufzuhören.« Er hört auf. Es ist wunderbar, so viel Macht zu haben. Hast du es mal ausprobiert? Ich kann es nur empfehlen.

Nachdem ich den Mann, der so viel Schmerz und Leid verursacht hat, endlich in meiner Gewalt habe, bin ich fast überwältigt. Eine freudige Erregung durchströmt mich, aber ich habe Ninas Stimme im Ohr, die sagt, dass ich es nicht übertreiben soll. Keine Trödelei.

»Ich habe nicht die ganze Nacht Zeit, Dale, also werde ich mich beeilen. Du kannst einfach nicken oder den Kopf schütteln. Verstehst du, was ich mit dir mache?«

Als er den Kopf schüttelt, verdrehe ich die Augen. Ich habe keine Geduld im Umgang mit Idioten.

»Ich bin offensichtlich hier, um dich umzubringen, Dale. Verstehst du das?«

Eine kurze Pause und ein winziges Nicken. Mein Handy summt – wahrscheinlich ist das Nina, die mir sagt, ich soll mich beeilen.

»Gut. Wir kommen voran. Und verstehst du, warum ich das tun will? Nein? Ganz sicher nicht?« Sein Blick huscht durch den Raum, auf der Suche nach Rettung. Nachdem ich ihm das ein paar Sekunden lang gestattet habe, schiebe ich das Pfefferspray über die Tischplatte, und das Geräusch zieht seinen Blick an wie ein Magnet. Er schüttelt verzweifelt den Kopf.

»Nein? Nun, es gibt wohl ein paar Gründe dafür. Aber vor allem möchte ich dir etwas in Erinnerung rufen. Die vergangene Silvesternacht.«

Nachdem er in einem fort an der Stange der Kücheninsel gerüttelt hat, erstarrt er plötzlich, als hätte er das Haupt der Medusa erblickt.

»Ah, da haben wir's. Du erinnerst dich jetzt? Du warst bei meiner Mutter zu Besuch, nicht wahr? Um ein paar Bierchen mit ihr zu trinken? Um in alten Erinnerungen schwelgen? Und Katie war auch da, stimmt's? Ich weiß nicht, warum. Sie sollte mit Freundinnen ausgehen, aber vielleicht fühlte sie sich krank, oder sie haben sich gestritten, oder sie war einfach zu müde. Vielleicht kam sie früher nach Hause. Ich weiß es nicht. Aber das ist auch unwichtig. Sie war jedenfalls da.«

Wir sehen uns einen Moment lang in die Augen, bis mein Handy wieder summt.

»Entschuldige, Dale, ich sollte nachsehen, ob das wichtig ist. Denk einfach weiter darüber nach, warum du jetzt so dasitzt.«

Nina hat vor drei Minuten eine Nachricht über Telegram gesendet, damit sie später nicht zurückverfolgt werden kann: *Du solltest schon längst draußen sein.*

Und noch etwas ist gekommen. Das verstehe ich allerdings überhaupt nicht. Eine Sprachnachricht. Von James.

Ich starre gefühlt eine Stunde auf die Benachrichtigung, aber wahrscheinlich sind es nur zehn Sekunden, dann straffe ich die Schultern und drücke auf Play. Seine sanfte Stimme schallt in die Küche. Er klingt rauer als sonst, aber viel besser, als ein toter Mann normalerweise klingt.

»Hallo, Mille. Ich bin's, James. Du hast wahrscheinlich

nicht erwartet, von mir zu hören. Du hast mich gestern Abend ziemlich hart erwischt, aber wie durch ein Wunder keine bleibenden Schäden verursacht, und ich habe mich heute früh selbst aus dem Krankenhaus entlassen. Gehirnerschütterung und ein gebrochener Arm. Sie wollten mich achtundvierzig Stunden dabehalten, aber ich habe darauf bestanden, zu gehen. Denn ich denke, es ist wichtig, dass wir miteinander reden.«

Er kichert. *Kichert?*

»Ich habe deinem Haus einen Besuch abgestattet. Hübsche Katze. Für einen Polizisten ist es ziemlich einfach, eine Adresse herauszukriegen. Also dachte ich, ich komme mal vorbei und sage Hallo. Vielleicht bin ich ja ein Nimmersatt, wenn es ums Strafen geht! Ha!«

Das muss die Gehirnerschütterung sein. Es gibt keinen anderen Grund, warum er sich so daran ergötzen kann.

»Tja, du warst nicht da. Du weißt natürlich, dass du nicht da warst. Aber ich habe eine interessante Tonbandkassette auf dem Küchentisch gefunden.«

Ach du Scheiße! Ich habe das Band nicht verbrannt. Nina wird stocksauer sein. Zu meiner Verteidigung muss ich sagen, ich hatte viel um die Ohren.

»Ich dachte, ich nehme es mit und höre es mir zu Hause an, und ich kann nur sagen, wow. Du hast deinen Vater mit einer Pastete getötet? Das ist episch.«

Eindeutig eine Gehirnerschütterung. Dale quellen fast die Augen aus dem Kopf, und er wackelt wieder mit seinem Stuhl. Ich werfe ihm einen strengen Blick zu, und er verhält sich wieder ruhig.

»Ich könnte das direkt aufs Revier bringen. Ich *sollte* das aufs Revier bringen. Du wolltest mich töten, Millie. Ich habe mich in dich verliebt, und du hast versucht, *mich zu töten*.«

Knisternde Stille begleitet sein Schweigen. Dale und ich starren beide auf das Handy und warten. Schließlich hören wir James seufzen.

»Aber das Band hat auch ... Nun ja, es hat mich tief bewegt. Was dein Vater getan hat. Was du da geschildert hast. Und gestern Abend. Denn ich verstehe es, ich verstehe es wirklich. Aber ich kann dich das nicht tun lassen, Millie. Ich weiß, wo du bist. Du bist wahrscheinlich gerade unterwegs zu deinem Onkel. Hab ich recht? Ich bin froh, dass du das noch aufs Band gesprochen hast. Ich bin Detective bei der Mordkommission. Ich kann nicht einfach die Hände in den Schoß legen, wenn du einen Mann tötest, egal, wie böse er ist. Das weißt du doch. Aber warum erzähle ich dir das eigentlich? Um dich zu warnen. Ich schätze, weil ich dich mag. Oder weil ich mir heftig den Kopf angeschlagen habe. Vielleicht auch, um dir eine sportliche Chance zu geben. Wir sehen uns bald wieder, Millie. Aber dieses Mal werde ich auf der Hut sein.«

Damit endet die Nachricht. Ich starre weiter auf das Display. Wie lange wird es dauern, bis er Dales Haus gefunden hat? Wenn er sagt, dass er hierherkommt, meint er dann, er kommt allein? Oder schickt er die ganze Macht des Gesetzes? Wie lange dauert es im wirklichen Leben, nicht in einem ITV-Drama, die Polizei zu mobilisieren?

Eines ist sicher: Ich habe keine Zeit, eine Doktorarbeit darüber zu schreiben. Ich schicke Nina eine kurze Telegram-Nachricht, in der ich sie über die Geschehnisse auf dem Laufenden halte, und mache mich auf ihre Missbilligung wegen des Tonbands gefasst. Sie schickt sofort eine Reihe von Ausrufezeichen zurück.

Einen Moment lang vergesse ich fast, dass Dale vor mir sitzt, und er scheint den Eindruck zu haben, dass er sich nur ganz still zu verhalten braucht, dann würde ich vergessen, warum ich hier bin, und mich davonmachen, um anderes zu erledigen.

»Hör zu, Dale, ich wollte eigentlich länger bleiben. Ich weiß, ich habe dich selten besucht, und deshalb ist es schade, dass wir jetzt nicht so viel Zeit miteinander verbringen wie geplant.« Während ich rede, rufe ich James' Kontakt auf meinem Handy auf und tippe auf Anrufen. Ein letzter Versuch. Er hebt beim ersten Klingeln ab.

»Hallo, Millie.«

»James ... Es tut mir leid. Wegen gestern Abend.« Er bleibt still, also rede ich weiter. »Ich hatte schreckliche Angst. Das kannst du doch verstehen, oder? Aber es tut mir leid, es war ... furchtbar.« Es überrascht mich, dass ich einen Kloß im Hals bekomme. Seine Stimme zu hören ist schön und tröstlich. Ich spüre fast seinen Arm an mir, als gingen wir noch durch den Park.

Dale beobachtet mich, und ich höre James atmen. Ich gleite vom Hocker und gehe auf und ab.

»Wir müssen reden«, sage ich in sein Schweigen. »Ich bin in einem Airbnb auf dem Land. Ich hatte Angst und musste einfach mal raus. Wenn ich dir die Adresse gebe, kommst du dann?«

Es ist ein verzweifelter Versuch, ihn in die falsche Richtung zu schicken, aber mehr fällt mir auf die Schnelle nicht ein. Dale stöhnt hinter dem Klebeband, also halte ich ihm das Pfefferspray direkt vor die Augen, sodass er verstummt.

Endlich redete James wieder. »Ich bin kein Idiot, Millie. Du bist in der Middleton Road 38. Bei deinem Onkel. Ich werde gleich da sein. Geh nicht weg.«

Scheiße. »Warte! James! Das kannst du nicht machen. Wir hatten doch etwas. Oder nicht? Wir *haben* es noch. Ich ... ich liebe dich. Bitte. Ich liebe dich.«

Er ist wieder still.

»Fick dich, Millie.«

Ich warte. Ich höre ihn atmen.

»Ich wollte mit dir reden«, sagt er leise. »Aber ... jetzt zu sagen, dass du mich liebst? Scheiße, du bist dir für nichts zu schade. Du willst mich manipulieren.«

»Nein, es ist wahr!«

»Halt die Klappe!« Er klingt geistesgestört. »Ich bin auf dem Weg zu dir. Tu nichts Unüberlegtes. Das hat jetzt ein Ende.«
Er hat aufgelegt.
Ich etwas Unüberlegtes tun? Wie kommt er denn darauf?

37

Ich lasse meinen Onkel an die Stange gekettet sitzen und drehe zwei Runden durch die Küche. Da es immer gut ist, seine Verbündeten auf dem Laufenden zu halten, schreibe ich Nina und skizziere den neuen Plan. Dann öffne ich die Tür, die von der Küche in die Garage führt.

Dale versucht, hinter seinem Klebeband um Hilfe zu schreien. Ich wünschte, er würde es nicht tun, denn das ist erbärmlich, zum Fremdschämen. *Wir sind hier alle gestresst, Dale, wir jammern nur nicht alle darüber.*

Als ich den Schalter umlege, wird der Raum in kaltes helles Licht getaucht, und ich sehe einen ölfleckigen Betonboden. Drei Motorräder nehmen die eine Hälfte der Garage ein, und die andere Hälfte ist mit einem Rasenmäher, einem Grill, Werkzeug und altem Krempel vollgestopft. Ich schiebe Harke und Schaufel beiseite und fange an zu stöbern, aber ich kann nicht finden, was ich brauche. Ich höre immer noch Dales gedämpfte Schreie und das Rütteln – er wird sich etwas antun, wenn er nicht aufpasst. Aber ein neues Geräusch dringt in meine Ohren. Das ferne Heulen einer Sirene. Da kommen sie.

Hektisch renne ich in die andere Hälfte der Garage, stoße ein teures Fahrrad um und schiebe einen Helm und eine gepolsterte Hose beiseite. Dann sehe ich sie. Drei Benzinkanister, die ordentlich nebeneinander stehen.

Sie sind alle voll, und ich schleppe sie einen nach dem anderen in die Küche. Dale reckt den Kopf, um zu sehen, was ich tue, aber es ist wohl das Beste, wenn ich ihn nicht noch mehr stresse. Er ist zwar gefesselt, aber es würde mich ärgern, wenn er mit dem Stuhl umkippt und bis zum Ende der Party bewusstlos ist.

Nachdem ich den dritten Kanister in die Küche geschleppt habe, schlage ich das Garagentor zu. Meine Arme schmerzen von der Anstrengung, aber ich trage den ersten Kanister näher zu meinem Onkel. Als er ihn sieht, schreit er wieder dumpf auf. Die Sirene ist jetzt deutlich lauter, was mir bestätigt, dass sie kein Hirngespinst war.

Ich schraube den Deckel ab und kippe den Kanister an, sodass ein Drittel davon auf den Boden fließt. Als ich ihn anheben kann, gieße ich den Rest meinem Onkel über den Kopf.

Mit dem zweiten Kanister bespritze ich die Sitzpolster und Holzflächen, die gut Feuer fangen können. Dale schluchzt jetzt, und die Sirene wird immer lauter. Ich denke an die Szene in Thelma und Louise, als ihnen klar wird, dass es vorbei ist. Einerseits wünschte ich, Nina wäre hier und hielte meine Hand, und andererseits natürlich nicht, denn sie muss am Leben bleiben.

Den letzten Kanister leere ich über mir selbst aus. Ich träufle etwas auf meinen Kopf, bespritze meine Jacke und meine Hose. Den letzten Tropfen werfe ich auf Dale. Wir starren uns triefend nass an, die Benzindämpfe brennen mir in den Augen. Benzingeruch habe ich immer als angenehm empfunden, aber ich hätte nie gedacht, dass ich damit sterben würde.

Aber die Polizei ist auf dem Weg, und James hat genug Beweise, um mich für den Rest meines Lebens einzubuchten. Das kann ich nicht hinnehmen. Ich habe sechzehn Jahre meines Lebens in Angst verbracht. Und dann fast genauso viele Jahre in Freiheit. Ich hatte Freunde, ich bin fast jeden Tag gejoggt und habe den frischen Wind im Gesicht gespürt. Ich habe mir ein Zuhause geschaffen, mich um meine Katze gekümmert, mir ein Leben aufgebaut, über das ich allein bestimme. Das kann ich nicht gegen ein Leben hinter Gittern eintauschen, das mit Dosen-Chili und Milchpulver, Bastelworkshops, zugespitzten Zahnbürsten, verschlossenen Türen und Angst ausgefüllt ist.

Wir haben keine Zeit mehr. James hat ein Tonband mit meinem Geständnis. Gegenstände, die den Opfern gehörten, liegen in meiner Wohnung herum. Es gibt keinen Spielraum mehr, keine Wahlmöglichkeiten.

Ich wende mich wieder an Dale.

»Du hast meine Schwester vergewaltigt. Du wusstest von meinem Vater. Ihr seid beide gleich, und ihr verdient es, in der Hölle zu schmoren. Auf Wiedersehen, Dale.«

Er schüttelt den Kopf, schluchzt und schreit gegen das Klebeband an.

»Du verdienst es nicht zu leben. Und ich wahrscheinlich auch nicht.« Ich lache, aber ich weine auch hysterisch. Katie wird sich die Schuld geben, aber Nina wird sich um sie kümmern. »Kreislauf der Gewalt, was? Mit Gewalt aufgewachsen, mit Gewalt gelebt. Vielleicht ist es gut, dass er mit mir endet.«

Ich ziehe mein Handy heraus und schreibe Nina eine Telegram-Nachricht, in der ich mich entschuldige, ihr danke und ihr sage, dass ich sie liebe. Sie hat ein paar Abschiedsworte verdient, außerdem muss sie wissen, dass es vorbei ist, damit sie alle Spuren, die zu ihr zurückverfolgt werden könnten, beseitigen kann. Ich bitte sie, für Katie zu sorgen, und schärfe ihr noch mal ein, dass sie sich von Männern wie Hugh fernhalten soll. Dann lösche ich die App, damit sie nicht in die Sache verwickelt wird, falls mein Handy gefunden wird. Als Nächstes schreibe ich Katie eine einfache Nachricht:

Ich liebe dich. Es tut mir leid.

Dales Streichhölzer liegen auf der Kücheninsel.

»Irgendwelche letzten Worte?«

Er schreit gegen das Klebeband, zerrt an den Handschellen, und sein Gesicht ist tränenüberströmt. Wunderbar.

Ich ziehe ein Streichholz heraus und halte es gegen die raue

Kante der Schachtel, bereit, unser beider Leben zu beenden. Damit wir kein Leid mehr verursachen können.

Mein Handy summt von einem eingehenden Anruf und unterbricht meinen dramatischen Moment. Ich verdrehe die Augen; nie hat man mal einen Moment Ruhe. Die Sirene ertönt jetzt ganz in der Nähe. Die Zeit drängt. Das schlimmste Szenario wäre, gerade noch rechtzeitig gerettet und lebenslang eingesperrt zu werden. Aber genauso schlimm wäre es, wenn meine Gesichtszüge zu einem Nichts zusammenschmelzen. Doch obwohl ich versuche, den Anruf zu ignorieren, gelingt es mir nicht, und so ziehe ich das Handy verärgert aus meiner durchnässten Tasche. Es ist Nina.

Ohne weiter nachzudenken, gehe ich ran.

»Ich habe alles geregelt. Raus da. Sofort.« Sie legt auf.

Ich starre Dale an. Er starrt mich an. Die Sirene schrillt in meinen Ohren. Ich hebe das Streichholz.

38

Scheiße. Scheiße. Scheiße.

Ich ziehe die Jacke aus und werfe sie in eine Benzinpfütze zu Dales Füßen. Ich achte darauf, nicht in der Pfütze zu stehen, ziehe mir Schuhe und Socken aus und schlüpfe dann aus der Hose. Zu guter Letzt werfe ich meine Perücke auf meine Kleidung, dankbar, dass die billigen Kunstfasern mein echtes Haar geschützt haben. An der Küchenspüle wasche ich mir hastig Hände und Arme ab, so gut es geht, und spritze mir das Wasser über den Körper.

Ich gehe auf Zehenspitzen zur Kücheninsel, wo die Streichholzschachtel liegt, und dann zur Tür, was nicht einfach ist, weil ich alles mit Benzin getränkt habe, mit einer Gründlichkeit, als wollte ich einen Weihnachtskuchen backen.

Absurderweise stehe ich mit BH, Slip und Rucksack in dem benzingetränkten Raum und öffne die Haustür. Schließlich ziehe ich den Streichholzkopf an der Schachtel entlang, er flammt auf. Ich starre auf meinen Onkel, der mit Handschellen an seine Kücheninsel gefesselt ist, und rufe dem Mann, der das Leben meiner Schwester ruiniert hat, dem Bruder des Mannes, der meines ruiniert hat, ein letztes Lebewohl zu.

In diesem Licht, mit seinem rot geschwollenen, tränenüberströmtem Gesicht, sieht er genauso aus wie sein Bruder. Ich lasse das Streichholz fallen.

Ich spüre die Hitze sofort. Vor allem, da ich praktisch nackt bin.

Der Kontrast zur kalten Luft ist dramatisch, das Glas der Fenster zerspringt mit einem ohrenbetäubenden Knall.

Flammen schlagen nach draußen. Ich setze mich auf Dales Triumph, die in der Einfahrt steht, stecke den Schlüssel ein, den ich vom Haken neben der Tür genommen habe, und starte das Motorrad mit einem kräftigen Tritt, wobei ich mir die Haut am Pedal aufschramme. Das Dröhnen überrascht mich. Die Luft ist bereits voll von Rauch, dem Heulen einer Sirene, dem Prasseln der Flammen im Haus und jetzt dem Brummen meines Motors. Über alldem höre ich noch die gedämpften Schreie meines Onkels, aber eigentlich ist klar, dass ich mir das nur einbilde.

Ich würde gerne sagen, dass ich mit der Anmut und dem Elan von Angelina Jolie in *Tomb Raider* losfahre, aber ich bin dieses Ding noch nie gefahren und brauche eine Sekunde, um die Steuerung zu verstehen. Als ich den ersten Gang einlege, werde ich von blauem Licht überflutet. Ich werde fast taub vom Geheul der Sirene und dem Quietschen von Autoreifen. Ein einzelnes Auto kommt auf der Straße zum Stehen, die Fahrertür fliegt auf.

James.

Er wird von Neonblau und flackerndem Orange angestrahlt, sodass seine dunklen Augen zurückweichen und seine markanten Wangenknochen hervortreten. Ich denke an den Mann, der ins Picture This kam, an den lässigen Flirt am Ladentisch, an die eleganten Finger, die sich um den Stift legten. Wer hätte gedacht, dass wir einmal hier landen würden?

Ich höre weitere Sirenen in der Nähe, also hat er unterwegs Verstärkung angefordert, wie er angedroht hat. Er sieht mich an, wie ich halb nackt auf dem Motorrad sitze, und dann zum Haus, wo Flammen über den Fensterrahmen lecken.

Er trifft eine Entscheidung, die einzige, die ein guter Mann treffen kann. Er rennt ins Haus, und ich gebe Gas, stoße mit einer Geschwindigkeit vorwärts, die mir fast das Genick bricht, und fliehe vom Tatort.

Ich bin in meiner Heimatstadt Bristol geblieben. Andere sind weggegangen, haben in Edinburgh, Leeds oder London studiert und sind nur noch in den Ferien oder für ein verlängertes Wochenende zurückgekommen. Einige reisten mit riesigen Rucksäcken und aufgeblasenen Egos durch Asien. Aber ich bin kaum über die Stadtgrenzen hinausgekommen.

Das mag zwar bedeuten, dass mein Vorrat an (akzeptablen) Geschichten, die ich auf Partys erzählen könnte, sehr begrenzt ist, aber es hat den zusätzlichen Vorteil, dass ich die Stadt wie meine Westentasche kenne. Um mich von den Hauptstraßen fernzuhalten, fahre ich im Zickzack durch die Dunkelheit und bete zu Gott, dass heute Nacht niemand aus dem Fenster starrt.

Einmal komme ich an einer Kreuzung zum Stehen und sehe hinter einer Scheibe das bedrückte Gesicht eines Teenagers, der mich mit offenem Mund ansieht. Ich zwinkere ihm zu und lasse den Motor aufheulen. Das glaubt ihm sowieso keiner.

Nach einer halben Stunde fahre ich in einen kleinen Park bei Ninas Haus und stelle den Motor ab, schiebe das Motorrad in ein Gebüsch, ducke mich dahinter und atme endlich auf.

Nina hat mich ins Badezimmer geschoben, sobald ich durch die Tür kam, und mir gesagt, dass ich nach Abgasen stinke. Die Polizei würde irgendwann herkommen, aber nicht sofort. James kennt nur Ninas Vornamen. Es würde einige Zeit dauern, bis er herausfindet, wohin er fahren muss, nachdem er mein Haus überprüft hat.

Die Dusche war dampfend heiß und roch unpassend nach Eukalyptus. Durch das Adrenalin habe ich nicht gemerkt, wie kalt mir war, nachdem ich in einer Novembernacht so lange in Unterwäsche im Freien war. Als das heiße Wasser auf meine

Haut traf, brannte es am ganzen Körper. Ich seifte mich mit Ninas teurem Duschgel ein und wusch mir auch die Haare, wobei ich den teuren Duft von Aesop einatmete.

Unten wartete Nina auf dem Sofa auf mich. Sie hielt den Kopf in die Hände gestützt, was mich sofort beunruhigte, denn sie ist nicht leicht aus der Fassung zu bringen. Doch als sie aufblickte, lächelte sie.

»Setz dich und erzähl.«

Frisch geduscht und mit einem ihrer bunten Schlafanzüge bekleidet, sitze ich bei ihr im Wohnzimmer, und wir starren uns mit großen Augen an.

»Das war ... eine ziemliche Scheiß-Show«, beginne ich.

»Aber du bist hier, nicht wahr?«

»Ja, aber ich weiß nicht, für wie lange. Sie müssen in dieser Sekunde in meinem Haus sein. Irgendwann werden sie deine Adresse herausfinden.« Ich habe alle Möglichkeiten durchgespielt, wie das Ganze ablaufen könnte. Es gibt nicht viele, und sie sind alle nicht gut. Nina ist eine großartige Anwältin, aber aus dieser Sache kann sie mir nicht raushelfen. Panisch blicke ich im Zimmer hin und her, als wäre dort eine Antwort oder ein Fluchtweg zu finden.

»Millie. Vertrau mir. Beruhige dich. Erzähl mir, was passiert ist.« Nina zieht eine Zigarette aus der Packung, und beim Klicken des Feuerzeugs zucke ich zusammen. Während die Spitze aufglüht, stelle ich mir vor, wie meine Haut in den Flammen geknistert hätte. Wäre das wirklich so viel besser gewesen als das, was jetzt folgt? Kommt drauf an.

Ich lehne den Kopf zurück an das Sofapolster, schließe die Augen und atme tief durch. Der Geruch dieses Zimmers – die ungewöhnliche Mischung aus teuren Kerzen und klassischer chinesischer Küche – beruhigt mich. Ich schlage die Beine unter, die mir zu lang und dünn, unbeholfen und durchsichtig erscheinen, wie die einer Kellerspinne. Meine Arme sind kraftlos, als hätte ich keinerlei Muskeln.

»James ist zu sich gekommen.«

Sie schweigt, und ich seufze tief, atme jeden Rest Luft in meiner Lunge aus und gleichzeitig alles, woran ich mich festgehalten habe. Ich hatte sie vorhin über Telegram informiert, aber nur spärlich. Also erkläre ihr jetzt alles eingehend, erzähle von James' Sprachnachricht und dass ich den Plan des langsamen Gasaustritts aufgeben musste. Von meinem Entschluss, das Haus niederzubrennen und dabei drinnen zu bleiben.

»Warum hieltest du das für eine gute Idee?«

Sie spricht leise und in einem Ton, als würde ich ihr einen hässlichen Pullover zeigen, den ich im Internet bestellt habe.

»Er war unterwegs dorthin. Es gibt zu viele Beweise gegen mich. Mit unterzugehen schien mir zu diesem Zeitpunkt die beste Option zu sein.«

»Ich hatte nicht erwartet, dass du nackt mit einem ziemlich coolen Motorrad in einem Gebüsch landest.«

»Nein. Das war eine weitere Abweichung von unserem Plan.« Ich habe das Motorrad im Park stehen lassen, und sie hat mich mit einem Mantel dort abgeholt, um meine Nacktheit zu verbergen, damit ich nicht auffalle. Ich schlinge die Arme um mich. »Er sah … genau aus wie mein Vater.«

»Warum hast du mir nie von ihm erzählt? Na ja, ich habe mir schon gedacht, dass dir so etwas passiert ist. Du hast ihn nie erwähnt, aber ich habe die roten Flecken an deinem Bein gesehen, die wie Zigarettenbrandwunden aussehen. Ich dachte immer, du solltest eine Therapie machen, die dir hilft, die Vergangenheit auf eine … andere Weise zu verarbeiten. Aber du hättest es mir sagen können. Du hättest mit mir sprechen können.«

»Ich weiß. Vielleicht hätte ich das tun sollen. Aber das ist einfach nicht meine Art, mit Dingen umzugehen. Ich verdränge sie. Ich habe nie etwas von diesem ganzen Gejammer über die eigenen Probleme gehalten, obwohl ich es im Nachhinein vielleicht hätte versuchen sollen. Stattdessen habe ich versucht, anderen zu helfen.«

»Tut mir leid, wenn ich wie ein verdammtes Motivationsposter klinge, aber manchmal muss man sich zuerst selbst helfen.«

»Scheint so.«

Wir sitzen schweigend da, während ich mir vor Augen halte, was für ein Glück ich habe. Nur wenige Menschen werden jemals eine Freundin wie Nina haben. Manchmal glaube ich, dass die Liebe, die die Menschen erhalten, gleichmäßig verteilt ist. Weil ich von meinen Eltern keine bekommen habe, wurden Nina und Katie umso liebesfähiger, damit sie mir Liebe geben können. Dann sage ich mir, dass ich verdammt noch mal erwachsen werden und aufhören soll, mir solchen Steinheilerblödsinn auszudenken.

»Möchtest du hören, was ich währenddessen getan habe?«

Ich fahre aus meiner Träumerei hoch und reiße die Augen auf. Bin ich etwa weggedöst? Obwohl ich so aussehe, als hätte ich einen Entspannungsabend hinter mir, wie er von Selbstsorge-Influencern empfohlen wird, ist Nina ganz die konzentrierte Anwältin. Sie ist es gewohnt, bis spät in die Nacht zu arbeiten und sich zu konzentrieren, und sie scheint an diesen Fall wie an jeden anderen herangegangen zu sein. Nur eben auf der Seite der Mörderin. Irgendwie ist ihr roter Lippenstift immer noch perfekt, und ich frage mich, ob sie sich die Lippen nachgezogen hat, während ich Dales Haus niederbrannte.

»Das möchte ich, ja«, sage ich leise. Meine Stimme klingt fast so rau wie ihre. Wahrscheinlich, weil ich viel Rauch eingeatmet habe.

Nina lächelt, ihre Apfelbäckchen und Grübchen verwandeln sie von der grimmigen Anwältin in ein niedliches Kind. Sie schiebt ihre dicke Brille hoch und zieht sich das Gummiband aus den Haaren, sodass sie ihr wie ein schwarzer Vorhang um die Schultern fallen. Der schimmernde Glanz erinnert mich an das Benzin, das sich auf dem Küchenboden ausbreitete. Ich erschaudere wieder.

»Nachdem du weg warst, bin ich mit dem Micra zu dir gefahren und habe diese verdammten Trophäen geholt oder was immer sie für dich waren.« Ich zucke zusammen. Das sollten keine Trophäen sein, nicht ursprünglich. »Die Kamera, den Schal, das Messer, den EpiPen, den Stein. Nichts aus Davids Haus, richtig?«

»Richtig.« Ich wollte an diesen Mord nicht erinnert werden.

»Ja, also habe ich diese erschreckenden Beweisstücke in eine Mülltüte gesteckt und aus dem Haus gebracht. Ich kann es nicht fassen, dass du sie behalten hast.« Sie starrt mich an und drückt ihre Zigarette in einem überquellenden Aschenbecher aus.

»Du scheinst wieder zu rauchen.«

»Halt die Klappe.« Sie zeigt mit einer neuen Zigarette auf mich. »Das ist deine Schuld. Jedenfalls war ich gerade zu Hause angekommen und wollte mir etwas zu essen machen, vielleicht eine Gesichtsmaske auflegen – und dabei natürlich mein Handy im Auge behalten –, als ich deine Nachricht bekam. James war wieder auf den Beinen und hat unseren heimtückischen Plan durchkreuzt.«

Es scheint fast so, als ob Nina sich amüsiert und ihren Bericht spannend macht wie eine Gute-Nacht-Geschichte. Aber das kann eigentlich nicht sein, denn ihre beste Freundin wird bald ins Gefängnis kommen.

»Meine Möglichkeiten waren begrenzt. Genau wie deine. Mir kam gerade die Lösung, als du diese SMS geschickt hast.« Sie zieht eine Braue hoch, als wären meine Abschiedsworte eine billige Masche gewesen. »Ehrlich, Millie. Ich habe dir gesagt, dass ich dir helfe. Du hast kein Vertrauen. So wie es sich anhört, warst kurz davor, dich neben diesem Widerling in die Luft zu sprengen. Ich wieder rein in deinen Micra – aus meiner Gesichtsmaske wurde nichts! Und so bin ich zu James' Haus gefahren.«

»Warte, was?« Ich sitze jetzt kerzengerade, die Beine gekreuzt, als würde ich meditieren. Mein Bedürfnis nach Schlaf ist verschwunden. »Woher wusstest du überhaupt, wo er wohnt? Warum warst du ...«

»Lass es mich doch erzählen! Du hast mir seine Adresse gegeben, als du ihn gevögelt hast. Es ist nur ein paar Straßen weiter. Da bin ich also in deinem kleinen Auto zu James gefahren, während er zu deinem Onkel raste. Ich ging rein – Schlüssel unter dem Blumentopf, sehr unoriginell – mit dem kleinen Sack voller Beweise über der Schulter wie ein böser Weihnachtsmann.«

»Nein, du hast doch nicht ...«

»... und schob ihn direkt unter sein Bett. Dann habe ich einen anonymen Anruf bei der Nummer 999 getätigt.«

»Oh mein Gott ...«

Sie gibt sich eine hohe, hauchige Stimme. »Die Polizei bitte! Sie müssen so schnell wie möglich in die Middleton Road 38 kommen. Jemand namens James Khan ist für den Tod zahlreicher Männer aus der Gegend verantwortlich, und er ist im Begriff, einen weiteren umzubringen. Er ist Polizist, deshalb habe ich mich nicht getraut, mich zu melden, aber ich kann nicht mehr schweigen. Ich werde nicht noch mal anrufen.«

Sie lächelt mich schüchtern an, plötzlich bescheiden trotz ihres Täuschungstalents. »Ich wusste, dass du da raus sein würdest, wenn sie kommen. Oder zumindest, dass du mehr Chancen hättest, wenn sie wissen, dass er der Mörder ist und nicht du, wenn er dich in Handschellen aufs Revier gebracht hätte.«

»Und das Tonband?«, frage ich, jetzt verzweifelt. »Er hat es mitgenommen!«

»Und er war genauso dumm wie du«, sagt sie zwinkernd. »Er hat es auf seinem Küchentisch liegen lassen, genau wie du. Vielleicht hättet ihr unter anderen Umständen ein gutes Paar abgegeben.«

Wieder herrscht Schweigen, während ich darüber nachdenke, was sie mir gerade erzählt hat. Das kann unmöglich funktionieren. Oder doch? James wohnt neben dem ersten Mordopfer und war zur Tatzeit zu Hause, und er war allein, weil Imran in den Laden gegangen war. Hat er ein Alibi für die anderen? Er war an jedem Tatort und hätte leicht Beweise manipulieren können.

Ich erinnere mich an etwas, was er im Pub sagte. *Mein Chef meint sogar, dass ich eine ungesunde Besessenheit entwickle, weil ich die Todesfälle miteinander in Verbindung bringen will.* Sie werden es glauben. Und wenn nicht? Nun, was gibt es, um diese Fälle mit mir in Verbindung zu bringen, außer seinem Wort und einem Schnappschuss von einer unscharfen Türklingelkamera, auf dem jeder zu sehen sein könnte?

»Du hast James alles untergeschoben?«

Zum ersten Mal zeigt sich bei ihr ein Anflug von schlechtem Gewissen. »Es hieß er oder du, Schatz. Es gab keine Wahl. Ich weiß, du mochtest ihn, aber ...«

»Nina. Hör auf. Du bist ... unglaublich.«

Sie strahlt.

39

Die Polizei wird mit mir sprechen müssen. Selbstverständlich.

Am Ende dieses schicksalhaften Abends hatten wir eine stichhaltige Tarngeschichte ausgeheckt und sie immer wieder einstudiert, wobei Nina mich gelegentlich anschrie, weil ich bei der Nacherzählung Sätze wiederholte.

»Nein! Das darf nicht einstudiert klingen! Jedes Mal, wenn ich dir eine Frage stelle, musst du sie anders beantworten. Aus dem Stegreif. Das muss ein wahres Erlebnis werden, keine Geschichte. Verstehst du?«

Möglich, dass Nina genauso verrückt ist wie ich. Schließlich ließ sie mich schlafen, aber erst, als klar wurde, dass ich kaum noch wusste, wie ich heiße.

Nina hat ein paar Anrufe getätigt, die dafür sorgten, dass Dales Motorrad am nächsten Tag aus dem Park verschwunden war. Ich nehme an, in ihrem Beruf macht man sich nicht nur in hohen Positionen einige Freunde. Es ist jetzt Morgen. Wir sind vorbereitet und warten.

Nina ist bereit, auf Kommando zu weinen – sie trauert immer noch um ihren kürzlich verstorbenen Freund und brauchte in letzter Zeit oft ihre beste Freundin an ihrer Seite, die häufig im Gästezimmer übernachtete. Praktischerweise bei allen Mordterminen. Ich für meinen Teil habe den Schock und die Verwirrung geübt für den Moment, wenn ich erfahre, dass nicht nur mein geliebter Onkel bei einem Hausbrand ums Leben gekommen ist, sondern dass der Mann, mit dem ich zusammen war, auch der Verursacher sein könnte.

Aber es kommt niemand.

Wir werden wie fast jeder in Bristol auf den neuesten Stand gebracht – durch die Lokalnachrichten am Morgen. Da ich den Moment, in dem Dale zur Hölle gefahren ist, nicht miterlebt habe, war meine größte Sorge, dass er das irgendwie lebend überstanden hat. Aber die Nachrichten bestätigen, dass ein Hausbrand in der Nacht zuvor ein Todesopfer gefordert hat und dass ein Polizist ins Krankenhaus gebracht wurde. Ich atme erleichtert auf.

Es gibt keine weiteren Neuigkeiten über James' Gesundheitszustand, aber es muss ihm schlecht gehen. Wenn er sprechen könnte, hätte die Polizei bereits an die Tür geklopft – er kennt Ninas beste Freundin, und es dürfte nicht lange dauern, die Familienanwältin ausfindig zu machen. Nina könnte einige Polizeikontakte nutzen, um mehr herauszufinden, aber sie will kein unangemessenes Interesse an dem Fall zeigen.

Wir trinken einen Kaffee nach dem anderen, das starke, dunkle Zeug, das aus der Nespresso-Maschine tropft, während die rosa Einwegkapseln eine nach der anderen in den Recyclingeimer geworfen werden. Nachdem sie einen weiteren getrunken hat, macht sich Nina auf den Weg zur Arbeit, da sie ihr »Vierundzwanzigstundenvirus« überwunden hat und keine zusätzliche Aufmerksamkeit auf sich ziehen will. Ich fahre zurück nach Hause.

Es ist ein seltsames Gefühl, wieder hier zu sein, allein, zumal ich weiß, dass in der Zwischenzeit Leute hier gewesen sind. Es macht mir natürlich nichts aus, dass Nina meine Sachen durchwühlt hat, um die Beweisstücke zu finden. Aber wenn ich daran denke, dass James in meiner Küche saß, benommen von der Gehirnerschütterung und wild entschlossen, mich aufzuhalten, läuft es mir eiskalt den Rücken runter. Ich sitze an der Kücheninsel und kann es mir wie einen Film vorstellen. Er kommt herein, streichelt meine Katze, stöbert herum. Dann erspäht er den verlockenden Umschlag, auf dem mit Filzstift Ninas Name steht.

Obwohl ich weiß, dass er das Band nach Hause mitgenommen hatte, stelle ich mir vor, wie er über eine Stunde lang auf der Chaiselongue liegt und meiner erschöpften, betrunkenen Stimme lauscht, mit der ich mein Geständnis vortrage. Ich habe sicher verletzlich geklungen, und deshalb steigt Ärger in mir auf. Aber anscheinend habe ich nicht mehr die Energie, um wirklich wütend zu werden. Nicht wie sonst.

Das nächste Update kommt von meiner Mutter. Die Nachricht von Dales gewaltsamem Tod hat sie erreicht, was sie mir nervös am Telefon mitteilt. Erst als sie anrief, kam mir der Gedanke, dass sie in jener Silvesternacht zu Hause gewesen sein muss. Wusste sie es? Hätte sie etwas getan, um es zu verhindern? Ich bezweifle es sehr.

Das Gespräch ist kurz und nicht besonders nett. Schauspielern kostet Energie, und die will ich nicht an meine Mutter verschwenden. Wozu? Sie wird mich kaum anzeigen, wenn sie einen Verdacht hat. Sie hat sich immer wieder als jemand erwiesen, der wegschaut, egal, um welches Verbrechen es sich handelt. Anstatt also Entsetzen zu heucheln oder Fragen zum Tod meines Onkels zu stellen, frage ich, wie Katie die Nachricht aufgenommen hat, und darauf folgt eine peinliche Pause, die mir eins verrät: Sie wusste zwar nicht mit Sicherheit, dass Dale der Mann war, aber sie hat es zumindest vermutet.

»Katie weiß es noch nicht, Liebes. Sie ist immer noch im Krankenhaus, und ich möchte sie nicht zu sehr beunruhigen. Es geht ihr aber gut, hat der Arzt gesagt.«

»Ich werde es ihr sagen.«

»Bist du sicher?« Ihre Stimme schwankt. Ob vor Erleichterung oder Angst oder Aufregung, kann ich nicht genau sagen. Ich habe diese Frau nie sehr gut gekannt.

Ich versuche weiterzuschlafen, und irgendwann döse ich auch ein. Aber ich schrecke von Benzingeruch hoch und frage mich, ob ich den für den Rest meines Lebens riechen werde. Wenn ich die Augen schließe, sehe ich Flammen flackern und stelle mir das Knistern der Haut vor. Das Gesicht wechselt zwischen dem von Dale und dem meines Vaters. Ich habe immer geglaubt, dass Gefühle etwas ziemlich Eindeutiges sind. Wut, Traurigkeit, Freude, Langeweile. Aber heute empfinde ich etwas anderes, das ich nicht verstehen kann, und das macht mich unruhig. Vielleicht eine Art Abschluss? Auf jeden Fall keine Schuld.

Durch ein Klopfen an der Tür werde ich wach. Es ist das, worauf ich gewartet habe, wenn es auch später kommt als gedacht. Ich ziehe mir eine Jeans und ein T-Shirt an, werfe einen Blick in den Spiegel, um zu prüfen, ob das Make-up noch meinen Schlafmangel kaschiert, und laufe die Treppe hinunter, wobei ich mir meine Geschichte stichpunktartig ins Gedächtnis rufe.

Aber als ich die Tür mit einem Lächeln aufreiße, ist niemand da. Als ich klein war, spielten die Kinder »Knock Out Ginger« und hatten ihre helle Freude daran, an Türen zu klopfen, um jemanden aus seiner Nachmittagsruhe zu reißen, und dann abzuhauen. Aber das war vor der Erfindung des iPhones. Heutzutage haben sie doch sicher Besseres zu tun?

Als ich mit einem mulmigen Gefühl die Tür schließe, fällt mir ein Umschlag ins Auge, der auf der Fußmatte liegt. Er war vorher noch nicht da. Am liebsten möchte ich ihn ignorieren und zurück ins Bett kriechen, um ihn später in der Küchenmaschine zu zerschnetzeln oder mit dem Feuerzeug anzuzünden. Es ist kein schmaler weißer Umschlag mit einer Rechnung oder der bunte, aufmerksamkeitsheischende einer Werbesendung. Und der Postbote kommt nicht früh. Dieser Brief wurde persönlich zugestellt.

Man kann mich vieles nennen: psychotisch, mutig, klug, grausam, faul, kalt, ernst, lustig, langweilig. Das wäre wohl alles wahr. Aber ich glaube nicht, dass man mich feige nennen kann. Also hebe ich den Umschlag auf. Er ist unbeschriftet. Ich setze ich mich in die Küche und reiße ihn auf.

> Liebe Nachbarn von Sean,
> Hallo zusammen. Sie sollen wissen, dass der Mann in Ihrer Straße – Sean Cannon – eine glückliche Ehe zerstört hat, indem er mit meinem Mann schlief. Wenn Sie auch einen Mann haben, sorgen Sie dafür, dass er um diesen Nachbarn einen weiten Bogen schlägt. Glauben Sie nicht, dass ich meinen Mann ungeschoren davonkommen lasse. Ich werde ihn nicht nur verlassen, sondern auch die Nachbarn, Freunde, Kollegen und Familien der beiden informieren.
> Ich habe ein Beweisfoto beigefügt.
> G.

Unter dem handgeschriebenen Brief, der vermutlich auf dieselbe Art bei weiteren Bewohnern dieser Straße gelandet ist, ist ein Foto aufgedruckt. Erschrocken setze ich mich hin und betrachte das körnige Bild, auf dem Sean splitterfasernackt in einem Schlafzimmer steht. Auf dem Bett vor ihm liegt ein Mann, der aussieht wie – ist das etwa? Könnte es …? Ja. Daniel Craig.

Nicht dieser Daniel Craig, natürlich. Sondern Ginas betrügerischer Ehemann. Der offenbar mit Sean geschlafen hat.

Wenigstens weiß ich jetzt, was Sean dazu gebracht hat, im Garten auf und ab zu laufen.

Ich lehne mich auf der Chaiselongue zurück, den Brief an die Brust gedrückt, und stelle mir Gina vor, wie sie ihn am Telefon mit der Kameraaufnahme quält. Sie stellte mit Absicht Forderungen, die er nicht erfüllen konnte. Endlich kann sie sich sowohl an dem Mann, der ihr das Herz gebrochen hat, als auch an seinem neuen Geliebten rächen. Na, na, na, vielleicht ist Gina doch nicht so übel.

Plötzlich muss ich lachen. Ein langsames Kichern entwickelt sich zu einem Lachanfall. Mir laufen die Tränen übers Gesicht, und ich klatsche mir aufs Knie wie eine Zeichentrickfigur, die ihre Ausgelassenheit nicht zügeln kann. Ich lache lange, und danach tun mir die Muskeln weh, und mein Verstand ist klar. Meine Katze schaut verängstigt.

Vier Tage vergehen, bis ich von der Polizei höre. Am Montagmorgen klopfen zwei Beamte, ein Mann und eine Frau, an meine Tür, lassen sich zu einer Tasse Tee einladen und setzen sich an den Küchentisch. Ich komme ihnen zuvor, indem ich sage, dass ich bereits über den Tod meines Onkels und die schrecklichen Umstände informiert bin.

»In solch einem Feuer zu sterben«, flüstere ich entsetzt. »Können Sie sich das vorstellen?«

»Wir sind froh, dass Sie es bereits wissen, Miss Masters, und Ihr Verlust tut uns leid. Aber wir, äh, müssen auch wegen ein paar anderer Details mit Ihnen sprechen.«

Die Polizistin, Officer Shah heißt sie, glaube ich, ist eindeutig die Jüngere von beiden und spricht Aussagen mit Frageton am Ende. Sie vermeidet es geflissentlich, mir in die Augen zu sehen, selbst wenn sie mich anspricht, und nippt an ihrem Tee, um ihre Hände zu beschäftigen. Ich bin mit schüchternen Menschen manchmal ungeduldig, aber ihr Verhalten hat etwas, das mich für sie einnimmt. Ihre Schultern sind ständig hochgezogen, damit sie weniger Raum einnimmt, aber ich merke, dass eine innere Stimme sie daran erinnert, Platz zu beanspruchen, und so strafft sie regelmäßig die Schultern. Für eine Frau, noch dazu eine farbige Frau, muss es bei der Polizei schwer sein, und sie muss sich diese Rückgratstärkung angewöhnen.

Ihr Partner, Officer Bauer, ist weniger sympathisch. Er ist groß, blass und schmal in den Schultern und hat lange Gliedmaßen, die mich an das Schreckgespenst meiner Kindheit, den Slenderman, erinnern. Wenn er nicht gerade Mitgefühl heuchelt, schaut er spöttisch, was sein natürlicher Gesichtsausdruck zu sein scheint. Seine Ellbogen sind so spitz, dass ich um meine Tischplatte fürchte, wenn er sich nach vorn neigt.

»Wir müssen wissen, wo Sie in der Nacht des Brandes waren, Miss Masters.« Während er das sagt, spreizt er die Finger auf dem Tisch, und Officer Shah räuspert sich leise.

»Oh, okay. Ich … ich nehme an, das müssen Sie jeden fragen? Mir war allerdings nicht bewusst, dass es als etwas anderes als ein Unglücksfall angesehen wird. Oh mein Gott, Sie wollen doch nicht etwa sagen, dass es Brandstiftung war?«

»Ähm, nun«, beginnt Shah.

»Wir haben nichts dergleichen gesagt, Miss Masters. Wir müssen nur von jedem wissen, wo er sich aufgehalten hat, wenn wir unsere Befragungen durchführen.«

Die Art und Weise, wie er meine Namen ausspricht, ist irritierend. Er hat das offensichtlich in einem Kurs gelernt: »Wie man Bürger ruhig hält, während man sie des Mordes beschuldigt«.

»Nun, zum Glück weiß ich genau, wo ich war, denn ich erinnere mich, dass meine Mutter anrief und mir die Neuigkeit mitteilte, kurz nachdem ich am nächsten Tag nach Hause kam. Ich war vorher bei meiner Freundin Nina. Sie hat gerade eine schwere Zeit durchgemacht, deshalb war ich in letzter Zeit öfter ein paar Tage bei ihr.«

»Und sie kann das bestätigen?«

»Natürlich.«

»Was haben Sie an diesem Abend gemacht?«

»Wir haben uns einen James-Bond-Film auf Amazon Prime angesehen. Einen der neueren. Sie hat ein Nudelgericht gekocht.« Wir hatten uns darauf geeinigt, und wie sich herausstellte, hatte Nina für den Film sogar bezahlt und ihn laufen lassen, während ich bei Dale war, nur für den Fall, dass jemand nachschauen würde. Officer Shah nickt fast unmerklich und ist sichtlich erleichtert, weil ich ein Alibi habe. Officer Bauer seufzt. Mir fällt ein, dass er James kennen könnte.

»Wir müssen Ihnen noch etwas anderes mitteilen, Miss Masters«, sagt er vorsichtig. »Kennen Sie einen James Khan?«

»Ja?«

Gemeinsam erklären sie, dass James in jener Nacht aus dem brennenden Gebäude gerettet wurde und erst letzte Nacht im Krankenhaus zu sich gekommen ist. Ich schlage mir die Hand vor den Mund und schüttle sanft den Kopf, so wie ich es mehrmals täglich vor dem Spiegel geübt habe. Nina hatte bereits gehört, dass er am Leben ist und im Krankenhaus von der Polizei bewacht wird, aber ich bin dankbar, dass James jetzt endlich reden kann. Meine Augen füllen sich mit Tränen der Erleichterung. Er hatte es wirklich nicht verdient zu sterben.

Er verdient es allerdings auch nicht, für Verbrechen verurteilt zu werden, die er nicht begangen hat. Aber nun gut.

Ich habe von Nina auch erfahren, dass die Polizei, während er bewusstlos war, seine Wohnung durchsucht und dabei mehrere Beweisstücke gefunden hat, die ihn mit den Morden an Karl Tarneburg, Steven Baker, Hugh Chapman, John Towles (alias Romeo) und Paul Marques (alias der Kiffer) in Verbindung bringen. Aber so weit sind wir noch nicht.

»James Khan hat einige Behauptungen über Ihre Beteiligung an diesem und verschiedenen anderen Verbrechen aufgestellt, Miss Masters.«

»Er ... Wie bitte? Entschuldigung, ich brauche einen Moment. Das ist nicht so leicht zu verdauen.«

»Natürlich«, sagt Officer Shah, entspannt sich und zieht besorgt die Brauen zusammen. Sie ist auf meiner Seite. Gut zu wissen.

»Mr Khan hat der Polizei gesagt, dass Sie das Feuer im Haus Ihres Onkels gelegt haben und dass er zu spät kam, um Sie aufzuhalten. Haben Sie eine Ahnung, warum er so etwas sagt?«

Ich blicke von meinem kalten Tee auf und sehe die beiden an, schlage mir die Hände vors Gesicht und fange an zu weinen.

»O Gott. Wow! Ich kann das einfach nicht glauben«, flüstere ich schluchzend in meine Hände. »Nun, das ist eine lange Geschichte. Es gibt da einige Dinge, die ich Ihnen wohl erzählen muss. Aber ich … ich sollte wohl meine Anwältin anrufen.«

Auf dem Revier sitze ich allein in einem Befragungsraum, bis die Tür aufschwingt und Nina in ihrer ganzen Pracht hereinkommt. In einem lindgrünen Hosenanzug mit goldenen Knöpfen und Schulterpolstern bringt sie Farbe in den tristen Raum. Mir kommt der Gedanke, dass ich in meinem üblichen schwarzen Outfit fast hierhergehöre, zwischen all das Grau, Beige und Braun. Vielleicht werde ich mich, wenn das alles vorbei ist, von ihr überreden lassen, ein rotes Oberteil oder etwas in der Art anzuprobieren.

Nachdem ich Nina über den bisherigen Verlauf des Gesprächs informiert habe, unterhalten wir uns allgemein über das, was noch kommen wird, obwohl wir alles schon Tage zuvor besprochen haben – sie glaubt nie, dass diese »vertraulichen Gespräche« auf dem Revier wirklich vertraulich sind. Wir sind zu dem Schluss gekommen, dass es nur noch eine Option gibt, wenn James zu sich kommt und sprechen kann. Dale ist endlich von der Bildfläche verschwunden – ich habe mein Ziel doch noch erreicht.

Als die Ermittler den Raum betreten, spürte ich, wie die Bienen in meinen Adern vor Angst zu schwirren anfangen, aber Nina klopfte mit ihren Fingernägeln auf den Tisch, und ich beruhige mich. Wir haben das im Griff.

Es ist Zeit für mein Geständnis.

40

Drei Stunden später sitzen wir im Guinea und trinken Gin Tonic. Ich stehe noch unter Schock, aber Nina nimmt es gelassen. Der Barkeeper, derselbe wie bei meinem letzten Besuch vor knapp einer Woche, liest den *Guardian*, während sich der Pub mit Abendgästen füllt. Die Welt kommt mir seltsam normal vor. Ich habe meinen ersten Drink zu schnell getrunken, und als ich meinen zweiten hinunterkippe, dreht es sich in meinem Kopf.

Es gibt keine Beweise, die mich mit dem Brand in Verbindung bringen, und ich habe ein solides Alibi. Sogar Ninas Nachbar, der Nina und mich an diesem Tag zusammen das Haus betreten sah, ist bereit, dies zu sagen. Andererseits wurde James, über den die Polizei einen anonymen Hinweis erhalten hat, am Tatort angetroffen, und das Opfer war mit seinen Handschellen gefesselt.

Nachdem ich ein paar einleitende Fragen beantwortet hatte, die mir das Gefühl gaben, in *Line of Duty* zu sein, erzählte ich unter Tränen meine Geschichte. Wie ich James in meinem alten Job bei Picture This kennengelernt hatte – Sie können gern meine alte Kollegin Gina fragen. Wie wir ein paar Verabredungen hatten – warum nicht die Barkeeperin im Portcullis fragen, wo wir uns betrunken haben? Wie er anfing, sich ein wenig ... merkwürdig zu verhalten. Anstrengend.

James verdient es vielleicht nicht, für Verbrechen, die er nicht begangen hat, verurteilt zu werden. Aber er ist bereit, mich ins Gefängnis zu bringen, und ich habe gehört, dass man Feuer nur mit einem Mittel bekämpfen kann.

»Inwiefern anstrengend?«

»Oh, einfach ... na ja, befremdlich. Ich kannte ihn nicht gut, aber er schien von seiner Arbeit besessen zu sein. Vor allem von den Todesfällen, die sich hier ereignet haben. Sie klangen alle wie Unfälle, aber er hörte nicht auf, darüber zu reden. Das hat mir allmählich Angst gemacht.«

Die Polizisten wechselten einen kurzen Blick.

»Ich halte nichts von Gewalt. Über Tod und Mord zu reden ... Das ist für mich keine Unterhaltung. Also bin ich auf Distanz gegangen. Und das hat er nicht gut aufgenommen.« Ich warf Officer Shah einen »Sie wissen ja, wie das ist«-Blick zu, und sie belohnte mich mit einem Lächeln. »Es kam mir auch irgendwie unprofessionell vor. Ich weiß ja nicht, ob Detectives über Tatorte reden sollten, an denen sie gerade waren ... zum Beispiel.«

Bauer blickte stirnrunzelnd auf seinen Notizblock.

»Bei Ihnen zu Hause sagten Sie, dass Sie uns etwas sagen müssten«, begann Shah. »Könnten Sie das bitte näher ausführen? Woran haben Sie dabei gedacht?«

Ich schaute Nina an, ganz die weinende, verängstigte Frau, die sich beruhigen möchte.

»Nur zu«, flüsterte sie ermunternd.

»Nun, letzte Woche hat sich alles zugespitzt. Montagabend. Er *bestand* darauf, dass wir miteinander reden, persönlich. Er hatte mir ungefähr dreißig SMS hintereinander geschickt. Schließlich hat er mich abgeholt. Ich fühlte mich zu diesem Zeitpunkt vor ihm nicht mehr sicher, also gab ich ihm nicht einmal meine Adresse. Ich ließ mich ein paar Straßen entfernt abholen. Ich dachte, wir würden etwas trinken gehen, aber ...« Entsetzt barg ich mein Gesicht in den Händen und atmete tief ein, als ob ich versuchte, die Fassung wiederzuerlangen.

»Aber er hatte etwas anderes im Sinn. Er fuhr sehr schnell und wollte mir nicht sagen, wohin. Er hielt auf einer Lichtung an einer dunklen Straße an. Da hatte ich schon große Angst.

Er fing an zu fragen, warum ich ihm aus dem Weg ginge, und ich sagte ihm die Wahrheit – dass ich nicht glaubte, dass es zwischen uns funktioniert.«

Shahs Augen waren groß und voller Mitgefühl. Sie ist für diesen Job nicht geeignet. Bauers Gesicht war ausdruckslos, und durch seine hagere Statur und sein leeres Gesicht hatte er etwas Alienhaftes.

»Er wurde wütend. Richtig wütend. Wir stiegen aus dem Auto aus, und er schrie mich an. Warf mir alle möglichen Schimpfwörter an den Kopf. Er drohte sogar meiner Familie. Oh! Dann muss er Onkel Dale getötet haben! Es ist meine Schuld!« Ich barg mein Gesicht wieder in den Händen, und alle ließen mich so lange sitzen, bis ich bereit war fortzufahren.

»Ich … ich dachte, er könnte mir etwas antun, also bin ich wieder ins Auto gestiegen und habe die Türen verriegelt. Das machte es aber nur noch schlimmer. Er hämmerte gegen das Fenster und schrie mich an. Ich dachte, er schlägt gleich die Scheibe ein. Der Schlüssel steckte, und da habe ich einfach … Na ja, ich habe versucht, wegzufahren.« Ich schaute entschuldigend, als ob es das Schlimmste wäre, einen gewalttätigen Mann einfach stehen zu lassen.

»Ich wollte ihm ein Taxi rufen. Ehrlich! Aber in dem Moment wusste ich nicht, was ich sonst tun sollte. Jedenfalls habe ich versucht, wegzufahren, aber ich war aufgeregt, und es war dunkel, und er lief auf die Straße und … und …«

»Was ist dann passiert, Millie?«

Im Stillen reagierte ich gereizt, als Bauer mich mit dem Vornamen ansprach. Das war eindeutig die zweite Lektion in seinem Kurs: Wenn sie anfangen, sich zu öffnen, tu so, als wärst du ihr Freund.

»Er *ist auf die Straße gelaufen!* Direkt vor den Wagen! Ich glaubte nicht, dass ich ihn hart getroffen hatte, und ich hatte große Angst. Danach noch mehr. Darum bin ich weitergefahren. Ich dachte, ihm ist nichts passiert. Am nächsten Tag hinterließ er mir diese irre Sprachnachricht, und ich rief ihn zurück, aber er redete lauter wirres Zeug. Er sagte, es geht ihm gut und er sei nicht im Krankenhaus. Also dachte ich, es wäre alles in Ordnung.«

Darauf herrschte Schweigen, bis Nina das Wort ergriff. »Meine Mandantin hat Ihnen vorerst alles gesagt, was es zu sagen gibt.«

Danach war alles ziemlich schnell vorbei. Ich werde wegen rücksichtslosen Fahrens angeklagt, aber da ich aus Notwehr gehandelt habe, ist Nina ziemlich sicher, dass sich das bald erledigt haben wird. Alles verlief genau nach Plan.

Was James angeht, so bin ich mir nicht sicher, was passieren wird. Wenn er ein gutes Alibi hat, könnte man ihn als Spinner abtun, der von Tatorten besessen ist und Erinnerungsstücke von den Opfern stiehlt. Die Morde werden als Selbstmorde und Unfälle abgetan, abgesehen von denen an Romeo und dem Kiffer.

Es besteht jedoch kaum eine Chance, dass er einer Anklage für den Mord an Dale entgeht. Am Tatort gefunden, seine Handschellen am Opfer, meine Aussage zur Bedrohung meiner Familie, seine Suche nach Dales Adresse auf seinem Rechner im Revier. Warum hatte er keine Verstärkung gerufen, wenn er wirklich vermutete, dass ein Mord bevorstand? Und welchen Grund sollte ich haben, das Haus meines Onkels anzuzünden?

»Schatz?«, sagt Nina leise und holt mich in den Pub zurück. »Dir ist klar, dass du deine Hotline nicht mehr weiterführen darfst, oder?«

»Ja. Das war's. Message M ist für immer geschlossen.«

»Du hast vielen Frauen geholfen.«

»Ja, ich weiß.«

Wir nippen schweigend an unseren Getränken. Ich denke an die jungen Mädchen auf dem Rücksitz meines Wagens, an den Glitzerlidschatten und die zu kurzen Röcke. Aber ich kann nicht für alle da sein. In den letzten Wochen habe ich so viele Abende keinen Message-M-Dienst gemacht, und die Welt hat sich weitergedreht. Für einige Frauen ist sie wahrscheinlich stehen geblieben, aber ich kann mich nicht mehr für alle verantwortlich fühlen.

»Schatz?«, sagt sie wieder. »Sobald wir diese Anklage losgeworden sind. Was dann?«

»Ich weiß es nicht«, sage ich schlicht. Weil ich es wirklich nicht weiß. Ich habe keinen Job, kein Message M mehr, keinen Freund. Ich wohne in einem Haus, das von zwei schrecklichen Brüdern bezahlt wurde – Dale hat mir geholfen, es mit dem Geld aus Dads Lebensversicherung zu kaufen, das mir meine Mutter aus uneingestandenen Schuldgefühlen und vielleicht auch aus Dankbarkeit geschenkt hat. Die Zukunft ist eine Leerstelle.

»Katie ist für eine Weile in einer Einrichtung untergebracht. Habe ich dir das erzählt? Ich habe am Wochenende mit ihr gesprochen. Es schien ihr viel besser zu gehen, Nina. Als würde sie darüber hinwegkommen.«

»Sie brauchte angemessene Hilfe. Die hat sie jetzt. Sie wird wieder gesund werden.«

»Das wird sie.«

»Und du?«, fragt sie.

»Vielleicht ist es an der Zeit, dass ich von hier verschwinde. Weg von all den glücklichen Erinnerungen.«

»Ja, ich hatte schon länger Lust auf eine Veränderung.«

Es dauert einen Moment, bis ich begreife, was sie da sagt, und bemerke, dass sie lächelt, aber meinem Blick ausweicht.

»Meine Kanzlei eröffnet eine neue Zweigstelle in Edinburgh. Sie suchen Leute, die dort arbeiten wollen. Sie haben mir mehr Geld angeboten. Und ich fürchte allmählich, dass ich Bristol auf Tinder abgegrast habe.«

»Aber da oben ist es kalt!«

»Nun, wir können jederzeit ein Feuer anzünden.«

Die Community für alle, die Bücher lieben

Das Gefühl, wenn man ein Buch in einer einzigen Nacht verschlingt – teile es mit der Community

In der Lesejury kannst du

★ Bücher lesen und rezensieren, die noch nicht erschienen sind

★ Gemeinsam mit anderen buchbegeisterten Menschen in Leserunden diskutieren

★ Autoren persönlich kennenlernen

★ An exklusiven Gewinnspielen und Aktionen teilnehmen

★ Bonuspunkte sammeln und diese gegen tolle Prämien eintauschen

Jetzt kostenlos registrieren: www.lesejury.de

Folge uns auf Instagram & Facebook:
www.instagram.com/lesejury
www.facebook.com/lesejury